Anna Rasche / LA STREGA DELLE PIETRE

LA SINOSSI /

Sfruttando i poteri nascosti delle pietre preziose, Ginevra è in grado di guarire i malati. Ma è un dono che è anche una maledizione – condannata come strega, viene cacciata da Firenze.

È il 1348. L'esilio di Ginevra dura da quasi dieci anni quando viene convocata di nuovo a Firenze. La peste nera sta devastando l'Italia, e gli stessi uomini che l'hanno cacciata implorano il suo ritorno.

Ginevra acconsente a tornare, certa che, finalmente, le sue cure non ortodosse saranno accettate: c'è pur sempre un'epidemia in corso. Ma la missione che le viene affidata è, invece, molto diversa: dovrà usare la sua collezione di pietre per rintracciare un ladro che sta saccheggiando le chiese di Firenze alla ricerca di reliquie dal valore inestimabile – l'unica speranza di protezione per la città. Se dovesse riuscire in questa missione sarà finalmente riconosciuta come medica, e non sarà mai più accusata di stregoneria. O forse no.

L'AUTRICE /

Anna Rasche è storica e gemmologa. Ha lavorato come curatrice alle collezioni di gioielli del Metropolitan Museum of Art e dello Smithsonian Design Museum "Cooper Hewitt".
La strega delle pietre è il suo romanzo d'esordio e si basa su una ricerca originale condotta dall'autrice sull'uso delle gemme nella medicina medievale.
Attualmente vive a Brooklyn con il marito e la figlia.

LA TRADUTTRICE /

Rosita Pederzolli vive nell'alto vicentino. Insegna lettere, traduce romanzi e ogni tanto scrive.

Ne/oN
Libri

Titolo originale: *The Stone Witch of Florence.*

Ne/oN Libri è un imprint di Edizioni e/o
Via Camozzi, 1
00195 Roma

ISBN 9791281777088

info@neonlibri.it
www.instagram.com/neonlibri
www.neonlibri.it

/009

ANNA RASCHE

LA STREGA DELLE PIETRE

The Stone Witch of Florence

/

TRADUZIONE DI ROSITA PEDERZOLLI

Ne/oN

Per Will e Bea.

FIRENZE

– 1348 –

1. San Miniato al Monte
2. Porta San Niccolò
3. Convento di Sant'Elisabetta delle Convertite
4. Trattoria Alle Panche
5. Torre Girolami
6. Santo Stefano
7. Palazzo Tornaparte
8. Santa Trinita
9. San Paolino
10. San Pier Maggiore
11. Le Stinche
12. Palazzo della Signoria e Ringhiera
13. San Paolo
14. Farmacia di Giano Bifronte
15. Santa Margherita
16. Santa Reparata
17. Residenza dell'inquisitore
18. Palazzo del vescovo
19. Battistero
20. San Lorenzo
21. Santa Maria Novella
22. San Barnaba
23. Porta San Gallo
24. Palazzo di Ludovico
25. Palazzo Aldobrandini

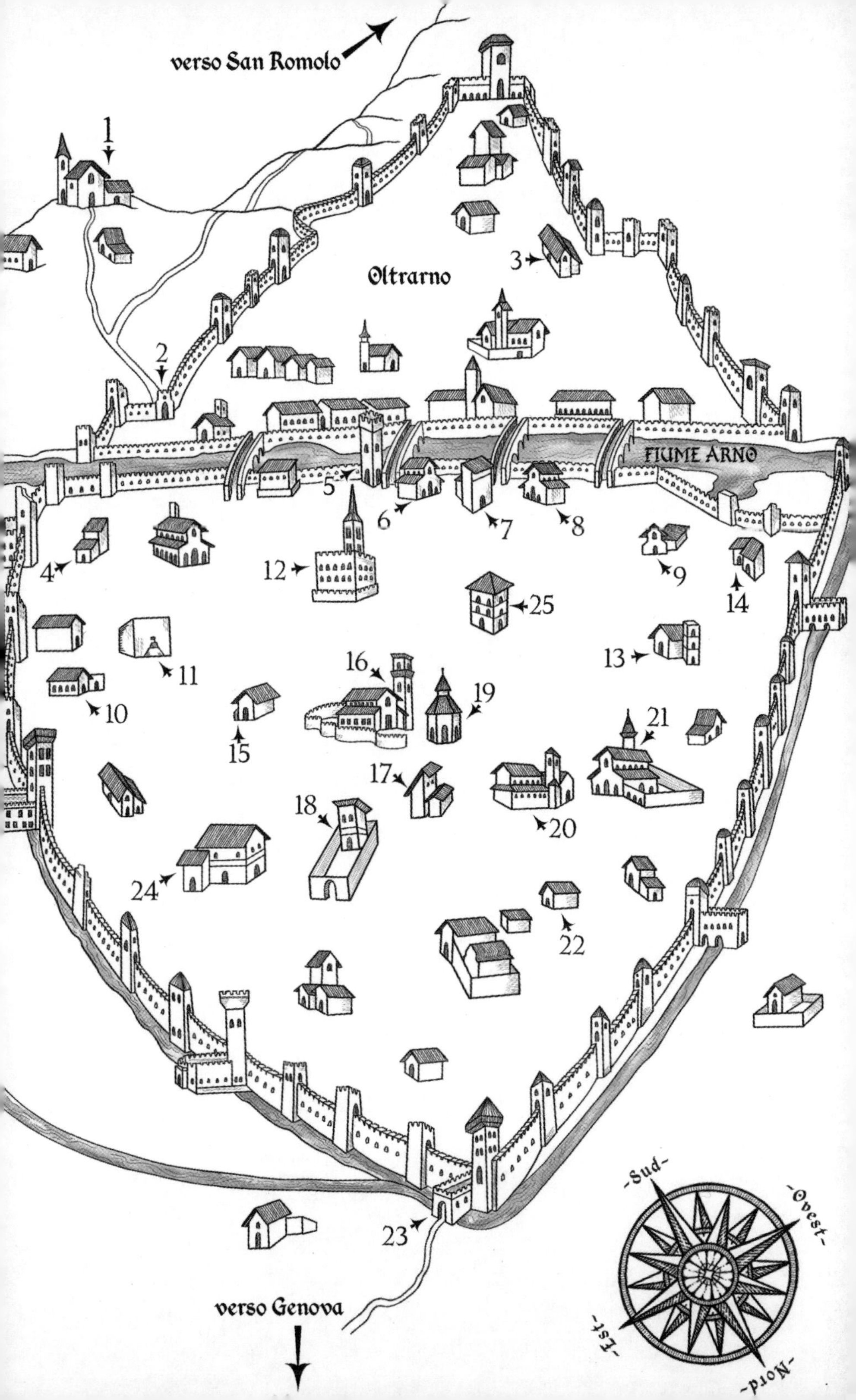

verso San Romolo
1
2
3
Oltrarno
FIUME ARNO
4
5
6
7
8
9
10
11
12
13
14
15
16
17
18
19
20
21
22
23
24
25
-Sud-
-Ovest-
-Est-
-Nord-
verso Genova

Prologo
Estate 1348

In un perfido luglio, un ragazzo giunse davanti all'antico arco di Porta Santo Stefano. Socchiudendo gli occhi per il cocente sole estivo, vide che le pesanti porte di legno erano serrate. Nonostante fosse mezzogiorno, in pieno orario per gli affari, c'era solo silenzio. Nessuna guardia in piedi fuori dal portone. Nessuno che cercava di entrare. Un anno prima, la scena sarebbe stata molto diversa.

In tempi più felici, qualunque viaggiatore in arrivo con oneste intenzioni poteva entrare a Genova pagando una piccola tassa. Ma ora le città detestavano gli stranieri e il ragazzo temeva di essere rispedito indietro. Si allontanò dalla strada ed entrò in un orto trascurato, camuffandosi nel frascato coperto di vegetazione. Una brezza fiacca faceva oscillare le viti avvizzite, portando con sé il cattivo odore di capelli bruciati. C'era dell'uva, dura e verde, che aveva appena cominciato a crescere; il ragazzo la colse e la mangiò avidamente. Quando terminò quel piccolo pasto aspro, si sedette sulla terra calda ad aspettare un'occasione. Spiava tra le foglie, seguendo con lo sguardo le pietre sporche delle mura della città verso sud, dove incontravano il Mar Ligure.

Le ruote cigolanti di un carretto riportarono la sua attenzione sulla strada. Era colmo di sacchi polverosi, che un tempo erano stati pieni di farina e ora venivano usati come sudari. Nonostante il caldo torrido, il carrettiere era avvolto da un mantello pesante, il cui cappuccio era rigato da linee di sale dove il sudore si era seccato. Le mani erano coperte da guanti di pelle rovinata. Nulla di tutto ciò era una sorpresa per il ragazzo. Uscì dal frascato mentre passava il carro, ci saltò sopra leggiadro e si nascose tra i sacchi vuoti. Il carrettiere proseguì ignaro e quando raggiunse l'arco le porte si sollevarono senza domande.

Una volta dentro le mura, il ragazzo scivolò giù dal carretto e seguì le strade che scendevano verso il porto; si udivano solo i suoi passi. I luoghi dell'allegria, del commercio e del culto erano ormai deserti. A eccezione dei ratti. In assenza delle persone, i roditori erano diventati audaci: ignoravano i loro orari naturali, lasciando la tana anche alla luce del giorno. I pochi che ancora abitavano lì, quelli troppo poveri per andarsene, si nascondevano in casa, riparati dal calore pomeridiano che si irradiava dagli edifici in luccichii ben visibili.

Quando il ragazzo raggiunse la terza strada prima del molo, svoltò a sinistra come da indicazioni e camminò fino a raggiungere una dimora bassa, discretamente contrassegnata con l'immagine di un serpente avvolto attorno a un ramo di corallo. Avrebbe voluto piangere per il sollievo di avere raggiunto la destinazione, ma aveva dodici anni ormai e stava cercando di comportarsi da uomo. Fece un respiro tremante, si lisciò i capelli, pieni di sporcizia per aver dormito all'aperto, e bussò. Una donna di circa trent'anni aprì la porta. Aveva i colori tipici della gente del posto, gli occhi scuri e i capelli chiari intrecciati sulla testa. Alla mano sinistra portava un anello su cui era incastonata una pietra arancione. Il naso sembrava deforme. Il ragazzo vide che una grossa cicatrice bianca si attorcigliava intorno alla sua narice sinistra.

«Che cosa fai qui fuori, ragazzino?» domandò, guardandolo dall'alto in basso. «Tua madre ti ha mandato a prendere qualcosa?»

Il ragazzo si ricordò del discorso che gli era stato insegnato e lo recitò in fretta, a memoria: «Scusatemi signora, siete monna Ginevra di Gasparo, detta Ginevra di Genova, colei che attraversa la pestilenza senza ammalarsi?».

«Chi ti ha detto questo di me?»

«Coloro che mi hanno mandato, hanno detto di averlo visto con i loro occhi.»

Lei annuì appena ma non sembrava felice di essere stata trovata. Il ragazzo sorrise.

«Bene. Allora ho una lettera per voi.»

La donna lo spinse dentro oltre la soglia e lo mise a sedere al piccolo tavolo al centro dell'unica stanza. Quando gli occhi del ragazzo si abituarono all'oscurità della casa, vide che sulle pareti erano ordinatamente allineate dozzine di barattoli di ceramica blu e bianchi. Sopra di lui, dalle travi del soffitto, penzolavano trecce d'aglio, zampe di piccoli conigli e altri oggetti rinsecchiti e bitorzoluti che non riconobbe. Monna Ginevra gli pulì la polvere dal viso e dalle mani con uno strofinaccio umido e gli mise davanti una caraffa d'acqua fresca e una fetta di melone giallo: un banchetto per il ragazzo. Fu completamente distratto da quel frutto dolce e magnifico. Monna Ginevra diede un colpetto di tosse per ricordargli della sua presenza.

«Oh!» disse lui con la bocca piena di melone. «Scusatemi. Sono Piero di Piero Cazzola, e ho portato fin qui per voi una lettera da Firenze. Proviene dal Signor Ludovico Acciaiuoli. Non so cosa ci sia scritto, ma ho il compito di riportarvi subito indietro con me, così lui mi pagherà.»

Frugò nelle tasche del grembiule e trionfante estrasse il documento accartocciato (e ormai leggermente appiccicoso). Portava il leone rampante della famiglia Acciaiuoli, stampato in un solenne sigillo di cera rosso sangue. Gli occhi grigi di monna Ginevra si spalancarono e poi si strinsero, e le linee sottili tra le sue sopracciglia divennero solchi profondi.

Ruppe il sigillo ed esaminò la pagina, sorprendendo Piero con un «AH!» incredulo quando giunse alla fine. La rilesse a voce alta, come se avesse bisogno di un testimone per confermare l'assurdità del contenuto:

Nel nome di Dio, Amen. È il dodici giugno, 1348.

Mia stimatissima e carissima Ginevra, il vostro Ludovico ha

pensato spesso a voi in questi tempi terribili e ancora lamenta la nostra sfortunata separazione.
Ho supplicato il mio caro zio, Fra' Angiolo Acciaiuoli, di intervenire a vostro favore. Durante la vostra assenza è stato nominato sacro Vescovo della nostra città, ed è disponibile a revocare il vostro esilio. Crediamo che i vostri... inusuali talenti possano essere utili per risolvere un piccolo problema della città.
È diverso ora, tutto è cambiato, tranne il fatto che vi tengo nel cuore.
Per il vostro Ludovico, imploro il vostro celere ritorno a Firenze. Nel nome di Dio, Amen.

Ginevra sbatté la lettera sul tavolo.
«Siete stata esiliata?» esclamò Piero. Era impressionato. «Che cosa avete fatto?»
«Niente» disse lei a denti stretti. «Dimmi, che cosa è accaduto perché la grande famiglia Acciaiuoli affidasse questo messaggio alle mani di un ragazzino imberbe?»
Piero si sentì ferito. Credeva che fossero amici, per via del melone, e fissò il pavimento. «Hanno mandato me perché sono l'unico che sono riusciti a trovare che non sarebbe morto.»
«Che cosa significa "l'unico che non sarebbe morto"?»
Nonostante si sforzasse di non farlo, Piero cominciò a versare qualche lacrima e disse in un sussurro: «Tutta la mia famiglia si è ammalata ed è morta, ma io sono guarito. Dicono che se sopravvivi non puoi ammalarti di nuovo. Ecco perché hanno mandato me. Un altro avrebbe potuto contagiarsi e morire lungo la strada e voi non avreste mai saputo della lettera».
Ginevra di Gasparo provò vergogna, allora, per aver dimenticato, persa nelle sue frustrazioni, di mostrare compassione verso una creatura così sfortunata. Il viaggio a piedi da Firenze durava almeno sette giorni, per chi conosceva la strada, e per come stavano le cose lungo il cammino ci si sarebbe potuti imbattere in diverse situazioni orri-

bili o in individui pericolosi. In quel momento vide Piero per quello che era: un bambino mandato là dove gli uomini adulti erano troppo spaventati di andare. Maledisse il suo carattere irascibile, un difetto di tutta una vita, e si avvicinò a lui per accarezzargli la testa e dirgli che le dispiaceva. Gli asciugò il moccio e gli diede altre cose buone da mangiare fino a che non fu abbastanza in forze da domandarle se avrebbe fatto ritorno insieme a lui, come richiesto dalla lettera.

Ginevra riprese in mano il documento. Era strano che Ludovico le scrivesse dopo così tanto tempo. La donna non si fidava. Il sigillo sulla lettera sembrava vero; era il contenuto che suonava falso. *È diverso ora, tutto è cambiato, tranne il fatto che vi tengo nel cuore.* Quelle parole dolci, che un tempo sarebbero state come un balsamo per lei, ora le suonavano fiacche, dopo anni e anni e a chilometri di distanza. Intendeva dire che sarebbe stato diverso tra loro due?

«Dimmi, Piero, se fossi in me partiresti? In un momento come questo?»

«Be'» rispose, «che cosa fareste se rimaneste qui, invece?»

La domanda rimase in sospeso. Già, che cosa stava facendo lì? Svolgeva i suoi affari in quel luogo discreto, traffici di poco conto. Nascondendo la reale portata dei suoi talenti. Ma erano passati anni, ormai, anni fatti di giorni malinconici e sere solitarie. I bordi affilati della paura erano stati smussati dalla noia. Forse, pensò Ginevra, si era allontanata dal mondo per più del necessario. Quello era un invito a rientrarvi. Chiuse gli occhi e cercò nelle segrete del cuore, trovando una piccola fiamma ancora bruciante di speranza verso una vita piena e alla luce del sole. Una vita ricca di amore e amicizia.

La fiamma si ingrandì, luminosa, dissolvendo le sue preoccupazioni per i pericoli che avrebbe potuto correre e gli interrogativi riguardanti il significato della lettera. Si voltò di nuovo verso il ragazzo.

«Sì, Piero, verrò con te. Non tornerai da solo.»

Parte I
I fili dorati dell'universo

Estratto dal Libro Lapidario
di Ginevra di Gasparo

MS. M.419, The Morgan Library & Museum,
Italia, Firenze, 1340 circa

Sappiamo
Che i poteri delle pietre sono vari e meravigliosi
Quando invocati da chi è legato ai fili dorati invisibili.

Questo è il cristallo verde chiamato smaragdus[1], inciso con le parole sacre degli Arabi. Cercalo quando i tuoi occhi sono stanchi e vedrai ogni cosa sotto una nuova prospettiva.

Questa è la splendente ossidiana nera, creata dal calore dei vulcani. È ottima contro le febbri.

Questo è il giacinto, che prenderà il tuo posto nella morte.

E questo è il corallo rosso, il sangue pietrificato della Gorgone. È in parte pianta, in parte animale, in parte pietra. È buono per ogni occasione.

[1] Antico nome dello smeraldo [n.d.t.].

1
Se stessa, per davvero

1330 circa, città di Genova

In tempi molto antichi, prima ancora della grandezza di Roma, vi erano numerosi dottori e streghe in Italia che usavano pietre, piante e strane parti di animali per far accadere cose altrimenti impossibili. Potevano, per esempio, impastare una mistura per scacciare la pazzia, o posizionare amuleti sui letti delle donne per facilitare il parto. Erano in grado di costruire ciondoli che avvertivano i ricchi signori che il cibo era stato avvelenato e di leggere il futuro nelle viscere degli uccelli, ripiegandole in pacchetti di pergamena per sigillarne le profezie. I maghi più potenti facevano scorta di gemme preziose su cui erano incise parole segrete e le donne anziane rammendavano i cuori infranti con mazzi di prezzemolo perfettamente legati.

Quando si diffuse il cristianesimo, soppiantando le antiche religioni, i prìncipi e i sacerdoti della nuova chiesa cominciarono a diventare avidi di potere. Gelosi e timorosi delle antiche usanze, condannarono ogni evento miracoloso che aveva radici fuori dal rituale cristiano. Coloro che erano ancora versati negli antichi segreti, che ricordavano come estrarre la magia dalle pietre e le pozioni dalle piante, reputarono prudente praticare la loro arte con discrezione. Quelli che si mostrarono spavaldi persero i loro mezzi di sostentamento, e si ritrovarono infilzati da sgradevoli oggetti appuntiti di ogni sorta.

Fu durante quest'epoca inquieta che nacque Ginevra di

Gasparo, da genitori di scarsa importanza, intorno all'anno 1320.

La sua città, Genova, era costruita proprio a ridosso del mare, attorno a un ampio e bellissimo porto. Era colma di edifici color sabbia, sormontati da tetti di tegole rosse, tutti ammassati l'uno sull'altro e premuti contro gli anelli concentrici delle mura difensive in pietra. Ogni giorno i vascelli arrivavano al porto, galleggiando sull'acqua con le stive piene di tesori provenienti dall'Africa, dalla Bretagna o da qualche altro luogo simile. E ogni anno che passava, le rotte genovesi del commercio si estendevano di più, come dita di una mano bramosa, spingendosi fino alla Crimea, ad Antiochia e a Tripoli. I mercanti facevano ritorno con arazzi delle Fiandre intessuti di fili d'oro, lapislazzuli azzurri da Kabul, garza di cotone dall'Egitto e legni profumati dalle foreste d'Etiopia.

Fin dalla più tenera età, Ginevra sapeva delle merci di lusso e delle importanti transazioni che si tenevano nella sua città. Ma essendo figlia di poveri pescatori, la sua vita era generalmente priva di cose belle. Gli odori pungenti del pesce fermentato e della pece bollita dai costruttori navali permeavano il quartiere, cosicché i capelli chiari e il vestito di lana grezza di Ginevra puzzavano sempre delle attività del porto. Suo padre, Gasparo, si guadagnava da vivere pescando i coralli rossi che crescevano tra le rocce aguzze sul fondo del mare. Fin da quando era molto piccola il padre la portava con sé perché lo aiutasse con il lavoro. Al posto della rete da pesca calavano dalla barchetta una specie di croce di legno e la trascinavano lungo il fondale per staccare i coralli dalle basi rocciose. I rami scivolosi di colore rosso lava venivano issati sulla barca e lasciati seccare, e Ginevra stava a guardare i piccoli polipi bianchi che vivevano nel corallo pulsare e contorcersi soffocando all'aria. Ciò la riempiva di dolore: detestava vedere soffrire gli esseri viventi. Dopo il raccolto, la madre di Ginevra, Camiola, spezzettava i coralli morti. Infine, i frammenti erano inviati a giovani orfane dalle dita agili perché li lucidassero facendone delle perline, le quali venivano poi infilate nei rosari, montate negli ostensori o trasformate in coppie di braccialetti da far indossare ai neonati per tenerli al sicuro.

I coralli lavorati da Gasparo e Camiola erano stati promessi, con un enorme sconto, a un mercante che aveva costruito la sua fortuna al porto molto tempo prima e che ora usava la violenza per assicurarsi che nessun altro fosse in grado di seguire la sua stessa strada verso il successo. Tuttavia, sfidando il cartello, Gasparo aveva stretto un accordo con un'anziana donna di nome monna Vermilia, riservando per lei una piccola porzione di coralli ogni settimana.

Per non attirare l'attenzione degli agenti del mercante, Gasparo mandava la figlia alla squallida dimora dell'anziana per consegnare i pacchetti di piccoli ramoscelli rossi, nascosti dentro forme di pane raffermo. A Vermilia servivano i coralli perché era una dei pochi a conoscere ancora l'arte antica della guarigione, ed era così che si guadagnava da vivere. Pronunciava benedizioni speciali sui rami e li infilava in cordoncini; poi li vendeva a basso prezzo alle coppie che non potevano permettersi i braccialetti lucidati ma che comunque temevano per i loro neonati. Li vendeva anche ai marinai, per proteggerli dall'annegamento, e ai negozianti timorosi di perdere la propria merce.

Ginevra non sapeva, né lo sapevano i suoi genitori, ma da parte di madre scorreva in lei il sangue di un'antica sacerdotessa in grado di parlare con le querce. E, da parte di padre, discendeva da una lunga stirpe di nobili veggenti, estromessi dal potere dopo aver predetto che una giovane viscontessa avrebbe tradito il marito con un servo (andò così). Né Gasparo né Camiola avevano ereditato un potere magico sufficiente a farci qualcosa di particolare. Ma poiché Ginevra ne possedeva un poco da entrambe le parti, era nata con un'*attitudine*. E quando si muoveva, i fili invisibili dell'universo erano pizzicati e causavano una leggera vibrazione nell'aria, ed era attraverso quei fili che l'antica magia riusciva a scorrere.

Monna Vermilia, benché di aspetto eccentrico, non era una ciarlatana. Lei stessa era legata a qualcuno di quei fili dorati e quando Ginevra le consegnò le prime pagnotte di coralli clandestini, Vermilia percepì le vibrazioni della giovane. Nella mattina più buia del mese, uccise un passerotto, ne versò il sangue e vide nelle gocce che la bambina sarebbe stata capace di grandi cose, se correttamente guidata. Monna Vermilia si recò dai genitori della ragazzina e chiese di poterla avere come aiutante. Inizialmente Gasparo fu riluttante, ma la moglie gli disse che sarebbe stato un pazzo a dire di no a una donna come Vermilia.

Così venne concordato che, per due settimane al mese, la bambina avrebbe trascorso le giornate con l'anziana guaritrice. Ginevra era nervosa per quel nuovo impegno. I genitori non l'avevano mai affidata a un'altra persona prima, e non era certa di aver fatto qualcosa di male per meritarselo. Il primo giorno da aiutante si infilò attraverso la stretta porticina di monna Vermilia, contrassegnata dalla piccola incisione di un serpente attorcigliato intorno a un ramo di corallo. All'interno scorse una donna con un viso talmente anziano che praticamente scompariva sotto le rughe. Vermilia indossava un abito nero dal cappuccio stretto, come quelli delle vedove, anche se lei non si era mai sposata, da cui fuoriuscivano ciocche di capelli grigi e crespi che le incorniciavano il volto come i tentacoli di un anemone. Alla mano sinistra portava un anello con una grossa pietra arancione e una figura alata incisa sopra. Ginevra fu stranamente attratta da quel gioiello e lo fissò intensamente, dimenticando le buone maniere.

«Sai perché sei qui, bambina?»

Lo sguardo di Ginevra tornò di colpo a quel viso antico e scosse la testa come per dire "no". Si guardò intorno e si fece da parte, ingobbendosi per evitare le ciotole di robaccia appiccicosa, le palle di licheni e le pile di granchi morti poggiate alle pareti e ammucchiate sul pavimento.

«Chiudi gli occhi» le ordinò Vermilia «e ascolta. E dimmi ciò che sai.»

«So che Maria è la Madre di Dio e tutti i santi sono nella Sua gloria...»

«Non dirmi quello che ti hanno insegnato, dimmi quello che sai.»

Ginevra si spaventò e indietreggiò verso la porticina stretta. Con l'agilità di una donna molto più giovane, Vermilia balzò dietro di lei e la chiuse.

«Lascia che la tua mente diventi buia e silenziosa come questa stanza. E dimmi ciò che sai.»

Ginevra decise che iniziare a parlare era l'unica possibilità di fuga. Chiuse gli occhi. «So... so che ci sono dei semi nel terreno che aspettano di crescere, se solo smettessimo di calpestarlo. So che le ostriche al porto non potranno mai amarsi, perché amano solo le loro perle. So che c'è molta gente che sente prurito, e almeno il doppio si preoccupa di... diventare calva?» Si portò una mano davanti alla bocca, sconvolta da quello strano farfugliare.

Ma Vermilia sorrise. «Comprendi il motivo per cui sai queste cose?»

«Non so perché le ho dette. Per favore, non ditelo ai miei genitori... Per favore, posso tornare a casa?»

«Sai queste cose perché sei legata ai fili che sono legati a tutto il resto. Al passato e al futuro. Alle altre persone, alle creature e alle piante e alle pietre.»

Ginevra aprì le dita della mano e le mosse, ma non vide nulla, non sentì alcuna forza tirarla a sé. Guardò di nuovo monna Vermilia, frastornata.

«Non possiamo vederli, ma sono sempre stati qui» disse la vecchia in tono gentile. «Un tempo eravamo in molte a percepire la loro forza. Ora non siamo più così tante. Ma tu sei speciale, come me. Ce l'hai nel sangue.»

Ginevra si guardò nuovamente le vene blu sui palmi, che sembravano così normali, come quelle di chiunque altro. Vermilia strinse la mano nodosa intorno a quella di Ginevra. «E poiché siamo speciali, è nostro dovere aiutare chi non lo è.»

Ginevra cercò di liberarsi, ma la stretta di Vermilia era salda. «Chiudi gli occhi.»

La ragazzina si dimenò e un vasetto di roba appiccicosa cadde da uno scaffale infrangendosi sul pavimento. «Chiudi gli occhi, ho detto!»

Obbedì. Seppe che le mura della città contenevano segreti che non avrebbero mai rivelato. Che il cibo preferito dei pesci erano bellissime pietre. Che l'ombra di una pianta di fragole era ciò che i vermi ritenevano più prezioso. E seppe, seppe davvero, che Vermilia era un'amica. La paura cedette il passo alla gioia più squisita. Aprì gli occhi. La stanza sembrava luminosa, adesso. Le palle di licheni parevano scintillare, le pile di granchi morti emettevano raggi di luce. Era più che un'aiutante sulla barca da pesca del padre. Era se stessa, per davvero: un mezzo attraverso il quale i poteri segreti della terra si sarebbero concretizzati in qualcosa di visibile e benefico.

2
Affinché tu sappia

1330 circa, città di Genova

Al centro della stanza disordinata di Vermilia c'era un piccolo tavolo di legno illuminato da un raggio di luce che filtrava dalla porta. Era lì che riceveva i clienti. Il primo compito di Ginevra fu sedere in un angolo, portare le cose che le venivano chieste e osservare in silenzio.

Notò come Vermilia annuiva quando le persone le sussurravano i loro problemi all'orecchio. Si lamentavano di una lite con il vicino oppure mostravano un piede dolorante o si alzavano le vesti impudicamente, la modestia cancellata dalla ricerca disperata di una soluzione. Allora Vermilia si muoveva velocemente nel disordine della stanza, staccando foglie dai mazzi appesi alle travi del soffitto, ordinando a Ginevra di portare una cucchiaiata di polvere dal barattolo arancione dipinto con guerrieri neri, una pietra proveniente da uno specifico ponte o il pelo della coda di un cane. Talvolta queste cose venivano macinate in una pasta o compresse in una pillola. Altre volte Vermilia le schiacciava in un sacchetto o le imbeveva nell'argilla e intimava al cliente di metterle intorno al collo o di seppellirle sotto un albero e pronunciare una preghiera speciale. Appena rimanevano sole, Ginevra esplodeva di domande.

«Cos'erano quelle foglie?»

«Perché una pietra proveniente proprio da quel ponte?»

«In che modo lo aiuterà seppellirla sotto un albero?»

E Vermilia rispondeva a tutte:

«Sono foglie di quercia e aiuteranno la digestione.»

«Perché stava camminando proprio su quel ponte quando è iniziata la discussione.»

«Perché l'albero apprezzerà il dono e guarirà il bambino.»

Nonostante quasi tutti in città avessero fatto visita a una guaritrice come Vermilia almeno una volta nella vita, a nessuno piaceva ammetterlo e tutti tenevano il cappuccio sul viso fino a che non entravano in casa. Ciò avveniva perché la pratica di Vermilia era al confine sottile tra l'accettabile e l'eretico, tra il consentito e l'illegale. E nessuno voleva essere associato a una strega quando qualcuno di importante avesse deciso che il lavoro della donna era da considerarsi eretico e illegale.

«È per questo che dovrai sempre essere discreta nelle tue abilità. Aiuta solo chi te lo domanda. Non offrire mai i tuoi servizi se non sono richiesti» consigliò Vermilia alla giovane allieva.

Ginevra, vibrante di gioia per la scoperta dei propri talenti naturali, fu infastidita da quella restrizione e non replicò.

«Mi stai ascoltando, Ginevra?» chiese Vermilia, schiacciando delle lumache con un pestello. «Le donne come noi devono fare attenzione a non interferire con i profitti delle Arti dei medici, dei dottori autorizzati. Non sbandierare in giro il tuo dono di guarire i pazienti senza speranza, quelli che i dottori affidano ai preti. È così che si rischia di attirare attenzioni sbagliate.»

«Ah!» La punzecchiò Ginevra. «Quindi se sei un vero dottore non hai bisogno di tenere segreta la magia?»

Vermilia scosse la testa. «Hai sentito la parte sbagliata di quello che ho detto! Il punto è rendersi invisibili. Se non lo farai, allora presto o tardi i preti sentiranno parlare di una servetta del porto che millanta di curare le persone con la stregoneria, e te ne pentirai. Inoltre è praticamente impossibile per una donna ricevere una licenza di medico. Quindi non pensare di riuscire a ottenerne una.»

Ginevra ci aveva già pensato. «Cosa intendi con "*praticamente* impossibile"?»

Vermilia sospirò. «Voglio dire che se tu fossi la donna più ricca di Genova, e tuo padre e suo padre prima di lui fossero medici, allora *forse* ti permetterebbero di frequentare l'università e di dare esami, farebbero un'eccezione. Ma per te, ragazza analfabeta del porto, niente di tutto ciò sarà possibile.»

Ginevra annuì, ma nella sua testa il piano si era già formato. *Devo diventare ricca ed entrare in una famiglia di medici. Tutto ciò che devo fare è sposare un uomo che sia entrambe le cose. Non è impossibile.*

«A ogni modo» disse Vermilia, «non ti piacerebbe ciò che impareresti all'università, non dopo tutto quello che ti insegnerò io. Noi abbiamo i nostri metodi. Le cose che facciamo non può farle chiunque, e a maggior ragione un uomo. Gli uomini di questi tempi sono troppo presi da se stessi per vedere ciò che sta davanti al loro naso. Si arrabbiano quando smascheriamo la loro cecità, diventano gelosi del nostro successo.»

Ginevra non ribatté. Sapeva che tutti gli uomini, persino suo padre che la amava, avevano una visione distorta di ciò che le donne erano in grado di comprendere e ottenere. Ma sapeva anche, per avere osservato la sua gentile madre, la saggia Vermilia e le orfane industriose che lavoravano il corallo, che gli uomini si sbagliavano.

«Ma Vermilia, i tuoi rimedi funzionano davvero. Molti uomini ne sono stati testimoni! Forse, anziché scomodare le streghe, i preti dovrebbero punire i dottori che si arricchiscono con cure inutili.»

«Verrebbe da pensarlo» rispose Vermilia. «Ma i miracoli dei santi sono l'unico tipo di magia divina riconosciuta dalla chiesa. Noi rappresentiamo una minaccia al suo potere perché offriamo rimedi alternativi, ricordando alla gente della magia che Dio ha posto in tutte le cose terrene.»

L'anziana donna si fermò per versare la poltiglia di lumache dentro un barattolo. Si pulì le mani, ripose la mistura su uno scaffale alto e si voltò verso Ginevra con occhi scintillanti. «Ma non devi commettere lo stesso errore. Se tieni gli occhi aperti, imparerai a vedere tutti i luoghi in cui si cela la magia. Qualche volta la troverai a vivere in una chiesa, ma lascia che ti dica una cosa, Ginevra: la vera magia raramente può essere estratta dall'osso del dito morto di un santo.»

Nel tempo Ginevra aveva imparato che le reliquie, le ossa delle dita e tutto il resto, erano motivo di fastidio per Vermilia. Quelle briciole mortali di santi erano sparse a migliaia in tutta l'Europa, nelle grandi cattedrali, nelle umili parrocchie e in collezioni personali, e si riteneva che possedessero grandi poteri. Nello specifico, si credeva che potessero esaudire le preghiere del fedele o, al contrario, causare problemi a coloro che non mostravano la dovuta riverenza.

Non che per Vermilia fosse un problema pregare le reliquie, le aveva spiegato. Il fatto era che i santi erano esausti e oberati di lavoro. E chi poteva biasimarli? I loro corpi terreni erano stati frammentati in una miriade di piccoli pezzi e poi spediti in dozzine di luoghi, a centinaia di chilometri di distanza. Erano semplicemente troppo sparpagliati, troppo ambìti, troppo sfruttati per rispondere al volume di preghiere che erano loro rivolte.

«Nessuno» diceva Vermilia, «non importa quanto santo, può essere ovunque e in ogni momento.»

Ecco perché c'erano anche molti devoti che si rivolgevano a Vermilia, quando la fede e i medici fallivano.

Ginevra si trovò a riflettere su quelle cose, un giorno, mentre praticava piccoli fori sui rami di corallo in modo che potessero essere indossati come amuleti. Si rese conto che c'era anche chi si rivolgeva a Vermilia come prima scelta, perché aveva problemi che non desiderava condividere con un medico o con un santo. Molte erano donne, bisognose d'aiuto per avere un bambino o per non averne uno. Tuttavia, a Ginevra sembrava che l'intera popolazione della città fosse rappresentata, in miniatura, dalla clientela di Vermilia. Che si trattasse di signori eleganti o di umili paesani, sgattaiolavano in casa della donna con problemi di cuore, salute e denaro. La consapevolezza che tutti gli uomini erano governati da comuni preoccupazioni faceva sentire Ginevra uguale a quelli che erano, in effetti, al di sopra del suo rango, e le infondeva sicurezza nei suoi ambiziosi propositi matrimoniali.

Mentre Ginevra era persa nei propri pensieri, una giovane donna scivolò attraverso la porta di Vermilia e si guardò attorno nervosa. Ginevra le gettò un'occhiata e, senza nemmeno interrompere il lavoro di perforazione dei coralli, disse a bruciapelo: «Se ti ungerai la lingua con miele e burro ogni giorno per una settimana, tua suocera si dimostrerà disponibile a soddisfare la tua richiesta.»

Vermilia la fissò, con le sopracciglia bianche sollevate. La giovane donna ringraziò entrambe con calore e scivolò fuori dalla porta.

«Sei stata brava, Ginevra» disse monna Vermilia, «ma la prossima volta ricorda di farti pagare.»

Dopo quel fatto, Ginevra passò da osservatrice ad assistente. Si sentiva orgogliosa di sé come mai prima di allora e avrebbe voluto condividere tutto ciò che le stava accadendo con i genitori, ma Vermilia glielo proibì. «È per il loro bene» aveva detto. Ogni volta che le chiedevano com'era andata la giornata, Ginevra rispondeva semplicemente di aver svolto le faccende richieste da Vermilia. Ma era molto più eccitante di così! Faceva bollire semi di cocomero nella cenere per curare la gotta, tagliava la testa alle anguille viscide per raccoglierne il sangue e somministrava confetti al gusto di rosa dipinti d'oro ai clienti ricchi che in realtà non avevano niente, ma che volevano comunque farsi prescrivere qualche rimedio.

Nella famiglia di monna Vermilia, le tradizioni della magia non erano morte, come era accaduto in quella di Ginevra, bensì erano rimaste nascoste e intatte per generazioni. I segreti migliori, tuttavia, li aveva ottenuti da un vecchio monaco a San Colombano, dove si trovava una preziosa biblioteca. Vermilia gli aveva somministrato un liquido intossicante che l'aveva fatto innamorare perdutamente di lei. A riprova della sua devozione, gli aveva fatto prendere i libri del monastero e glieli aveva fatti tradurre a voce alta dal latino al vernacolo. Ricordava quasi tutto ciò che lui le disse, un'abilità comune tra coloro che non sapevano leggere. Non raccontò nulla a Ginevra, perché in genere non approvava le pozioni d'amore; ma quando non c'erano clienti, Vermilia ripeteva a Ginevra i miti di Ovidio sugli dèi antichi che erano vissuti nel cielo o negli inferi o sotto l'oceano, causando problemi agli umani.

Per esercitarsi, le due camminavano lungo le strade affollate e Vermilia chiedeva a Ginevra di notare ciò che non andava nelle persone e di sussurrarle come le avrebbe curate. Durante una di quelle passeggiate superarono un uomo le cui magnifiche vesti di seta color vermiglio non riuscivano a nascondere un'aggressiva eruzione cutanea sul viso. Ginevra intravide un'opportunità. *Questo è il tipo di uomo che posso usare. Un uomo ricco che ci sia debitore, in grado di finanziarmi e appoggiarmi per entrare nell'Arte dei Medici.* Anche a Vermilia non era sfuggito.

«Che ne pensi?» chiese a bassa voce a Ginevra. «Qual è la cura?»

La ragazza rispose prontamente: «Gli preparerei una pasta con argilla e cenere d'assenzio, gli direi di metterla sulla testa e stare all'aperto fino a che il sole non la cuocerà a puntino. Poi dovrebbe chiedere scusa a chiunque abbia fatto un torto e lavarla via con acqua di mare, e starebbe meglio».

«Molto bene» disse Vermilia. «Questo è ciò che gli diremmo se dovesse venire da noi in cerca d'aiuto.»

«*Oppure* potremmo dirglielo comunque. Ce ne sarebbe molto grato, non credi?»

«Non credo, ragazza sciocca. Vieni.» Si voltò per andarsene.

Ma Ginevra non la seguì. La sua sfacciataggine era cresciuta insieme alle sue abilità. Sapeva quel poco che bastava da credere di sapere tutto, ed era stanca di trattenersi. Così, quando Vermilia si girò a cercarla, si accorse con orrore che Ginevra si era avvicinata al signore e gli stava facendo una proposta. Vermilia si avvicinò zoppicando e le diede uno schiaffo sulla testa, interrompendola a metà frase.

«Perdonatela, messere, è una sempliciotta.»

L'uomo borbottò qualcosa a proposito di *puttane*[2] pazze e si affrettò ad andarsene in una scia di forfora.

«Non sono una sempliciotta!»

«Ah no? Dovrai dimostrarmelo dopo questa scenetta. Oggi c'è una nuova lezione da imparare. Vediamo se ne coglierai il significato.» Vermilia prese Ginevra per un braccio e la condusse fino ai pontili di pietra che si affacciavano sul porto. Camminarono fino a quello più lontano e Ginevra vide che non c'erano barche ormeggiate quel giorno. Invece, era stata costruita un'ampia pira al termine del molo, sorvegliata da uomini sporchi di fuliggine che indossavano solo le brache. Vermilia la spinse in mezzo alla folla che si era radunata intorno alla pira. La gente parlava a bassa voce e si spintonava per vedere meglio le fiamme. Ben presto giunse un gruppo di uomini, guidati da un frate che indossava un cappuccio nero a punta. Sulle spalle portavano una scala di legno alla quale era legata una donna. La issarono in modo da metterla in piedi davanti al fuoco, esposta alla folla. Il mormorio degli spettatori si fece più forte fino a che il prete sollevò una mano per chiedere il silenzio.

«Siamo qui a pregare per l'anima di monna Caterina de' Augustino, che si proclama una strega ed è un'eretica relapsa.»

Qualcuno tra la folla mormorò delle preghiere ma la maggior parte dei presenti non disse nulla. Il prete proseguì:

«Nel 1332 fu convocata in tribunale poiché affermava di

[2] In italiano nel testo [n.d.t.].

aver scacciato gli spiriti maligni da una giovane ragazza. Pagò la multa e promise di non eseguire più tali rituali, ma era una bugiarda. In seguito, dopo che la corte le aveva mostrato clemenza, diede a una donna un amuleto in pietra inciso con dei simboli e le disse che l'avrebbe fatta rimanere incinta, e lo fece all'insaputa del marito della donna. E così è stata portata qui una seconda volta ed è diventata rabbiosa, ed è stata udita dire, in presenza di diversi testimoni, di avere il potere di espellere dal corpo demoni e malattie sconosciute ai medici, e ha affermato di poter fare altre cose simili che solo Dio può controllare.»

La folla fischiò. Ginevra guardò monna Vermilia la quale, con un cenno della testa verso lo spettacolo, intimò a Ginevra di continuare a guardare.

Il prete stava ora descrivendo come la donna alla fine si fosse pentita, ammettendo i suoi peccati. Ma Ginevra, come chiunque fosse abbastanza vicino, riuscì a vedere che tutte le dita della donna erano piegate in modo sbagliato e che forse lo spirito di Dio non era stata l'unica forza a ispirare la confessione. Il prete tracciò il segno della croce su di lei e fece un cenno agli uomini che tenevano la scala. Questi la fecero inclinare in avanti, in modo che cadesse di faccia sui tizzoni ardenti e fosse consumata dalle fiamme.

Un fiocco di cenere atterrò sulla guancia di Ginevra e lei lo scacciò con una manata, cercando di reprimere i conati. «Perché mi hai portata qui?» chiese singhiozzando.

«Affinché tu sappia» disse Vermilia. «Affinché tu sappia cosa succede se non mantieni i tuoi segreti.»

3
Galattiti

Luglio 1348, tra Genova e Firenze

E così si misero in strada sotto il sole rovente, una donna dal naso deforme e un bambino. Ginevra indossava un ampio cappello di paglia e Piero, che non aveva una madre che lo aiutasse a vestirsi, teneva la faccia abbronzata nascosta tra le pieghe del cappuccio. Ginevra camminava velocemente, lo sguardo teso in avanti a osservare il mondo deserto. Non lasciava le mura della città da... Quanti anni erano passati? Ebbe un momento di panico. Una lettera da un vecchio amante ed eccola lì, a rispondere alla chiamata dello stesso prete (no, non era più un prete, era un vescovo ora) che un tempo aveva ordinato che fosse torturata ed esiliata. Che cosa voleva da lei il vescovo Acciaiuoli, a ogni modo? La lettera di Ludovico menzionava solo "un piccolo problema". Doveva trattarsi di curare la peste, anche se quel problema non era affatto piccolo. Ma se si fosse trattato d'altro? E se il vescovo avesse inviato dozzine di lettere simili, affidate alle mani di dozzine di orfani come Piero? E se i fiorentini stessero convincendo i criminali a fare ritorno per poi bruciarli? Un piano disperato per placare un Dio furibondo, offrendogli streghe ed eretici. Ma anche dopo tutto ciò che era accaduto, Ginevra non riusciva a pensare che Ludovico fosse in grado di compiere un gesto tanto vile.

E allora, forse, l'alternativa migliore era anche quella più vera. Le sue speranze erano così azzardate che anche nel luogo sicuro della propria mente provava disagio a formularle: che Ludovico sentiva la sua mancanza, che si sarebbe fatto perdonare usando la propria influenza e la propria fortuna per riabilitare il nome di Ginevra; il suo appoggio le avrebbe assicurato che la richiesta per entrare nell'Arte dei Medici sarebbe stata presa in considerazione seriamente. Ma anche se quello fosse stato l'intento di Ludo, Ginevra sapeva che prima avrebbe dovuto compiere qualche magia eccezionale. E la verità era che non sapeva come curare la peste. O almeno, non ancora. La mano frugò nel borsello legato alla cintola e per la millesima volta ebbe conferma che le due pietre semisferiche erano ancora lì.

«Ehi!» disse Piero, trotterellando per tenere il passo con la sua camminata da adulta. «Rallentate.»

«Eh?»

«Dobbiamo rallentare. Non avete… non abbiamo portato con noi nemmeno un po' d'acqua. O cibo. Niente di niente. Dobbiamo rallentare e rimanere all'ombra, oppure moriremo per il caldo.»

«Tieni, prendi l'acqua della mia fiasca.»

Scosse la testa. «Vi ho detto che il prossimo pozzo si trova ad almeno un giorno di cammino da qui…»

«Prendila» disse lei spingendo la fiasca tra le mani del ragazzino. «Troveremo ciò di cui abbiamo bisogno.»

Ma lui scosse la testa e gliela restituì.

Ginevra scrollò le spalle, aprì la fiasca e bevve copiosamente. Piero la fissava angosciato. «Ora, Piero, berrai. Come hai detto tu, il sole è rovente e dobbiamo fare attenzione.»

Con sua sorpresa, la fiasca che gli venne offerta era pesante quanto prima. La mise vicino all'orecchio e la sentì oscillare. Bevve un sorso, con cautela, e scoprì che l'acqua era fresca e gorgogliante di minerali, come se provenisse da una sorgente di montagna e non dalla cisterna sotto la grondaia di Ginevra, dove sapeva che era stata riempita. Ed era piena. E nonostante continuasse a bere, rimaneva tale. Guardò Ginevra con occhi interrogativi. «Ci durerà per tutto il viaggio, credo» fu tutto ciò che disse lei, tornando pensierosa.

Il secondo giorno giunsero a un frutteto. Il terreno era appiccicoso per via della frutta che era maturata e marcita senza essere stata colta. L'aria ronzava di moscerini. «Qui troveremo qualcosa da mangiare» disse Ginevra.

Ma Piero rimase indietro. Aveva già oltrepassato quel luogo, all'andata, e sapeva che i contadini giacevano morti accanto al raccolto abbandonato sul terreno del frutteto. «È troppo tardi, la stagione è passata» disse. «Gli alberi sono spogli.»

«Vieni» rispose lei prendendolo per mano.

Camminarono tra i filari di alberi le cui foglie si accartocciavano e appassivano al caldo. L'aria era pesante per l'odore di albicocche ammuffite e di qualcos'altro, dolce e pungente. Ginevra si fermò davanti a un albero il cui tronco era spaccato a metà e cresceva in due direzioni opposte. Mise le mani sul punto in cui i tronchi si congiungevano.

«Ve l'ho detto» disse Piero. «Non c'è nulla qui.»

Lei tolse le mani dal tronco e sorrise, riponendo qualcosa nel borsello. «Devi guardare in alto, non in basso. Li vedi quei rami? Sulla sinistra ci sono le albicocche, sulla destra i fichi. Arrampicati e raccogline più che puoi.»

«Ma... Come fanno a crescere entrambi sullo stesso albero?»

Ginevra scrollò le spalle. «Gli alberi fanno ciò che vogliono» disse. Poi cominciò a cogliere i fichi dalle frasche più basse. I due riempirono le sacche e camminarono fino all'imbrunire, quando si imbatterono in un fienile abbastanza asciutto per passare la notte, proprio quando Piero cominciava a sentirsi stanco.

Il terzo giorno c'erano dei nuvoloni scuri che facevano rizzare i capelli sulla testa. Lasciarono il fienile per rifugiarsi in una piccola capanna di paglia con le porte spalancate e nere. Entrambi erano timorosi di ciò che avrebbero trovato all'interno. Sulla soglia ebbero un sussulto dinanzi a due paia di occhi che li fissavano scintillanti da un angolo buio, come gatti di notte. Ma erano occhi umani: due bambini, poco più grandi di Piero. Uno teneva in braccio un neonato. Piero rimase timidamente sull'uscio, ma Ginevra entrò a passo spedito.

«Siete rimasti solo voi tre qui?» chiese.

Il ragazzino più alto annuì. «Potete aiutare la nostra sorellina?» Le porse la neonata indebolita.

Ginevra la prese. «Chi le ha dato da mangiare?» chiese loro con gentilezza.

Il più piccolo cominciò a piangere. «Abbiamo una capra. Ma non dà più latte da ieri.» Con un cenno indicò la parte opposta della stanza.

Ginevra si voltò e vide una capra che leccava il sale dalle pareti terrose. Disse al ragazzo: «Vai nei campi e portami qui un corno. Ho visto un bufalo morto là fuori. Presto, prima che cominci la tempesta. Piero ti aiuterà.»

Ma Piero esitava sulla soglia. Non gli piaceva l'idea di lasciare sola la sua compagna di viaggio, dopo che si era dato tanto da fare per trovarla. Osservò in silenzio Ginevra che rincorreva la capra, che le sfuggiva facilmente dalle mani. La neonata in fasce giaceva sul letto singolo, fissando le travi sul soffitto.

«Che cosa state facendo?» chiese infine Piero.

Ginevra sobbalzò al suono della sua voce. «Sto cercando di prendere questa capra!»

«Perché? Il ragazzo ha detto che non dà latte...»

«Piero, per favore. Solo... Aiutami a prendere questa maledetta capra e tienila ferma. Ti spiegherò tutto più tardi.»

Così Piero la aiutò, tenendo ferma la capra in un angolo mentre Ginevra estraeva dal borsello un disco bianco e liscio, levigato e brillante come un dente. Lo offrì alla capra, la quale lo prese in considerazione per un istante prima di prenderlo sulla punta della lingua e inghiottirlo. L'animale si scrollò Piero di dosso e cominciò a fare avanti indietro nella stanza, belando.

Ginevra trasse un sospiro di sollievo. «Piero, chiedi ai ragazzi di darti un secchio.»

«Perché?»

«Così potremo mungere questa povera capra! Non la senti? Sta per esplodere.»

Piero si voltò verso la capra e poi di nuovo verso Ginevra, che in qualche modo era riuscita ad accendere un fuoco nei pochi istanti in cui lui aveva distolto lo sguardo.

«Il secchio!»

I tre ragazzi tornarono e lei ordinò loro di bollire il corno e scavarne l'interno, in modo che fosse vuoto. Poi praticarono un foro sulla punta e lo riempirono di latte per la neonata.

Rimasero così durante la tempesta, mangiando fichi e albicocche e nutrendo la neonata fino a che non riprese colore. Ginevra e Piero se ne andarono al mattino.

«Quanto è lontano il prossimo pozzo?» gli chiese. «Te lo ricordi?»

«Pensavo aveste detto che la fiasca ci sarebbe durata per tutto il viaggio.»

Lei non disse nulla.

Ore più tardi giunsero a un altro frutteto. «Guardate, Ginevra, quelli sono alberi di pesche! Pensate che troveremo della frutta?»

Lei scosse la testa. «No, quegli alberi sono morti. Ho delle prugne che ho portato da Genova, ma non dobbiamo mangiarne troppe. Ci restano ancora molti giorni di cammino.»

Piero si fermò. «Ditemi cosa sta succedendo! Prima non lasciate che prendiamo alcuna provvista perché sarete in grado di trovarne, ora mi dite che non abbiamo quasi nulla dopo che abbiamo regalato tutti i fichi e l'acqua a quegli estranei? E perché avete fatto mangiare un sasso alla capra?»

Ginevra sospirò. Era il momento di smettere di nascondersi. «Quel sasso si chiama galattite, è una pietra del latte. È molto antica e la sua presenza crea abbondanza dove prima non ce n'era. È così che ho mantenuto la fiasca piena e fatto in modo che gli alberi dessero frutta fuori stagione.»

«E l'avete data da mangiare a una capra?»

«La neonata sarebbe morta di fame, Piero.»

«Ora saremo noi a morire di fame.»

«No. Noi non moriremo di fame perché siamo intelligenti. Di certo hai capito che avevano bisogno del nostro aiuto. Sarebbero morti senza di noi.»

«E allora? Sono già tutti morti. Mia madre, mio padre, mia sorella, tutti morti! E non c'era nessuno ad aiutarli.»

«Anche i miei genitori sono morti, Piero. So cosa significa soffrire per la propria famiglia, ma non dobbiamo essere crudeli.» Cercò di fargli una carezza ma lui si scostò bruscamente.

«Voi siete vecchia! È normale che i vostri genitori siano morti. Tutti coloro che sono vissuti qui sono morti, tranne noi e quei disgraziati nella capanna. Pensate che sarà una capra a salvarli? Avete solo prolungato le loro sofferenze.»

«Piero, sei troppo giovane per avere dei pensieri così malvagi.»

«Vi interessa più di loro che di me. Io, che ho fatto tutta la strada da Firenze per portarvi una lettera.»

«Ssst. Non essere geloso. Il malocchio sente queste cose. Arriverà e te la farà pagare.»

«L'Occhio non esiste» replicò lui, anche se a bassa voce e in tono più insicuro. «È una storia che usano le donne per spaventare i bambini.»

Ginevra rimase in silenzio.

«Non è reale, vero?» chiese Piero.

«È reale, e io l'ho provato sulla mia pelle. Devi fare attenzione, o accadrà anche a te.»

4
Occhio Malocchio

1333, città di Genova

Ginevra ricordava chiaramente. I fili dorati la tiravano, connettendola alla se stessa del passato. Non aveva più ventotto anni, una donna in età avanzata. Ne aveva tredici, e sua madre le aveva confezionato un abito nuovo per rimpiazzare quello vecchio, talmente consunto che non andava bene nemmeno per una ragazza povera.

«Tienilo pulito» le aveva detto la madre. «Dovrà andarti bene fino a che ti sposerai.»

Ginevra promise di fare attenzione e se ne andò via, raggiante, a sfoggiare al mondo il suo nuovo indumento. Uno strattone all'orlo del vestito interruppe le sue fantasticherie. Era una piccola mendicante, le cui labbra erano raggrinzite al punto che si vedevano i denti davanti. Strinse l'abito di Ginevra e le spinse addosso una ciotola vuota.

In un qualunque altro momento Ginevra sarebbe corsa a casa a cercare un vecchio pezzo di pane, ma quel giorno temette che le mani sporche della ragazza potessero imbrattarle il vestito. La allontanò con decisione e continuò a camminare, lanciandosi un'occhiata incuriosita alle spalle, verso la ragazza seduta nella polvere. I loro sguardi si incrociarono. Ginevra sentì il respiro che si mozzava. Distolse lo sguardo e riprese il cammino.

Il mattino seguente, di buon'ora, Ginevra indossò l'abito nuovo e si accorse che prudeva in modo insopportabile. Pizzicava al punto da farle rimpiangere quello vecchio, che era già stato ridotto in stracci. Facendo del suo meglio per non grattarsi dappertutto, cominciò il tragitto quotidiano per attingere l'acqua alla fontana pubblica. Giunta nella piccola piazza in cui sgorgava l'acqua, sbatté il dito del piede con tanta forza che l'unghia si spezzò e sanguinò.

«*Porco Dio*[3]» mormorò. Si portò la mano alla bocca. Era un'imprecazione assai scurrile, che solo i marinai pronunciavano. Non aveva mai osato essere blasfema prima di allora, nemmeno un pochino. Si guardò intorno per capire se qualcuno l'avesse udita e poi proseguì nel suo compito, riempiendo la pesante brocca dell'acqua e zoppicando verso casa.

Lungo la strada fu inseguita da alcuni cani che di solito se ne stavano per conto loro, e riuscì a fuggire per un pelo lanciando loro addosso la brocca, che si infranse al suolo. Camiola, contrariata che una brocca in perfetto stato fosse andata distrutta, per non parlare del fatto che era rimasta senza acqua per la giornata, pettinò i capelli di Ginevra con tanta veemenza che il pettine si impigliò in un nodo e un'intera ciocca le fu strappata via.

Tenendosi la testa e contorcendosi nel vestito, Ginevra si affrettò verso la casa e il negozio della sua mentore, in cerca di sollievo. Entrò sbuffando nella stanza di Vermilia, aspettandosi immediata compassione, ma la vecchia era curva sul fuoco basso del caminetto e sembrava mormorare qualcosa alla pietra arancione del suo anello.

«Ehm» tossì Ginevra.

«Sei in anticipo» disse Vermilia senza voltarsi.

«Dimmi che cosa stai dicendo a quella pietra!»

«Sono io che do gli ordini qui, mettiti al lavoro e lasciami stare!» E tornò a mormorare all'anello.

Intimidita, Ginevra cercò di concentrarsi sulle faccende: doveva preparare delle ortiche da bollire nel vino per gli uomini che non riuscivano a soddisfare le mogli. Ma era tal-

[3] In italiano nel testo [n.d.t.].

mente maldestra che i peli urticanti della pianta le si conficcarono nelle mani. Le agitò in aria per trovare sollievo, ma sentì prurito allo stomaco, così fece un rapido movimento per grattarsi, finendo per rovesciare una coppa di vino sul vestito nuovo. Le lacrime le riempirono gli occhi mentre la macchia viola si allargava sulle fibre grigie.

Vermilia smise finalmente di mormorare e nascose la pietra tra gli abiti. Si voltò verso l'allieva. «Che cosa ti succede oggi?»

Il labbro inferiore di Ginevra tremò nello sforzo di mantenere un'espressione neutrale. «Da stamattina ho perso un'unghia del piede, la brocca dell'acqua di mia madre e una ciocca di capelli. Sono stata inseguita dai cani randagi e ora ho macchiato l'unico vestito che ho, che nel giro di una notte mi è diventato stretto e scomodo. Hai mai sentito di una giornata peggiore di questa?»

«Sì» rispose Vermilia. «È tutto qui?»

Ginevra le voltò le spalle bruscamente. Nel movimento, il palmo della mano urtò un punto ruvido del tavolo e una grossa scheggia le si conficcò dolorosamente nella carne. «Lo vedi!» gridò, ostentando il nuovo marchio. «Sono stata maledetta!»

Vermilia guardò la ferita e si premette un dito contro le labbra, pensierosa.

«Ginevra, dimmi ciò che sai.»

La ragazza chiuse gli occhi. L'esercizio era ormai familiare. «So che le persone cattive sono ricche anche se io, che sono meritevole, rimango povera. So che sono bellissima nel mio abito nuovo ma a ricevere apprezzamenti sono sempre le ragazze più brutte...»

«Basta così.» Vermilia prese una sottile ciotola di legno e la riempì d'acqua, posandola al centro del tavolo. «Ginevra, va' a intingere un dito nell'olio d'oliva.»

Ginevra smise di tirare su col naso. Conosceva quel rituale. Era richiesto da coloro il cui bestiame si ammalava e moriva senza motivo, i cui giardini non crescevano, giovani uomini che diventavano all'improvviso impotenti, donne a cui cadevano i capelli dopo una lite con una vicina.

«Pensi sia *quello*?»

«Ssst! Fa' quello che ti ho detto, ragazza.»

Intinse la mano dolorante e insanguinata nel barattolo dell'olio e dalla punta delle dita lasciò cadere tre gocce dorate nell'acqua. Due di esse sprofondarono nella ciotola e vide le sfere d'olio depositarsi sul fondo e unirsi, un globo intatto e distinto sotto la superficie dell'acqua.

«*Porco Dio*[4]!» disse di nuovo Ginevra.

Vermilia emise un fischio angoscioso. «Le gocce affondano e non si espandono.» Abbassò la voce. «Qualcuno ti ha fatto il malocchio...»

«L'Occhio del Male? Come mi ha trovata? È qui ora?» Ginevra si guardò intorno nervosamente, strizzando le palpebre verso gli angoli bui della stanza.

«È qui e non lo è» rispose Vermilia. «Questo lo sai. Vaga sulla terra e i suoi compagni sono la gelosia e l'orgoglio. È dappertutto, è da nessuna parte.»

«Perché mi prendi in giro parlando per enigmi?» sibilò Ginevra. Cercò di estrarre la scheggia dalla mano ma riuscì soltanto a spingerla più a fondo. «Mi hai sentita, vecchia, o hai le orecchie troppo pelose?»

«Sta' calma, creatura malvagia! È il malocchio che ti fa parlare così. Il che significa che dobbiamo farti ridere. Soffri il solletico?» Vermilia allungò entrambe le mani e la toccò sotto le ascelle.

«Non toccarmi, megera!» gridò Ginevra, balzando indietro. «Sei rimbambita perché sei troppo vecchia.» Vermilia alzò gli occhi al cielo in risposta.

«E tu sei diventata stupida per la rabbia e hai dimenticato ciò che ti ho insegnato.»

Un angolino della mente di Ginevra si liberò dalla nube turbinosa di amarezza e ricordò le lezioni: la risata era in

[4] In italiano nel testo [n.d.t.].

grado di allontanare lo sguardo dell'Occhio, spaventarlo al punto da farlo fuggire lontano.

«Raccontami una barzelletta, allora, così posso ridere» riuscì a dire, «ma non toccarmi mai più.»

«Brava, ragazza. Sfortunatamente le uniche barzellette che conosco parlano di fornicazione, e tu sei ancora troppo vergine per trovarle divertenti. Ma lascia che ti chieda una cosa: recentemente hai comprato del pesce da Casoli Paracrotti?»

«È l'inizio di una barzelletta?»

«L'hai fatto?» ripeté Vermilia.

«No! Perché ti interessa cosa mangia la mia famiglia a cena?»

«Perché quell'uomo è uno jettatore.»

Quella terribile parola catturò l'attenzione di Ginevra. «Intendi dire Ser Paracrotti, che ha sempre quei grossi gamberi rosa?»

«Sì. I gamberi sono un inganno. Gli jettatori sono sempre affascinanti, hanno successo negli affari. È così che ti fanno abbassare la guardia. Ma la sfortuna raggiunge tutti quelli che gli si avvicinano. Quando uno jettatore ti guarda, senti il freddo raggiungerti l'anima, le ossa...»

L'Occhio, di per sé, non era così raro da incontrare, Ginevra lo sapeva. Poteva essere lanciato da chiunque provasse rancore, rabbia, gelosia. Le persone venivano sempre da Vermilia, intingevano le dita nell'olio e poi ascoltavano le eccellenti barzellette sulla fornicazione fino a che l'Occhio non fuggiva via.

Ma uno jettatore? Quelle erano persone nelle quali l'Occhio risiedeva fin dalla nascita! Che fossero arrabbiate o meno, chiunque incontrasse il loro sguardo veniva afflitto dalle peggiori disgrazie. Non sarebbe bastato il trucchetto della risata a far fuggire l'Occhio, se proveniva da uno jettatore.

«Allora, Ginevra: se non ti sei recata da Ser Paracrotti, hai fatto ingelosire qualcuno? Un vicino?»

Ginevra cominciò a scuotere la testa, ma si ricordò della ragazza con il labbro spaccato. Una fitta colpevole si fece strada tra la rabbia e Vermilia se ne accorse.

«Dimmi tutto.»

«C'era una ragazza. Aveva il volto sfigurato. L'ho soltanto guardata.»

«Sai bene che non bisogna fissare le disgrazie altrui. Almeno l'hai guardata con gentilezza? Le hai offerto del cibo? Una preghiera?»

Ginevra guardò il pavimento.

«Perfida ragazza! Ti sei attirata la disgrazia. Non possiamo risolverlo con le barzellette. Che cosa ha spinto un cuore gentile come il tuo a provocare una ragazza deforme al punto da lanciarti l'Occhio?»

«Non intendevo provocarla. Ero soltanto sorpresa da quella mendicante sporca!»

«Ma sentila. Tu, che mangi zuppa di farro su un pavimento di terra battuta. Ti è bastato uno scialbo abito nuovo per parlar male di chi ha ancora meno. Continua così, è proprio quello che l'Occhio vuole...»

Ma Ginevra ascoltava a malapena. Stava cercando con ogni sforzo di trattenere tutte le cose ignobili che avrebbe voluto dire e fare quando venne sopraffatta da un attacco di singhiozzo con spasmi dolorosi che le attraversarono il corpo.

«Per favore... HIC... Per favore, non riesco... HIC...»

«*Porco Dio*[5]» disse allora Vermilia. «Se non riusciamo a scacciare via l'Occhio, dovremo forarlo. Ma l'Occhio non dimenticherà facilmente una pugnalata...»

«Non... HIC... Non mi interessa, toglimelo di dosso!»

«Molto bene, come vuoi» disse Vermilia in tono grave. Prese due grossi aghi e li porse a Ginevra. «Infilane uno nella cruna dell'altro e ripeti:

[5] In italiano nel testo [n.d.t.].

Si buchi la perfidia
Occhio contr'occhio
Schiatti l'invidia
E crepi il malocchio.»

Attraverso gli orribili singhiozzi, Ginevra ripeté i versi e dopo essersi punta le dita numerose volte riuscì a infilare un ago nell'altro. Vermilia prese gli aghi e li affondò per tre volte nella ciotola dell'acqua. Insieme guardarono la larga macchia d'olio affiorare in superficie e disperdersi. Vermilia mormorò una preghiera di ringraziamento. Ginevra vomitò su tutto il vestito.

5
Manu fica

1333, città di Genova

Ginevra si svegliò di colpo sul piccolo letto di Vermilia. Il sole stava tramontando e si sentiva nauseata e assetata, come se avesse ingoiato acqua di mare. Cercò di mettersi seduta ma le si annebbiò la vista e si fermò, aspettando che il sangue tornasse alla testa. Vermilia la udì muoversi e si avvicinò al letto.

«Ah! Bene. Bentornata, rieccoti.»

«Quanto… quanto ho dormito?»

«Tutta la notte e tutta la giornata.»

«Cosa? Mia madre…»

«Va tutto bene, calmati. Ho mandato a dire ai tuoi genitori che ti trovi qui. Vieni con me, ora.»

Aiutò Ginevra ad alzarsi e le porse un infuso fumante di foglie di finocchio in una tazza di legno.

«Bevi questo, ti aiuterà a pulire la bocca dopo tutte le cose sporche che ha pronunciato.»

Ginevra si prese il viso tra le mani e gemette.

«Va tutto bene, cara, non sei la prima né sarai l'ultima a beccarsi l'Occhio.»

Ginevra osservò il viso dell'amica, segnato da decenni di sorrisi gentili e sguardi comprensivi che elargiva ai suoi clienti, a titolo gratuito. L'amica che l'aveva strappata dalle fatiche quotidiane del lavoro da pescivendola e aveva condiviso con lei segreti e storie che nessun altro conosceva.

«Le tue orecchie non sono così pelose» disse in tono titubante.

Vermilia rise. «Sai, su quello avevi ragione. Le ho ripulite mentre dormivi.»

«Non avrei comunque dovuto dirlo. Non darò mai più a qualcuno un motivo per lanciarmi l'Occhio. Sarò sempre umile, e non mi importerà più dei vestiti, e non penserò mai più male di qualcuno.»

«Una bella promessa, ma impossibile da mantenere anche per il più puro di cuore. Per te sarà ancora più difficile. Le abilità che possiedi… L'Occhio te le invidia. E non dimenticherà che l'hai infilzato. Ti cercherà sempre.»

«Come posso impedirgli di trovarmi, allora?» chiese Ginevra, preoccupata ed esausta.

«Su, su. Inala profondamente il finocchio e ti racconterò una storia mentre la tua mente si rischiara.» Ginevra chinò la testa sul bordo della tazza e starnutì sul vapore speziato.

Vermilia cominciò. «Ai tempi degli dèi pagani, ve n'era uno chiamato Forco, che viveva nel mare e governava i mostri degli abissi. Al posto delle gambe aveva due code di pesce spinose. Al posto delle mani aveva due pinne scivolose. Forco aveva una figlia bellissima di nome Medusa, la cui caratteristica più affascinante erano i capelli, che sventolava in faccia a tutti, mettendoli in mostra e ammaliando gli uomini grazie a essi.»

Ginevra toccò il punto in cui i capelli le erano stati strappati via, la mattina precedente, e scoprì che le faceva ancora male. Premette più forte, accettando il dolore come punizione per la propria vanità.

«Alla fine» proseguì Vermilia», «Medusa decise di giacere con un dio, così si recò da Nettuno, che era il re degli oceani, e gli mostrò i bellissimi capelli. Lui la desiderava a tal punto che la portò nel luogo più vicino e riservato, un tempio sacro, e lì si divertirono per molte ore. Ma non era così riservato come credevano: la dea Minerva, che possedeva il tempio, li vide. Minerva era una vergine rinomata e si infuriò davanti a un comportamento così lascivo. Così, per assicurarsi che Medusa non giacesse mai più né con un uomo né con un dio, Minerva trasformò i suoi bellissimi capelli in serpenti guizzanti e rese il suo volto brutto e spaventoso quanto i demoni dell'inferno che si possono vedere dipinti sul soffitto della chiesa di San Lorenzo. Divenne talmente brutta che ogni uomo che la guardava si trasformava in pietra.»

«E che ne è stato di Nettuno? Lui come venne punito?»

«Non venne punito perché anche lui era un dio e pertanto poteva fare ciò che voleva.»

«È tremendamente ingiusto.»

«Sono d'accordo. Ma non è questo il punto della storia. Dopo che Medusa venne trasformata in quel mostro disgustoso, corse a nascondersi in una grotta buia nel cuore di una montagna, poiché non sopportava di vedere il proprio aspetto. Molti uomini cercarono di ucciderla, ma lei li trasformò tutti in pietra con lo sguardo. E così fu per molto tempo, fino a che un semidio di nome Perseo decise di ammazzarla. Strisciò nella grotta di Medusa mentre lei dormiva e portò con sé uno scudo, lucido e brillante come uno specchio. Camminò all'indietro verso Medusa, guardando solo il riflesso del suo volto spaventoso nello specchio, e in questo modo riuscì a tagliarle la testa. È così che è nato il malocchio. Quando Perseo le tagliò la testa liberò nel mondo il suo sguardo malvagio ed è per questo che ora si trova dappertutto. Ma ci diede anche un modo per proteggerci. Mentre faceva ritorno a casa, Perseo vide una donna incatenata a degli scogli sull'oceano, che stava per essere divorata da un serpente d'acqua. Si avvicinò per soccorrerla, ma per essere certo che la testa di Medusa non si rovinasse, la posò su un letto di alghe morbide per tenerla al sicuro.»

«Riuscì a salvare la ragazza?»

«Ci riuscì! E si sposarono. Ma nemmeno questo è il punto della storia. Il punto è che mentre la testa di Medusa si trovava sulle alghe, del sangue gocciolò dal collo colorando di rosso le piante, che si trasformarono in pietre. Le ninfe del mare le videro e ne furono deliziate, piantarono quei semi in tutto l'oceano, e così nacque il corallo, dal sangue di Medusa.»

«Quindi i coralli sono il sangue di Medusa?»

«Esattamente. Ed è per questo che compro i coralli da tuo padre, perché servono a tenere lontano l'Occhio da ciò che vorrebbe maledire, come i bambini, i marinai o i mercanti di successo. L'Occhio è attratto dal corallo ma non può sopportare di vedere il proprio sangue, e la propria bruttezza. Fugge se messo davanti al proprio riflesso.»

«Ho bisogno di indossare un corallo, ora» comprese Ginevra. «Posso farlo. Molte persone già lo fanno. È molto più facile che cercare di non pensare male di chiunque! Lo costruirò a forma di croce, così anche Cristo mi proteggerà.»

«Ah, Ginevra. L'Occhio è molto antico, anche più del nostro Dio. Non si fa intimidire dai simboli cristiani. Le litanie del clero sono irrilevanti. È per questo che i miei affari continuano. La gente si ammala, prega Santo Questo e Santo Quello, ma alla fine sgattaiolano qui di notte o al mattino presto per assicurarsi che il problema sia risolto da qualcuno che non ignora gli *altri* metodi. Ciò che intendo dire è che non ti serve una croce, ti serve questo.» Estrasse un sacchettino dal borsello che teneva alla cintura e lo porse a Ginevra.

Ginevra lo aprì con attenzione e ne estrasse un lungo cordoncino nero. Appeso a un'estremità c'era un pezzo di corallo raffinato, rosso scuro, intagliato nella forma di una piccola mano chiusa a pugno. Il pollice era infilato tra l'indice e il medio: era la *manu fica*, un famigerato gesto volgare raffigurante l'amplesso che da migliaia di anni istigava risse nelle taverne. La *manu fica* era appesa al cordoncino in modo che il pollice fallico puntasse in basso, verso la terra. Il polso era montato su un castone dorato impreziosito da simboli che Ginevra non conosceva: conchiglie, noci e frutta, delicatamente tracciati da qualche antico incisore. Sollevò lo strano e meraviglioso oggetto. Era ormai piuttosto buio in casa di Vermilia, ma il pendente di corallo sembrava brillare di luce propria. Ginevra vide che ciascun dito era coperto da un'unghia perfettamente intagliata, piccole vene costellavano il dorso della mano, coperta di rughe e pieghe così squisitamente lavorate da sembrare carne viva e non un gioiello intagliato che oscillava, come un pendolo, all'estremità del suo cordoncino.

Vermilia ruppe quel silenzio quasi sacro. «Come ho detto, l'Occhio non sopporta gli scherzi. Ora, quando verrà a cercarti, sarà attratto dal rosso del corallo, ma una volta che si accorgerà che l'hai ingannato per indurlo a guardare la rude *manu fica*, sarà molto offeso e fuggirà.»

Ginevra era affascinata dalla nitida bellezza del pendente. «Dove l'hai trovato?» chiese.

«Un orafo mi doveva un favore. Gli ho fatto visita mentre dormivi. Era il mio giorno fortunato, ho trovato questo. Un pellegrino ubriaco l'aveva impegnato e non ha mai fatto ritorno.»

«Questo è per me?» chiese Ginevra, del tutto incredula che una persona di basso rango come lei potesse vantare come proprio un simile gioiello. «L'orafo doveva esserti davvero debitore.»

«Sì, sì, lo era» sorrise Vermilia. «Ha vissuto grosso e gonfio come un rospo per due anni fino a che sono riuscita a sgonfiarlo. Ora, indossalo e ascoltami.» Afferrò il viso di Ginevra con entrambe le mani. «È un vero amuleto, lo vedi come brilla? Il suo potere è molto forte. È più forte dei nuovi coralli che pesca tuo padre, di qualunque cosa io faccia. È stato benedetto da incantesimi antichi, ormai dimenticati, da parole segrete, dai sacri tratti del coltello dell'incisore, che le mani mortali non potranno mai imitare. Ma ci sono tre cose che devi ricordare su questo amuleto. Primo: quando lo indossi sei al sicuro da qualunque danno possa provocarti l'Occhio. Non può raggiungerti, nemmeno tramite uno jettatore. Secondo: fintanto che lo indosserai, nessuna malattia potrà mai entrare dentro di te. Terzo, e cosa più importante: niente è infallibile. Non attirare su di te le ire degli uomini e delle donne: loro non hanno bisogno dell'Occhio per fare del male, e potrebbero nuocere a te come nuocciono a tutti gli altri.»

Ginevra annuì solennemente.

«Bene. Hai capito. Dovrai fare attenzione a come cambia colore e temperatura. Quando intorno c'è dell'altra magia, o quando ti protegge da qualcosa di invisibile come il malocchio o una malattia, diventerà caldo e si illuminerà di rosso. Quando avverte un pericolo che non può evitare diventerà pallido e freddo, e saprai che dovrai fuggire. Per questo dovrai indossarlo sempre, anche quando dormi. Ora che hai punto il malocchio con l'ago, esso attende l'opportunità per vendicarsi. Quindi infila il corallo sotto i vestiti, a contatto con la pelle.»

«Sotto i vestiti, a contatto con la pelle. Sempre, sempre» disse Ginevra, ancora imbambolata a fissare l'oggetto. Lo mise attorno al collo e si rese conto che fino a quel momento la sua vita era stata un "prima", e ora ci sarebbe stato un "dopo", e avrebbe potuto essere glorioso se fosse riuscita a rimanere sotto la luce benevola di quel magnifico e antico gioiello.

Quando Ginevra recuperò completamente le forze dal malocchio, tornò nel luogo in cui aveva incontrato la ragazza dal viso deforme, sperando di fare ammenda. Ma non la trovò. Aveva perso l'opportunità per essere gentile.

6
La saggezza dell'albero di pere

6 luglio 1348, fuori dalle mura di Firenze

Mentre vagava attraverso la campagna dilaniata dall'epidemia con l'orfano Piero, Ginevra ricordava quei giorni lontani: il terrore dell'incontro con l'Occhio, l'estasi per il prezioso corallo donatole da Vermilia. Più ci pensava, più era delusa da se stessa. Vermilia aveva investito così tanto nel suo potenziale. E così avevano fatto molti altri. E che cosa aveva realizzato Ginevra, con quei doni? Nulla, se non diventare una donna mediocre e solitaria. Diede un'occhiata a Piero, che arrancava al suo fianco. Lui colse il suo sguardo e sorrise, affrettando il passo. "Non è importante il passato, non sono importanti questi pensieri oscuri" si disse. "Adesso farai tutto come si deve."

Motivati dall'inaspettata mancanza di provviste, avevano viaggiato senza fermarsi ed erano vicini alla loro destinazione, Firenze. In quel momento, un'ansia acuta invase la mente di Ginevra: stava per rivedere un uomo che aveva fatto l'amore con lei e poi l'aveva lasciata marcire in prigione, e c'erano una o due cose che aveva bisogno di dirgli. Cominciò a immaginare l'intera conversazione, nella quale Ludovico, meravigliato dell'intelligenza di Ginevra, implorava perdono per le proprie colpe. Si chiese, per la centesima volta, se sua moglie fosse morta e se fosse quello il motivo di tutto ciò. Si chiese di nuovo perché un uomo potente come il vescovo Acciaiuoli supplicasse un'udienza con lei. Specialmente dopo che aveva orchestrato con tanta attenzione il suo esilio. Così, quando raggiunsero l'ultimo ponte sul fiume Arno prima della città vera e propria, disse a Piero che si sarebbero accampati lì, anche se Porta San Gallo, per entrare a Firenze, era solo a un'ora di cammino. Aveva bisogno di un'altra notte per pensare.

«Per favore, Ginevra, non possiamo continuare? Sono stanco di dormire per terra e mangiare prugne secche.»

«Sii grato per quelle prugne, Piero» rispose Ginevra, che ne era altrettanto nauseata. «È meglio aspettare il mattino. I cancelli potrebbero già essere chiusi da un pezzo e ci toccherebbe tornare indietro per evitare di dormire accanto alle pile di immondizia fuori dalle mura.»

Brontolando, Piero si addentrò nella boscaglia circostante per cercare dei legnetti con cui accendere il fuoco, nel crepuscolo che si avvicinava.

Ginevra sedette contro un albero e guardò le acque marroni dell'Arno che mulinavano verso Firenze. Un corpo portato dalla corrente le passò davanti galleggiando e lei chiuse gli occhi. Quando li riaprì vide un bellissimo albero di pere che cresceva sulla riva scoscesa del fiume. Non l'aveva notato prima. Era coperto di boccioli bianchi dalla punta rosa. Respirò profondamente e un profumo leggero la riempì di tranquillità. Gli alberi di pere erano saggi. Conoscevano le risposte ai problemi delle donne. Si avvicinò e i boccioli si aprirono in fiori profumati. Toccò un ramo e i petali si chiusero e si gonfiarono, diventando pere dorate. L'albero le stava parlando di amore che matura nel tempo: Ludo le aveva chiesto di tornare a Firenze, e lei l'aveva fatto. Erano legati l'una all'altro, ancora, da quei fili dorati. Che gioia! Che sollievo! Il suono dell'acqua che gocciolava sulle rocce catturò la sua attenzione. Il cadavere che aveva visto prima strisciò fuori dall'acqua e si mise a fissare il suo albero di pere. Lei gli gridò di tornare nel fiume, ma la voce le uscì come un sussurro, e il cadavere non la sentì. Invece, quello raggiunse i rami, colse una pera e la inghiottì intera. Lo fece ancora e ancora fino a che ogni singolo frutto scomparve; infine prese i rami e li mise in bocca e succhiò le foglie fino a che non rimase che legno nudo. Con la pancia gonfia, il cadavere scivolò di nuovo nell'Arno e galleggiò via verso la città.

Si svegliò con Piero che la scuoteva. Il sole stava sorgendo, rosso. Non c'erano alberi di pere sulle rive del fiume e nessun cadavere era uscito strisciando dall'acqua. Ma il messaggio del sogno era piuttosto reale: qualunque sentimento avesse mai provato per lei, Ludo era morto da tempo e Ginevra era stata una sciocca a pensare il contrario.

Si strinse a Piero e pianse amaramente sulla sua spalla.

7
Le amate reliquie di Firenze

Maggio 1348, città di Firenze

Diversi mesi addietro, alle prime avvisaglie della peste, i fiorentini fecero ciò che avevano sempre fatto nei momenti di grande pericolo: organizzarono una processione di emergenza della Vergine dei Requisiti, la sacra statua che fungeva da protettrice della città.

Più e più volte, in cambio di doni e preghiere, la statua dei Requisiti aveva salvato la gente di Firenze dalla fame, dalle inondazioni e dagli invasori. Ma quella volta non fece nulla. Indifferente alla processione dei fedeli, permise alla malattia di entrare nella città, con forza e senza impedimenti. I fiorentini cominciarono a morire in massa, come accadeva in ogni altro luogo. Rimisero la Vergine nell'armadio. Probabilmente le avevano chiesto troppo, negli anni. Era giusto lasciarla riposare e riporre le speranze in un altro oggetto sacro.

E così, con testardo ottimismo, la gente di Firenze rivolse l'attenzione altrove: al braccio destro di san Filippo Apostolo. Donata alla città dalla regina di Gerusalemme, quella reliquia eccezionale consisteva in un avambraccio e in una mano in perfette condizioni, con due dita puntate verso il cielo in segno di benedizione. Si trovava in un prezioso scrigno reliquiario di argento smaltato ed era conservata nell'altare principale della chiesa ottagonale conosciuta come Battistero di San Giovanni.

I fiorentini adoravano il Braccio di Filippo perché un tempo un orafo malato lo aveva toccato ed era guarito all'istante. Di solito i pellegrini si riversavano in città nel giorno della festa di San Filippo, portando un afflusso di denaro molto apprezzato dai commercianti locali. Ma nella desolata primavera del 1348, i pochi che giunsero dalla campagna vennero fermati davanti alle mura della città.

In quel periodo le porte di Firenze erano chiuse a tutti gli stranieri: un tentativo debole e tardivo di arginare il contagio. I poveri pellegrini, che avevano viaggiato fin lì per niente, poterono soltanto posare le mani sulle mura esterne della città e sperare che le preghiere dei fiorentini sarebbero bastate per compiacere Filippo.

I pellegrini erano preoccupati per quella decisione, perché i fiorentini non erano esattamente noti per essere il popolo più devoto. Nonostante tutte le chiese e i sacerdoti, Firenze era in realtà una città di banchieri e mercanti, che non esitava a indugiare nel lusso. La gente indossava abiti di velluto ricamati con melograni d'argento e infilava spille di perle nelle acconciature delle spose. Uomini e donne facevano il bagno insieme nei bagni pubblici, nudi, con addosso solo eleganti cappelli. Uomini che non sarebbero stati in grado di governare tre lumache erano ammessi alle cariche più alte attraverso mazzette e nepotismi. Le donne indossavano due colori contemporaneamente. E quel che era peggio, prestavano denaro con tassi d'interesse maggiorati. Per tali ragioni, probabilmente, la statua della Vergine li stava ignorando.

Tuttavia, nel giorno di Filippo, il primo maggio, i fiorentini rimasti in vita fecero una processione diretta verso il battistero e il Braccio di Filippo per una comune confessione dei peccati. Camminarono in piccoli gruppi, restando ben distanziati e lanciandosi occhiate rabbiose quando un membro di una famiglia si avvicinava troppo a un'altra.

In tempi normali, quella messa importante era tenuta dal vescovo di Firenze in persona, una posizione allora occupata da Angiolo Acciaiuoli, zio dell'antico amante di Ginevra, Ludovico. Ma quel giorno il vescovo era preoccupato: il re d'Inghilterra aveva rifiutato di ripagare il prestito alla banca della famiglia Acciaiuoli. L'ammontare di quanto dovuto dal re era di per sé tale da mandarli in rovina. E, ancora peggio, si era sparsa la voce di quei debiti reali e gli altri potenti (e spesso violenti) titolari dei conti della banca Acciaiuoli avevano chiesto l'immediato ritiro dei fondi. Il padre e il fratello del vescovo erano morti per l'angoscia. E dunque il pesante fardello di salvare l'onore e la fortuna della famiglia gravava unicamente sulle sacre spalle del vescovo.

In quel senso la pestilenza era stata un dono per Angiolo Acciaiuoli. Mentre la Morte sferzava l'Europa, interrompendo i ritmi della vita quotidiana, il vescovo aveva finalmente del tempo per pensare. Per il momento la sua concentrazione era tutta rivolta al riempire i propri forzieri, prima che l'epidemia si esaurisse e che i creditori riportassero l'attenzione ai conti bancari.

Con il vescovo momentaneamente assente, la messa di San Filippo fu celebrata da un sacerdote appena ordinato, che fino a poco tempo prima si guadagnava da vivere vendendo olio d'oliva (era il miglior sostituto che la chiesa era riuscita a trovare, dato che tutto il clero qualificato era morto).

L'intera faccenda fu imbarazzante fin dall'inizio. Il prete rovesciò il vino. Fece cadere l'ostia. E quando sollevò il reliquiario di San Filippo, non riuscì ad aprirlo. Un cantore si fece avanti per aiutare il sacerdote nervoso a forzare lo scrigno. Qualcosa cadde a terra ed entrambi gli uomini emisero un grido.

Al posto dell'avambraccio dorato, sull'altare giaceva una piccola ampolla di vetro.

Era grande come un cipollotto e della stessa forma. Il tappo era sigillato con la cera e riempito di un liquido violetto. Il cantore la raccolse sbigottito e la sollevò perché tutti riuscissero a vederla. Infine, le grida angosciate echeggiarono lungo tutto il santuario: «Dov'è il braccio?», «Ci ha abbandonati, proprio come la Vergine!». Tutti corsero fuori dalla chiesa e molti cittadini che intendevano rimanere a Firenze se ne andarono quella stessa notte. Mentre fuggivano attraverso le porte, dissero ai pellegrini poggiati contro le mura quello che era successo e anche loro scapparono, raccontando a chiunque incontrassero la terribile storia di come uno stregone avesse trasformato il braccio di San Filippo in un'ampolla.

I fiorentini che non fuggirono, o che non poterono farlo, furono lasciati in preda a un terrore ancora più grande e riposero le loro ultime speranze nell'imminente festa di San Zenobio. E se nessun miracolo fosse avvenuto in quell'occasione? "Be'" sussurravano, "allora siamo davvero maledetti più di ogni altra città, e dimenticati da Dio."

In vita, san Zenobio era stato il primo vescovo di Firenze. Il suo teschio era chiuso in un cofanetto d'argento placcato d'oro, modellato sulla forma della sua testa, del cappello e delle spalle. E sicuro, *sicuro*, sarebbe stato lui a intercedere per Firenze nell'ora più buia. Una sparuta folla di fiorentini dalle facce avvolte in stracci imbevuti d'aceto si riunì davanti al suo altare all'interno della fatiscente cattedrale di Santa Reparata per chiedere a Zenobio di mandare via la peste, dire alla Vergine che erano dispiaciuti e far tornare san Filippo.

Tra i partecipanti alla cerimonia figuravano Messere e Madonna Girolami, che erano ricchi come Creso e rivendicavano Zenobio come loro antenato. Come da tradizione, la famiglia Girolami aveva sfilato in processione fino alla cattedrale dalla loro imponente casa torre, per ricevere la testa del santo su un vassoio smaltato.

Di nuovo il vescovo Acciaiuoli era assente e aveva lasciato la cerimonia nelle mani di un sostituto inesperto, che di mestiere faceva il notaio. Quando il giovane prete nervoso estrasse dall'altare chiuso a chiave il reliquiario d'argento contenente la testa, le due metà si ruppero tra le sue dita come una noce. Al posto del teschio di Zenobio, cadde a terra una piccola ampolla di vetro, chiusa con un tappo di sughero e riempita di un liquido color verde salvia pallido.

Il sacerdote balbettò qualcosa, impaurito. La gente si gettò a terra e cominciò a piangere. I Girolami fuggirono e si chiusero nella loro torre. Qualcuno si recò alla Ringhiera, la piattaforma di pietra che si trovava nella piazza centrale, e gridò che i santi di Firenze avevano abbandonato alla pestilenza quella città di peccatori. Solo una o due persone udirono, ma fu abbastanza.

La terribile notizia si diffuse, insieme ai miasmi avvelenati, attraverso le finestre serrate e i cortili isolati, fino a che raggiunse l'inquisitore papale appena nominato, Fra' Michele di Lapo Arnolfi.

Il precedente inquisitore di Firenze aveva assunto il ruolo di cacciatore di eretici con un po' troppo zelo, così il vescovo Acciaiuoli aveva fatto pressioni sul Papa in persona per ottenere la nomina del più giovane, e facile da gestire, inquisitore Michele.

Fiorentino di nascita, saldo nella fede, ma di salute cagionevole, l'inquisitore Michele temeva le malattie anche nei tempi normali. Terrorizzato anche solo di mettere un piede fuori dalla porta, il nuovo inquisitore si tuffò nella ricerca, sfogliando ossessivamente i registri dei vecchi processi, cercando qualunque menzione a proposito di furti di reliquie o di stregoni che le trasformavano in bottigliette di vetro.

Tuttavia, le cattive notizie travolsero ben presto il suo incarico: ormai ogni giorno si veniva a sapere di nuovi e terribili crimini, annunciati dalla piattaforma centrale da... qualcuno. Nessuno sapeva esattamente chi fosse a farlo, dato che la maggior parte dei cittadini rimaneva chiusa in casa.

Ma alle orecchie dell'inquisitore la voce che strillava era autorevole e ben informata. Rivelava che gli altari delle chiese di San Lorenzo, San Paolo e San Pier Maggiore erano stati svuotati; che a Santo Stefano al Ponte un reliquiario era stato forzato; e che, in tutti i casi, le ossa sacre erano state trafugate dalle teche di cristallo e scambiate con minuscole ampolle di pozioni blasfeme.

Determinato a mettere fine a quei vili crimini, ma riluttante a rischiare la propria salute, il nuovo inquisitore utilizzò la propria scorta personale per investigare sui furti in sua vece, inviando un uomo dopo l'altro. Tuttavia la pestilenza era così potente che ognuno di quei sostituti era morto prima di riuscire a raccogliere qualche informazione utile. Quando si ritrovò con l'ultimo uomo, l'inquisitore Michele cambiò tattica e assunse un popolano disponibile a consegnare dispacci alle circa cinquanta parrocchie di Firenze, ordinando a ciascuna di esse di condurre inventari delle preziose reliquie in loro possesso.

Il messaggero fece del suo meglio, ma riuscì a malapena a rintracciare le persone a cui consegnare le lettere. Quasi tutti erano morti, a quanto pareva, e chi era rimasto in vita rifiutava di lasciare le proprie stanze. Così il popolano abbandonò quella missione infruttuosa senza farne parola all'inquisitore, il quale attese invano delle risposte che non giunsero mai.

Quando arrivò l'estate, calda e mortale, la città aveva ormai cancellato tutte le processioni in programma. La gente aveva paura di trovarsi accanto ai propri vicini, e aveva paura che un'altra reliquia scomparisse. La Signoria, il gruppo di uomini benestanti eletti a guidare la città, cessò di riunirsi, e i servizi municipali furono sospesi a tempo indefinito. La maggior parte delle chiese smise del tutto di celebrare la messa. L'odore dolciastro e nauseabondo di decomposizione era ovunque, il sapore rimaneva in fondo alla gola.

Ma le grida dalla Ringhiera non si fermarono: continuavano a diffondersi le voci che un ladro malvagio stesse sgraffignando le reliquie di Firenze dalle loro scatole d'oro, lasciando strani oggetti di vetro al loro posto. E per aggiungere miseria alla miseria, era ormai evidente che se una parrocchia era derubata della santa protezione, la sua intera popolazione sarebbe stata ben presto decimata dalla peste.

La gente di Firenze cominciò a chiamare quei luoghi sfortunati "parrocchie morte", e nessuno ne avrebbe attraversato i quartieri maledetti, né per amore né per denaro.

8
Firenze, di nuovo

Luglio 1348, alle porte di Firenze

Ginevra e Piero giunsero davanti a Porta San Gallo al mattino presto del 7 luglio 1348, diverse settimane dopo il fiasco della Festa di San Zenobio, e solo poche ore da che il sogno dell'albero di pere aveva fatto intendere che Ludovico fosse bello che morto.

Di solito, una lunga fila di gentiluomini fiorentini se ne stava in piedi di fronte alla Porta fin dalle prime ore del giorno, ciascuno in attesa di ritornare in città dopo una serata di bagordi nei bordelli di periferia. Ma quel giorno Ginevra e Piero erano gli unici a chiedere di entrare. Le enormi porte chiodate erano chiuse a chiave e fu solo dopo molte grida che riuscirono ad attirare l'attenzione del custode che sedeva nello stanzino in cima alla torre.

«Andate via! La città è chiusa agli stranieri!» gridò l'uomo di rimando una volta che li vide.

«Abbiamo degli affari da sbrigare con Sua Santità, il vescovo!» rispose Ginevra.

«Dov'è il vecchio Antonio?» chiese Piero. «Mi ha lasciato uscire dalle porte due settimane fa e ha detto che avrebbe atteso il mio ritorno.»

«Il vecchio Antonio ora è il morto Antonio, possa la sua anima riposare in pace. Sono il nuovo custode, il giovane Antonio, e ho il divieto di lasciar passare chiunque.»

«Ma abbiamo una lettera della famiglia Acciaiuoli che ci invita a Firenze!» disse Ginevra.

Il giovane Antonio esitò, incerto su quale fosse la cosa giusta da fare.

«Per favore» proseguì Ginevra. «Potete dire al vostro uomo di aprire le porte?»

«Uomo? Non ho nessun uomo, ci sono solo io qui! Siete fortunata ad arrivare a questa porta e non a un'altra, dove potrebbe non esserci proprio nessuno!»

«Be', ci dispiace disturbarvi, giovane Antonio. Ma per favore, date un'occhiata alla lettera! Siamo qui su richiesta urgente del nipote del vescovo. Piero, qui, è figlio di un fiorentino e risiede in città.»

Il giovane Antonio guardò verso il basso dal ballatoio, stringendo gli occhi. Anche da quell'altezza riusciva a vedere il grosso sigillo dall'aspetto ufficiale sulla lettera. Non voleva interferire con gli affari del vescovo. E a ogni modo non c'era nessuno in giro a notare che aveva lasciato entrare una donna dal naso deforme e suo figlio. Sembravano sufficientemente innocui.

«E va bene, e va bene, aspettate.»

Il guardiano scese la lunga scala a chiocciola della torre, aprì una porticina che era stata ritagliata nella porta grande e, per la prima volta in otto anni, Ginevra rivide la sua casa adottiva.

Fece un passo oltre la soglia, desiderosa di provare la stessa euforia che aveva avvertito la prima volta che aveva oltrepassato le mura di Firenze quando era una giovane ragazza, molti anni prima. Oh, che luogo desolato! Ginevra non si era mai sentita vecchia prima di allora, ma nulla segnava il tempo quanto un luogo una volta affollato e allegro ormai ridotto a polvere e ombre. Al posto della folle eccitazione della gioventù, Ginevra fu preda di una profonda angoscia. Fu assolutamente certa che il sogno era stato un presagio. Non solo Ludovico era morto. L'intera città era così silenziosa che riusciva a sentire il ronzio nelle orecchie, l'intonaco sui muri. Era come se tutti gli abitanti fossero svaniti nell'aria.

Erano spariti i maldestri ufficiali doganali, i soldati imperturbabili, i venditori ambulanti di chincaglierie che cercavano di estorcere denaro ai nuovi arrivati. Era sparito il pasticciere che vendeva pane fritto pescato a mani nude da un calderone di lardo bollente.

Erano sparite le mogli dei mercanti, che si facevano beffe delle leggi suntuarie con i loro abiti a strisce viola e i ridicoli turbanti rossi, e i mendicanti provenienti dalle campagne che le rimproveravano. Dov'erano i verdurai, con le lattughe e i mazzi d'aglio disposti su lenzuola pulite stese sulle strade di ciottoli? E i mici che sedevano sull'aglio, miagolando in cerca delle loro mamme? Spariti, spariti, spariti.

«Piero» sussurrò, poiché le sembrava strano parlare ad alta voce in quel luogo deserto. «Era così quando sei partito?»

«Non proprio» rispose con un brivido. «C'era ancora qualcuno che gironzolava quando sono stato qui l'ultima volta, un mese fa. Metà della città dev'essere morta mentre ero lontano. Venite, vi porterò dal vescovo Acciaiuoli. Speriamo sia ancora vivo.»

9
Una specie di inquisitore

Giugno 1348, città di Firenze

All'inizio dell'estate, nei giorni precedenti la partenza di Piero per Genova, il sole di giugno infiammava i tetti di Firenze. La pestilenza si era insediata in città, pervasiva e inesorabile come il caldo, infiltrandosi tra le crepe dei muri e attraverso i pori del popolo fiorentino. Non era scesa una goccia di chiarezza sul mistero delle reliquie scomparse, né una goccia di pioggia era scesa sulla città assetata.

Durante quelle notti torride, l'inquisitore Michele teneva le lampade accese a bruciare fino a tardi, sfogliando i registri e preoccupandosi sempre di più. Su suggerimento dei medici, beveva soltanto un forte vino spagnolo da un boccale d'argento e riempiva la stanza d'incenso profumato, che si spandeva da un braciere ardente. La combinazione di alcol e mancanza d'aria fresca spinsero l'uomo, un tempo arguto, in un leggero ma costante delirio, e proprio mentre si trovava in quel fragile stato il vescovo Acciaiuoli si recò a fargli visita.

«Mancano ormai sette reliquie» disse il vescovo sulla soglia. «Il femore di san Barnaba è scomparso il giorno della sua festa, l'undici giugno. Rubato e sostituito da questa.» Si fece avanti e lasciò cadere un'ampolla sulla scrivania dell'inquisitore. Un liquido verde chiaro turbinò dentro la base tondeggiante.

«Ah» disse l'inquisitore Michele, togliendosi lo zucchetto dalla testa e tenendolo sopra il volto. «Ero talmente assorbito dal lavoro che non vi ho nemmeno visto entrare.»

«I cittadini sono sconvolti. Attendono le grida dalla Ringhiera che annunciano i nuovi furti.»

«Chi è che si ostina a gridare queste cose?» disse l'inquisitore. Toccò con un dito le pergamene sparse sulla scrivania, come se la soluzione si trovasse lì da qualche parte, nel disordine.

«Sono venuto a parlare con te» disse il vescovo, perdendo la pazienza, «perché mentre il mondo si sgretola davanti a noi, la marmaglia infetta viene a bussare alla mia porta a ogni ora. Mi chiedono dove si trovino le reliquie, e più precisamente che cosa stia facendo l'inquisitore per ritrovarle.»

«Sto facendo molte cose! Prima di tutto ho inviato i miei uomini alla ricerca di indizi. Ma sono tutti morti, tranne Giuseppe. Ora sto aspettando una risposta dalle parrocchie. E sto leggendo, e facendo ricerche! Non posso lasciare la mia casa, voi capite. Sono stato malato, da bambino...»

«Fai ricerche. Attendi lettere. È tutto qui?»

«Potrei fare di più se voi mi aiutaste, se mi inviaste alcune delle vostre guardie per sorvegliare le chiese fino a che cattureremo il ladro. Io non ho nessuno...»

«E a che cosa servirebbe? I miei uomini morirebbero come hanno fatto i tuoi, seduti ad aspettare in luoghi infetti. Senti, Michele, questi sono tempi difficili. Tutti sono impauriti.»

L'inquisitore non rispose, continuando a fissare le sue carte.

Il vescovo sospirò. «Se devo essere onesto, non si tratta soltanto degli scocciatori alla mia porta: ho ricevuto una lettera da Sua Santità riguardo a questa faccenda. È molto preoccupato, e io non so bene come rispondere.»

L'inquisitore sollevò lo sguardo dalla scrivania. «La notizia ha già raggiunto il Papa?»

«È così» proseguì il vescovo. «E sembra che non ci sia molto su cui aggiornarlo. Ma gli spiegherò i tuoi sforzi, lo rassicurerò che stai facendo tutto ciò che è in tuo potere, date le circostanze. Sarà lieto di udire delle buone notizie, per quanto esigue. Ha scritto in preda all'angoscia, sai. Molti dei cardinali sono morti. La maggior parte francesi, naturalmente, quindi nessuna grande perdita. Ma ho sentito che anche l'unico cardinale italiano è morto. Dobbiamo pregare per il nostro defunto fratello porporato, non è così?»

«Certamente, possa la sua anima riposare in pace, nel nome di Cristo, Amen.» L'inquisitore rivolse ancora qualche appello a Dio a nome del cardinale italiano prima di fermarsi bruscamente, nel mezzo della preghiera. «Ma... perché il Papa non ha scritto direttamente a me, se è così preoccupato?»

«Perché, come sai, sono stato io a richiedere la tua nomina dopo che l'ultimo incaricato si è rivelato essere un disastro, oltre che un tiranno. Sua Santità vuole assicurarsi che io abbia scelto bene. Ma tu stai facendo del tuo meglio, e continuerai a farlo. Glielo farò sapere.» Si voltò per andarsene.

Anche attraverso i vapori del vino, l'inquisitore Michele si sentì un fallimento. Il vescovo aveva ragione: dare la caccia alle eresie era una sua responsabilità e non vi era sacrilegio più grande di un furto di reliquie.

«Aspettate!» gridò, più forte del necessario. «Non ho dubbi. Dobbiamo assumere un investigatore, qualcuno che conosca la stregoneria, che sia in grado di scovare il ladro e comprendere il significato di quelle ampolle.»

Il vescovo Acciaiuoli gli lanciò un'occhiata confusa. «Intendi dire una specie di inquisitore?»

«Sì e no. Intendo qualcuno che sia in grado di girare per la città senza soccombere alla malattia.»

«Nessun uomo è al sicuro dalla pestilenza, lo sai meglio di me. Dio chiama a sé chi vuole.»

«Nessun uomo, ma... Guardate, guardate qui!» Ancora una volta l'inquisitore sfogliò tra le carte. «A-ha! Ecco qui: ricordate la protetta di Fra' Simone da Cascia? La ribelle? Fu esiliata dopo la malattia dell'acqua del 1340.»

Il vescovo scosse la testa, incredulo. Sapeva cosa stava proponendo Michele. Non era ciò che avrebbe voluto, avere a che fare con due persone fastidiose al posto di una. Con quella visita voleva soltanto assicurarsi che l'inquisitore stesse svolgendo il proprio lavoro.

«Affideresti a una donna, a un'eretica condannata, un compito di tale importanza?»

«Non ricordate?» disse l'inquisitore. «Camminava tra i malati senza essere contagiata.»

«È così, era assurdo, ma...»

«Possedeva anche un libro di incantesimi segreti. È tutto registrato qui, nella sentenza. È precisamente il tipo di persona che potrebbe spiegare che cosa siano queste strane ampolle.»

«Non vedo come tutto ciò abbia qualche importanza» disse il vescovo guardandosi le unghie. «È stata severamente punita, se ben ricordo. Perché mai dovrebbe voler viaggiare, ora, di questi tempi, per tornare qui ad aiutarci?»

«Signor vescovo, non era innamorata di vostro nipote?» chiese timidamente l'inquisitore.

Il silenzio del vescovo rispose alla domanda.

«Be', lasciamo che sia lui a scriverle.»

«È morto, così come suo padre. Sono l'unico rimasto della famiglia.»

«Le mie condoglianze, vescovo, ma è necessario che la donna lo sappia prima di arrivare qui?»

Acciaiuoli aprì la bocca per discutere ulteriormente, ma si fermò. Se era così che l'inquisitore desiderava gestire la faccenda, allora andava benissimo. In ogni caso, la donna era probabilmente morta. E lui non aveva alcun desiderio che il Papa venisse a sapere che si era immischiato in un'investigazione inquisitoria. Le reliquie sarebbero tornate, a Dio piacendo, al momento giusto. Aveva fede. Quindi perché preoccuparsi di chi Michele avrebbe assunto nel frattempo? Il vescovo aveva problemi più immediati che richiedevano la sua attenzione.

Così ebbe la gentilezza di falsificare una lettera firmata dal defunto nipote, e assunse un ragazzino, Piero di Piero, per andare a recuperare Ginevra. La peste gli aveva portato via entrambi i genitori e da allora Piero si trascinava, avvilito, nella piazza di Santa Reparata, piangendo ed elemosinando cibo. Gli avrebbe fatto bene avere qualcosa da fare. Era un po' troppo giovane per un viaggio del genere, ma era l'unico che il vescovo era riuscito a trovare che non sarebbe morto lungo la strada.

10
Fra' Michele di Lapo Arnolfi

7 luglio 1348, città di Firenze

E proprio come il vescovo aveva predetto, Piero non morì. Tuttavia nessuno si aspettava davvero il ritorno di Ginevra da così lontano, con solo un ragazzino come scorta. Così, quando la coppia giunse alla residenza del vescovo solo quindici giorni dopo che Piero era stato inviato a Genova, i mercenari svizzeri di guardia alle porte li squadrarono insospettiti. Confabularono nella loro lingua madre e dopo pochi minuti dissero ai due viaggiatori che avrebbero dovuto incontrare prima l'inquisitore.

A Ginevra si formò un nodo allo stomaco.

«Ma il vescovo ha detto che mi avrebbe trovato un impiego se avessi consegnato la lettera!» tentò di spiegare Piero.

«Dopo che l'avrai accompagnata» disse un soldato in tono burbero, sbattendo le porte del palazzo.

Piero alzò le spalle. «Andiamo, Ginevra. Il palazzo dell'inquisitore è proprio dietro l'angolo.»

«Non siamo attesi. Qualcuno ci ha ingannati» disse lei.

«Giuro che è stato il vescovo a mandarmi. Ha promesso che mi avrebbe messo a lavorare per una buona famiglia in cambio del tuo ritorno. Andiamo, facciamo ciò che dicono i suoi uomini.»

«No. C'è qualcosa che non va qui.»

«Per favore, Ginevra. Non posso più cavarmela da solo!»

Si lasciò trascinare fino alla porta. Sull'architrave era incisa la frase *Non commettere errori, in parole o azioni*, dipinta a foglia d'oro. L'oro si stava scrostando.

«Busso alla porta» disse Piero.

«Aspetta. Devo riflettere un momento!»

Lui bussò.

«Ti avevo detto di aspettare!»

La porta si aprì. Un servo in abiti eleganti li fissò.

Piero guardò Ginevra e poi di nuovo il servo. Nessuno degli adulti parlò, così il ragazzo annunciò il motivo della visita. Disse a Ginevra di mostrare la lettera di Ludovico. Il servo si fece da parte per farli entrare. Il nodo allo stomaco di Ginevra si strinse. Voleva così tanto che la lettera fosse autentica che aveva ignorato il proprio istinto. Ora stava andando incontro a una trappola che non riusciva a comprendere. Piero tornò di corsa alla residenza del vescovo, fermandosi a salutarla con la mano prima di sparire dietro un angolo. Si mosse per seguirlo, ma il servo la tirò per un braccio e la fece entrare nell'interno buio, poi chiuse la porta.

«I miasmi» disse come per giustificarsi. Il cuore di Ginevra batteva all'impazzata.

Si ritrovò all'estremità più stretta di una stanza rettangolare, la cui parete interna era attraversata da tre finestre che davano su un cortile centrale in pietra. La luce filtrava da fessure anguste, illuminando il poco che bastava a Ginevra per vedere le pareti, dipinte con pannelli raffiguranti scene dell'apocalisse: torri rovesciate da terremoti, il terzo cavaliere della carestia che galoppava veloce su un destriero scheletrico, i peccatori ammassati in una fornace in fiamme, sorvegliata da bestie.

«E così il ragazzo ti ha trovata per davvero.»

Ginevra sussultò. Stringendo gli occhi nell'oscurità intravide una figura alta e magra avvicinarsi dall'altra parte della sala in un leggero fruscio di pantofole in pelle morbida sul pavimento di mattonelle verdi.

«Già. Ma se n'è andato qualche istante fa.»

«Incredibile. Monna Ginevra, io sono Fra' Michele di Lapo Arnolfi, inquisitore di Sua Santità Papa Clemente VI.»

Fece una breve pausa, aspettandosi qualche ossequio, ma Ginevra si limitò a fissarlo intensamente.

Non era molto vecchio, aveva al massimo qualche anno più di lei. Ma possedeva il pallore e gli occhi cerchiati di chi trascorre troppo tempo a leggere alla luce delle lampade, e la sua corporatura mingherlina si perdeva nelle ampie vesti bianche e nere dell'ordine. Dalla cintura di seta pendeva un pomo d'ambra in niello, grande quanto una mela selvatica. Se Ginevra fosse stata più vicina avrebbe notato che le lettere d'argento attorno alla circonferenza tracciavano delicatamente delle preghiere a san Sebastiano. Il gingillo emanava un penetrante odore muschiato e lui con uno strattone se lo portava compulsivamente davanti alla bocca e al naso a ogni minuto.

Ginevra si accorse che anche lei era osservata a sua volta. D'istinto si toccò la cicatrice sul naso e provò fastidio per aver lasciato trasparire proprio ciò che quell'uomo detestabile stava cercando. Il gesto ruppe il silenzio.

«Ehm, ti porgo le nostre più profonde scuse, ma messer Ludovico è morto poco dopo averti scritto.»

Ginevra ebbe una fitta al cuore ma mantenne il viso impassibile. Ecco perché l'albero di pere l'aveva avvertita. In modo che non dovesse venire a sapere della morte del suo Ludo da quello scheletro malaticcio.

«Ser Ludovico ha scritto che il vescovo ha necessità particolare dei miei servizi e che sarei stata la benvenuta in città.»

«Sì, ecco. È la verità che nell'anno 1340, quando molti perirono per la malattia dell'acqua, tu andasti tra le case degli infetti e le parrocchie senza contrarre il morbo?»

«È la verità.»

«E vale lo stesso per questa nuova e vile pestilenza?»

«Sì, almeno fino a questo momento.»

«E mi sembra di capire che le suore di Sant'Elisabetta ti abbiano insegnato a leggere?»

«Sorella Agnesa, sì.» Ginevra si rese conto che non pronunciava quel nome ad alta voce da anni. Un'altra fitta al cuore.

«E con le tue abilità sei diventata esperta di certi libri di stregoneria e arti innaturali?»

Ginevra si irrigidì. «Sono stata accusata di questo, come voi chiaramente sapete. Ma ciò non lo rende vero.»

L'inquisitore inspirò nervosamente dal pomo d'ambra e parlò: «Be', è sufficiente» disse. «Cerchiamo una persona immune agli effetti della pestilenza, che sia anche a proprio agio con le pratiche e le scritture dei ciarlatani e degli stregoni.» Un'altra sniffata.

Ginevra fu quasi sul punto di voltarsi e andarsene. Si aspettava che le chiedessero dei suoi talenti di guaritrice, non di essere interrogata sulla stregoneria. Di nuovo.

Tuttavia si ricordò della guardia solitaria alla Porta, del vescovo assente, delle strade vuote. Se era mai esistito un tempo in cui una donna sarebbe stata capace di elevare la propria condizione, di certo era quello. Doveva essere ferma, avanzare le proprie richieste. Se non avesse funzionato, se ne sarebbe andata non appena avesse voluto. Non ci sarebbe stato nessuno a fermarla.

«Allora» disse, «che cosa volete che faccia?»

L'inquisitore lasciò in sospeso la domanda di Ginevra e chiamò l'unico servitore, di nome Giuseppe. Il giovane elegante ricomparve portando un piccolo scrittoio inclinato e lo posò al centro della stanza. Sopra mise una coppa di ceramica dipinta con foglie di vite verdi e viola beccate da galline color rame. Ginevra si rese conto di essere disperatamente assetata e cominciò a ringraziare, ma l'inquisitore si avvicinò alla coppa e bevve l'intero contenuto da solo.

Si pulì la bocca delicatamente, poi estrasse dallo scrittoio una fila di piccole bottiglie, contenenti liquidi di varie sfumature di violetto, salvia, prugna e verde smeraldo. Le posò sullo scrittoio e si ritirò al lato opposto della stanza. Fece cenno a Ginevra di avvicinarsi per esaminarle.

«Nel tuo lavoro con necromanti e streghe hai mai visto qualcosa di simile?»

«Non ho mai lavorato con… Non importa. No. Sono fiaschette piene di liquido. Potrebbe trattarsi di qualunque cosa.» Cominciò a diventare impaziente. «Perché me le state mostrando?»

«Perché qualcuno sta rubando le reliquie dalle chiese.»

«Rubando... le reliquie?» Ginevra non era certa di aver capito bene.

«E, chiunque sia, sta lasciando queste. Un'ampolla per ciascuna reliquia portata via. Pensavamo che con la tua esperienza avresti potuto riconoscerle, ecco perché, oltre alla tua resistenza alla malattia, io... ehm, Ludovico ha suggerito che ti scrivessimo.»

«Messer inquisitore, non vi seguo.»

«Con così tanti morti» proseguì lui, «i luoghi sacri non sono sorvegliati come dovrebbero. Sette delle nostre più preziose reliquie sono scomparse. E una volta che le reliquie vengono rubate, i residenti della parrocchia muoiono. Io stesso sono uno dei pochi rimasti della parrocchia di Santa Reparata.»

«Quindi... non mi avete chiamata qui per guarire le persone?»

«Oh, no, no, no, no, monna» disse dando uno strattone al pomo d'ambra. «Come sfortunatamente sappiamo, questa pestilenza è l'ira di Dio – *sniff* – che si manifesta sulla terra. L'unico modo per trovare scampo è pregare per l'intercessione dei Santi, – *sniff* – ma non possiamo farlo perché i Santi continuano a sparire.» La voce dell'inquisitore si incrinò e le guance si arrossarono. Stava per piangere? Ginevra decise che doveva essere per colpa del vino.

«Messer inquisitore, le reliquie non sono incastonate dentro scrigni d'oro e gioielli? Non sono gli stregoni a essere interessati a esse, ma la gente comune. Non avete bisogno di qualcuno con una conoscenza speciale...»

«Ah! Hai una mente inquisitoria, proprio come me.» (Ginevra non apprezzò il paragone.) «I reliquiari d'oro vengono lasciati intatti, al loro posto. Sono scomparse *solo* le reliquie.»

Ginevra rabbrividì. Un'ombra incombeva sulla città, ne aveva sentito la cappa soffocante quando aveva varcato le porte. Chi, potendo scegliere, si sarebbe lasciato coinvolgere in una vicenda tanto malvagia? Tuttavia, se quella era la missione da compiere per ricominciare la propria vita, così fosse. «Che cosa accadrà se il ladro non verrà preso?»

«Il ladro verrà preso. Questa condizione deve avvenire affinché il tuo esilio sia annullato.»

«Annullare il mio esilio è un inizio. Ma non abbastanza da assicurarvi il mio aiuto. Ciò che chiedete è qualcosa di straordinario.»

«Di' le tue condizioni, dunque, donna sfrontata.»

«Voglio unirmi all'Arte fiorentina dei Medici, dei Farmacisti e degli Speziali» disse, dando voce finalmente a ciò che aveva desiderato in silenzio un migliaio di volte.

«Vuoi diventare uno speziale?» chiese l'inquisitore in tono serio.

«No. Voglio essere registrata come medica, naturalmente.»

«Ma tu sei una donna.»

«Ne sono consapevole. Eppure voglio comunque essere ammessa all'Arte come medica. In modo da poter svolgere la mia professione senza essere perseguitata. So che è inusuale, ma le donne possono unirsi all'arte, se superano l'esame. Avrò bisogno dell'appoggio di qualcuno di influente. Pensavo che Ludovico avrebbe potuto... Non importa, immagino che voi andrete bene.» Ginevra era pessima nelle lusinghe.

«Monna, non è in mio controllo. È l'Arte a decidere chi sono i propri membri.»

«State dicendo che l'Arte non prenderebbe in considerazione una raccomandazione proveniente dall'ufficio del Santo Inquisitore?» (Era molto più brava negli insulti.)

«È che... questa è una richiesta davvero poco ortodossa...» balbettò l'inquisitore.

Ginevra alzò le spalle. «Questi sono tempi poco ortodossi. E a giudicare dalle strade vuote e dalla puzza nell'aria, forse i bravi dottori di Firenze non dovrebbero storcere il naso davanti a un'offerta di aiuto. Non importa da dove provenga.»

«Bene, dunque. Questo accordo è comunque in mio favore, dato che non si realizzerà mai. Se ritroverai le reliquie, chiederò la tua ammissione e fornirò i fondi necessari all'Arte dei Medici e Speziali, la quale rifiuterà dato che né tuo padre né tuo nonno erano membri. Ora, è davvero tutto?»

«Sì. È tutto. Più le spese. E dovrà essere tutto messo per iscritto.» L'ostacolo del patrocinio non era una sorpresa, ma non importava. Ci avrebbe pensato più avanti.

«Molto bene, dunque» disse l'inquisitore. «Ma dovrà anche essere messo per iscritto che, mentre sarai assunta al mio servizio, non eseguirai cure mediche e dovrai presentarti alla mia residenza a intervalli non più lunghi di tre giorni per riferire i progressi sulle indagini. Il primo incontro si terrà il dieci di luglio. Noterai la mia generosità nel concederti il resto della giornata di oggi per riprenderti dal viaggio. Qualsiasi inadempienza invaliderà l'accordo e sarai immediatamente incriminata per aver violato l'esilio.»

Ginevra annuì seccata.

«Allora abbiamo un accordo. Giuseppe, vieni qui.» L'inquisitore scrisse i termini e lui e Ginevra li firmarono, con il servo Giuseppe a fare da testimone.

L'inquisitore le diede una piccola somma di denaro per le spese. Le consegnò anche la prima ampolla ritrovata nel reliquiario di San Filippo e anche una lista che aveva redatto delle chiese derubate e delle date in cui i furti erano stati scoperti.

Ginevra esaminò la pergamena: era decorata con grosse cornici floreali, topi, lo stemma della città e quella che sembrava una processione di santi che camminava in fondo alla pagina.

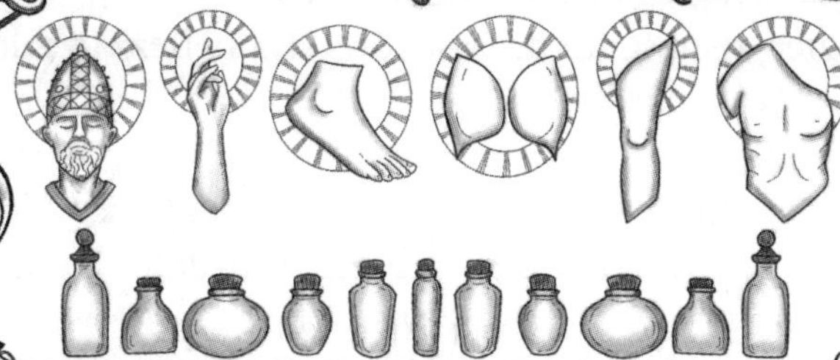

❧ Braccio sinistro di san Filippo, dal Battistero. Visto a Pasqua, il 31 di marzo. Furto riportato il 1° maggio.

❧ Testa di Zenobio, da Santa Reparata. Vista a Pasqua, il 31 di marzo. Furto riportato il 24 maggio.

❧ Reliquie viste alla processione della Rogazione, il 25 aprile: natica destra di san Paolo, dalla chiesa di San Paolo. Natica sinistra di san Paolo, dalla basilica di San Lorenzo. Torso di san Pietro, dalla chiesa di San Pier Maggiore. Piede sinistro di santo Stefano, dalla chiesa di Santo Stefano al Ponte. Furti riportati il 31 maggio.

❧ Coscia di san Barnaba, dalla chiesa di San Barnaba. Vista alla Pentecoste, il 20 maggio. Furto riportato l'11 giugno.

«È molto… elegante, messer inquisitore.»

«Grazie» rispose lui arrossendo. «La bellezza esalta l'importanza delle parole.»

Strinse gli occhi per leggere la grafia perfetta, i piccoli nomi delle chiese stretti dentro i bordi colorati. Non c'era da stupirsi che Firenze avesse bisogno d'aiuto. L'inquisitore trascorreva il tempo a bere vino e a fare arte.

«Bene» disse Ginevra infilando la lista e il contratto nella cintura. «Mi congedo, e tornerò presto.»

«Entro tre giorni» incalzò l'inquisitore.

«Entro tre giorni.»

«Prego per il tuo successo e per l'anima del tuo amico Ludovico. Informerò il vescovo dell'accordo.»

Prima che potesse rispondere, Giuseppe la spinse fuori dalla porta d'ingresso e chiuse a chiave. Fuori non c'era traccia di Piero. Lo chiamò ma non ebbe risposta. Si avviò verso la casa del vescovo con l'intenzione di chiedere al ragazzino se gli sarebbe piaciuto continuare a farle compagnia. Ma si arrestò. Forse era meglio così. Piero sarebbe stato mandato a vivere con una famiglia, con altri bambini. Non l'avrebbe costretto ad accompagnarla in quel suo tortuoso cammino. Lo ripose nel posticino del cuore che riservava a ciò a cui teneva e che aveva perso, insieme a Ludovico, monna Vermilia e la sua narice sinistra.

Ora, sola in strada, fu travolta dalla realtà della sua decisione. Non sapeva come dare la caccia a un ladro. Estrasse dalla cintura la lista dell'inquisitore, piena di lussuose illustrazioni e scarsa di informazioni, e poi la rimise a posto. Si guardò intorno nella piazza vuota, un luogo un tempo vivace e familiare, ora estraneo e distante. Ancora una volta la mente tornò al passato, alle circostanze del suo arrivo, da ragazza, nella città del suo cuore.

11
Una brava ragazza, per così dire

1335, città di Genova

Era trascorso ormai un bel po' di tempo dal primo incontro di Ginevra con il malocchio, ma in quegli anni la *manu fica* di corallo era rimasta rosso brillante e aveva tenuto Ginevra in salute e al sicuro dall'Occhio, proprio come aveva promesso monna Vermilia. Non aveva più bisogno di chiudere gli occhi e concentrarsi per sapere come i fili dorati legassero una cosa all'altra. Era diventata esperta nel linguaggio silenzioso di causa ed effetto. Ma verso i quindici anni, per la prima volta, le sue attenzioni e desideri non erano pienamente devoti al lavoro con monna Vermilia. Quando camminava lungo le stradine del porto veniva notata dai marinai e dai perdigiorno. E talvolta lei li notava a sua volta. Ogni giorno Vermilia ascoltava Ginevra elencare i commenti poco originali e libidinosi che aveva ricevuto come se fossero poesie rare composte da un poeta di corte.

L'anziana donna si accorse che ben presto Ginevra avrebbe desiderato sposare uno di quei buffoni, se non fosse accaduto qualcosa di più interessante. Quello era un periodo insidioso nella vita di una giovane donna, poiché era incline a trovare qualità degne di nota in uomini che non ne possedevano alcuna. Era giunto il tempo, si rese conto Vermilia, di spingere Ginevra verso il suo pieno potenziale. Si recò dal padre di Ginevra, Gasparo, e disse: «Ascoltami. Non hai soldi e tua figlia è una brava ragazza, per così dire, e non merita di diventare la moglie schiava del primo cordaio miserabile che si accontenterà della dote pubblica.»

«Che cosa dovrei fare?» chiese il povero Gasparo, sinceramente preoccupato per la figlia.

Vermilia gli diede un colpetto sulla mano, con fare comprensivo. «Non preoccuparti, te lo dirò io: mia cugina è badessa di un convento che si chiama Sant'Elisabetta, gestito dagli Agostiniani come opera di carità per donne che un tempo erano prostitute e che ora sono suore. Potrebbe esserle utile una ragazza come Ginevra. Laggiù potrà imparare e praticherà le arti curative senza causare scandalo. Tua figlia si guadagnerà da vivere e non dovrà accontentarsi della prima occasione che le si presenterà davanti.»

Gasparo si consultò con la moglie Camiola ed entrambi concordarono di non volere che la figlia sposasse un cordaio miserabile. Così Vermilia si recò dal monaco che aveva sedotto e gli fece scrivere una lettera di presentazione. Poi aiutò Gasparo a organizzare il viaggio di Ginevra, che sarebbe partita verso sud insieme a un gruppo di pellegrini la settimana seguente, fermandosi nella repubblica mercantile di Firenze.

Ginevra non era del tutto favorevole alla piega che avevano preso gli avvenimenti: non riusciva a immaginare di essere lontana da Vermilia, lontana dai genitori. Ma anche se indossava la *manu fica* di corallo, non aveva scordato l'Occhio e temeva che sarebbe tornato per lei se si fosse dimostrata ingrata. Così, a letto, pianse in silenzio tutte le sue lacrime e non proferì protesta quando si preparò per il viaggio.

Camiola notò comunque lo scontento di Ginevra, si recò dalla figlia e la abbracciò mentre legava insieme le poche cose che possedeva. Ginevra si mise a piangere stringendo la manica della madre. «Perché mi mandate via? Non mi amate più ora che sono grande?»

Anche Camiola aveva le lacrime agli occhi. «La tua assenza sarà un giogo sopra le mie spalle. Ma non pensare a noi. Il convento sarà un luogo piacevole, ne sono sicura. Vai e fatti onore. Impara ciò che le suore fiorentine ti diranno, vedi quel che c'è nel mondo là fuori. Così, quando tornerai da noi, sarà perché l'hai scelto tu e non perché è tutto ciò che conosci.»

«Ma non ci sono abbastanza conventi qui a Genova?»

Camiola abbracciò la sua unica figlia e parlò lentamente, altrimenti si sarebbe messa a piangere senza fermarsi. «Questo deve essere speciale. La tua maestra Vermilia è saggia. Lei sa, e lo so anche io nella mia umiltà, che non ci sono molti modi per una donna di migliorare la propria posizione. Dobbiamo essere disposte ad andare lontano, a cercare coraggiosamente il modo di realizzare i nostri veri talenti e di compiacere Dio con essi.»

Ginevra sapeva che la madre aveva ragione, e che non era giusto.

Per celebrare il loro addio, monna Vermilia invitò Ginevra a casa per una specie di ultima cena. Aveva raccolto un centinaio di piccole vongole dalla spiaggia e le stava lanciando senza pietà in una pentola scoppiettante di lardo e aglio. Le delicate creature non ebbero scampo e si aprirono immediatamente rilasciando il loro liquido salmastro nella padella. Vermilia versò l'intero contenuto in una grossa scodella di terracotta con un gran rumore di conchiglie e schizzi di brodo fumante.

Ginevra sorrise debolmente e intinse una fetta di pane sciapo nel brodo. Vermilia fece lo stesso. Nel silenzio di quel pasto condiviso, l'immediatezza della partenza pesava come un macigno.

Ginevra posò il pane. «Oh, monna, non ci riesco!»

Vermilia allungò la mano dall'altra parte del tavolo e le strinse il braccio. «No. Stasera dobbiamo essere liete, dobbiamo godere della rispettiva presenza, perché io sono vecchia e morirò prima che tu faccia ritorno.»

«No! Tu sei come Noè e vivrai fino a novecento anni!»

«Chi dice che non l'ho già fatto, eh? Dio non ha grandi piani per me, l'ho visto anni addietro, la mattina che sei venuta da me con il malocchio. Ho chiesto alla pietra del mio anello e mi ha detto che la mia ora si avvicina. Dunque vai, mia cara, e guarda solo avanti, perché hai già avuto il meglio di me.»

Ginevra sedeva a bocca aperta. «Non ci credo. Mostrami la pietra che può sapere questo genere di cose.»

Vermilia rimase immobile per un istante. «Molto bene, allora, se ti aiuterà ad accettarlo.» Si tolse l'anello e lo posò sul tavolo tra i gusci di vongole.

«Da dove proviene?» domandò Ginevra, come se attraverso quell'interrogatorio riuscisse a screditare i poteri della pietra.

«Dal mio amico, il monaco» disse Vermilia, «che l'ha strappata dalla rilegatura di un libro.»

«Come puoi credere a ciò che dice, allora? È solo una decorazione, non può fare nulla!»

«Mia povera ragazza. Tieni, toccala.»

Vermilia premette l'anello sul palmo della sua allieva e Ginevra seppe che era stato dissotterrato in un momento propizio da una miniera ormai dimenticata. Che era stato benedetto con parole di una lingua morta e inciso con simboli che gli uomini rubavano dagli antichi dèi. Seppe che non mentiva.

Vermilia sorrise e si riprese l'anello dal palmo ancora aperto di Ginevra, rimettendolo al dito.

«Ti invierò lettere» promise l'anziana, «fin quando potrò. E le suore ti insegneranno a leggerle. Ecco la prima: consegnala a mia cugina, Sorella Agnesa. C'è scritto perché ti ho mandata lì.»

Ginevra prese la lettera. Si asciugò gli occhi, si alzò in piedi e camminò su e giù per la stanza disordinata in cui aveva trascorso così tanti giorni e decise che, in nome di Vermilia che amava così tanto, avrebbe accettato tutto. Ogni decisione. Al meglio che poteva. «La morte arriva per tutti» disse infine.

«È così, arriva sempre» concordò Vermilia, continuando a sorridere.

Insieme alla lettera di presentazione, Vermilia affidò a Ginevra un piccolo pacchetto sigillato per la cugina suora. Ginevra sentì l'amuleto di corallo scaldarsi non appena prese in mano l'involucro. «Fai attenzione con questo» disse Vermilia facendole l'occhiolino. «Non è sigillato molto bene.»

Dopo qualche giorno di viaggio, Ginevra si allontanò dai pellegrini con la scusa dei bisogni e slegò il pacchetto. Dentro c'era una manciata di pietre. Erano tutte diverse: alcune apparivano come dei ciottoli qualunque, altre come rari gioielli. Ce n'erano del colore dei mattoni o del miele, o del verde più intenso o viola come una goccia di vino ghiacciato. Alcune erano a strisce, altre screziate e una o due erano incise con simboli sconosciuti. Ginevra all'improvviso si sentì molto piccola e molto giovane. Il corallo brillava così tanto che la luce si intravedeva da sotto i vestiti. Nonostante fosse un pomeriggio freddo, riusciva a percepire un calore provenire dalle gemme, come se fossero state tenute strette in una mano. Avvertì il richiamo di quelle pietre. Di certo la suora non l'avrebbe notato se ne avesse presa una. Scelse quella che sembrava più ordinaria: marrone e ruvida. Risuonava come un baccello di semi rinsecchiti. Richiuse il pacchetto con attenzione e nascose la pietra, tintinnante come un sonaglio, tra le sue cose, conservandola come un tesoro segreto.

12
L'ala delle donne

1335, città di Firenze, convento di Sant'Elisabetta delle Convertite

Ben presto il gruppo dei pellegrini raggiunse le mura di Firenze e Ginevra oltrepassò le porte chiodate di San Gallo per la prima volta, verso quello che le sembrò un mondo completamente nuovo. Respirò l'aroma di melagrane schiacciate e incenso prezioso e quando il gruppo si infilò nella rete di strade irregolari, lei alzò lo sguardo verso gli edifici rosa che si innalzavano verso il cielo, disposti a schiera lungo le vie strette, in modo che in alcuni punti le nuvole fossero visibili solo in rapidi squarci. Genova era la città in cui era nata ma quello, lo seppe all'istante, era il luogo del cuore.

Tra tutte le chiese e i negozi e i palazzi, ovunque Ginevra guardasse, i santi di Firenze erano in mostra sotto forma di statue e affreschi, e in effigi tenute sollevate dalle confraternite in processione; sorvegliavano la città che avevano benedetto con progresso e prosperità. Era il luogo più affollato in cui fosse mai stata e si ritrovò sballottata tra folle di pittori, scalpellini, intagliatori e orafi.

Vide gli uomini di Dio e le donne volgari che indossavano campanelle. Vide servi vestiti con i colori delle casate dei padroni e venditori di prezzemolo seduti negli angoli. Uno dei pellegrini era già stato a Firenze e mostrò a Ginevra tutto ciò che conosceva quando ci passarono davanti, inclusi gli uomini importanti, i cui antenati erano stati brutali signori di campagna e che ora si procuravano fortune inaudite importando vetro veneziano, tomi dipinti e lane inglesi. Si spinsero oltre la folla dei poveri miserabili che chiedevano un tozzo di pane, venuti da pellegrini per implorare sollievo davanti alle famose reliquie di Firenze negli scrigni bordati di gemme. E lungo il tragitto, Ginevra notò le piaghe e le zoppìe e gli occhi acquosi e pensò: "Io ti curerò, e curerò anche te, e te".

Il percorso terminò alla porta d'ingresso del convento agostiniano di Sant'Elisabetta delle Convertite, incassato in un muro di stucco che dava sulla strada, adiacente a una modesta cappella. I pellegrini affidarono Ginevra a Sorella Agnesa, la cugina di monna Vermilia.

Dopo una breve e imbarazzante presentazione, Ginevra mostrò la lettera di monna Vermilia e il pacchetto di pietre. Attese nervosamente che Agnesa lo aprisse, ma la suora lo mise nel borsello senza dire una parola. Agnesa non era anziana come la cugina: il volto era segnato da rughe ma non era cadente, il bianco degli occhi era ancora luminoso.

«Vieni con me, ora» disse avviandosi velocemente lungo il corridoio di piastrelle rosse e i muri di gesso a strisce, l'abito grigio svolazzante intorno a lei. Alla fine del corridoio c'era una grande porta di legno che Agnesa spinse per aprire, rivelando un lungo dormitorio rettangolare con piccole brande di legno allineate.

«Questo è l'ospedale. È uno dei più grandi in città, con dodici letti» disse con orgoglio. «Il suo scopo è dare rifugio ai pellegrini poveri, che arrivano da lontano per pregare davanti alle reliquie della città. Il tuo lavoro sarà tenerlo pulito e occuparti di ciò di cui avranno bisogno.»

«Con piacere, sorella, ma... Posso fare molto più di questo. Di certo Vermilia nella lettera avrà menzionato...»

«Trovi che il ruolo di domestica non sia adatto a te? Igiene e solerzia sono i cardini del nostro lavoro.»

«No, sorella, perdonatemi» disse Ginevra perplessa. «Ma credevo, voglio dire, Vermilia aveva suggerito che io, specificamente, potessi servire al convento. Non c'era già qualche ragazza a Firenze in grado di lavorare come domestica?»

«Certo che c'era. Abbi pazienza un momento, così posso spiegarti tutto, d'accordo? Bene. La ragione per cui prenderò te e non un'altra ragazza è da questa parte, vieni.»

Percorsero l'ospedale e uscirono dal lato opposto, in un cortile circondato su tutto il perimetro da alte mura e pieno di oggetti per la vita quotidiana: bacinelle per il bucato, pollai per le galline, un orto, una latrina. Nel cortile tre giovani suore avvolgevano fili di lana con foglie d'oro e una suora anziana sedeva sorridente su un pezzo di terra soleggiato. E contro il muro più distante c'era un largo capanno di legno che Ginevra aveva scambiato per una tettoia per gli animali. Fu lì che la portò Agnesa. "Mi faranno anche allevare maiali?" si chiese preoccupata. Ma quando entrò e vide l'interno, Ginevra ebbe un sussulto. Al posto dei maiali razzolanti tra i torsoli di mela, vide un pavimento di mattoni curati coperto di tappeti di giunco e un'altra dozzina di letti, molti di questi occupati da donne incinte.

«Salve, signore» disse Agnesa.

Le donne mormorarono i loro saluti.

«Questo è l'altro lavoro che svolgiamo» disse voltandosi verso Ginevra. «Un luogo in cui le donne possono avere i loro bambini quando non vogliono che altri lo sappiano. Lo facciamo perché ricordiamo le nostre sorelle fuori dalle mura della città, costrette a vendere i propri corpi, e che talvolta si ritrovano in questa situazione. Mia cugina dice che conosci la discrezione, è così?»

Una donna legata a una scala e consumata dalle fiamme balzò alla memoria di Ginevra. Annuì vigorosamente.

«Bene. Le aiuterai come aiuterai i pellegrini e non farai menzione a nessuno di questa parte del lavoro. È il tipo di cosa che funziona con il passaparola tra chi ne ha bisogno, e nessun altro. Chiaro?»

Ginevra annuì di nuovo. Essere a conoscenza delle attività clandestine rendeva il prospetto dell'impiego come domestica molto più piacevole. Di certo prima o poi si sarebbero presentate anche le occasioni per esercitare la magia e le guarigioni.

«Bene. L'altra cosa che farai qui, come laica, sarà occuparti degli affari fuori dal convento. Le sorelle non hanno il permesso di uscire. E se sarai tu a rappresentarci, dovrai essere un esempio di donna decente. E mia cara, essere pulita fa parte dei tuoi compiti.»

Tornarono nel cortile, nella zona del bucato. Tra la biancheria stesa ad asciugare era stata preparata una piccola vasca foderata di teli di lino e piena di acqua tiepida.

«Via i vestiti e dentro la vasca» disse Agnesa.

Ginevra si guardò intorno nervosa, alla ricerca di un angolo privato per spogliarsi. Riusciva a vedere le suore che filavano l'oro guardarla di nascosto dall'altra parte del cortile.

«Non c'è tempo per la modestia, suvvia» disse Agnesa. «Ogni sorella qui ha avuto un'altra vita nei bordelli; pensi che non abbiamo già visto tutto e di più?»

A quella frase Ginevra si tolse i vestiti impolverati e saltò nella vasca.

«Cos'è quell'oggetto che hai al collo?» chiese immediatamente Agnesa.

La mano di Ginevra si strinse attorno al corallo. «Non è niente! È un regalo. Lo indosso da quando ero piccola...»

Agnesa le aprì la mano con gentilezza e osservò l'amuleto inciso. «Sai, molti pellegrini indossano dei piccoli ciondoli. Coralli, pezzi di corno, preghiere legate a un cordino... Ma questo fa la sua figura, eh? Però devi toglierlo ora, visto che hai tolto tutto il resto.»

«Ma... Vermilia ha detto che non devo toglierlo, mai.»

«Vermilia? Mia cugina ha detto questo?»

«Sì. È stata lei a darmelo... Dopo che ho infilzato il malocchio.»

Un'ombra passò svelta sul volto di Agnesa. «Com'è ora? Caldo? Freddo?»

Ginevra scosse la testa.

«Be', se Vermilia ti ha detto di tenerlo addosso, è meglio che tu lo faccia. Non siamo così stupide qui da ignorare... Solo, tienilo per te. Non mostrarlo in giro.»

«Sorella, lo vedete solo perché sono nuda.»

«Fai in modo che sia sempre così. E devi comunque dire le preghiere alla Vergine, anche con quello addosso.»

Ginevra annuì e sprofondò nella vasca, sentendosi piuttosto in imbarazzo. Era abituata a essere d'aiuto (e vestita), non a essere un peso e a non capire come funzionavano le cose. Ma l'acqua era piacevole. Decise di godersi il bagno. L'aria di quella nuova città odorava di fresco e di pulito e desiderò essere ordinata come ciò che la circondava.

Naturalmente, camminando lungo il fiume Arno che divideva in due la città, o se la brezza soffiava nel verso sbagliato, si poteva rischiare di prendersi una zaffata di liquami da far lacrimare gli occhi, ma ciò avveniva in ogni città del mondo. Un piccolo prezzo da pagare per vivere all'interno delle mura protettive.

Il vero odore di Firenze era diverso. Proveniva dall'aria che soffiava attraverso montagne innevate e valli piene di fiori di castagno, e quando giungeva in città si mescolava ai piacevoli aromi delle cucine dei mercati e delle grandi case. Non sapeva di pesce fritto nel lardo stantio, come a Genova, bensì di pane cotto in forno con farina bianca finemente macinata, frutta bollita nel vino speziato e polli giovani ripieni di limoni e rosmarino, arrostiti sugli spiedi. Così Ginevra si abbandonò a quel ruvido e pungente strofinio con sapone di soda finché non fu rosa come una mela, ogni poro libero dalla salata sporcizia genovese. Non batté ciglio quando la suora le spazzolò i capelli cento volte con dure setole di cinghiale, fino a far diventare morbide e dorate le sue trecce sfibrate. I capelli furono raccolti all'indietro con dei nastri e coperti da un fresco velo di lino bianco, in modo da mantenerli puliti durante il lavoro.

Portava ancora il vecchio vestito grigio; la chiazza di vino che anni prima l'aveva tanto angosciata era diventata ormai una macchia tra le tante. Quell'indumento logoro venne dato ai raccoglitori di stracci e a Ginevra fu donata una sottoveste di lino bianco e un abito marrone da mettere sopra, con un lungo grembiule che si allacciava in vita in modo delizioso. Dal grembiule pendeva un piccolo borsello e fu lì che ripose la pietra sgraffignata per tenerla al sicuro. Ai piedi indossò pantofole di pelle morbida, strette alla caviglia e appuntite sulle dita.

Era come se il bagno della suora avesse compiuto una sorta di magia. Ginevra brillava come una stella e qualunque sciocco si sarebbe accorto che in lei c'era qualcosa di insolito, che era diversa dal tipo di ragazza che abitualmente si poteva trovare in un convento.

Soddisfatta, Agnesa condusse Ginevra in una cella dai muri bianchi, dove avrebbe dormito con un'altra serva, Taddea. Anche lei era pulita e profumata e indossava un bell'abito marrone. Taddea ricevette l'ordine di fare da guida a Ginevra e di spiegarle come funzionavano le cose, e le due giovani donne furono lasciate sole.

Taddea era nata nel convento e le suore si erano prese cura di lei dopo che la madre era fuggita. Guardò Ginevra da cima a fondo e infine il volto rotondo si aprì in un sorriso allegro e l'abbracciò, felice di avere qualcun altro con cui condividere le faccende.

«Ti mostrerò tutto, non preoccuparti» disse. Prima portò Ginevra nella cucina dal grande focolare con le braci scintillanti, dove una sorella mescolava una gigantesca pentola di semolino. Le mostrò il dormitorio con le celle e poi la riportò fuori per presentarla alle suore che filavano e l'avevano spiata durante il bagno.

Ginevra annuì timidamente ai saluti amichevoli, rivolgendo l'attenzione alle spolette luccicanti che tenevano in grembo.

«L'Arte della seta ci dà l'oro da filare per gli arazzi» spiegò Taddea. «Guadagniamo del denaro da questa attività, dalla vendita delle uova e dall'affitto del forno dall'altra parte della strada.» Ginevra cercò di assorbire tutto, affascinata che una ragazza della sua età potesse sapere così tanto sugli affari.

«E qui» disse Taddea prendendo Ginevra per il braccio e riportandola dall'altra parte del cortile, «c'è il giardino dove coltiviamo ogni sorta di erbe e fiori che non possono essere comprati altrove.» Ginevra osservò più da vicino e vide che quel che aveva scambiato per un orto ordinario era pieno di ogni tipo di meravigliose foglie e fiori.

«Oh! Questo è un fiore di piantaggine?» chiese inginocchiandosi.

«Sì!» disse Taddea. «Come lo sapevi? È utile nell'ala delle donne.»

«L'ho visto solo secco!» disse Ginevra con emozione. «A Genova lo usavamo per moltissime cose.» Abbassò la voce. «Soprattutto per i didietro delle persone.»

«Lo usano per la stessa cosa qui, credo» disse Taddea, per nulla turbata dal discorso sui didietro. «Ora vieni con me alla cappella. È la parte migliore di tutto il convento.» La riportò al dormitorio delle suore e giunsero a una porticina discreta che si apriva sul lato del santuario. Si fermarono sulla soglia per farsi il segno della croce ed entrarono in quel luogo freddo, l'interno affrescato con i racconti di Cristo e della Santa Maria Maddalena.

«Quella» disse Taddea indicando una credenza di legno intagliato dietro l'altare, «è la reliquia della chiesa. Portata qui dal nostro fondatore, Fra' Simone Fidati da Cascia.»

All'interno della credenza Ginevra intravide un grosso crocifisso con una sfera di cristallo fissata al centro. Qualcosa era sospeso al centro della sfera.

«È un pezzo di pane, intriso del sangue di Gesù Cristo stesso.» Taddea si fece il segno della croce di nuovo, seguita da Ginevra.

«Non ho mai visto una reliquia così importante prima d'ora, se non da lontano, durante le processioni» disse Ginevra, impressionata che Taddea avesse il permesso di avvicinarsi così facilmente e mostrarla ogni volta che ne aveva voglia.

«È stato un vero e proprio miracolo. Il prete di una parrocchia aveva messo un pezzo di ostia dentro un libro di preghiere, per portarlo a una persona malata. Quando aprì il libro, il pane era intriso del sangue di Cristo. Ne ebbe paura, così lo portò a Fra' Simone.»

«Nella mia parrocchia, a Genova, avevamo soltanto una pietra che una volta toccò un pezzo della veste di San Francesco. Non credo abbia mai compiuto dei miracoli.»

«Be', questa lo fa. Quando le donne stanno per partorire preghiamo che il pane le tenga al sicuro, e finora nessuna mamma e nessun bambino sono mai morti, mai.»

Ginevra osservò il pane straordinario e si fece di nuovo il segno della croce. Nessuna madre e nessun bambino? Era qualcosa di inaudito. Vermilia probabilmente non sapeva di quella reliquia, altrimenti non sarebbe stata così sprezzante all'idea di pregarla.

«Comunque» disse Taddea. «Devo aiutare a preparare la cena ora. Oggi è il giorno della pappetta. Be', a dire il vero la maggior parte dei giorni si mangia la pappetta. Ma penso ti piacerà. Oh! Puoi fare un salto dall'altra parte della strada da Ser Cecchi, il fornaio? Dobbiamo riscuotere l'affitto. Digli che ti mando io. Grazie!»

E con quella frammentaria introduzione al convento di Sant'Elisabetta delle Convertite, Ginevra cominciò ad abituarsi alla sua nuova vita. Per un po' fu preoccupata che Agnesa le chiedesse della pietra tintinnante nel borsello, ma passarono i giorni e le settimane e non venne menzionata. Ginevra continuò a chiedersi, tuttavia, perché Vermilia avesse pensato che quel luogo, dove gli amuleti di corallo dovevano rimanere nascosti e in cui c'era una reliquia che davvero ascoltava le preghiere di guarigione, fosse il posto giusto per mandare una ragazza con la stregoneria nel sangue e un pacchetto di pietre magiche.

Quando le lettere di Vermilia cominciarono ad arrivare, non contenevano risposte, soltanto fatti ordinari: messaggi amorevoli dai genitori di Ginevra, qualche pettegolezzo qua e là. Tutto veniva trascritto dal monaco di Vermilia, e sorella Agnesa e Ginevra le leggevano insieme; la suora le usava come lezioni. Ma in tutte le sillabe e le frasi che Ginevra scandiva faticosamente, non vi era mai menzione dell'attitudine di Ginevra per la magia, o di come Sant'Elisabetta fosse collegata ai fili dorati. Così archiviò in un angolo della mente quel tipo di domande e si concentrò invece sulle piacevoli sfide dell'imparare a leggere, a scrivere e a orientarsi nella nuova città svolgendo le commissioni per il convento.

Ogni giorno Ginevra rimaneva di stucco. Firenze aveva i suoi problemi, certo, ma erano rivestiti da marmo variopinto e le mani nervose dei cittadini erano nascoste, infilate in mantelli di pelliccia. Era solo nel grande numero di donne indigenti che venivano a chiedere aiuto a Sant'Elisabetta – molte di più che i pellegrini in cerca di alloggio – che Ginevra notava le crepe nella facciata della sua nuova casa.

Taddea spiegò a Ginevra che l'ala delle donne era una sorta di segreto di dominio pubblico.

«Nessuno ne parla, ma tutti lo sanno.»

La prostituzione non era permessa dentro le mura della città, ma prosperava non appena si usciva da Porta San Gallo. E anche se le relazioni extraconiugali erano praticamente un'attività nazionale, una madre non sposata era la creatura più miserabile d'Italia, e non c'erano molti luoghi in cui potevano ricevere delle cure. Le donne che si recavano al convento erano incoraggiate a restare e prendere i voti, ma non tutte erano tagliate per fare le suore, e molte preferivano ritornare alla loro vecchia vita. Una manciata di esse erano nobili, trascinate lì dalle madri per portare a termine la loro vergogna, e pagavano grosse somme di denaro in cambio di discrezione e stanze private. Ma ricche o povere, nessuna donna dell'ala aveva mai visto il proprio uomo ritornare per sposarla o riconoscere il figlio.

13
De Lapidibus

1335, città di Firenze, convento di Sant'Elisabetta delle Convertite

Nell'ala delle donne, mentre Ginevra raccoglieva i giunchi sporchi e svuotava i vasi da notte, osservava con attenzione le suore intente a curare le pazienti. Prendeva nota dei bendaggi che alleviavano il dolore lì e delle supposte che calmavano il malessere là. Memorizzava le preghierine ai santi, prescritte insieme alle medicine naturali. E ogni volta che un bambino nasceva, si recava assieme alle suore a rendere grazie alla Reliquia del Sangue Benedetto che si trovava nella sfera di cristallo della cappella. Tuttavia Ginevra non vide né sentì mai nulla riguardo il pacchetto di gemme mandate da Genova. Non avrebbe mai chiesto nulla a riguardo, per evitare domande riguardanti la pietra tintinnante che aveva rubato. Quanto ai comuni amuleti di pietra o osso posseduti dalle donne che venivano a cercare aiuto, non c'era dubbio che Agnesa vedesse quegli oggetti come nient'altro che innocue superstizioni: non del tutto approvate dalla chiesa moderna, ma generalmente tollerate per il sollievo che portavano.

Nonostante facesse del suo meglio, Ginevra non era in grado di imparare tutto solamente origliando. Era particolarmente seccante il fatto che, ogni volta che si presentava uno scenario medico complesso, lei venisse cacciata via senza possibilità di osservare.

«Non sta a te vedere ciò che succede dopo» diceva Agnesa quando una donna non riusciva a respirare nonostante il bendaggio di senape, o continuava a vomitare molto tempo dopo aver pronunciato la corretta preghiera a san Timoteo. Ginevra sentiva di essere preparata per qualunque sventura e che la stavano coccolando più del necessario. Dopotutto, monna Vermilia si era fidata di lei per anni lasciandola assistere a rituali importanti e preparare miscele delicate. Si lamentava di ciò con Taddea, che annuiva comprensivamente.

«Fanno lo stesso con me. Ogni volta che Agnesa sta per ricorrere alla medicina più interessante, è sempre "Taddea, vai al mercato a prendere questo" oppure "Taddea, vai a far aggiustare questa pentola" anche se la pentola ha un buco da anni e a nessuno è mai importato.»

Un mattino, mentre puliva le ciotole di legno della colazione nell'ala delle donne, Ginevra osservò sorella Agnesa assistere a un parto podalico. La povera madre aveva avuto un travaglio difficile per un intero giorno e una notte e ora, all'alba del secondo giorno, era comparsa la gamba del bambino e null'altro. La madre si era fatta immobile, pallida per la fatica sulle lenzuola marroni per il sangue seccato. Non muoveva gli occhi per riconoscere l'infermiera, né le labbra per ricevere un sorso d'acqua.

«D'accordo, è di questo che si tratta, allora» disse Agnesa. Si guardò intorno e notò Ginevra. «Tu: vieni un momento e tienile la mano, io torno subito.» La suora si allontanò, il più velocemente possibile senza correre. A Ginevra si strinse il cuore. C'era un'unica ragione per cui la suora l'avrebbe lasciata al comando: andare a chiamare il prete per gli ultimi rituali prima che il bambino fosse tagliato dalla madre morente. Ma Taddea aveva detto che una cosa del genere non era mai accaduta a Sant'Elisabetta! Anche la mamma doveva essersi accorta del pericolo e attraverso lo stato di incoscienza in cui si trovava strinse la mano di Ginevra così forte che le punte delle dita le formicolarono e divennero bianche.

Per abitudine e nervosismo, Ginevra infilò l'altra mano nel borsello e si mise a giocherellare con la pietra marrone tintinnante. Appena la agguantò, la *manu fica* di corallo che aveva al collo divenne tiepida, e così anche la pietra nella borsa. L'aria intorno a lei cominciò a vibrare e tutti gli altri suoni si fecero ovattati, come se si trovasse sott'acqua. Sentì l'irresistibile necessità di estrarre la pietra e di posarla sul letto. In effetti, avrebbe potuto giurare che la pietra che teneva nel pugno, saldamente chiuso, la stava tirando verso la partoriente.

Ginevra si guardò intorno furtivamente: erano solo loro due nella stanza, lei e la donna morente sul letto. Si arrese alla strana pietra. Le permise di guidarle la mano fuori dalla borsa fino al giaciglio insanguinato, e posò la pietra proprio accanto alla gamba del bambino.

Il piedino si ritirò immediatamente dentro la madre. La pancia gonfia si rimestò come una pentola di zuppa e in un attimo, dove prima c'era il piede, uscì la testa e il bambino nacque velocemente e correttamente. Un istante più tardi uscì la placenta. La madre si risvegliò dallo stordimento, lasciando andare la mano di Ginevra e chiedendo un sorso di vino. Prima che una Ginevra estremamente sconvolta riuscisse a ricomporsi e a riprendersi la pietra, sorella Agnesa fu al suo fianco.

«Grazie a Maria e a tutti i santi! Questa ragazza coraggiosa ce l'ha fatta da sola.» Prese il bambino e gli diede una manata affinché piangesse. Ginevra cercò furtivamente di recuperare la pietra ma gli occhi veloci di Agnesa seguirono la sua mano e individuarono la piccola roccia sulle lenzuola. Ebbe un sussulto e la afferrò, nascondendola nel palmo.

«Sciocca, sciocca! Da quanto tempo è qui la pietra aquilina?» sibilò Agnesa.

«Solo un momento...»

«È stata quella scellerata di mia cugina a dartela?»

Ginevra abbassò il capo e gli occhi di Agnesa si spalancarono per la comprensione.

«E così ti sei servita da sola, in un pacco destinato a me, prendendoti qualcosa che non sai nemmeno a cosa serve?»

«Ma ha funzionato! E tu conosci il suo nome? Pietra aquilina?»

Agnesa si morse il labbro.

La puerpera chiese di nuovo il vino.

«Ginevra, vai a prendere da bere a questa donna assetata. Poi vediamoci direttamente nella mia cella.»

Ginevra lasciò il neonato in braccio a un'irata sorella Agnesa e si diresse a versare del vino con mani tremanti. Era terrorizzata per ciò che aveva fatto. Aveva rubato qualcosa, e quel qualcosa l'aveva indotta a farne un uso sconsiderato. Ripensò ai ladri di Genova, che diventavano mendicanti dopo che venivano loro tagliate le mani per i crimini commessi. L'avrebbero fatto anche a lei?

Toccò velocemente il corallo per assicurarsi che fosse ancora lì, che il tutto non fosse stato causato dal malocchio che alla fine era ritornato per lei. Il gioiello era posato sulle clavicole, come sempre. Qualunque punizione fosse arrivata, se l'era cercata. Forse, quando fosse venuto a conoscenza di ciò che aveva fatto, Fra' Simone l'avrebbe scomunicata e dopo una miserabile vita senza mani se ne sarebbe andata dritta all'inferno dove sarebbe stata torturata per l'eternità. Ma sotto quei pensieri terrificanti si annidava qualcos'altro: rabbia. Aveva salvato la vita a una donna e ora era nei guai per quel motivo.

14
Le capre mi hanno portata qui

7 luglio 1348, per le strade di Firenze

Ginevra si appoggiò alla porta del palazzo dell'inquisitore cercando di liberarsi dai ricordi del suo arrivo a Firenze. D'accordo. Prima fosse riuscita a risolvere il "piccolo problema" dell'inquisitore e prima avrebbe potuto risolvere il proprio. Guardò dall'altra parte della piazza, verso il cantiere caotico in cui si stava costruendo la nuova cattedrale, la quale non sembrava più prossima a essere completata di quanto non lo fosse stata otto anni addietro. Da sempre costruita solo in parte, le massicce fondamenta di quel nuovo edificio racchiudevano l'antica chiesa di Santa Reparata, rimasta intatta. Il sito era coperto di impalcature di legno malconcio e, sulla cima di una di esse, un tagliapietre che ancora stringeva il suo martello si era raggomitolato a morire al sole. Quello era il luogo da cui erano state rubate le reliquie di san Zenobio.

Doveva iniziare a investigare immediatamente, magari esaminando la cattedrale. Tre giorni non erano molti. Ma il suo stomaco brontolava rumorosamente e si rese conto che aveva trascorso una mattina lunga e difficile senza cibo né acqua, e si trovava, in quel momento, in piedi sotto il pieno sole del pomeriggio. La mente era provata dalla perdita di Piero. Dai ricordi di Sant'Elisabetta. Dalla morte di Ludovico. Il reliquiario vuoto di San Zenobio avrebbe dovuto attendere fino a che non avesse trovato un luogo dove riposare le sue membra stanche. Ma dove sarebbe potuta andare? La sua mappa mentale della città era datata. Dalla sua partenza, otto anni prima, i nuovi edifici avevano alterato lo schema delle strade e le vie che portavano fuori da piazza Santa Reparata non erano più come se le ricordava. Senza Piero a farle da guida, non aveva idea di come avrebbe trovato un alloggio.

Si sedette su un blocco di pietra e si guardò intorno per assicurarsi che nessuno l'avesse notata. Dalla borsa di gemme Ginevra scelse uno smaragdus color verde limpido, che avrebbe dovuto conferirle chiarezza, concentrazione e guida. Non era mai riuscita a farlo funzionare a dovere, ma quello poteva essere un buon momento per cominciare. Fissò le profondità color menta della gemma e forzò la testa a svuotarsi, in modo che la pietra potesse fare il proprio lavoro. I pensieri corsero immediatamente a Sant'Elisabetta. Rivide Taddea, Fra' Simone e Sorella Agnesa, in ginocchio davanti al pane benedetto. Ma anche dopo otto anni, la vergogna bruciava, e desiderò lavare via il ricordo come fosse un lenzuolo.

«No!» gridò con forza allo smaragdus.

Ripose la pietra, dicendosi che ancora non funzionava come avrebbe dovuto, e alzò lo sguardo. Vide un'oca bianca e impolverata fare il suo ingresso nella piazza, seguita da un gregge di capre emaciate che l'avevano adottata come capo branco. Ginevra non riuscì a trattenere una risata davanti a quello strambo gruppetto. Ci pensò per un attimo e poi si avvicinò per unirsi a loro: uno spettacolo così allegro doveva essere di buon auspicio, in tempi come quelli. Probabilmente erano state mandate proprio per attirare la sua attenzione.

Rimase con loro per circa un'ora, gironzolando tra le strade residenziali, senza vedere anima viva per tutto il tempo. Non tirava vento. Gli animali non emisero un belato né un verso. Ovunque, le porte erano mezze aperte, in quelle che un tempo erano state case ben curate e piene di gente. Dalle finestre spalancate giungevano odori terribili, poiché i vicini, ormai fuggiti, avevano avuto troppa paura di recuperare i morti per seppellirli.

Il sole batteva direttamente sulla testa senza proiettare ombre quando giunsero alla chiesa di Santa Trinita. Fu lì che Ginevra perse fiducia nell'oca capo branco. Conosceva quel luogo e sapeva che era a poca distanza da dove erano partite. Cominciò a guardare le case vuote, cercandone una che potesse fungere da rifugio, quando udì un sonoro BANG. La porta di un elegante palazzo si spalancò a una ventina di metri da lei. Un uomo, ben vestito anche se piuttosto scompigliato, batté gli occhi alla luce del sole ed emise un profondo sospiro di sollievo che si interruppe alla vista di Ginevra e delle sue compagne. Prima che l'uomo, la donna o le capre potessero dire qualcosa, si udì un grido doloroso provenire da una finestra dell'edificio da cui l'uomo era uscito.

«Tornate, tornate, mio signore!» chiamò la voce affannata e rantolante.

Gli animali voltarono le teste all'unisono verso il suono. L'uomo diede un'occhiata alla finestra, guardò Ginevra addolorato e disse: «Sto solo andando... a prendere una... una cosa!» E così dicendo corse via.

La voce gridò di nuovo. «Tornate, mio signore! Sono ancora viva! Forse non morirò! Per favore, non lasciatemi sola!»

Le capre guardarono Ginevra, in attesa. Lei le ringraziò per la compagnia e le scacciò via. Si avviò attraverso la loggia fino all'ingresso dell'edificio; nella fretta e nell'agitazione di andarsene, l'uomo non aveva chiuso a chiave la porta d'ingresso. Entrò nel cortile buio di una casa elegante.

«Salve» chiamò Ginevra dall'androne delle scale che correvano lungo il cortile, provvidenzialmente fresco contro il calore del pomeriggio. «C'è qualcuno?»

Le grida si interruppero. L'odore della morte dei giorni precedenti pervadeva la casa. Salì i gradini fino al primo piano, attraversò una grande sala dal pavimento coperto di foglie d'insalata marce e vecchie ossa di maiale e giunse a una porta chiusa dall'esterno, ma la cui chiave era ancora nella serratura. La girò e la porta si aprì su una camera da letto elegantemente arredata. Una giovane donna giaceva sul pavimento accanto a un secchio pieno di bile nera. Era crollata sotto l'alta finestra spalancata, collassata per lo sforzo di gridare verso l'uomo in fuga. Era pallida e aveva i capelli scuri incollati alla fronte. Sul collo, i linfonodi ingrossati segnavano che la malattia era in fase avanzata. Ginevra si guardò intorno e vide in un angolo un piede che faceva capolino dalle lenzuola macchiate: era da lì che proveniva l'odore di morte.

Parlò dall'uscio. «Riuscite ancora a parlare, mia cara? Qual è il vostro nome?»

«Mi chiamo Lucia» rantolò la donna. «Dov'è mio marito?»

Ginevra non aveva più pazienza nei confronti degli uomini assenti. «Non pensate più a lui, quell'inutile idiota è fuggito.»

Lucia inspirò per cominciare a piangere ma aveva la gola talmente gonfia che non ci riuscì e si sdraiò di nuovo sul pavimento, esausta. La mano di Ginevra frugò nel borsello che portava alla cintura e le dita furono attirate da due pietre di sangue, una tipologia di diaspri acquistati di recente. Batterono come piccoli cuori al suo tocco. Non aveva ancora avuto l'occasione di usarle e temeva che potessero fare più male che bene a un corpo malato. Udì un altro orribile rantolo della povera Lucia. Respirava a malapena. Una cosa era certa: senza cure, la signora sicuramente sarebbe morta.

Ginevra alzò gli occhi al cielo. Eccola lì, un'ora dopo aver giurato davanti a un inquisitore papale che non avrebbe praticato la medicina. Ma come avrebbe potuto rifiutarsi di aiutare quella povera ragazza? "Be'" si disse, "l'errore dell'ultima volta non è stato curare le persone, è stato farmi beccare."

«Sto per entrare nella camera, monna Lucia» disse Ginevra. «Non abbiate paura.»

Lucia non rispose. Pensò che la donna fosse chiaramente lì per derubarla. Avrebbe almeno potuto attendere che Lucia fosse debitamente morta! Quella donna però, si rese conto Lucia, non condivideva la stessa paura del marito per l'infezione. Che avidità, rischiare la propria vita per sedie e lenzuola di lino. Ben le sarebbe stato, quando la gola le si sarebbe gonfiata come un rospo. Ma la donna non si diresse al baule dipinto della dote, dove avrebbero potuto trovarsi gli oggetti di valore. Lucia osservò con occhi vitrei la ladra spostare il secchio del vomito e inginocchiarsi.

«Mi chiamo Ginevra di Genova. So come curarvi, credo... Ma dovete promettere che manterrete il mio segreto.»

Lucia si chiese se quella donna fosse il diavolo che la stava ingannando per farle rinunciare alla propria anima... C'erano dei demoni di nome Ginevra? Non riusciva a ricordare. Ma la paura fu sostituita dalla rabbia nei confronti del marito. Pensò a quanto si sarebbe vergognato se lei fosse guarita e si fosse presentata, viva e senza preavviso, alla residenza di campagna (di proprietà di Lucia) dove lui sicuramente si era recato.

«Ascoltate» disse Ginevra di Genova. «Io credo che le capre mi abbiano portata fin qui da voi per una ragione. Ma dovete promettermi che manterrete il segreto. Non dite a nessuno che vi ho curata.»

Lucia cercò di parlare ma dalla bocca uscirono solo delle bolle di sangue.

«Se lo promettete, stringetemi la mano.»

Lucia non aveva capito la faccenda delle capre, ma sapeva di non voler morire e con le ultime energie strinse debolmente la mano di Ginevra. Infine, perse i sensi.

Ginevra si mise al lavoro, estraendo dal sacchetto in pelle pieno di gemme le due pietre di sangue. Erano di un verde scurissimo, punteggiate di macchioline di ferro rosso. In un passato lontano erano state levigate fino a diventare degli ovali lisci, e inscritte con una runa antica dalla sacerdotessa che per prima li aveva benedetti. Come la pietra aquilina molto tempo addietro, a Sant'Elisabetta, Ginevra lasciò che fossero le gemme a guidarle la mano. Le posò sui gonfiori che sporgevano dalla gola di Lucia, forzando la propria salute a fluire attraverso le gemme e a espellere la malattia. O perlomeno, era così che sperava funzionasse. Il ronzio, ormai familiare, riempì l'aria e il battito delle pietre si fece sempre più veloce, fino a che cominciarono a vibrare. Le tenne saldamente contro i gonfiori: le punte delle dita si intorpidirono, le mani avevano i crampi a causa delle vibrazioni. Lucia cominciò ad avere degli spasmi. Agitò le braccia, sbattendole qua e là, inarcò la schiena e digrignò i denti. Infine, con un terribile rantolo, rimase immobile e si accasciò a terra sul pavimento. "Oh, Dio, l'ho uccisa" pensò Ginevra. Allontanò le pietre e cominciò a sudare freddo, nel panico.

«HUNGGGHGHH» Lucia si mise a sedere all'improvviso. Ginevra gridò per la sorpresa e saltò all'indietro. La donna malata portò in avanti il capo e vomitò una densa poltiglia nera sul grembo. Poi collassò di nuovo sul pavimento. Ginevra si riavvicinò e ascoltò. I respiri deboli e rantolanti di Lucia divennero lenti e regolari. Il gonfiore sul collo si ridusse a dei lividi viola scuro. Le posò una mano sulla fronte ed ebbe conferma che la febbre stava scendendo. Ginevra rise forte e si sedette di nuovo sul pavimento con le gambe divaricate. Lucia sarebbe sopravvissuta. Le pietre di sangue funzionavano. Per la prima volta dopo anni si sentì davvero bene con se stessa.

Finalmente Ginevra riuscì a guardarsi intorno. Si trovava nella casa torre di un mercante agiato. La famiglia doveva essere rimasta senza adeguata servitù per mesi e il palazzo era ingombro della spazzatura della vita quotidiana. Il camino era pieno di cenere, sul letto c'erano lenzuola sporche. "D'accordo" pensò. "Togliamo la povera e derelitta monna Lucia dal pavimento."

Aprì il baule della dote. Dentro c'erano lenzuola di elegantissimo pizzo delle Fiandre e biancheria di lino trasparente con decorazioni di seta color crema. Cose che non avrebbero dovuto essere usate per un corpo malato e sporco, ma erano tutto ciò che c'era a portata di mano. Rifece il letto e con qualche sforzo sfilò a Lucia la camicia da notte rovinata e issò la donna sul materasso. A Ginevra girò la testa per lo sforzo e si ricordò di avere fame e sete.

Con Lucia addormentata tra le sue lenzuola più eleganti, Ginevra si recò all'ultimo piano, dove si trovavano le cucine in quel tipo di case, in modo che, in caso di incendio, i piani inferiori avrebbero potuto salvarsi. Era una stanza enorme con un pavimento di piastrelle rosse e muri di intonaco color crema. L'intonaco spoglio era in contrasto con le colorate tele dipinte che ricoprivano le pareti, a imitazione dei veri arazzi. Si avvicinò a tre grandi finestre e aprì i balconi, lasciando entrare la luce del sole. Fu sollevata di scoprire che erano rimaste alcune provviste. C'era un barile di farina d'orzo, mezza ruota di formaggio duro, una scatola di lardo e un piatto appiccicoso di miele in favi (ormai abbastanza impolverato). Appesi alle travi c'erano una fila di salami essiccati rosso scuro, due pesci salati e dei mazzi di rosmarino, lavanda e acetosa.

Grande quanto l'intera parete della cucina, l'enorme caminetto, abbastanza largo da poterci arrostire un cinghiale, la fissava nero e freddo davanti a lei. Tra le ceneri c'era un grosso calderone di ferro che in tempi migliori sobbolliva di ossa per il brodo. Sul tavolo di legno, dove il cuoco ormai scomparso un tempo tagliuzzava conigli e sviscerava ostriche, un topo rosicchiava un pezzo di pane raffermo.

Scacciò il ratto e prese il pane, raschiandone con i denti un boccone duro. Le briciole le ricoprirono la gola assetata facendola tossire. Appena fuori dalla cucina vide una piccola credenza che si apriva su un pozzo contenente un verricello per attingere l'acqua da una cisterna sotto la casa. Ginevra cercò di girare la manovella ma quella non si mosse. Non voleva rischiare di romperla. Così scese le scale, fermandosi al tavolo da pranzo sporco al secondo piano per prendere una caraffa dipinta elegantemente, ridendo nel notare che era lo stesso disegno di quella dell'inquisitore – galline che beccavano l'uva – e si diresse in cantina, oltre il cortile.

Nella luce fioca, tra barattoli di olio che perdevano e topi che correvano qua e là, c'era un rincuorante numero di barili ordinatamente in fila lungo un muro. Si versò una generosa porzione da un barile già aperto. A un primo assaggio contenuto seguì una profonda sorsata: a causa della sete, quella le sembrò la bevanda più buona che avesse mai assaggiato. In realtà si trattava di semplice *vinello*, il vino leggero che si beveva quotidianamente. Ma era frizzante e aspro e leggermente freddo per via della stanza buia in cui era conservato. Intinse il pane duro nella tazza per ammollarlo e fare così il primo vero morso.

A un lato della cantina c'era una cisterna che raccoglieva l'acqua piovana, incanalata dalle grondaie del tetto e da un tombino al centro del cortile. Ci guardò dentro e vide che era piena di anguille: mangiavano le uova di zanzara che crescevano nell'acqua ed erano deliziose se cotte in uno sformato. Tenendo in mano il *vinello* e il pane ritornò al cortile del piano terra e attraversò la porta sul retro, trovandosi in un'area ottagonale che racchiudeva un orto ormai invaso dalla vegetazione. Una fontana gorgogliava al centro, circondata da quattro aiuole simmetriche contenenti un buon numero di cipolle, erbe aromatiche e nasturzi in fiore. Degli alberi nodosi di mele cotogne facevano ombra sulle panche poste tra le aiuole. Le mura in pietra di quello spazio chiuso erano per la maggior parte coperte da alberi di mele, fatti crescere in modo che i rami si sviluppassero piatti come vitigni lungo la pietra anziché verso l'alto. Notò due pavoni beccare tra i cipollotti, allegri e ignari del caos che li circondava, vivendo di vermi e mele cadute.

In quel luogo calmo e lussureggiante, stringendo la sua elegante tazza nuova, Ginevra si accorse che il *vinello* stava facendo un leggero effetto. Per un momento dimenticò l'ansia riguardo la grande tragedia che stava vivendo. Ma solo per un momento. Poi tornò di sopra per trascinare la domestica morta sul marciapiede perché la raccogliessero i monatti il mattino successivo. In quel luogo, Ginevra si trovava fra simili. Una donna era morta, un'altra era sopravvissuta. E poi c'era lei, che si sentiva da qualche parte a metà strada. Tutte e tre erano state lasciate sole.

15
Un vero e proprio segreto

1335, città di Firenze, convento di Sant'Elisabetta delle Convertite

Dopo l'incidente con la pietra aquilina, Ginevra si recò alla piccola cella spoglia della suora e sedette sul paglìericcio accanto a sorella Agnesa, in una vicinanza intima che cozzava con l'atmosfera di serietà.

«Sai per quale motivo ho allontanato la pietra così velocemente dal letto?»

«No» disse Ginevra a bassa voce.

«L'ho fatto perché se una pietra aquilina è lasciata troppo a lungo sul grembo, oltre al bambino uscirà anche l'utero della donna. O mia cugina non ti ha insegnato questa parte?»

«No! Non sapevo come funzionasse. Non avrei mai... Non sapevo nemmeno che esistesse una cosa di nome pietra aquilina. Non ne avevo mai vista una all'opera prima di oggi.»

«Mai?» disse Agnesa, grattandosi il capo sotto il velo grigio. «Intendi dire che l'hai fatta funzionare così, dal nulla?»

«Sì, lo giuro. È una cosa che ho sempre tenuto in tasca. È stato come se la pietra mi avesse detto, in qualche modo, che avrebbe aiutato il bambino a uscire. Non sapevo la cosa dell'utero. Vi prego, temevo che foste sul punto di tagliuzzare quella donna.»

«No, ragazza ignorante. Una cosa del genere non succederebbe mai, qui.»

«Lo so, lo so. La reliquia del Sangue Sacro. Le protegge.»

«No. Be', forse. Non lo so, non ho mai provato a utilizzarla in questo modo.»

La suora aprì la mano e posò sul letto due pietre, quella di Ginevra e un'altra, quasi identica. Le rocce si avvicinarono l'una all'altra attraverso la ruvida coperta di lana e si unirono con uno schiocco leggero. «Sono andata a prendere la mia vecchia pietra aquilina, perché su questo avevi ragione: era il momento di usarla, non c'era altro modo... Far funzionare le pietre a dovere e ascoltare ciò che ci dicono è qualcosa che solitamente richiede un esercizio rigoroso. Ma tu hai fatto tutto da sola.»

«Sorella, non me lo insegnerete? Credevo che fosse per questo che...»

«Ginevra, sei giunta qui con una lettera e un pacchetto. Entrambe sappiamo che eri a conoscenza del contenuto del pacchetto. Ma sai che cosa diceva la lettera?»

La ragazza aveva le guance in fiamme. Scosse la testa. «Sapete che non ero in grado di leggere quando sono arrivata qui.»

Agnesa fece un lungo sospiro. «La lettera ti assolve dal grave peccato che avresti commesso, quello di rubare. Le gemme sono sempre state tue, un dono di mia cugina. Ma le ha affidate a me per sicurezza. Fino a che io non fossi riuscita a determinare se era giusto che tu le avessi.»

Ginevra sollevò la testa di scatto. «Quindi è giusto che io le abbia, ora che so dell'utero?»

«Ah! Assolutamente no. Lasciare che una pietra, anche se magica, forzi la tua mano ad agire... Che vergogna. Tuttavia è chiaro che mia cugina aveva ragione: tu hai un dono, un'abilità superiore agli altri nel direzionare le proprietà curative. Quando Dio concede questo tipo di abilità a una persona, non utilizzarla è un altro tipo di peccato.»

«Per favore, sorella. Farò qualunque cosa direte. Solo, insegnatemi.»

Agnesa si voltò a guardarla in faccia, fissandola con occhi

severi, in contrasto con le dolci rughe che li incorniciavano. «Ascoltami bene. Il fatto che abbiamo accesso a questo tipo di metodi… Questo è un vero segreto. Non come il segreto dell'ala delle donne, che tutti conoscono. Intendo un vero e proprio segreto. Se Fra' Simone lo scoprisse…»

«Per quale motivo siete qui, allora, in un convento? Perché non lavorare in proprio, come Vermilia?»

«Perché sono il frate e la sua reputazione di santo a proteggerci. Chi penserebbe di cercare la magia curativa, quella che molti chiamerebbero stregoneria, nella casa di un santo?»

«Ma la stregoneria parla con i morti! Chiama a sé i demoni e ne esegue gli ordini. Invece le pietre, le medicine, gli incantesimi che vostra cugina mi ha insegnato, quelli funzionano perché… Be', non so il perché, ma so che io non parlerei mai con un demone.»

«Ma puoi comprendere come la vedrebbero gli ignoranti. Capisci cosa accadrebbe, se altri sapessero che tra queste mura le suore fanno scorrere la magia di Dio attraverso delle pietre pagane?»

Ginevra capiva il discorso, ma non le piaceva. Era il motivo per cui monna Vermilia nascondeva i propri talenti e Agnesa le aveva fatto tenere segreto l'amuleto di corallo. Sapere della magia che si trova nelle cose naturali, essere capaci di incanalarla e usarla, era qualcosa che spaventava chi non ci riusciva.

«Ora che lo sai, ecco come andranno le cose» disse Agnesa. «Se vuoi imparare i segreti delle pietre, e un giorno custodire il dono di Vermilia, non dovrai mai parlarne al di fuori di queste mura, e mai di fronte alle donne ricoverate. Nemmeno davanti a Taddea la quale, sia benedetta, non ha le tue stesse abilità. E mai di fronte al nostro fondatore. Lo giuri?»

«Sì, lo giuro.»

«E non proverai mai più a cercare di usare una pietra curativa senza il mio esplicito permesso, finché sarai qui. Lo giuri?»

Ginevra giurò, perché che altro poteva fare?

«Bene. Puoi andare ora. Ti manderò a chiamare quando avrò tempo per cominciare le lezioni.»

Ginevra si alzò in piedi per andarsene, ma c'era un'ultima domanda che ardeva in lei e non riuscì a trattenersi dal chiedere: «Sorella, se possiamo salvare le donne che vengono al convento, che ne è delle altre, in città?»

«Bambina, il tuo desiderio di fare del bene è lodevole, ma sei ingenua, e io ne ho abbastanza. Aiutiamo soltanto coloro che ci cercano. È per la nostra sicurezza. Immagino che mia cugina avesse abitudini simili. Devi accettare che il mio giudizio sia corretto, se desideri restare.»

Ginevra annuì e se ne andò in fretta, non intendendo sfidare ulteriormente la sua buona sorte.

Da quel giorno, quando il resto del convento dormiva, le due lavoravano insieme per identificare le gemme di monna Vermilia e per intuire quali poteri avessero. I loro studi erano supportati da un altro segreto di Agnesa: una nobile signora, che un tempo aveva partorito un figlio bastardo al convento, aveva donato l'intera biblioteca del marito defunto come ringraziamento. In quella collezione vi erano numerosi manoscritti, inclusi alcuni scritti molto tempo prima, dai Romani e dai Greci, sui segreti della storia naturale. Al loro interno vi erano descrizioni di pietre, del loro aspetto e delle proprietà d'uso. Proprietà che i dottori moderni difficilmente riuscivano a sfruttare. Agnesa era stata saggia, e aveva tenuto i manoscritti per sé, nascondendoli dietro le mattonelle sconnesse sotto il letto.

«Questi libri sono gli originali, le fonti della verità» disse Agnesa, accarezzando delicatamente un volume di Teofrasto mangiucchiato dalle falene. «Le antiche informazioni, non inquinate o male interpretate da qualche monaco pieno di sé che non riuscirebbe a percepire le vibrazioni di un filo dorato nemmeno se fosse stato legato al suo gingillo...»

Ginevra trattenne una risata.

«Ma andiamo avanti, dimmi: che cos'è questa?» La suora sollevò una pietra rotonda, color nocciola, splendente come un bottone di pelle. Ginevra cercò un volume di Plinio, pronta a tuffarsi nel latino rudimentale che Agnesa le stava insegnando insieme alle lezioni di lettura. Ma Agnesa spinse via il libro. «No, no. Prova a tenerla in mano. Lascia che ti guidi, come è successo con la pietra aquilina.» Ginevra premette la strana pietra tra i palmi, come se stesse pregando. Divenne calda, e così anche il corallo che portava al collo. Si alzò in piedi e guardò fuori dalla porta, poi si avviò attraverso il corridoio buio verso la cucina e Agnesa la seguì con una candela di giunco in mano. In cucina, le mani di Ginevra si diressero verso un barile di farina di segale, come la bacchetta di un rabdomante.

«Ho le mani così... sudate» disse in un sussurro.

«Ne sei certa? Aprile.»

«A-ha» disse l'allieva. «È la pietra a sudare.»

Agnesa annuì. «Ora te lo dirò. Questa è una bufonite, la pietra del rospo. Si crea nelle teste degli antichi rospi. Suda quando è vicina al veleno, quindi prova ad alzare il coperchio del barile...»

Ginevra obbedì e, come previsto, una muffa bianca e spugnosa ricopriva la superficie della farina scura.

«Molto bene» disse la suora. «Per quanto riguarda la bufonite, intendo dire. Tu invece hai bisogno di un'altra lezione su come conservare il cibo come si deve.»

Di ritorno nella cella di Agnesa, Ginevra riprese in mano il volume di Plinio per cercare altre informazioni sulla bufonite; mentre sfogliava le pagine, le cadde in grembo un libricino sottile.

«Che cos'è?» chiese ad Agnesa. La legatura scricchiolò e si sfaldò tra le dita quando sfiorò le lettere dorate che componevano il titolo. «*Liber Iuratus Honorii*... Chi è Onorio, sorella?»

«Ginevra, non...»

Ma lei stava già girando le pagine. Tra i fogli di papiro

intravide strani simboli, cerchi tracciati nelle stelle, liste di nomi con lettere latine che formavano sillabe gutturali, file di parole disposte a triangoli. Agnesa glielo prese dalle mani.

«Che cos'è?» chiese Ginevra.

«Ssst! È qualcosa di malvagio, per uomini convinti di poter evocare demoni affinché eseguano i loro ordini. Sono libri come questo a dare cattiva fama al nostro lavoro, Ginevra. Ingannano gli ignoranti inducendoli a inseguire desideri bassi ed egoisti, infilzando spilloni nelle bambole o cuocendo capelli nel pane o tracciando composizioni caotiche di lettere e numeri.»

«Intendi dire che gli incantesimi di questo libro sono fraudolenti?»

«È probabile. Ma chi può saperlo? Solamente un santo riuscirebbe a eseguirli, e nessuno di loro lo farebbe mai. Questi libri sono tutti uguali, guarda qui» disse indicando una pagina. «Indica quanti mesi di digiuno, di castità e di punizione corporale con flagelli e cilici sono necessari per un incantesimo che faccia ottenere mille soldati armati! Su queste cose sono d'accordo con i preti: tentare rituali del genere è davvero un crimine contro Dio.»

Agnesa cercò di infilare il libricino nel piccolo braciere di terracotta che teneva acceso in camera per scaldarsi, ma per quanto provasse non ci stava, e non riuscì a bruciacchiare nemmeno un angolino. La suora sospirò e ripose il libro nel nascondiglio segreto sotto il pavimento.

«Ora» disse a Ginevra, «concentriamoci di nuovo su Teofrasto: sostiene che le pietre apatiti possono essere indossate al polso per assorbire i ricordi spiacevoli, e qui parla del lincurio, che è l'urina solidificata della lince e ha molte proprietà, ma sfortunatamente non possediamo questa pietra. In effetti, non conosco nessuno che abbia mai visto un lincurio, dato che le linci seppelliscono i propri tesori...»

Quando Ginevra divenne abbastanza brava a scrivere, Agnesa fece raschiare le pergamene dei primi registri del convento e li legò assieme a formare un taccuino, in modo che l'allieva potesse avere i propri appunti. *Questo è il cristallo verde chiamato smaragdus, inciso con le parole sacre degli Arabi. Cercalo quando i tuoi occhi sono stanchi e vedrai con una nuova prospettiva.* Oppure: *Questa è la splendente ossidiana nera, creata con il calore dei vulcani. È ottima contro le febbri.*

Ginevra era grata per quelle lezioni, tuttavia, sotto sotto, provava ancora un briciolo dello scetticismo tipico dei giovani, che credono che i più vecchi siano troppo prudenti. Pensava che se avesse avuto l'opportunità di fare le cose alla luce del sole, Fra' Simone e l'Arte dei Medici e tutti gli altri avrebbero capito che non vi era nulla di sinistro nell'uso delle pietre curative da parte delle donne.

Quel senso di opportunità perdute si acuiva nei giorni in cui le pietre chiamavano Ginevra, e le dita della ragazza formicolavano per il desiderio di utilizzarle. Ma a meno che non si trattasse di una questione di vita o di morte, Agnesa perseverava con i normali rimedi erboristici, con la preghiera e con la pazienza. Ciò che si sarebbe potuto risolvere in un istante con un'ematite sciacquata in acqua piovana, richiedeva invece settimane di cure con tè di agrimonia e foglie di quercia. Tutto ciò faceva impazzire Ginevra. Le cose rimasero così per qualche tempo. Nel cuore della notte, Ginevra e Agnesa esploravano i misteri delle agate a strisce e dei carbonchi rossi. Di giorno fingevano che quei tesori non esistessero. Quando Agnesa decideva che una paziente non poteva più essere salvata con le preghiere o con le piante, solo allora allungava le mani sotto le mattonelle sconnesse della cella.

16
Uno spirito affine

1340, città di Firenze, nella cucina di una nobile dimora

A vent'anni, Ginevra si innamorò. Accadde durante la consegna di un carico di uova da Sant'Elisabetta alle cucine della famiglia Acciaiuoli, dei banchieri talmente importanti che prestavano denaro perfino al re d'Inghilterra, o almeno così dicevano, vantandosene. Ginevra detestava quella specifica commissione. Ogni settimana il cuoco dei banchieri le raccontava con aria condiscendente di come gli Acciaiuoli comprassero le uova dal convento solo per carità cristiana, nonostante le uova non fossero buone, ed era per quello che le sue creme non uscivano mai a dovere. Era molto frustrante per Ginevra. Sapeva che avevano le migliori galline di Firenze, perché Agnesa aveva trovato un pezzo di granito rosa di Sardegna dell'esatta forma di un uovo di gallina e l'aveva seppellito sotto il fondo del pollaio. Da allora, le loro galline deponevano due uova ciascuna, perfette, rosa e maculate come il granito, esattamente all'alba. Ovviamente non avrebbe potuto spiegarlo al cuoco. In una di quelle occasioni, Ginevra guardò esasperata alle spalle del cuoco brontolone e rimase a bocca aperta nell'incontrare lo sguardo di un giovane uomo dal volto liscio che cercava di trattenere una risata.

Ginevra fissò il pavimento, imbarazzata. Era chiaro che il giovane non era un servo del suo stesso rango. Indossava un farsetto di velluto a quadri blu. Il cappello si abbinava perfettamente all'abito.

«Gentiluccio, se continui a infastidire i venditori in questo modo, moriremo di fame.»

Il cuoco si voltò verso il giovane. «Messer Ludovico! Che cosa ci fate qui? Il vostro cappello elegante si affumicherà!»

«Volevo solo un...» guardò di nuovo Ginevra e si interruppe.

«Un cosa?» chiese il cuoco.

«Io... l'ho dimenticato. Presentami la tua amica.»

«Chi, lei? Lavora per le suore delle uova. Non vi preoccupate, se ne stava andando.»

E Ginevra se ne andò, il più velocemente possibile.

Ma Ludovico Acciaiuoli non riusciva a dimenticarla. Perché se è vero che gli occhi sono lo specchio dell'anima, è vero anche che non è solo il malocchio a poterli utilizzare come portale, ma anche l'amore. Così, quando Ludovico e Ginevra incrociarono gli sguardi, i fili dorati invisibili di lei si attorcigliarono con i semplici fili di lui, fatti di budello, o di qualsiasi tipo di corda l'universo attaccasse agli uomini comuni. E quando si affrettò a uscire dalla stanza, quei fili si tesero e si aggrovigliarono ancora di più gli uni con gli altri, legando i due giovani in un dolce anelito.

Per Ludovico, ciò si manifestò nell'irrefrenabile e immediata urgenza di impressionare Ginevra. Non era avvezzo a quel sentimento. Come primogenito di un'importante famiglia, era abituato a donne che cercavano di impressionare lui, ed era tutt'altro che immune alla pelle chimicamente sbiancata e alle fronti accuratamente depilate delle signore sue coetanee. Ma Ginevra, agli occhi di Ludovico, non aveva bisogno di modellare o sbiancare il viso, né di altri artifici. Concluse che una donazione di provvigioni al convento sarebbe stata appropriata. Quando Ginevra si recò assieme a Taddea ad accettare il dono, egli indugiò inutilmente nella trattativa. Fu cortese con Taddea, naturalmente, ma su Ginevra riversò una quantità imbarazzante di attenzioni. Mentre la servitù del padre riempiva il carretto di cibo pregiato, lui fissava Ginevra dritto negli occhi e le faceva centinaia di domande banali, annuendo con attenzione alle risposte e ripetendole ad alta voce, come per imprimerle nella memoria.

«E dov'è la vostra famiglia?»

«A Genova, messere.»

«Genova. Sì. E che cosa fa vostro padre?»

«Lui... lui è un pescatore, messere.»

«Un pescatore. Ma certo. Il mare. C'è il mare lì, giusto?»

Ginevra, che aveva cercato di fare del proprio meglio per ignorare la spinta dei fili dorati, era cauta nelle risposte. Non sentiva solo lo sguardo di Ludovico su di sé, ma anche quello di Taddea, i cui occhi erano spalancati per la disapprovazione.

Quando le provviste furono caricate, Ludovico rivolse a Ginevra un formale arrivederci, tendendo le braccia in un lungo inchino. Come risultato del gesto, le loro mani si toccarono. Solo per un istante. Si sfiorarono a malapena, a dire il vero, la punta di un'unghia. Così in fretta che forse non era accaduto affatto. Ma lei sapeva che era accaduto. Lo sapeva perché l'aveva sentito, dall'estremità delle dita dei piedi fino ai capelli sulla testa.

Le due donne tornarono a piedi al convento, in un silenzio rigido, preoccupate di pronunciare a voce alta qualcosa di pericoloso, che sarebbe così diventato reale. Un carretto pieno di salami e pesche le seguiva.

Appena se ne andarono, Ludovico si chiuse nello studio e scrisse una poesia per Ginevra:

Marrone il tuo vestito,
come piuma il colorito,
è bella anche l'amica
Ma siete voi la favorita.

Perlomeno, Ludovico ebbe il buon senso di provare imbarazzo per il componimento, e gettò nel fuoco bozza dopo bozza, fino a che decise che sarebbe stato più facile prendere in prestito qualche verso di Dante. A quel punto, impaziente di portare a termine il compito, copiò i versi in fretta, mandò un servo a consegnare il biglietto e si dedicò a camminare avanti e indietro ansiosamente in attesa della risposta di Ginevra.

Sapendo che non avrebbe potuto avvicinarsi a lei e al convento, il servo si recò al forno che si trovava di fronte a Sant'Elisabetta e attese. Per passare il tempo, si rimpinzò di pane e civettò con le brave mogli che si recavano lì per far cuocere nei giganteschi forni del panificio le pentole di terracotta contenenti la cena. Finalmente il servo, gonfio di pane, vide Ginevra uscire dal convento. Lanciò un'occhiata al panettiere, per fargli capire che avrebbe dovuto distogliere lo sguardo occupandosi del forno, e si avvicinò a lei, ficcandole la lettera in mano. «Leggete qui» disse, «e datemi la vostra risposta.»

Con dita tremanti, Ginevra spiegò il biglietto, gli occhi scorsero le parole. Non aveva mai visto una poesia scritta. Era davvero per lei?

Mia cara,

Quel giorno nella cucina mi parve sentire uno mirabile tremore incominciare nel mio petto da la sinistra parte e distendersi di subito per tutte le parti del mio corpo. Levai gli occhi, e vidi la gentilissima Beatrice. Allora fuoro sì distrutti li miei spiriti per la forza di Amore.

«Ma questo biglietto non è per me» si lamentò Ginevra. «È per una certa Beatrice!»

Il servo scaltro lesse la nota e si rese conto di quel che era accaduto: per la fretta, Ludovico aveva scordato di scambiare il nome di Beatrice, la donna amata da Dante, con quello di Ginevra.

«Madonna, siate sicura! Non sbaglierei mai a consegnare un messaggio di una tale importanza. Beatrice è… un nomignolo! È così, è un nomignolo che Ser Ludovico vi ha dato, Ginevra, siete voi l'oggetto del suo desiderio.»

«Lo giurate?»

«Ma certo.» Il servo aveva già molte bugie da confessare; quella non lo preoccupava.

L'iniziale rigidità lasciò il passo alla deliziosa spinta della connessione reciproca. Strappò una pagina vuota dal taccuino, quello che Agnesa aveva fatto raschiare per farle scrivere la magia delle pietre, per rispondere dicendo che avrebbe portato le uova alla casa degli Acciaiuoli ogni martedì e che se Ludovico avesse richiesto al cuoco una maggior quantità di crema, allora avrebbe potuto venire anche di lunedì. Lui le rispose immediatamente dicendo che la crema era il suo piatto preferito.

Così divenne un rituale. Due volte alla settimana civettavano nelle cucine degli Acciaiuoli, mentre il cuoco, tra i due, faceva bollire pazientemente crema dopo crema. Ludovico faceva domande sulle uova e la chiamava "la sua Beatrice". Lei rideva ogni volta. Ma era chiaro a entrambi (e anche al cuoco) che non era abbastanza. Con l'aiuto del servo goloso di pane organizzarono incontri clandestini nelle antiche cappelle in cui nessuno andava più a pregare. Rimanevano vicini sui pavimenti di pietra crepata tenendosi per mano e sussurrandosi a vicenda i propri segreti.

«La mia famiglia non sarebbe lieta di sapere quanto tempo trascorro con te, che sei una persona povera, ma io decido da solo» disse Ludovico.

«Be', non sono una popolana qualsiasi» rispose Ginevra, così ansiosa di piacergli da dimenticare di essere stata appena insultata.

«Davvero?» disse Ludovico, così ansioso di piacerle da dimenticare di sembrare incredulo.

«Davvero.» Gli spiegò tutto ciò che le aveva detto monna Vermilia, tutto quello che avrebbe dovuto rimanere il suo speciale segreto: gli rivelò del proprio sangue antico, e di come fosse in grado di praticare meraviglie curative con le pietre.

«È questo che hai fatto?» la prendeva in giro lui. «Mi hai fatto un incantesimo d'amore?»

«No! No, non è un tipo di cosa che… Non ti farei mai qualcosa del genere.»

Lui le mise le braccia attorno alla vita. «Va tutto bene, andrebbe bene anche se l'avessi fatto, perché non sono mai stato più felice.»

Ben presto si ritrovarono a sgattaiolare fuori nell'alba grigia per fare l'amore contro le mura dei giardini abbandonati. Ludovico non era molto bravo, ma Ginevra non sapeva che si potesse fare di meglio e così si deliziava nelle spinte rozze, nelle sue mani impazienti. Perlomeno sapeva come evitare di restare incinta. Una mistura di semi di melagrana e allume, applicato al momento giusto. Il composto costituiva probabilmente metà degli affari di monna Vermilia. A lei l'allume, comprato da un alchimista che le faceva sempre l'occhiolino, costava più di metà del suo misero salario.

«Taddea» chiese all'amica un giorno. «Pensi che un giorno ti piacerebbe avere un marito e dei figli?»

«No, non li vorrei» rispose Taddea senza battere ciglio.

«Io credo che sarebbe bello.»

«Quando sei sposata lavori come una schiava, pulendo dove tuo marito sporca mentre lui ozia in attesa che gli cucini la cena.»

«Certo, ma… Se sposassi un uomo ricco, che ha un cuoco?»

«Che domanda sciocca. Nessun uomo ricco sposerebbe me. E nemmeno te, se proprio vuoi saperlo. Devono sposare donne altrettanto ricche, o almeno di famiglia nobile. Altrimenti non rimarrebbero ricchi. Ha a che fare con messer Ludovico?»

«No» mentì Ginevra. «Era così per chiedere.»

«So che vai spesso nelle cucine del suo palazzo.»

«Sono i nostri migliori clienti!» ribatté lei. «In effetti, sto andando lì proprio adesso.» Scosse il cestino pieno di paglia in direzione di Taddea.

L'amica alzò gli occhi al cielo. «E perché pensi che siano i nostri migliori clienti? Sai quante donne vengono qui, cadute in disgrazia a causa dell'avidità degli uomini di quella famiglia? Gli Acciaiuoli comprano le uova delle nostre galline come favore per i molti servizi che forniscono loro le suore di Sant'Elisabetta.»

«Sei solo gelosa Taddea, perché ser Ludovico parla più con me che con te.» Detestò usare quel tono orribile, ma non riuscì a trattenersi.

Taddea le lanciò un'occhiata, ferita. «Non ne ricaverai niente di buono, ti avviso.»

«E tu che ne sai? Hai parlato solo con le suore per tutta la tua vita.»

«Già, ma prima di essere suore erano prostitute.»

Ginevra si allontanò dalla conversazione e si diresse a casa di Ludovico, come se potesse sfuggire alla verità che aveva detto l'amica. Sapeva che Taddea aveva ragione, che per la maggior parte delle donne quella situazione sarebbe stata pericolosa. Ma lei non era come le altre. Lei era una di quelle fortunate. Non le avevano detto fin da piccola che possedeva la saggezza degli antichi? Una conoscenza inaccessibile a qualunque altra? Inoltre, non aveva forse sognato di trovarsi proprio in quella situazione, in cui un uomo del rango di Ludovico la risollevasse dalla miseria? Se Taddea avesse compreso quanto profondamente Ludovico le era devoto non sarebbe stata così scettica. Cosa importava se gli altri uomini della famiglia erano i tipici mascalzoni? Ludo era diverso. Le aveva dato un nomignolo, dopotutto, e una volta, quando erano schiacciati contro il muro del giardino, aveva detto che l'amava, con il tono gentile e spontaneo di chi dice sul serio.

«Beatrice?»

Con un sussulto si accorse che l'uomo era davanti a lei. Persa tra i pensieri, era già arrivata sulla soglia della casa di Ludovico.

«Va tutto bene?»

Ginevra non rispose, perché come poteva confessargli che

le sue ipotetiche malefatte erano il motivo per cui si crucciava?

«Pioverà tra poco» disse lui scrutando il cielo grigio. «Ne sono certo. Ti porto da qualche parte all'asciutto, e lì mi dirai cosa ti preoccupa.»

La prese per mano e la guidò in un labirinto di viuzze che Ginevra non aveva mai esplorato, fino a che non giunsero davanti a un negozio in disuso. Ludo aprì la porta con una chiave e la guidò attraverso l'ingresso vuoto fino a una lunga scalinata e poi dentro l'appartamento più finemente arredato che lei avesse mai visto. «Questo posto è riservato ai soci in affari che ci fanno visita da fuori città» disse Ludo a mo' di spiegazione.

Ginevra si guardò attorno meravigliata. Le pareti erano grigio tortora, lucidate fino a diventare satinate e lucenti, e impreziosite con stucchi elaborati in gesso color vermiglio. Sotto il mobilio in legno lucidato e i morbidi velluti color pesca, c'era un tappeto intessuto di fiori che sbocciavano in tutti i colori della natura. Il soffitto era dipinto di blu con stelle d'oro e i balconi erano decorati con fantasie di parrocchetti verdi che si stagliavano, come gioielli, su un campo dorato. Sopra i balconi, delle travi stondate rivestite di sottile alabastro illuminavano la stanza e i due amanti in una luce eterea e dorata.

Ludo aprì i balconi, che davano sui tetti di Firenze. «Vieni alla finestra. Voglio guardare tutto ciò che mi appartiene, te e la città.»

«Sei avido» lo prese in giro lei, obbedendo e appoggiandosi al davanzale.

«Sono ricco» replicò lui, mettendole una mano attorno alla vita e stringendola a sé. «Quindi sono avido, ma anche generoso.» La pioggia cominciò a battere sui pannelli di alabastro. Ginevra chiuse gli occhi e caddero l'una tra le braccia dell'altro, e quando li riaprì la luce dorata si era affievolita in un crepuscolo violetto.

Dopo essere rimasti sdraiati e abbracciati sui tappeti variopinti, lui glielo chiese di nuovo: «Che cosa affliggeva la mia Beatrice questo pomeriggio?».

Ginevra ci pensò a lungo, con la testa posata sul petto di lui, la mente che tornava alla conversazione avuta con Taddea. Alla fine disse: «So di non essere il tipo di donna che… susciterebbe l'ammirazione della tua famiglia».

«Il che è proprio il motivo per cui ti ammiro.»

«Mi ammiri qui, in questo luogo buio, dove non c'è nessuno intorno che sa di noi.»

«Certo, è proprio così» rispose e le sue mani cominciarono a toccarla di nuovo.

«Per favore, sono seria…»

Ludovico la strinse forte a sé e la baciò sulla testa. «Lo so, lo so che sei seria. Sei la mia vita, non dubitarne. Troverò un modo.»

Ginevra si rannicchiò nell'incavo del suo braccio, timorosa di pronunciare un'altra parola, di mostrare la propria felicità, una felicità talmente grande che, ne era certa, l'avrebbe spaventato, se solo lui avesse scoperto l'entità dei suoi poteri.

Ritornò infilandosi dentro il portone di Sant'Elisabetta un attimo prima che iniziasse il coprifuoco in città, e fece un salto per lo spavento quando vide Taddea in piedi sulla porta che si torceva le mani.

«Che cosa ci fai qui?» chiese Ginevra ancora arrabbiata per la conversazione precedente.

«Ti stavo aspettando. Sono stata incaricata di dirti che devi recarti nella cella di sorella Agnesa immediatamente.»

«Perché? Che è successo?»

«Ginevra, non arrabbiarti… Ero preoccupata per te. Le ho detto che tu e Ludovico Acciaiuoli avete stretto una… particolare amicizia.»

«Come hai potuto? Questo rovinerà tutto…»

Taddea divenne rossa in volto. «È per il tuo bene.» Se ne andò verso la stanza che condividevano e Ginevra, fumante di rabbia, raggiunse la cella di Agnesa.

Bussò ed entrò. «Taddea non sa quello che dice...»

«Ginevra. Sei una sciocca se hai permesso a un Acciaiuoli di sedurti. Ma non posso castigarti questa notte. Il mio cuore non reggerebbe. Bambina, le cattive notizie ci hanno raggiunte. La mia cara cugina, la tua maestra...» Si coprì la bocca con la mano e le porse una lettera. Ginevra si inginocchiò accanto ad Agnesa e lesse:

Per la mia Ginevra,

Tua madre e tuo padre ti mandano il loro amore e dicono che pregano per te ogni giorno, guardando con gioia al momento in cui potrete di nuovo essere insieme.

E io, Vermilia, ti dico ciò che sai da tempo. Mia cara, il mio momento è giunto, come ha detto la pietra, e non avrai più mie notizie. Sii lieta per me. Sono curiosa di conoscere le dimensioni del regno di Dio così come ho conosciuto la Sua terra.

Ti mando l'anello che ha rivelato la mia ora. È l'ultima gemma che ho tenuto, ma ora non mi serve più. Ha diversi poteri, e solo alcuni di questi mi sono stati rivelati.

Forse tu riuscirai a scoprirne degli altri. Ciò che so è che ciascuno dei poteri della pietra può essere usato soltanto una volta. Quindi non affannarti a chiedere il giorno della tua morte: ho già esaurito quell'abilità.

Ho conservato l'anello per te per un'altra ragione: perché tu sei propensa ad agire d'istinto, senza considerare le conseguenze. Se ti troverai in pericolo dopo aver offeso la persona sbagliata, questa pietra ti aiuterà. Ha il potere di cambiare anche le menti più ostinate. Non avendo una figlia mia, questo mio ultimo dono è per te, che sei stata un'allieva così volenterosa.

La lettera si concludeva con una nota del monaco, che informava che non avrebbe più trascritto alcuna corrispondenza proveniente dai genitori di Ginevra, poiché non riusciva a sopportare il ricordo della sua dolce Vermilia. Ginevra tenne la pergamena con entrambe le mani e la fissò, cercando di forzare le lettere a riordinarsi in un altro messaggio. In tutti gli anni che aveva trascorso a Firenze non aveva mai cercato di tornare a casa. Le lettere l'avevano ingannata: avevano continuato ad arrivare e le avevano dato un senso di falsa sicurezza, convincendola che... Che cosa? Che Vermilia sarebbe vissuta per sempre?

Agnesa le mise in mano l'anello di Vermilia, con la gemma arancione incastonata e l'incisione di una donna alata su una ruota. Ginevra sapeva ormai, dai propri studi, che quella pietra era un diaspro, e che la donna alata era Nemesi, dea pagana della giustizia riparatrice. Lo rigirò e vide che sulla parte interna, dove l'anello toccava la carne di chi lo indossava, era inciso un incantesimo in greco antico. Lo mise sulla mano sinistra, come lo indossava Vermilia, e lasciò la stanza. Agnesa, con le mani sul volto, non cercò di fermarla, nonostante custodisse ancora, scrupolosamente, il resto delle pietre ereditate dalla ragazza.

Nella propria stanza, Ginevra si sdraiò a pancia in giù, ficcò la testa nel cuscino e pianse. Taddea si avvicinò e si scusò profondamente per aver fatto la spia riguardo a Ludovico. Ginevra non si disturbò a spiegarle il vero significato delle sue lacrime. Quel momento con Ludo nella bellissima camera sembrava avvenuto mille anni prima. Come poteva un'unica giornata contenere tanto piacere e tanto dolore?

17
Lucia, a pezzi

7 luglio 1348, città di Firenze, Palazzo Tornaparte

Lucia si svegliò, sola nella propria stanza. Il sole, tramontando, proiettava lunghe ombre attraverso la finestra stretta dai balconi aperti verso l'esterno per la prima volta dopo diverse settimane. Si chiese se fosse morta, ma se fosse stato così avrebbe dovuto trovarsi all'inferno, dato che nessuno aveva udito la sua ultima confessione, e di certo l'inferno doveva essere un luogo peggiore della propria stanza vuota.

Lentamente, il suo cervello separò gli strani sogni dovuti alla febbre dalla realtà. Ricordò la crudele partenza del marito e le promesse silenziose fatte poco prima, quel pomeriggio, a una donna che dava retta alle capre. Quell'estranea si trovava ancora in casa sua? Si toccò la gola. Gli odiosi gonfiori erano scomparsi.

Trovò la forza di sollevarsi sui gomiti e notò che mentre dormiva erano avvenuti diversi cambiamenti piacevoli. I primi e più evidenti erano che il corpo della domestica e il secchio del vomito non c'erano più. Povera Antonella! Era una cuoca pessima e una domestica ancora peggiore, ma era stata gentile e benintenzionata. Lucia abbassò lo sguardo e si accorse di aver dormito tra le lenzuola del corredo nuziale.

«Monna Lucia! È così bello vedere che siete sveglia.»

Era l'estranea. Ginevra? Era di ritorno con un infuso che odorava di miele e rosmarino. «Come va la gola? Riuscite a parlare?»

Lucia fece un tentativo. «Ehm. Mm. Io... Sì. Sì, ce la faccio.»

«Bene. Le pietre hanno funzionato alla perfezione. Non ne ero sicura. Tuttavia, poiché vi ho salvato la vita, sono legata a voi come amica devota. Dovete raccontarmi ogni cosa di voi e di come siete diventata una signora a capo del proprio palazzo.»

Era tutto così bizzarro che Lucia non seppe cosa fare se non obbedire, e così si ritrovò a raccontare una storia molto personale a una donna sconosciuta, che se ne stava seduta sul suo letto.

Quando era giunta la pestilenza, Lucia era stata invitata a recarsi con un gruppo di amiche presso la loro residenza di campagna, ma il marito non glielo aveva permesso, preferendo che rimanesse con lui mentre si occupava degli affari. Così, Lucia si era rassegnata a trascorrere delle noiose settimane in attesa che la malattia se ne andasse.

Come spesso accadeva tra le persone del suo rango, il marito di Lucia aveva una ventina d'anni più di lei. Tuttavia, poiché lei aveva solo sedici anni all'epoca del fidanzamento, non era ancora così vecchio da risultare del tutto spiacevole. Era nato in campagna, molto povero, ma grazie alla fortuna e all'astuzia era diventato talmente ricco che a nessuno importava più che provenisse da una famiglia di contadini che viveva nella sporcizia.

Lucia discendeva da una famiglia nobile, che tuttavia si era impoverita quando il padre, accusato di aver supportato la fazione politica sbagliata, era stato decapitato dalla Signoria. Ma il mercante non aveva bisogno di denaro e ciò che a Lucia mancava in dote, lo offriva in gioventù e antico lignaggio, e così il matrimonio fu organizzato.

Lucia era emozionata per il matrimonio con il ricco mercante. Era stata cresciuta con quello scopo per tutta la vita e scegliere gli oggetti per il corredo divenne la sua passione. Il vestito da sposa era di seta color cremisi, ricamato d'oro (103 fiorini). Attorno alla vita, una cintura d'argento smaltato con dipinte scene da *Tristano e Isotta* (20 fiorini) e sulla testa un fermaglio di pietre preziose (sempre 20 fiorini). Aveva anche ordinato altri cinque abiti eleganti (uno di broccato bianco con un lungo strascico, uno di seta rosa, uno foderato di pelliccia di gatto, uno di taffetà ricamato e uno color verde foresta con le maniche lunghe), otto abiti semplici per l'uso quotidiano, venti sottovesti in garza di lino e le sopracitate lenzuola (ormai rovinate). Il banchetto del matrimonio fu magnifico come il guardaroba di Lucia. Per nutrire i numerosi ospiti, il mercante aveva ordinato 406 pagnotte, 250 uova, mezzo quintale di formaggio, mezzo bue, 4 pecore, 37 capponi, 11 polli e un numero imprecisato di uccelli marittimi, insieme a otto barili di raffinato vino di Provenza e altre due dozzine di chianti economico della Toscana. Lucia non toccò nulla di quel cibo, naturalmente. Era considerato inopportuno che la sposa mangiasse al proprio matrimonio.

Ginevra sbadigliò un pochino a quel punto e Lucia si rese conto che avrebbe dovuto andare oltre i dettagli delle nozze.

Il matrimonio era cominciato in modo abbastanza piacevole. Il mercante era desideroso di impressionare la sposa con uno stile di vita lussuoso, e l'aveva portata ad abitare in quell'elegante palazzo. Tuttavia trascorsero diversi mesi e Lucia non rimaneva ancora incinta. Il mercante cominciò a essere frustrato. Sapeva di non essere lui il problema, per via dei numerosi figli bastardi che manteneva, e informò Lucia di ciò.

Lei desiderava dei bambini tanto quanto il marito, e acquistò un unguento che assicurava la gravidanza. Ma aveva un odore così terribile che il mercante rifiutò di avvicinarsi a lei e la costrinse a buttarlo via, così non scoprì mai se funzionasse. I mesi divennero un anno e il mercante si fece sempre più astioso. Lucia era stata un cattivo investimento, ma non riusciva a districarsi da quella situazione come avrebbe fatto normalmente. Aveva informato Lucia anche di ciò.

Non solo non aveva più una parola gentile o una carezza per lei, ma criticava ogni sua mossa.

Quella vita coniugale imperfetta fu esacerbata dalla partenza e dalle morti della servitù quando cominciò la pestilenza. Lucia cercò di rientrare nelle grazie del marito facendosi carico delle incombenze domestiche, ma in realtà non aveva molta esperienza su come si governasse una casa. Era abituata a dire alla domestica ciò che voleva e a vedere i suoi desideri esauditi. Così il maestoso palazzo cadde nel caos in poco tempo. L'unica piccola vittoria di Lucia fu assicurarsi la presenza di Antonella, che era disponibile solo perché troppo povera per fuggire dalla malattia. Tuttavia, la donna non aveva esperienza e non riuscì a fare molto per migliorare le condizioni del palazzo e la situazione in generale.

Con la casa in uno stato ormai miserabile e la servitù così poco d'aiuto, per la prima volta nella propria vita Lucia cominciò a uscire per fare commissioni e comprare il cibo. Il marito non avrebbe approvato, ma se ne stava rinchiuso nello studio tutto il giorno, cercando di far quadrare i conti, scrivendo corrispondenza che nessuno avrebbe letto e cercando la formula magica che avrebbe lasciato intatta la sua fortuna anche dopo che ogni singolo cliente aveva chiuso bottega.

In tempi normali, Lucia era sempre accompagnata nelle uscite. Ma ormai nessuno la guardava male se era sola. A nessuno in realtà importava più cosa facessero gli altri, a patto che mantenessero le distanze. Per la prima volta camminava senza preoccuparsi di andare troppo veloce o troppo lenta, e poteva scegliere il percorso che preferiva. Aveva sempre amato le vie di Firenze, molte delle quali erano larghe giusto quanto le spalle di un uomo. Sentiva la città vicina e sicura, le alte mura esterne impenetrabili ai nemici, le porte un approdo benevolo per gli amici.

Tuttavia, ben presto scomparvero i venditori di cibo e al loro posto, nei mercati desolati, giravano i flagellanti, battendosi la schiena fino a sanguinare e strillando verso il cielo. Poi se ne andarono anche loro. Le strade amichevoli si trasformarono in fossati di una palude fetida, talmente strette e sghembe da trattenere l'aria putrida. A Lucia sembrava di riuscire a vedere i miasmi gonfiarsi attorno alle gonne come nebbia, a ogni passo la malattia si muoveva come pulviscolo, le si aggrappava ai vestiti e alla faccia. Così si ritirò in casa, e decise che si sarebbero arrangiati con le scorte della dispensa.

Una notte Lucia si svegliò nel buio pesto della camera da letto, coperta di sudore, cercando di capire quale fosse il problema. Le sembrò di avvertire la prima, leggera avvisaglia di nausea e si concentrò su quella, aspettando che la sensazione se ne andasse, come i resti di un qualche sogno angosciante. Ma il dolore sordo si intensificò in ondate acute e si rese conto che stava per vomitare. Si alzò in fretta dal letto, nuda, e corse verso il vaso da notte tenendosi la bocca e rimettendo violentemente.

«Che succede, moglie?» si lamentò il marito.

Lucia stava vomitando e non riuscì a rispondere. Ma non ne ebbe bisogno. Lui raccolse le sue cose e uscì, chiudendola in camera. E ancora, lei non credeva che si trattasse di *quello.* Doveva essere stato il pesce vecchio sotto sale che avevano mangiato per cena. L'aveva messo in ammollo la sera prima o la mattina? O magari era finalmente incinta? Trascinò il vaso da notte accanto al letto e attese di migliorare, ma continuò solo a sentirsi peggio. Il sollievo del vomito durò solo pochi minuti prima che i crampi allo stomaco ricominciassero. Trascorse il resto della notte in quello stato, sola, sempre più debole e assetata. Al mattino presto la porta si aprì e fu spinta dentro Antonella, anche lei sudata ed esangue. Lucia non poté più negarlo, la pestilenza l'aveva trovata. Tutte le altre preoccupazioni della vita, passata e presente, divennero futili. Tra i conati di vomito fece un patto con Dio: sarebbe stata disposta a rivivere i momenti più scoraggianti e dolorosi della sua vita in cambio di un po' di sollievo da quella condizione. Antonella divenne troppo fiacca anche per mettere uno straccio tiepido sulla fronte della signora e si rannicchiò in un angolo, dove morì. Fu allora che il mercante chiuse a chiave la porta definitivamente, lasciando il corpo marcire nella stessa stanza in cui la moglie giaceva allettata. Gli ci erano voluti alcuni giorni, ma con l'intera casa ormai (quasi) morta per la peste, finalmente si era reso conto che era giunto il tempo di abbandonare gli inventari nei magazzini fiorentini e fuggire.

«Ed è allora che vi ho trovata?» disse Ginevra.

«Sì, è allora che mi avete trovata.»

«Monna Lucia, mi dispiace così tanto... So cosa significa essere abbandonate da un uomo.»

«Avevo sentito voci su persone che abbandonano i propri familiari. Ma sentirne parlare non significa credere che accadrà anche a noi. In ogni caso, non eravamo più molto in amicizia, io e mio marito.»

«È comunque mostruoso che lui sia fuggito da voi.»

«Quante volte ho pregato che se ne andasse. Ma intendevo per motivi di lavoro. Non così.»

Pianse sommessamente per un po', mormorando di continuo: «Che cosa farò?».

«Lucia, ora siete libera di fare ciò che volete.»

Lucia tirò su col naso e ci pensò su. Era possibile, una volta che le persone avessero saputo la sua storia, che comprendessero il suo desiderio di prendere i voti di castità. Sarebbe diventata una suora in qualche convento confortevole con un bel giardino. Oppure il marito sarebbe morto per la peste! In quel caso avrebbe ereditato tutte le proprietà, se fosse riuscita a tenere segreta la sua morte ai figli bastardi per un po'. Sorrise lievemente. Ginevra se ne accorse.

«E c'è un'altra cosa bella: una volta guarita dalla pestilenza, siete guarita per sempre.»

«Che possa essere così, a Dio piacendo» disse Lucia. «Ecco a cosa devo pensare, non al mio stupido marito. Sia benedetta la Vergine per avervi mandata qui, carissima Ginevra... Uh, perché siete entrata in casa mia?»

Ginevra non sapeva bene come spiegarlo, nemmeno a se stessa. «Be', sono stata convocata qui dal vescovo. Sono venuta da Genova, per catturare il ladro che sta rubando le reliquie scambiandole con delle ampolle.»

Lucia aggrottò la fronte. «Ho sentito delle reliquie scomparse. Ma pensavo che i santi avessero abbandonato la città perché siamo tutti dei terribili peccatori. Davvero il vescovo ha chiesto aiuto a voi?»

«Non direttamente, immagino, ma suo nipote, che un tempo era… mio amico, mi ha scritto per conto suo. E questa mattina ho parlato con l'inquisitore, Fra' Michele di Lapo. Mi ha dato un contratto che legittima il mio essere qui. Ecco, potete vedere i documenti. Non dico bugie.»

Lucia osservò in modo scettico la grafia fitta e i grossi sigilli che Ginevra le mise davanti. «Be', sembra tutto molto ufficiale…» Lesse parte della lettera. «Ludovico Acciaiuoli è vostro amico?»

«Lo era. È morto prima del mio arrivo.» Ginevra fece una smorfia dicendolo, come se avesse appena pronunciato una maledizione che rendeva permanente quel fatto orribile. «Lo conoscevate?»

«Solo un poco, sua moglie è una mia amica. Sapete se è viva?»

Ginevra scosse la testa, sentendosi un'idiota per aver pianto il marito di un'altra donna.

«E così… Chiedo scusa, ma perché voi? Siete venuta fin qui da Genova?»

«Perché» disse Ginevra sforzandosi di concentrarsi sulla conversazione e di trattenere il lutto dentro di sé ancora un po' «sanno che non mi ammalerò. Che posso recarmi a investigare nei luoghi dove gli altri temono di andare. E ora potete farlo anche voi… se volete.» Pronunciò l'ultima frase timidamente, con speranza.

«Io?» disse Lucia, mettendosi a sedere così di fretta che le girò la testa. Si sdraiò di nuovo tra i cuscini. «Com'è diventata strana la mia vita.»

«Mi dispiace. Fermiamoci qui, avete bisogno di riposare ancora.»

«No, è solo che... Non so come posso essere d'aiuto. Se volete dei soldi o un posto dove stare...»

«Non rifiuterei un posto dove stare.»

«Qui siete la benvenuta. Sarò lieta di avere compagnia.»

Ginevra sentì una piccola ondata di felicità. Erano passati anni da quando qualcuno era stato lieto della sua compagnia.

«Per quanto riguarda l'altro vostro compito» proseguì Lucia, «non mi sembra giusto che due donne interferiscano.»

«Perché no?»

«Be', non so voi, ma la mia educazione si limita alle faccende femminili. Questa sembra ben più complessa e delicata, più di quanto le donne siano in grado di comprendere.»

«Fidatevi di me, Lucia, se ci fosse un uomo adatto a questo lavoro l'avrebbero già ingaggiato. Ma vi accorgerete, non appena uscirete di nuovo da qui, che non ci sono più uomini, per nessun lavoro. Quindi possiamo decidere da sole quello che siamo e non siamo in grado di fare.»

Lucia fu terrorizzata e intrigata da quell'affermazione. Nessuno si era mai fidato di lei per qualcosa di più importante che organizzare una festa. «Ma non siete preoccupata? Il ladro potrebbe non essere nemmeno un uomo, bensì un demone.» Ci pensò per un momento. «Oppure, forse è come si dice in giro: le reliquie possono essere ritrovate solo dalla persona giusta.»

«Che cosa intendete dire?» chiese Ginevra.

«Be', conoscete San Marco a Venezia.»

Ginevra la guardò con espressione vuota.

«Credevo che tutti conoscessero quella storia. Le reliquie scomparse di san Marco? No? Be', sparirono. Per anni. Nessuno riuscì a trovarle fino a che il vescovo pregò nel modo giusto e allora... Il miracolo! Ruzzolarono giù da una colonna proprio tra le sue braccia, di fronte alla gente più importante della città. Quindi forse le nostre reliquie stanno solo aspettando questo. Che arrivi qualcuno abbastanza degno, e ritorneranno.» Lucia smise di parlare, senza fiato.

Ginevra si chinò su di lei e pulì le gocce di sudore che si erano formate sulla fronte di Lucia. «Su, su. Siete ancora debole per la fame e la sete. Aprite la bocca, vi aiuterò io.»

Ginevra pensò a quello che aveva detto Lucia mentre la imboccava con acqua e miele. «O forse è semplice» disse versando ciò che restava della bevanda nella bocca di Lucia. «Il ladro ruba solo per profitto.»

«No, no» disse Lucia debolmente, ancora sdraiata con gli occhi chiusi. «Perché non rubare i gioielli, l'oro? E perché lasciare quelle ampolle, in modo da rendere così ovvio il crimine?»

«A-ha, visto? Avete ricercato i dettagli. Siete incuriosita, almeno un po'.»

Lucia fece una smorfia, infastidita per essere stata trascinata in quella discussione.

«Sentite, Lucia. Questa non è una circostanza nella quale normalmente interferirei.» Ginevra sospirò. Se doveva convincere Lucia ad aiutarla avrebbe dovuto essere del tutto onesta sulla propria situazione. «Ho accettato di farlo solo perché è la condizione per annullare il mio esilio e ricominciare da capo la mia vita. Il contratto garantisce che se troverò le reliquie l'inquisitore mi fornirà i fondi per cominciare qui i miei affari e supporterà la mia richiesta di entrare nell'Arte dei Medici.»

«Ginevra» disse Lucia, rinvigorita abbastanza dalla bevanda da riuscire a mettersi seduta. «Se avete bisogno di soldi per iniziare la vostra attività ve li presterò io. Farete tutti gli affari che vorrete e anche di più, quando racconterò di come mi avete curata.»

«No! Me l'avete promesso. Non dovete dirlo a nessuno. Ricordate la malattia dell'acqua, nell'anno 1340? Voi eravate una bambina. Vivevo qui al tempo e curai la gente a modo mio, e fui bandita dalla città per questo.»

Lucia non si scompose. Quelle cose avevano smesso di importarle dopo l'esecuzione di suo padre. «Per questo mi avete fatto promettere di mantenere il segreto?»

Ginevra annuì.

«Perché non andare in qualunque posto tranne qui, allora? La gente muore ovunque, lo sapete.»

Perché ogni notte faccio sogni terribili. Perché rabbrividisco di colpa e di vergogna quando penso a Sant'Elisabetta; perché questo è il luogo in cui mi sono sentita me stessa più di ogni altro ed è anche il posto che mi ha derubata di questo sentimento; perché se sarò di nuovo accettata a Firenze forse i dispiaceri se ne andranno. «Perché vivere al sicuro mi ha dato solo tristezza e solitudine. E così sono qui, a fare del bene in questo momento buio. E potete farlo anche voi, se lo desiderate. Fra tre giorni dovrò fare rapporto all'inquisitore. Mi farebbe comodo il vostro aiuto.»

Lucia si sdraiò di nuovo e cercò di immaginarsi come una specie di santa, fragile e scintillante per il digiuno, mentre si sottraeva umilmente a coloro che le chiedevano di raccontare come aveva salvato le reliquie rubate di Firenze. Forse l'arrivo di Ginevra era un messaggio di Dio che le rivelava il suo vero scopo, dato che aveva fallito come moglie.

Ginevra le prese la mano. «Gentile Madonna, sdraiatevi e riposate ora. Domattina comincerete a sentirvi di nuovo voi stessa. Possiamo discutere di queste cose più tardi.»

«Grazie» disse Lucia sollevata. «Quando starò meglio, la prima cosa che dovrò fare sarà visitare Santa Maria Novella e accendere una candela come ringraziamento per avervi mandata. C'è un santuario laggiù, dedicato a san Tommaso d'Aquino, che veglia in modo speciale su di me. Deve essere stato lui a mandarvi.»

«Ne sarei grata» disse Ginevra. E lo pensava davvero, anche se non aveva mai sentito parlare di san Tommaso d'Aquino.

18
Fantasmi nel fiume

1340, città di Firenze, una storia d'amore interrotta

Durante la primavera del lutto e dell'amore di Ginevra, giunse una terribile e furiosa alluvione.

I ponti furono spazzati via, i negozi si sbriciolarono nel fiume e le case si riempirono di fango. Centinaia di persone annegarono e quando le acque si ritirarono i loro fantasmi si arrampicarono lungo gli argini, seguendo i passanti fino a casa e sedendosi sul letto, accanto a loro, per tutta la notte. «Te lo sei immaginato» dicevano gli amici e i vicini che non avevano visto gli spettri. «È così caldo, è così triste. Sei stressato, sei stanco. Devi mangiare qualcosa, devi riposare.» Ma accadde che le persone che avevano visto i fantasmi si ricoprirono di puntini rossi e furono consumate dalla febbre fino a morire. E morirono anche coloro che li avevano toccati.

Vennero chiamati i dottori, convocati per ottenere delle cure, o perlomeno delle spiegazioni, ma non appena dicevano che qualcuno era guarito, quello moriva, e non appena dicevano che qualcuno sarebbe morto, quello sopravviveva. Poi cominciarono a morire anche i dottori. Si rifiutarono di visitare i pazienti. Dissero ai preti che era qualcosa che aveva a che fare con il volere di Dio e che forse i fantasmi erano venuti dal purgatorio per ammonire i vivi.

I preti fecero del loro meglio, intimarono ai cittadini del Comune di smettere di essere così pigri e indulgenti con se stessi, di raddoppiare la presenza in chiesa e nei santuari e di pregare per la salvezza. Tennero processioni di emergenza dell'antica statua chiamata Vergine dei Requisiti, che aveva aiutato la città nei tempi di crisi. Sollevata sulla portantina smaltata, la Vergine fu trasportata in parata lungo le strade, circondata da nuvole di incenso e da suore vestite di bianco. La processione finì con la Vergine posta sulla Ringhiera della piazza centrale, e onorata con fiori, candele e denaro.

Tuttavia, una volta che si riunirono tutti insieme, si resero conto che la malattia passava da persona a persona e coloro che erano accalcati dinanzi alla Vergine in piazza furono contagiati dai vicini.

Quando i preti si accorsero che la Vergine non ascoltava le preghiere capirono che i fantasmi non erano giunti per metterli in guardia da una punizione, bensì per infliggerla. Si chiusero nelle proprie stanze, ma ciò non li protesse e gran parte del clero morì comunque, tra lenzuola raffinate e dietro porte chiuse a chiave.

Fra' Simone dichiarò Sant'Elisabetta un luogo chiuso ai pellegrini. Ordinò alle suore e alle dipendenti di rimanere dentro le mura e trascorse ore inginocchiato davanti alla reliquia del sangue santo. Agnesa faceva bollire l'acqua con dentro una moneta d'argento prima di berla, ma alcune suore si ammalarono lo stesso e morirono.

I mercati chiusero e nessun agricoltore poteva entrare a Firenze. I giorni della pappetta al convento divennero i giorni della sbobba acquosa. E Ginevra, per la prima volta nella sua vita, era sola. Sentiva l'assenza di Vermilia come una ferita che non guariva. Separata anche dai genitori, si rese conto che era stato quel lontano sostegno a Genova a permetterle di vivere a testa alta e con fiducia a Firenze. Agnesa era troppo occupata per badare a lei e i rapporti con Taddea erano ancora tesi. L'amica lasciava raramente la cappella, dove si inginocchiava a pregare perché la malattia scomparisse, e Ginevra era ancora arrabbiata per il tradimento, troppo presa dal proprio lutto per cercarla e chiederle scusa. Ciò di cui aveva bisogno, un bisogno disperato, era vedere

Ludovico. Solo lui le avrebbe dato sollievo. Ma anche le lettere smisero di arrivare. Attorno al cuore di Ginevra si insinuò la paura che anche lui sarebbe morto per quella febbre.

«Agnesa, lasciatemi uscire» implorò quando non ne poté più. «Lasciatemi andare a prendere l'oro da filare all'Arte della Seta. Lasciate che vada a prendere la farina che riuscirò a trovare dal panettiere nostro affittuario, che è morto. Sapete che il corallo che indosso è speciale. Vermilia me l'ha detto: fintanto che ce l'avrò appeso al collo, nessuna malattia può colpirmi.»

Agnesa tirò il cordoncino di seta nera al collo di Ginevra per vedere l'amuleto. Lo guardò da vicino, esaminando la frutta incisa sul monile dorato, accarezzando con il pollice la miniatura perfettamente scolpita. Chiuse gli occhi e sussurrò alcune parole che Ginevra non capì. Annuì e lo infilò di nuovo dentro il vestito di Ginevra.

«Vai, dunque. Prendi l'oro e qualsiasi cibo tu riesca a trovare. Non possiamo pregare tutto il giorno e tutta la notte. Dobbiamo tenerci occupate e nutrite, altrimenti le sorelle impazziranno. Sii discreta.» Ginevra si precipitò fuori dalle porte più in fretta che poté, ansiosa di raggiungere Ludovico.

Fuori non vide nessuno e l'aria odorava del fango nero che ancora ricopriva le strade e nascondeva ogni sorta di cose in decomposizione. Si recò alla finestra di Ludovico e tirò delle pietre, ma lui non venne, nonostante fosse sicura di averlo visto muoversi intorno e dietro i piccoli pannelli di vetro. Fu confortata dal sapere che almeno era vivo. Si recò dal mercante per prendere il filo d'oro, ma lui non le aprì la porta. Non c'era nessuno che vendesse del cibo. Qualcuno aveva già preso la farina del fornaio morto. Non c'era davvero nessuno in giro, a parte lei. Nessun suono eccetto i lamenti di dolore e i rantoli della morte. Ricordò ciò che le aveva detto Vermilia quando era bambina: tieni le orecchie e gli occhi aperti verso ogni cosa. Lo fece. E nonostante fosse tornata al convento a mani vuote, quella notte sognò.

Stava galleggiando sul fiume, le punte delle dita dei piedi sfioravano la superficie come se fosse un uccello. L'acqua era nera, eccetto le strisce luccicanti color oro che mulinavano e scomparivano. Ginevra si allungò e con un dito toccò una striscia. Era rovente. Il dito scintillò di un bagliore bianco e poi cadde, affondando nell'acqua. Si svegliò sudata e ansimante nella propria stanza, e si contò le dita nel buio fino al mattino.

Alle prime luci controllò il taccuino, per esserne sicura. *Questa è la splendente ossidiana nera, creata dal calore dei vulcani. È ottima contro le febbri.* Corse alla cella di Agnesa e la scosse fino a svegliarla. «Sorella, guardate!» Le mise il libro davanti alla faccia. «Ho fatto un sogno. La febbre veniva dal fiume. C'era qualcosa dentro, si è messo in moto dopo l'alluvione. Agnesa, noi abbiamo un'ossidiana, è nera e striata d'oro...»

«Fermati. Fermati! Non sono stata abbastanza chiara? Non sono stata esplicita? Nessuna magia oltre queste mura.»

«Ma la gente sta morendo e i preti non riescono a evitarlo.»

«Esattamente» disse infilandosi l'abito sopra la veste da notte. «Questo è il momento peggiore per attirare l'attenzione. Se avremo successo, getteremo nel ridicolo i preti e per noi finirà male... Diranno che abbiamo evocato i demoni. E *lui* dirà che abbiamo sacrificato cose terribili in cambio della cura.»

Ginevra capì immediatamente che "lui" si riferiva all'inquisitore papale nominato di recente, Fra' Andrea di Perugia. Prima dell'alluvione e della malattia, l'insolito zelo con cui il nuovo inquisitore si era approcciato al proprio ruolo era sulla bocca di tutti: aveva assunto duecento uomini come scorta personale, garantendo loro l'insolito permesso di portare armi all'interno delle mura della città, e quegli uomini se ne andavano in giro con arroganza, gridando «Eretico!» a chiunque potessero estorcere una multa. E il fatto più estremo era stato che un accademico era stato frustato lungo le strade per essersi chiesto se i terremoti potessero avvenire indipendentemente dalla volontà di Dio. Il pover'uomo era stato portato alle Stinche, la prigione della città, e gli erano stati confiscati tutti i beni. Fu multato per 200 fiorini e gli venne amputata la mano sinistra quando non riuscì a pagare. Ma Ginevra non si sarebbe lasciata fermare. Il sogno era stato molto chiaro.

«Curare i malati non è un'eresia, Sorella. Anche l'inquisitore deve saperlo. Voi non vedete ciò che vedo io, che cammino per le strade tutti i giorni. Ci sono migliaia...»

«Basta così. Devi sopportarlo» la interruppe Agnesa. «La piaga se ne andrà tra qualche mese, ma le povere donne sono una costante in questo mondo. Non attirare l'attenzione su di te. Dovremo essere ancora qui a occuparci di loro quando tutto ciò finirà. Ora vattene, è troppo presto per discuterne.»

Ginevra uscì, risoluta ad agire come riteneva giusto. Agnesa poteva avere paura dell'inquisitore, ma lei non ne aveva. Fece avanti e indietro nel cortile per tutta la mattina, sperando di incrociare la sua mentore e proseguire la conversazione. Finalmente, quando vide l'anziana suora dirigersi all'ala delle donne, la fermò. Ginevra si inginocchiò davanti a lei, con le mani giunte.

«Per favore, Sorella, vi imploro. La nostra gente sta morendo quando potrebbe vivere. Saremo discrete, saremo veloci. Nessuno saprà che è avvenuta la magia. Eccetto noi, che sapremo di aver agito nel giusto per mano di Dio.»

«Alzati. Alzati in piedi, stai facendo una scenata. Vieni con me. Ora.»

Ginevra seguì Agnesa di nuovo nella cella. La suora chiuse la porta. Frugò dietro la mattonella sotto al letto e prese l'ossidiana, nera e striata d'oro. «Non parlarne con nessuno. Non dirmi cosa ne farai.» Se ne andò lasciando Ginevra sola, in piedi dentro la cella.

Ginevra aprì la mano sinistra, dentro la quale si era girata e rigirata l'anello di Vermilia attorno al dito. Aveva stretto con tanta forza la pietra arancione contro la carne che la dea Nemesi era rimasta impressa nel palmo.

Lasciò il convento, silenziosamente trionfante, e fece ciò che le suggerì l'ossidiana: la lasciò cadere dal ponte, dentro l'Arno. Si chiese se fosse una pietra molto costosa e se sarebbe stato difficile trovarne un'altra. La pietra la chiamò dall'acqua e le disse di non preoccuparsi di ciò, e di portare un otre lungo le rive del fiume, di riempirlo e di portarlo agli assetati. Ginevra fece quanto ordinato dalla pietra e portò l'otre pieno nei quartieri poveri e affollati, dove la gente era disperata al punto di accettare di bere acqua di fiume offerta da un'estranea. Alcuni erano troppo malati e non guarirono. Ma altri si accorsero che le macchie svanivano e sentirono la febbre scendere. Ginevra gioì e si recò nuovamente a casa di Ludovico, gettando manciate di sassi alle finestre fino a crepare un vetro, e lui finalmente le fece cenno di incontrarsi nella cucina del palazzo.

«Non mi hai vista alla tua finestra ieri?»

«Ginevra, non è il momento per le visite.»

«Lo so, ma vengo con le migliori notizie.»

Lui non rispose, né cercò la sua mano o le toccò la vita; non l'aveva nemmeno chiamata "la sua Beatrice", ma solo e semplicemente Ginevra.

«L'ho trovata, Cuore mio» disse a bassa voce prendendo l'otre. «Bevi questa e sarai al sicuro dalla malattia.»

«Davvero?» chiese con la voce improvvisamente carica di emozione.

«Sì, davvero, te lo prometto.»

Prese l'otre e bevve e poi le sorrise e le mise una mano sulla spalla. Lei si rilassò un po' a quel tocco, anche se non era come quando le cingeva la vita.

«Ce n'è abbastanza per tutta la casa» disse.

«Grazie, Ginevra, non lo dimenticherò. Ma ora devi andartene, non è un buon momento per vederci.»

«Mi scriverai quando lo sarà?» chiese lei, accorgendosi della disperazione nel tono della propria voce.

«Quando sarà un buon momento, ti scriverò.» La baciò sulla fronte e poi si diresse alle porte che portavano al palazzo del padre, dove Ginevra non aveva il permesso di entrare.

Non ci volle molto perché si accorgessero di lei. Firenze non era così grande, la gente spiava dalle finestre chiuse e la vedeva passare di casa in casa mentre nessun altro era in giro.

Quando i poveri cominciarono a guarire mentre i ricchi erano ancora debilitati, le voci si diffusero: c'era una donna che non aveva paura della malattia, che non aveva paura di toccare coloro che tossivano e vomitavano cattivi umori. La gente cominciò a lasciare il proprio rifugio per andare a cercarla, e se la trovavano, lei non li cacciava, bensì li seguiva fino a casa, dove i bambini erano sdraiati a morire, e somministrava loro l'acqua incantata.

Si recò in ogni parrocchia, nei luoghi dove la malattia era più forte, e ne usciva incolume laddove tutti quelli che avevano tentato di fare la stessa cosa erano stati contagiati. Presto, molte persone cominciarono a dirle «Sii benedetta» e «Che Dio ti protegga» e a regalarle cibo dalle misere scorte, al punto che lei si scordò completamente della discrezione, degli avvertimenti di Agnesa, della donna bruciata a morte sulla scala e dell'uomo la cui mano era stata tagliata per essersi posto delle domande sui terremoti.

19
Sangue, sangue, sangue

1340, città di Firenze, Palazzo Aldobrandini

Un giorno, quando la malattia dell'acqua ancora si diffondeva tra i ricchi, un messaggero fermò Ginevra durante uno dei giri e disse che i suoi servizi erano richiesti nella casa della potente famiglia Aldobrandini. Il padrone di casa voleva disperatamente trovare una cura per il proprio figlio ed erede.

Quando Ginevra arrivò, tuttavia, fu accolta dalla Signora, una donna minuta che riusciva a malapena a camminare sotto il peso del costoso abito che avvolgeva la sua figura. «Ragazza serva delle suore» sussurrò Madonna Aldobrandini quando furono presentate, «sono lieta che tu sia qui a casa mia, perché ciò tranquillizza il mio tormentato marito. Da donna a donna, però, devo dirti che la tua presenza è superflua.» Inclinò la testa indicando un uomo grasso in abiti di velluto da dottore che piluccava con dita ingioiellate un pranzo a base di maialino arrosto. «Vedi, ho già ottenuto i servizi esclusivi del maestro Ficini, laggiù, che si sta occupando di ogni necessità medica. Ha applicato diligentemente i rimedi più comprovati e ora stiamo aspettando che facciano effetto.»

Ginevra fu presa alla sprovvista. In tutte le case in cui era stata non aveva mai visto un altro dottore, e a dire la verità ne fu un po' delusa. Aveva sperato che trattare un paziente di così alto profilo le avrebbe finalmente consentito di praticare le arti curative alla luce del sole, ma non era diventata così arrogante da interferire con il lavoro di un dottore autorizzato. Forse, però, avrebbe potuto dimostrarsi un'assistente utile e sveglia per il maestro, in modo che lui potesse mettere una parola gentile per lei in futuro.

«Certamente, Dama» rispose chinando la testa. «Maestro, con il vostro permesso, posso osservare il vostro illustre lavoro?»

Madonna Aldobrandini fece un cenno di assenso, compiaciuta che Ginevra si rimettesse così prontamente all'autorità dell'oltremodo costoso e attentamente selezionato maestro Ficini.

Il maestro posò il coltello unticcio con fare riluttante e i tre si recarono nella camera da letto dove giaceva il bambino. Quando Ginevra lo vide, l'unica cosa che riuscì a fare fu trattenere un sussulto inorridito poiché la creatura era consumata quasi fino all'osso e la pelle emanava una strana lucentezza appiccicosa che Ginevra non aveva mai trattato prima.

«Ah, maestro, qui c'è un paziente che ha il più disperato bisogno d'aiuto che io abbia mai visto» disse Ginevra in tono diffidente. «Che cosa causa quell'aspetto della pelle? Non ho mai avuto a che fare con una cosa del genere.»

Madonna Aldobrandini diede un'occhiata al dottore.

Il maestro Ficini alzò gli occhi al cielo, infastidito dal dover spiegare le complessità del proprio metodo a una donna. «È un unguento di lardo e oli esotici, troppo complicato da miscelare per una levatrice. Non mi sorprende che tu non ne sappia nulla.»

«Certamente, e perdonate la mia ignoranza, ma a che cosa serve?»

«Il bambino è prosciugato per via della febbre, lo aiuta a mantenersi idratato. Ma in realtà si tratta solo di dargli conforto, perché neanche un'ora fa gli ho somministrato una teriaca veneziana e domattina starà bene. A patto che non si addormenti mai questa notte, nel cui caso gli effetti curativi del farmaco non riusciranno a manifestarsi.»

«Una teri-*cosa* veneziana?»

«Teriaca! Ah! È la medicina più potente che ci sia, una precisa miscela fatta con ogni sorta di composto raro e meraviglioso.»

«È la cura più efficace per qualunque malattia, mi ha detto il maestro» intervenne Madonna Aldobrandini. «È solo grazie alla sua estesa rete di contatti che è riuscito a procurarsela.»

«È così» disse il dottore. «E sono molto grato per l'opportunità di servire la vostra famiglia, Dama.»

Madonna Aldobrandini sorrise. «Vedi, ragazza, mio marito è stato troppo precipitoso nel chiamarti in aiuto. Rimarrai qui stanotte perché il mio signore lo ha richiesto, ma non avremo bisogno della tua diretta assistenza. La mia domestica ti condurrà in cucina per mangiare qualcosa e ti darà un posto dove dormire.»

Ginevra si lasciò portare via. Non aveva mai sentito parlare della pillola menzionata dal maestro, ma non sembrava funzionare. Ciò che aveva visto era un bambino pallido per la febbre, la cui sofferenza era acuita da uno strato di lardo. Tuttavia la signora era soddisfatta di quella terapia e si trattava, dopotutto, di suo figlio. E il dottore sembrava tremendamente sicuro di stare facendo la cosa giusta. Ginevra trascorse una notte nervosa sul materasso della cucina della grande casa. Sognò di camminare in un campo, ma i piedi si bloccavano e si rendeva conto che il campo era fatto di lardo e che dall'altra parte c'era la ragazza con il labbro spaccato che teneva sollevata la ciotola per il pane.

Fu svegliata bruscamente al mattino dalla domestica: «La mia padrona ti manda a chiamare, il figlio è peggiorato». Si affrettarono di nuovo in camera da letto, dove trovarono il maestro che faceva su e giù, borbottando parole confuse e piene di panico sul fatto che gli era stata fornita la data di nascita errata del bambino e che pertanto la medicina era stata somministrata nel giorno sbagliato. A quanto pareva, si era ritrovato in un'imbarazzante situazione professionale:

il bambino era rimasto sveglio durante la notte, ma la meravigliosa pillola teriaca non aveva comunque funzionato.

Madonna Aldobrandini, inginocchiata al capezzale del figlio, ormai ignorava la presenza del dottore. Aveva posto sulla fronte del piccolo delle reliquie, mazzetti di ossa avvolti da nastri, e ripeteva una nota preghiera di guarigione; la madre di Ginevra gliela cantava quando si ammalava da bambina:

Sangue, sangue, sangue
Resta saldo nelle vene
Come Cristo fu saldo nelle pene
In te stesso rimani
Come Cristo rimase
Sangue sangue sangue.

Infine si accorse di Ginevra. «Tu! Tu aiuterai mio figlio, ora, con i tuoi rimedi...»

«Ma, il maestro... Di certo lui è...»

«Per favore, aiutalo. Non lascerai morire un bambino?»

Ginevra guardò verso il letto e vide che il bambino aveva a malapena le forze per respirare.

«Io... Mi dispiace, Dama... È molto malato, è troppo tardi per i miei rimedi...»

Solo allora messer Aldobrandini, un uomo abituato a fare le cose a modo suo, entrò nella camera, aspettandosi di trovarsi davanti una lieta scena di guarigione. Invece, la stanza era nel caos: la domestica piangeva, la moglie guardava Ginevra in modo rabbioso e il costoso dottore parlava da solo. Nel mezzo c'era il suo caro figlioletto, più vicino alla morte di quanto lo fosse il giorno prima.

«Moglie! Che cosa sta succedendo? La ragazza non è stata capace di aiutare?»

«Chi lo sa, marito. Non ha fatto niente! Si rifiuta di applicare i rimedi.»

Ginevra, ferita, fissò Madonna Aldobrandini, che evitò il

suo sguardo. La moglie non voleva ammettere di aver disobbedito al marito. Di certo non quando si aveva a che fare con la sopravvivenza del figlio.

«Ragazza ingrata» ribatté messer Aldobrandini, «hai pensato di venire qui a goderti un pasto e un luogo caldo dove dormire a mie spese? Lo sai quanto denaro invio a Sant'Elisabetta ogni anno? Non avresti una casa né un salario se non fosse per me!»

Ginevra avrebbe voluto ribattere che preferiva il proprio letto e la pappetta di Taddea al pavimento della cucina di quell'uomo. Che sapeva che il denaro donato al convento era dovuto al fatto che più di uno dei figli bastardi nati lì erano suoi. Invece guardò gli occhi disperati della signora e rimase in silenzio mentre lui minacciava di rovinarla se non avesse salvato il figlio. Quando la rabbia si placò, il signore incaricò il suo segretario di rimanere nella camera e di assicurarsi che Ginevra non se ne andasse prima di aver portato a termine ciò che ci si aspettava da lei. Poi tornò infuriato nello studio, dove poté piangere in privato.

Ginevra si inginocchiò accanto al malato, dall'altra sponda del letto, di fronte a Madonna Aldobrandini, rannicchiata in preghiera. Mise una mano sul petto del bambino: il respiro era lento, ma il cuore batteva forte. Non sapeva come curarlo. Era troppo tardi per l'acqua di fiume. Che stupida era stata a recarsi lì! Guardò dal lato opposto della stanza il maestro che si torceva le mani, che si trovavano proprio a livello degli occhi di Ginevra. Lo odiava per il denaro che estorceva alla gente disperata. Indossare anelli raffinati per curare i malati dimostrava che non aveva mai avuto intenzione di alzare un dito. *Anelli.* Sul mignolo portava una pietra di colore violaceo, trasparente e intenso, simile al cielo prima che il sole sorga. Estrasse il taccuino e sfogliò le pagine:

Questo è il giacinto, che prenderà il tuo posto nella morte.

Agnesa sarebbe stata furiosa se lo avesse scoperto. Ma Ginevra aveva paura di messer Aldobrandini. Intrappolata tra i desideri opposti di due persone, entrambe con un enorme controllo sul suo destino, Ginevra fece una scelta. «Maestro… Maestro, per favore, volete darmi il vostro anello?»

«Il mio anello?» ribatté indignato. «È un oggetto prezioso, delicato…»

«DATELE L'ANELLO o farò in modo che finiate a incidere le pustole sui buchi del culo dei mendicanti di via San Pancrazio» gridò Madonna Aldobrandini. Sconvolto, il dottore le porse il gioiello. Ginevra lo posò sull'ombelico del bambino. Chiuse gli occhi e mise due dita sulla gemma, concentrando tutte le energie verso di essa. Per un minuto nessuno disse una parola, l'aria nella stanza divenne immobile come se una finestra fosse stata appena chiusa. I denti vibravano come se un liuto stesse suonando dentro le loro pance. Il bambino cominciò a rabbrividire e le reliquie gli caddero dalla fronte.

«Lasciatele, va tutto bene» disse Ginevra quando Madonna Aldobrandini si avvicinò per riprendere i pezzi di osso caduti. «È meglio non interrompere la pietra.»

«Che cosa stai facendo? Che cos'è quel libro?» chiese il maestro Ficini, adocchiando le note.

«Sto cercando di rimuovere la malattia» disse Ginevra senza distogliere lo sguardo, per non deconcentrarsi.

«Che arroganza! Sostenere di essere in grado di fare cose che solo Dio può controllare.»

Ma Ginevra non lo ascoltava. Tutti i suoi sforzi convergevano nel tenere stretto l'anello. Stava oscillando così forte che le sfuggì dalle mani atterrando sul pavimento con un clangore.

La madre, il maestro e i due servi si riunirono intorno: la pietra era diventata nera. Il dottore si lasciò scappare un rantolo di indignazione che si trasformò in un grido quando Ginevra afferrò l'anello e lo gettò nel caminetto, dove si ruppe a metà con un sonoro CRACK ed evaporò, lasciandosi indietro il cerchio d'oro vuoto. Il bambino si mise a sedere e si guardò intorno, confuso dalla piccola folla di adulti angosciati che riempiva la sua stanza.

Ginevra fu la prima a notarlo. Tutti gli altri stavano ancora fissando stupiti il caminetto dove era esploso il giacinto.

«Ciao, piccolino» disse. «Bentornato.»

Madonna Aldobrandini si voltò di colpo.

«Dama» disse Ginevra in tono calmo, «dovrete preparare un bagno per vostro figlio e poi tornerà come prima e non si ammalerà più.»

La donna corse dal bambino e lo abbracciò.

Il maestro apriva e chiudeva la bocca come un pesce boccheggiante. «Il mio anello!» Era tutto ciò che riusciva a dire. «Il mio anello, il mio anello!»

"Oh no, oh no, ho esagerato" pensava Ginevra.

«Maestro, vi compenseremo per la perdita del vostro miracoloso gioiello» disse Madonna Aldobrandini asciugandosi lacrime di sollievo dagli occhi. Raccolse le reliquie da dove erano cadute e tracciò su di esse il segno della croce.

«Come, come, come?» gridò il maestro mettendosi di traverso, davanti a Ginevra. «L'ho indossato per anni e la pietra non ha mai agito in questo modo!»

La signora si frappose tra i due. «Devi essere stanca, Ginevra. È meglio che tu vada. Ora.» La diede un'occhiata significativa. Una gratitudine silenziosa unì le due donne.

Il segretario fece un passo avanti e prese Ginevra per il braccio, guidandola verso la porta.

«Mi assicurerò che a Sant'Elisabetta venga inviato un adeguato pagamento» disse Madonna Aldobrandini.

«In realtà, non c'è bisogno che...» esclamò Ginevra. Ma il segretario l'aveva già trascinata fuori dalla porta.

8 luglio 1348, Palazzo Tornaparte

Mentre Lucia dormiva il sonno profondo di chi è guarito da poco, Ginevra si girava e rigirava nel letto in un'altra stanza. La comodità di un luogo adatto a riposare dopo settimane trascorse per strada erano sprecate con lei; trascorse la prima parte della notte a piangere lacrime amare per l'amante morto e l'addio a Piero. Alla fine le lacrime furono soppiantate da quella sorta di nevrotico e inutile rimuginio che avviene solo nel mezzo delle notti insonni. Come diavolo sarebbe riuscita Ginevra a trovare sette pezzi di santi in una città con infinite stanze?

Quando venne l'alba, il sonno non l'aveva ancora vinta. Ginevra decise di riordinare la casa al meglio che poteva. Aprì i tendaggi di lino grezzo per lasciare entrare aria fresca e gettò via il cibo avariato dalla sala da pranzo. Scacciò i ratti dalla cucina e i topolini dalla cantina, poi setacciò i tonchi dalla farina e la impastò, in modo che nel giro di qualche giorno potessero avere del pane. Prese la legna secca dal giardino e riuscì ad accendere un fuoco nel caminetto, il quale produsse dei buoni tizzoni roventi che avrebbero potuto conservare per giorni nella cenere. Districò la catena attorcigliata del pozzo e riempì i lavabi e i catini. Catturò una delle anguille del pozzo e ci cucinò uno sformato.

Dopo che la nuova dimora fu il più in ordine possibile, Ginevra si sentì pronta a rivolgere la mente al problema del ladro di reliquie. Sedette al lungo tavolo rettangolare nella sala da pranzo di Lucia. Com'era strano trovarsi in una stanza così maestosa tutta da sola. Posò sul tavolo il rapporto eccessivamente illustrato dell'inquisitore, per capire se, dopo aver messo qualcosa in pancia, ci avrebbe trovato un po' più di senso. Erano elencate sette reliquie rubate, nell'ordine cronologico della loro scomparsa. C'erano anche scritte le date in cui le reliquie erano state viste al loro posto per l'ultima volta. "D'accordo" pensò. "Almeno abbiamo la finestra di tempo in cui sono avvenuti i furti. La cattedrale e il battistero sono stati derubati per primi: il braccio di Filippo e la testa di Zenobio sono stati trafugati in aprile. Il mese successivo, a maggio, quattro chiese della rogazione sono state saccheggiate, in qualche momento dopo la processione annuale attorno al loro asse cruciforme. Per ultima, la reliquia di San Barnaba: è stata presa un mese dopo circa, verso l'inizio di giugno."

Il ladro stava forse facendo visite mensili alle chiese di Firenze? Per quale motivo? E quel giorno era l'otto di luglio. Se Ginevra aveva capito bene la sequenza degli eventi, il ladro avrebbe potuto svaligiare un'altra chiesa proprio in quell'istante! Ma quale? C'erano dozzine di chiese entro le mura della città. Sembrava che rubasse le reliquie in occasione di imminenti feste o processioni. O forse quegli eventi erano stati solo il momento in cui i furti erano stati notati? Ginevra si strofinò gli occhi, sopraffatta.

Prese di nuovo lo smaragdus verde e focalizzò la propria visione nelle profondità della pietra, concentrandosi sulla domanda "Dove devo andare in primo luogo?". Uno sbuffo d'aria, come un debole sospiro, provenne dalla gemma e di nuovo il convento di Sant'Elisabetta comparve nell'occhio della mente. Scosse il gioiello e la testa e pose di nuovo la stessa domanda, poiché non le piacque la risposta. Ma di nuovo, non riuscì a togliersi dalla testa quella che un tempo era stata la sua casa. Molto bene, dunque. Doveva andare a Sant'Elisabetta e affrontare coloro a cui aveva fatto del male.

21
Traffico di libri necromantici

1340, città di Firenze

Dopo essere stata cacciata dalla stanza dei malati degli Aldobrandini, Ginevra fece ritorno a Sant'Elisabetta con la testa che vorticava per mancanza di sonno e un profondo senso di angoscia. Aveva usato una gemma magica per curare il figlio di un nobile. O, come altri avrebbero potuto metterla giù, aveva rubato e distrutto un costoso gioiello appartenente a un rinomato dottore. Fino a che si trattava di dare l'acqua incantata ai popolani andava tutto bene. Ma si era spinta più in là di quel che avrebbe voluto.

Eppure aveva comunque salvato il figlio di uno degli uomini più potenti della città. E aveva Ludovico dalla sua parte. Almeno in teoria. Ormai era trascorsa almeno una settimana dall'ultima volta che si erano visti e lui non si era fatto sentire. Forse la faccenda non sarebbe mai trapelata. Forse il dottore si vergognava. Gli Aldobrandini sarebbero stati grati e discreti. Presto la città sarebbe guarita, grazie a lei. Decise, con esitazione, che non aveva fatto nulla di male.

Tuttavia il giorno seguente Fra' Simone, fondatore del convento di Sant'Elisabetta, convocò Ginevra nel suo studio per la prima volta in assoluto per chiedere il motivo per cui messer Aldobrandini avesse inviato sedici cosce di prosciutto crudo e un reliquiario d'argento contenente il dito del piede di san Silvestro.

«Oh, davvero?» disse con finta disinvoltura. «È stato gentile da parte sua. Il figlio era malato e io… ho aiutato un po' di persone malate durante le mie commissioni.»

«Gli Aldobrandini sono clienti del maestro Ficini di Salerno. Non era disponibile?»

«Oh, sì. Era lì anche lui. Solo che aveva questa... pillola teriaca. Non è riuscito ad aiutare il bambino, così l'ho fatto io» rispose lei, omettendo la parte relativa all'anello distrutto.

«Non avresti dovuto mettere in ridicolo quell'uomo. È amico dell'Inquisitore.»

«Si è messo in ridicolo da solo senza il mio aiuto» ribatté Ginevra senza riuscire a trattenersi.

Fra' Simone scosse la testa. «Per questi prosciutti e il dito del piede di Silvestro, hai messo in pericolo il convento. Devi sempre ricordare chi tiene le briglie, ragazza, o il morso ti sbatterà contro i denti! Agnesa ti ha concesso troppa libertà. Dovrai smettere con il lavoro in città e rimanere in clausura con le suore.»

«Ma...»

Lui sollevò una mano. «Non parleremo più di questa faccenda. La tua stupidità mi addolora fortemente.»

Ginevra se ne andò, furiosa che non avesse riconosciuto il lato positivo di ciò che aveva fatto.

«Ginevra!» la chiamò Agnesa, affrettandosi per raggiungerla. «Che cosa voleva Fra' Simone? Perché ci sono tutti questi prosciutti? Lui sa...?»

«Cosa? No. Non è niente, è una donazione. Avevamo bisogno di cibo, no? Devo andare a sdraiarmi, mi fa male la testa.»

Ginevra voleva solo restare sola. Era molto turbata. Così turbata, in effetti, da non aver notato come la *manu fica* di corallo fosse diventata pallida e fredda, il segnale che era in arrivo un pericolo che non sarebbe riuscita a evitare.

Il pericolo era il maestro Ficini, che non era soltanto un cattivo dottore, ma anche una cattiva persona. Anziché gioire perché il paziente era sopravvissuto, era consumato dalla gelosia, umiliato dall'aver posseduto un anello magico per tanto tempo senza essersene accorto. Così, non appena ebbe lasciato la casa degli Aldobrandini, scrisse una lettera al suo amico, l'inquisitore Perugia, descrivendo nel dettaglio come Ginevra di Genova avesse lasciato cadere sul pavimento delle reliquie sacre e consultato uno strano libro.

Alla fine dell'estate, quando la malattia cominciò a ritirarsi e il clero spaventato riaprì i battenti, l'inquisitore camminò sulle quindicimila tombe scavate di fresco per quindicimila fiorentini e andò a parlare con Fra' Simone. Che cosa era venuto in mente al Frate? Dare rifugio a gente come Ginevra, lasciarla scorrazzare per la città senza supervisione... Il suo ruolo era di salvare le anime, non di corromperle! L'inquisitore non aveva ancora pensato a cosa avrebbe fatto con la ragazza, ma il primo passo fu imporre una pesante multa al convento. L'importo era spropositato, una rovina. Valeva oltre un anno di uova e filato d'oro per gli arazzi. Più dell'intero ammontare delle donazioni segrete che arrivavano dalle nobildonne.

Agnesa trovò Ginevra seduta in un angolo sul pavimento, nell'ala delle donne. Sospirando, si accucciò accanto all'allieva e prese la mano della ragazza nella sua.

«Non incolpare te stessa, Ginevra. Sono stata una sciocca a lasciarti prendere la pietra. Non so a cosa io stessi pensando.»

Ginevra rabbrividì per il senso di colpa. «È colpa mia, non vostra, vi ho convinta io. Che cosa faremo senza quel denaro?»

«Ssst.» Agnesa osservò le loro mani intrecciate prima di parlare ancora. «Sei giovane e sotto la mia tutela, il che significa che la responsabilità è mia. Ma... Esiste un modo per sistemare le cose.»

«Davvero?»

Agnesa sorrise. «Un ultimo atto di magia. Dammi la tua pietra di Nemesi. Mi dispiace, so che è stata lasciata a te, ma è l'unico modo di salvare questo posto. Dammela, presto. Lui è qui!»

Ginevra impallidì. «Io... Non credo che funzionerà.»

«Certo che funzionerà.» Agnesa sfilò l'anello dal dito di Ginevra. «Vermilia sapeva come vanno certe cose.»

Ginevra affondò il viso tra le ginocchia.

«Che succede, ragazza? Oh. Oh, no. Tu... Ginevra, non l'hai già utilizzata, vero? Sai che funziona soltanto una volta!»

«La gente stava morendo» sussurrò, la testa ancora tra le ginocchia. «E voi non mi avreste mai dato l'ossidiana...»

Fra' Simone irruppe dalla porta sul retro.

«Non potete entrare qui dentro in questo modo. Le sorelle non sono abituate alla presenza di uomini...»

«Mio caro fratello, io posso fare quello che voglio» disse l'inquisitore Perugia in tono mellifluo. «Ma non preoccuparti. È quella la ragazza, giusto? Vieni, bambina, ho delle domande per te.» Schioccò le dita e i soldati della scorta la sollevarono dal pavimento mentre Fra' Simone tratteneva Agnesa in lacrime. La separazione fu quasi un sollievo per Ginevra: non aveva mai visto Agnesa versare una sola lacrima prima di quel momento. L'inquisitore la chiuse alle Stinche, dove ancora marciva l'accademico con una mano sola, e con un processo breve la condannò per "depravazione eretica", la cui accusa consisteva in "traffico di libri necromantici; possesso di quaderni contenenti stregoneria; distruzione di proprietà privata; uso di pozioni misteriose; pratica della medicina senza licenza; e infine, oltraggio a un membro dell'Arte dei Medici e Speziali."

Nella stanza afosa della prigione, Ginevra attese la sentenza e prese in considerazione ogni terribile possibilità, da sola nel buio. Non poteva essere successo proprio a lei. Corruppe la sentinella con favori vergognosi per mandare un messaggio a Ludovico ("Mio cuore, è la tua Ginevra, *Beatrice*, di certo hai saputo quello che mi è successo..."). Ma i giorni di silenzio diventarono una settimana, la *manu fica* di corallo restava bianca e fredda e alla fine capì che lui non sarebbe arrivato. Che nessun aiuto, di nessun tipo, sarebbe arrivato. La mente smise di escogitare modi per fuggire e invece si concentrò sulle cose terribili che avrebbero potuto farle. Si guardò le dita e le immaginò spezzate. Si immaginò le caviglie come moncherini. Ma per quanto potesse, non riusciva a immaginare come sarebbe stato essere uccisa. Fu lasciata sola con quei pensieri, i quali affondarono dentro di lei fino a che non desiderò soltanto che il momento arrivasse, di qualunque cosa si trattasse, per non averne più paura.

Nonostante nessuno parlasse con Ginevra, in molti parlavano *di* lei. La faccenda della sentenza era intensamente dibattuta nella corte ecclesiastica. Da un lato vi era la corte dell'inquisitore, che voleva niente meno che un rogo. Dall'altro c'era un buon numero di individui compassionevoli, membri della Signoria e altri uomini potenti, che non solo supportavano il lavoro del convento, ma avevano anche beneficiato delle cure di Ginevra. C'era messer Aldobrandini, naturalmente, e anche i capi della potente Arte della Lana, la cui forza lavoro era stata preservata, in larga parte, grazie alla cura con l'acqua del fiume. La morte di Ginevra avrebbe pesato fortemente sulle loro anime. Così, nonostante nessuno potesse difenderla direttamente (bisognava pur sempre rispettare un dottore dell'Arte), resero noto alla corte, in modo sottile, che non desideravano la sua morte sul rogo.

Nel frattempo Ludovico fece visita al suo potente zio, il sacerdote Fra' Angiolo Acciaiuoli, che sedeva nella corte ecclesiastica. Con gli occhi luccicanti per le lacrime e le guance rosse di vergogna, Ludovico si lanciò immediatamente in una confessione del suo grande amore per la serva del convento delle suore accusata di stregoneria, e chiese se ci fosse qualunque cosa che il caro zio fosse in grado di fare per salvarla da una terribile punizione. Ludovico mostrò al parente stupefatto l'ultima lettera di Ginevra, proveniente dalle Stinche.

Fra' Angiolo la lesse con attenzione, tenendo un occhio sul nipote sconvolto. In realtà i due uomini non erano così lontani per età, entrambi con gli stessi capelli scuri e un profilo elegante. Qualche ciocca grigia sulle tempie e delle sottili rughe attorno agli occhi erano tutto ciò che distingueva il più anziano dal più giovane. Ma mentre Ludovico si comportava con un'arroganza facile da smontare, i modi dignitosi del sacerdote non lasciavano dubbi sul fatto che fosse uno di quei rari uomini le cui abilità intellettuali erano all'altezza della posizione elevata in cui si trovava.

«Perché chiama se stessa Beatrice?» chiese infine.

«È un nomignolo!» si lamentò Ludovico.

«Un nomignolo... Ludo, l'hai mostrata a qualcun altro? Tuo padre lo sa?»

«No, certo che no, pensi che sia un idiota?»

«Sì. È esattamente ciò che penso tu sia. Se una voce del genere si diffondesse... Sai cosa c'è in ballo per la nostra famiglia, i piani a lungo termine predisposti per te che stanno per dare i loro frutti.»

«Lo so! Lo so! Ce li ho in testa tutti i giorni.»

«E tuttavia hai permesso che la relazione continuasse al punto che questa ragazza – questa criminale condannata – pensa di poterti scrivere con una tale familiarità?»

«Zio, non capiresti. Non sono riuscito a trattenermi!»

«Pensi che un sacerdote non sappia com'è stare con una donna?»

Ludovico tacque per un momento, poi disse: «Sono qui solo per chiedere che le venga mostrata misericordia. Non potrei sopportarlo altrimenti». Ludovico sedette su uno sgabello di velluto e pianse.

Acciaiuoli guardò in basso verso il nipote e sospirò, posandogli una mano sulla testa. Personalmente, non era troppo infastidito dal marchio di eresia di Ginevra. Se fosse stato solo per lui, una punizione di un migliaio di *pater noster* e un pellegrinaggio a piedi nudi sarebbe stato più che sufficiente. Quelli a favore del rogo non erano altro che un branco di fanatici sempliciotti, pensava. Ma ormai il sacerdote si chiedeva se non fosse in realtà un vantaggio permettere a quel branco di averla vinta. La relazione di Ludovico non poteva continuare e l'esecuzione garantiva una certa irrevocabilità. Eppure, se fosse andato fino in fondo e avesse bruciato una donna che curava i malati, avrebbe rischiato di passare per un estremista. Fra' Angiolo puntava al vescovato di Firenze e non sarebbe stato opportuno allinearsi con le frange più inferocite.

«Vai con Dio, nipote» disse. «Non parlarne con nessuno. Brucia le sue lettere. Se lo farai, io mi assicurerò che non le venga fatto troppo male.»

Con una mossa astuta, che gli guadagnò la reputazione di ufficiale ragionevole e dotato di senso civico, Fra' Angiolo propose un compromesso nella forma di un *cave a signatis*, una mutilazione che avrebbe marchiato a vita Ginevra come eretica pericolosa in modo che gli altri potessero starle lontani. Per essere certo che Ludovico fosse dissuaso da ulteriori accessi di ardore, lo zio suggerì di sfregiare il volto della ragazza, anziché tagliarle un orecchio o qualcosa su cui un amante entusiasta avrebbe potuto soprassedere. Le avrebbero tagliato un pezzo di naso. E l'avrebbero anche esiliata da Firenze. La Signoria fu d'accordo, i cuori teneri appagati dalla sentenza ridotta.

Così, alla fine, Ginevra fu prelevata dalle Stinche e tenuta ferma da quattro uomini, uno per ciascun arto. La testa fu messa tra due blocchi di legno, in modo che non riuscisse a muoversi, mentre un quinto uomo le tagliò il volto con un grosso coltello di ferro. Lei gridò così forte che la lasciarono andare quasi immediatamente. Si portò la mano sulla ferita. Il sangue sgorgava dalle dita bianche e lei fissò gli assalitori con un'espressione di orrore, ma nessuno di loro la guardava in faccia, specialmente quello che teneva in mano un pezzo del suo naso. Tenendo gli occhi bassi legarono Ginevra a un carretto e la portarono in giro per la città in modo che tutti la vedessero, in un contorto percorso a ritroso lungo il fiume fino a Sant'Elisabetta, dove avrebbe preso le sue cose prima di andarsene dalla città. Come da tradizione la gente uscì per vedere e gridarle qualcosa. Molti erano di supporto e urlavano parole gentili come «Sii benedetta, sorella!» e «Prega per noi!», ma la maggior parte non aveva idea di cosa stesse accadendo, così le lanciarono addosso verdura marcia e altra spazzatura, perché è così che si fa con i criminali sui carretti.

Ginevra si era ripromessa di stare dritta in piedi, con orgoglio, nel caso che Ludovico fosse tra la folla a guardare, ma quando il naso mutilato fu colpito da un cavolo cadde in ginocchio per il dolore e non si rialzò più. La lasciarono ai cancelli del convento con la faccia avvolta da uno straccio sporco che le aveva dato una sentinella. Le suore erano tutte nella cappella, l'inquisitore aveva proibito loro di dirle addio. Ginevra fu lieta che non ci fosse nessuno a testimoniare la sua vergogna. Trovò le sue poche cose già impacchettate sul letto. Un pacchettino con un biglietto era in cima alla pila. Il cuore le balzò in petto, ma era la scrittura di Sorella Agnesa, non di Ludovico.

Vai con Dio, ma vai via.

Mi darà gioia sapere che starai bene, ma lontana da qui.
Taddea ti dice addio, pregherà il pane sacro per la tua salvezza.

Dentro il pacchetto trovò la collezione di gemme lasciata per lei da Vermilia, incluso l'anello di Nemesi, che si rimise al dito nonostante i poteri fossero esauriti. I gioielli che aveva tanto desiderato erano finalmente in suo possesso, ma oh, a quale costo! Le guardie infine la scortarono fino a Porta San Niccolò, l'ingresso torreggiante sulle mura sud della città, e la registrarono ai guardiani come *persona non grata* prima di spingerla fuori nel mondo. In quelle condizioni camminò fino a Genova, dove non tornava da cinque anni.

Il taglio del naso non fu una punizione così severa, come lo zio di Ludovico aveva previsto, poiché la magia curativa del corallo fece del suo meglio, e alla fine di quello sfregio terribile rimase solo una spessa linea bianca, un'asimmetria che le dava un'aria beffarda. Era angosciata per Ludo, che non era nemmeno accorso a vederla quando era stata portata in giro sul carretto dei criminali e che ormai non aveva più modo di incontrare per sapere perché l'avesse abbandonata proprio quando aveva così bisogno di un amico.

Non appena giunse a Genova venne a sapere che la malattia dell'acqua aveva infettato le fontane della città e che i suoi genitori erano tra le vittime. Quella perdita si abbatté su di lei come un colpo inferto su qualcuno già a terra. Si chiuse ancora di più in se stessa, allontanandosi da tutto tranne che dalla miseria della propria situazione. "Finisce così" pensava. "Finisce così e sarà per sempre così, ormai. Perdite e perdite e ancora perdite." Ma anche in quello stato non riuscì a rinunciare a tutto e a morire. I fili dorati tessero una rete per afferrarla nella caduta; una qualche parte nascosta di lei non riuscì a scrollarsi di dosso l'istinto di auto-preservazione. In stato di stordimento, prese i pochi risparmi del lavoro in convento e li usò per pagare una stanzetta nei bassifondi della città, dove era nata. Aveva il pavimento di terra battuta e dura e un pezzo di orto fradicio, buono per coltivare solo zanzare.

Allora i fili la tirarono, inducendola a togliere i vecchi materassini di giunco dal pavimento e a bruciarli, e a tesserne di nuovi. Le dissero di scavare delle canalette in giardino per drenare l'acqua, e di ricavare dal terreno salmastro quante più piante medicinali possibili. Quando ebbe finito dipinse sulla porta esterna il piccolo simbolo di un serpente avvolto attorno a un corallo, un tributo a Vermilia. Vermilia che sapeva come andavano le cose, sapeva come sembrare quieta e povera e come essere lasciata in pace.

I loschi piani di Ginevra erano naufragati: le speranze di sposare un uomo ricco, di uscire dalle costrizioni del proprio sesso, di aiutare il mondo facendo le cose in grande. Voleva soltanto leccarsi le ferite al buio. *Ma dovrai comun-*

que mangiare, le ricordarono i fili. Così aprì la porta e non ci volle molto prima che le casalinghe curiose del porto cominciassero a farle visita con i loro problemi; le loro monetine e le offerte di pane la sostentarono. E fu così che Ginevra si rassegnò a un futuro come guaritrice locale e zitella permanente.

1340-1347, città di Genova, Ginevra in esilio

Qualche mese dopo il ritorno forzato di Ginevra a Genova, giunse una lettera da parte di Ludovico. Chiuse il negozio immediatamente e con mani tremanti bevve del vino direttamente dalla caraffa. Aveva trascorso molte notti sperando in una lettera del genere: avrebbe spiegato che Ludovico era stato fisicamente rinchiuso dal padre durante il processo e solo ora era riuscito a fuggire e a inviarle un messaggio. Ma quando aprì il sigillo e lesse, la verità era scritta in elegante inchiostro di noce sulla pergamena più liscia: il suo Ludo era sempre stato promesso a un'altra, fin da quando era bambino. La promessa sposa – l'unica figlia di una famiglia molto potente – era appena diventata maggiorenne. Era suo inesorabile dovere sposarla. L'alleanza delle due grandi casate era la pietra angolare dei piani degli Acciaiuoli per il futuro.

Ludo si rammaricava di averlo tenuto segreto a Ginevra, ma non voleva rovinare i loro preziosi momenti insieme, i cui ricordi avrebbe sempre conservato. Spiegava come, nonostante non avesse potuto farle visita in prigione, fosse intervenuto per suo conto con lo zio, il sacerdote, e l'avesse convinto a tagliarle il naso anziché qualcos'altro. Era stata un'enorme umiliazione ammettere la loro relazione, ma l'aveva fatto comunque per via del suo grande amore per lei. Ora che era trascorso un po' di tempo, magari potevano essere amici? La cosa gli sarebbe stata di grande conforto. La nuova moglie non infiammava il suo cuore come aveva fatto Ginevra.

Ginevra gettò la lettera nel fuoco e rimase a guardare il sigillo di cera rossa annerirsi e consumarsi. Un po' di vino le ritornò in gola e si sdraiò sul pavimento. Da lì, su un fianco, prese dalla borsa delle gemme una pietra che si chiamava apatite; una perla nera e densa, grande quanto una nocciola. Agnesa le aveva insegnato che assorbiva i brutti ricordi. Se la legò attorno al polso e si mise a sedere, ma le sue angosce erano troppo pesanti, e il filo di lana a cui era legata la pietra si spezzò e l'apatite cadde a terra. Cercò di raccoglierla, ma era talmente pesante che non ci riuscì. Così rimase lì, nel mezzo del pavimento, dove ogni giorno ci andava a sbattere con il dito del piede.

Ormai gli strani sogni cominciati durante l'alluvione erano compagni costanti. Cose morte e creature strane portavano messaggi che non riusciva a capire. Era bloccata nel letto e apriva la bocca per gridare ma senza produrre alcun suono. E, cosa più crudele, era di nuovo a Firenze, con Taddea che le diceva di essere diventata una signora della casata Acciaiuoli. Quando si svegliava e tornava di nuovo alla realtà, per diversi giorni si ritrovava risucchiata in una depressione ancora più nera. Imparò a funzionare con il minimo riposo possibile, preferendo la stanchezza ai luoghi in cui la portava la mente nel sonno.

Conduceva una vita discreta, a parte i modesti affari con i clienti: persone che avevano bisogno di curare sfoghi sulla pelle o mal di denti, venditori di lavanda e pescatori che le portavano frammenti di corallo o lumache di mare speciali. Occasionalmente, qualcuno arrivava da lei con turbe più grandi di un dente cariato. Gli affari correvano tra Firenze e Genova e le voci sulle speciali abilità di Ginevra si erano diffuse. Una nobildonna che aveva abortito cinque volte ed era incinta del sesto figlio; un mercante che aveva perso tutte le navi a causa del malocchio. Ma Ginevra mandava via tutte quelle persone, consigliando loro di rivolgersi alle reliquie dei santi. La corte dell'inquisitore aveva fatto un buon lavoro. Come Vermilia, Ginevra cominciò a rifuggire l'uso delle pietre e i grandi gesti di magia. Forniva semplici rimedi erboristici, curava le ferite minori, costruiva piccoli amuleti per piccoli problemi. Era guarita dalle delusioni della gioventù secondo le quali i buoni risultati nel lavoro avrebbero giustificato la sua scarsa ortodossia.

Durante le frequenti notti in cui non riusciva a dormire, Ginevra trascorreva le ore più buie sperimentando con le pietre curative, contandole e riordinandole, imparando quanto poteva senza usarle sulle persone. Fece girare la voce tra i mercanti che si erano avvalsi del suo aiuto per questioni delicate, per essere certa della loro discrezione, e come pagamento accettò le insolite pietre provenienti dai loro viaggi. Così crebbe la sua collezione e la sua conoscenza, anche se rimase teorica, inutilizzata. Fu il poco che si concesse della sua antica passione.

Visse in quel modo per sette anni quando, nel tardo 1347, un marinaio venne da lei con un grosso rigonfiamento sul collo. Era tornato da un lungo viaggio, le disse. Faceva parte di un contingente mercantile genovese, intrappolato per anni a Caffa dall'esercito tartaro. Erano stati assediati nella loro cittadella, vivendo di scarafaggi e pelle di scarpe, fino alla fine. Ginevra gli somministrò una tazza di vino non diluito e gli fece inclinare la testa; in quel modo sarebbe riuscita ad avere una buona visuale, ma lo avrebbe anche tenuto tranquillo. Aveva così tante preoccupazioni che non aveva voglia di sentire anche quelle degli altri.

«Uhm» disse con disapprovazione. «Questa cosa è grossa come un uovo di piccione! Circondato dall'acqua tutto quel tempo e non hai mai pensato di farti un bagno?»

«Monna, non c'era tempo per i bagni. Una volta che siamo tornati in mare, lontani da quel luogo terribile, volevamo soltanto essere a casa il prima possibile.»

«E va bene, ma puoi ringraziare questo strato di sporco per il tuo gemello che sta crescendo qui.»

«Davvero? Ne sei sicura?»

«A meno che non sia qualcosa che non ho mai visto prima, ne sono sicura.»

«Bene. È una buona notizia.»

«Se lo dici tu. Ascolta, ora dovrò inciderlo e poi dovrai strofinarti per bene il collo in modo che non ritorni più. Sei pronto?»

Tracannò il vino. «Sono pronto. Ho infilzato talmente tante donne, immagino sia giusto che mi venga ricambiato il favore.»

«Be', come diciamo noi donne in queste situazioni: chiudi gli occhi, finirà in fretta.»

«AHHH! FERMA! Per l'amor di Cristo! *Dio cane*[6], deve per forza fare così male?» Ginevra allontanò lo spillone. Non avrebbe dovuto fare così male. Nella zona in cui l'aveva punto cominciarono a spuntare vene viola, come le strisce sulle melanzane acerbe. Scossa, gli somministrò un cataplasma e lo mandò via. Non era abituata a fare del male ai pazienti. Più tardi, quella settimana, udì che il marinaio e la sua amante erano stati trovati morti insieme, con gonfiori scuri sul collo e in altre parti del corpo. La *manu fica* di corallo brillò di rosso. I suoi sogni si riempirono di ratti e scarafaggi.

Ben presto venne a sapere l'intera storia della drammatica spedizione a Caffa, raccontata in spizzichi e bocconi dai clienti venuti a comprare qualcosa, qualunque cosa, qualsiasi talismano lei avesse che fosse in grado di tenere lontana quella terribile malattia e gli spiriti maligni. A quel che si diceva, l'unico motivo per cui i genovesi erano riusciti a scappare all'assedio era che i tartari si erano ammalati gravemente. Morirono così tanti dei loro soldati, infatti, che furono costretti ad abbandonare la battaglia. E come ultimo atto di ritorsione, i tartari gettarono i cadaveri infetti dei loro compagni oltre le mura della cittadella, quanti più po-

[6] In italiano nel testo [n.d.t.].

tevano, fino a che non ci furono abbastanza soldati vivi da caricare le catapulte. Fu così che i genovesi erano riusciti a scappare, schivando con cautela i nemici che venivano lanciati loro contro.

Erano talmente desiderosi di tornare a casa che furono tutti d'accordo nel tenere segreto quel fatto spiacevole almeno fino a quando non fosse stato concesso loro l'ingresso al porto di Genova. Non menzionarono i compagni morti lungo il viaggio, i corpi coperti di macchie nere. Non dissero nulla quando si riversarono fuori dalle navi, tra le braccia delle mogli adorate, delle amanti impazienti e delle cortigiane compassionevoli. I giovani non menzionarono la morte nella luce fioca delle taverne dove parlavano alle orecchie degli estranei per impressionarli con le loro avventure. I vecchi omisero i dettagli spiacevoli mentre cenavano, grati, a casa degli amici.

Quando realizzarono la gravità dell'errore commesso e la verità venne a galla, la morte era ormai alle porte di tutti. I costruttori di bare avevano esaurito le scorte, i cimiteri erano pieni. Genova aveva bloccato il porto, la sua fonte di sostentamento, ma non aveva importanza. La pestilenza insidiosa era penetrata nel sangue del popolo e non aveva più bisogno di un passaggio sulle navi per raggiungere le sue sventurate mete.

Ormai Ginevra si svegliava tutte le mattine con una fila di malati fuori dalla porta, che imploravano aiuto. Ma lei non aveva nulla da offrire: gli scaffali e i barattoli erano vuoti. L'orto era stato spremuto e non rimaneva che terra. Non fece alcun sogno che le rivelasse cure magiche e gli esperimenti di mezzanotte con le gemme non diedero risposte.

«Andate in chiesa» ripeteva, senza sapere che altro dire. «Pregate le rocce che una volta sfiorarono la tonaca di san Francesco.»

«Lo abbiamo già fatto! Guarda» pianse una donna disperata, sollevando una piccola fiala di vetro. «È acqua santa, versata sulla roccia di cui parli. Il prete la sta dando a chiunque la chieda. Ma non è abbastanza! E guarda qui.» Tirò fuori la lingua, nera come l'inchiostro.

«Oh, sorella» disse Ginevra. «Mi dispiace, ma non ho un antidoto. Devi trovare un altro santo e pregarlo. Magari funzionerà meglio della roccia che sfiorò la tonaca di san Francesco.»

Poi venne il panico. Chiunque avesse i mezzi fuggì. Verso le tenute di campagna, i templi sacri, o semplicemente fuori città, preferendo i campi aperti ai propri letti avvelenati dentro le mura di Genova. Coloro che, come Ginevra, non avevano un posto dove andare, accumularono cibo e tapparono le imposte con gli stracci. Le famiglie cacciarono via i membri malati. Amici e vicini rifiutarono di toccare gli infetti e quando questi morivano i corpi erano gettati in strada per mezzo di lunghi bastoni, dove i più poveri tra i poveri, coloro che non avevano imposte da chiudere, si occupavano di raccoglierli per smaltirli.

La pestilenza si abbatteva sui giovani e sui sani come se fossero vecchi e fragili. Mercuriale per natura, eludeva le logiche dei dottori manifestandosi in modo diverso da un paziente all'altro. Poteva apparire su una persona come dei tumori, ma in uno sfogo di puntini neri su un'altra. In alcuni la malattia non si mostrava affatto, fino a che non cominciavano a tossire sangue sulle lenzuola e morivano.

Nel giro di pochi mesi l'intera Genova e i suoi dintorni erano coperti di corpi gonfi e a ogni angolo si rischiava l'orribile vista di qualche povera creatura che marciva senza una dignitosa sepoltura.

Nella primavera di quell'anno, il 1348, un viaggiatore venne alla porta di Ginevra, il primo dopo molte settimane.

«Mi è stato detto che pagate un buon prezzo per le vecchie pietre.»

Lei guardò i suoi vestiti, logori per il viaggio. «Entrate» disse, «e ditemi cosa sapete del mondo.»

Venne fuori che era un figlio di Genova ritornato a casa.

«Sono stato ovunque, monna, l'intera Italia è devastata

dalla malattia. Siamo fuggiti di qua e di là, a pregare sulle reliquie di Qualsiasi Santo Possa Fermare La Peste. Nessuno ha aiutato. Mi sono recato anche ad Avignone, alla Città Santa del Papa, ma anche lì la città sembra un sepolcro.»

«E che cosa dice di questa pestilenza il Santo Padre? Che cosa dovremmo fare?»

«Ha scritto una messa speciale, l'ha fatta ascoltare all'intera città e poi ha detto che dovevamo tutti tenere una candela accesa per tre giorni... Forse qualcuno non è riuscito a tenere la candela accesa, non lo so... Ma non ha funzionato. E ora il loro fiume, il Reno, lo usano come cimitero, perché la terra è piena, e il Papa dice che è una punizione per i nostri peccati.»

«Ma se è davvero una punizione, perché i sacerdoti, che sono buoni e assistono i malati sul letto di morte, muoiono in gran numero?»

«Monna, non lo so. Anche i cardinali del Papa stanno morendo, e dovrebbero essere i migliori tra noi! Sapete che l'unico cardinale proveniente dall'Italia è morto? Il Papa è convinto di assegnare il posto vacante a un altro dei suoi nipoti francesi bastardi, per aggiungere miseria alla miseria.»

Ginevra scosse la testa. «Be', almeno mostratemi le vecchie pietre che avete portato, dunque.»

Comprò una coppia di pietre. Verde scuro e punteggiate di rosso, incise con una scrittura antica. Le aggiunse alla collezione e riprese la sua veglia solitaria. Guardava la città vuota, la sua gente morta, vedeva tutti i fondamenti della vita civile sbriciolarsi, perché mancavano i vivi per farli funzionare o rispettare. E così fu, ben presto, in tutto il mondo, dall'oscuro nord della Scandinavia fino alle cittadelle d'Egitto. Ma come succede sempre in tempi di grande subbuglio, ci sono alcuni individui che rimangono immuni al caos che li circonda, e anzi si nascondono in esso per condurre i loro affari nefasti al riparo da ogni attenzione.

Parte II
Il ladro di reliquie

Oh! felici i pronipoti nostri che questo miserando
spettacolo non ebber veduto, e forse avranno
in conto di favola questa nostra testimonianza.

Petrarca

23
Sant'Elisabetta delle Convertite

Mattina dell'8 luglio 1348, città di Firenze, inizio di una giornata molto lunga

Nonostante Ginevra avesse avuto anni per prepararsi qualcosa da dire, e un giorno intero da quando era tornata da Firenze, e infine una buona mezz'ora di strada a piedi, ancora non le venivano le parole mentre si avvicinava al convento di Sant'Elisabetta delle Convertite dopo aver trascorso le prime ore della mattina a pulire il palazzo di Lucia. I pensieri passavano in rapida successione nella testa di Ginevra. Si sarebbe presentata umilmente, con delle scuse. O forse era meglio essere orgogliosa e non mostrare vergogna. Erano loro che avrebbero dovuto scusarsi con lei! L'avrebbero accolta. Avrebbero pianto. Le avrebbero chiuso la porta in faccia. *Mi darà gioia sapere che starai bene, ma lontana da qui.* Si costrinse a sollevare il battente. Il colpo pesante si riverberò contro i muri che fiancheggiavano la strada angusta. Una suora aprì la porta e spiò all'esterno con un broncio che si trasformò in fretta in un'espressione sorpresa.

«Taddea?» disse Ginevra con le farfalle allo stomaco.

Taddea allungò una mano per toccare la cicatrice di Ginevra. «Sei proprio tu?»

«Sono io» disse Ginevra timidamente. «Uhm. Come stai?»

«Come sto? Il mondo sta inghiottendo se stesso. Vieni dentro. Mi serve il tuo aiuto in questo istante» disse trascinandola per un braccio.

Ginevra strinse lo stipite della porta. «Aspetta. Agnesa,

Fra' Simone… Accetteranno la mia presenza?» Taddea la tirò con tutte le sue forze, e Ginevra ruzzolò oltre la soglia.

«Fra' Simone è morto ieri e se non mi aiuti Agnesa lo seguirà.»

La bocca di Ginevra divenne secca, il sangue le andò alle orecchie e si sentì formicolare gli arti. Che stupida, che cieca era stata. Ormai erano tutti morti, come aveva fatto a non considerare quella possibilità? Era ciò che lo smaragdus aveva cercato di dirle? Che c'era un disperato bisogno delle sue abilità curative a Sant'Elisabetta?

«Entra» disse Taddea. E così, con la testa che ancora le girava, si ritrovò nella piccola cella spoglia di Agnesa. Le pareti bianche e le mattonelle e il pagliericcio sul pavimento, e la sua anziana e cara amica, così fragile e quasi trasparente, in preda al delirio e coperta di macchie nere come morsi di insetto.

«Agnesa! Dolce Agnesa, qui c'è qualcuno che vi aiuterà. Una di noi.»

Agnesa guardò Ginevra con occhi deliranti. Ginevra si vergognò di provare sollievo per il fatto che non la riconobbe.

«Che cosa stai aspettando?» sussurrò Taddea a Ginevra. «Ce le hai… hai ancora le pietre magiche?»

Ginevra annuì. Tutti i pensieri riguardanti i contratti dell'inquisitore scomparvero dalla sua mente e si inginocchiò accanto al pagliericcio, chiedendosi che cosa diavolo avrebbe dovuto fare. La malattia di Lucia era stata contenuta, con dei gonfiori regolari. Nel caso di Agnesa era diffusa in tutto il corpo. Con esitazione, pose le pietre di sangue sopra due macchie sul petto, all'altezza del cuore. Attese che cominciassero le vibrazioni ma le pietre rimasero fredde e immobili tra le sue mani. Eppure, quando le sollevò, si accorse con immenso sollievo che le macchie erano scomparse.

«Sta funzionando?» chiese Taddea che gironzolava intorno a lei sfregandosi le mani.

«Sì, penso di sì!»

«Grazie a Dio sei arrivata. Grazie a Dio.»

Mentre Taddea faceva avanti e indietro alle sue spalle, Ginevra posò le pietre di sangue su ogni macchia che riuscì a trovare, cominciando metodicamente dalle punte delle dita del lato sinistro e proseguendo fino alla spalla, finché l'intero braccio di Agnesa fu ripulito dalle macchie.

«Che bella sensazione, che cos'è?» disse una voce debolissima e lieve.

«Sta funzionando!» disse Taddea. «Non parlava da ieri!»

Ginevra stava per piangere per il sollievo. «Sono pietre di sangue, sorella. Vi faranno stare meglio.»

«Oh, è tutto qui?» Agnesa chiuse gli occhi. «Non servirà. Ho provato di tutto. Niente mi farà stare meglio.»

«Queste pietre sono rare, vengono da molto lontano. Non siate in pensiero.»

«Non mi preoccupa morire. Ma non sono riuscita a salvare le mie sorelle, e tu non riuscirai a salvare me.»

Ginevra guardò Taddea.

«Siamo le uniche rimaste, noi due» spiegò Taddea.

«Va tutto bene, sorella, non è colpa vostra. La peste agisce in modo misterioso.»

«Ho provato di tutto, ma questa malattia... È antica, è malvagia. Non giungeva da migliaia di anni. La conoscenza si è persa. Anch'io sono vecchia, i fili dorati si fanno sottili e si spezzano. La magia non scorre più attraverso di me come faceva un tempo.»

«Non parlate in questo modo» disse Ginevra, facendo del suo meglio per non piangere e concentrarsi sul proprio compito.

«Ho messo cordoncini di corallo attorno al collo delle sorelle, ma i coralli erano acerbi e non avevano potere.»

«Ssst, sorella» disse Ginevra. Toccò il proprio amuleto con senso di colpa; era caldo e rosso in presenza della malattia di Agnesa.

«Ho messo dei carbonchi rossi sui gonfiori, ma hanno causato un colpo apoplettico e sono morte.»

«Pregherò per loro, sorella.»

«Ho tritato una polvere di perle e l'ho data loro da mangiare. Ma sono tutte morte.»

«Ma non avevate le pietre di sangue, sorella» disse Ginevra, posando le gemme screziate sulle gambe di Agnesa.

«Pietre di sangue. Mm.» Parlava animatamente ormai. «Tu non mi ascolti. Magari funzioneranno per coloro che sono giovani e forti. Ma neanche le tue pietre di sangue riusciranno a estrarre ciò che è già in profondità, che si è già diffuso. Se tu avessi una lince potresti usarne l'urina per estrarre l'essenza dalle pietre. In questo modo il paziente potrebbe berla e il potere delle pietre riuscirebbe a raggiungere ogni punto del corpo in cui la peste si è insinuata.»

«Una lince, sorella?» Ginevra stava lavorando sul braccio destro.

«Sì, una lince. Come te, possiede poteri meravigliosi. Ma l'animale è più astuto di te. Seppellisce la propria urina, fa la guardia gelosamente poiché sa che è magica e che gli uomini gliela ruberanno. Invece tu te ne vai in giro come un libro aperto, di conseguenza tutti conosceranno i tuoi segreti e li useranno contro di te.»

«Urina di lince? Sta delirando» disse Taddea.

«No...» rispose Ginevra. «Sta ricordando. Proviene da un libro.»

«Non troverai mai il tesoro della lince, le pietre non funzioneranno e io morirò» sentenziò Agnesa.

«Sorella per favore. Le ho viste all'opera. Le sto vedendo all'opera in questo momento.»

Agnesa fece una smorfia. «Guarda di nuovo.» Sollevò il braccio sinistro tremante: le macchie che Ginevra aveva cancellato poco prima si erano riformate, più ampie e aggressive.

Ginevra spostò le pietre velocemente da punto a punto, ma ormai dove una macchia spariva un'altra tornava a prendere il suo posto.

«Che cosa sta succedendo?» chiese Taddea.

«Non ne sono sicura. Ha funzionato prima, lo giuro!»

«Prova qualcos'altro!» implorò Taddea.

Ginevra, senza sapere cosa fare, cercò di smuovere la mattonella allentata sul pavimento. Se i libri erano ancora lì, magari contenevano una risposta. Il passaggio riguardante la lince.

«È vuoto, vuoto!» pianse Taddea. «Abbiamo venduto tutto, abbiamo venduto i libri segreti anni fa, per pagare i debiti. Tenta qualcos'altro.»

Ma Ginevra non sapeva cos'altro tentare.

Taddea corse via.

Ginevra si inginocchiò di nuovo accanto ad Agnesa e si disperò. Le pietre di sangue avevano funzionato così bene, prima. Sarebbe dovuta arrivare due giorni addietro, prima che la malattia avanzasse in quel modo, nel momento in cui lo smaragdus aveva evocato dalle sue verdi profondità l'immagine di Sant'Elisabetta.

«Vi prego, Agnesa. Vi prego, vi prego, vi prego. Starete bene e io vi dirò quanto mi dispiace e parleremo e saremo amiche come un tempo.»

«Non agitarti, ragazza» sussurrò Agnesa. «Sei arrivata nel momento giusto.»

Taddea ritornò con la reliquia del pane benedetto proveniente dalla cappella, la posò sopra Agnesa e pregò:

Pane, pane, pane
Proteggila dal male
Come Cristo ha sconfitto il male
Pane, pane, pane.

Il respiro di Agnesa si fece più rapido.

Ginevra le prese la mano. «Ti prego, sorella. Sono qui. Sono tornata.»

Infine, non respirò più.

Le due giovani donne, che pensavano di non avere più lacrime, sedettero sul pavimento e si strinsero l'una all'altra e piansero fino ad avere gli occhi gonfi e a non riuscire più a respirare dal naso. Infine si profusero in scuse reciproche, tra i singhiozzi, per come si erano separate e per come era dovuta arrivare la più terribile piaga mandata da Dio in terra per riunirle di nuovo.

Quando ebbero smesso di piangere, perché prima o poi bisogna smettere, attraversarono il convento trasportando il fragile corpo di Agnesa e Ginevra fece esperienza della strana e immediata memoria dei dettagli: le mattonelle del pavimento, le icone dipinte alle pareti, persino le minuscole crepe del gesso, tutto era come lo aveva lasciato. Quel luogo non aveva prosperato.

Quando raggiunsero il cortile, lavarono il corpo della loro amica e maestra e lo deposero nella buca poco profonda che Taddea aveva scavato nel terreno, accanto al sudario che copriva le spoglie di Fra' Simone da Cascia. Il resto del cortile era tempestato di montagnole di terra smossa di recente e croci fatte di bastoncini. Sedettero a terra, per un po', in un silenzio sconvolto. Troppo stordite per avvertire il peso reale del lutto. Quello sarebbe giunto più tardi, Ginevra lo sapeva.

«Taddea, vieni a stare con me. Questo posto è intriso di pestilenza. Vivo nella casa dei Tornaparte, a Santa Trinita. Il padrone di casa è fuggito, c'è spazio per te.»

«Non posso.»

«Non puoi restare qui da sola.»

«Ma non sono da sola» disse indicando la reliquia dell'Eucaristia insanguinata, che aveva vigilato sul funerale.

«Portala con te, allora.»

«No. Fra' Simone ha costruito la cappella per la reliquia, e qui deve restare. Prego su di essa quotidianamente perché la peste se ne vada. È importante. Non avrà la stessa potenza fuori dal suo reliquiario.»

«Immagino che tu abbia ragione.»

Taddea sollevò lo sguardo. «Hai l'aria di una che ha bisogno di mangiare. Torno subito. Oggi è il giorno della pappetta.»

Ritornò con una scodella di semolino freddo. Ginevra cominciò a mangiarlo meccanicamente, a cucchiaiate.

Taddea la osservò. «Perché sei qui, Ginevra?»

Ginevra ingoiò diverse cucchiaiate prima di rispondere. «È così strano, ho paura che tu non mi creda.»

«In questo momento crederei a qualsiasi cosa.»

Cominciò dal principio, dal presunto messaggio di Ludovico per conto del vescovo e le raccontò del contratto con l'inquisitore e del ladro di reliquie che continuava a sfuggirgli.

«Quindi sei in città da parecchio e vieni qui solo ora?» chiese Taddea a bassa voce, facendo scorrere tra le dita la polvere del cortile.

«Temevo che Agnesa e Fra' Simone non mi avrebbero perdonata per i problemi che ho causato. E le mie paure si sono realizzate, perché sono morti e non posso più chiederglielo.»

«Non lo nego, ci hai portato problemi. Abbiamo perso le donazioni. Abbiamo dovuto chiudere l'ala delle donne.»

La pappetta si incastrò nella gola di Ginevra quando le venne riferito ciò che già sapeva: che era lei la ragione per cui il gesso era spaccato negli stessi punti di un tempo.

«Ma non credo che Agnesa serbasse rancore verso di te. Portando la magia curativa a così tanta gente… Hai fatto quello che lei avrebbe sempre voluto fare, se non ne avesse avuto tanta paura.»

«Te l'ha detto lei?» chiese Ginevra, speranzosa e disperata.

«No» ammise Taddea. «Ma immagino fosse così che si sentiva.» Le due rimasero in silenzio per un momento prima che Taddea emettesse un sospiro e proseguisse. «E così… Le reliquie scomparse. È un problema, vero? Senza la loro protezione l'intera città morirà.»

«Tieni il pane sacro al sicuro, vero?»

«Sì, nella teca di cristallo, all'interno dell'armadio della cappella, di cui ho la chiave. E vi faccio visita molte volte al giorno, poiché ci sono così tante persone che muoiono, e così in fretta, che devo pregare costantemente per le loro anime. I fantasmi mi fanno visita ogni notte, lamentandosi del purgatorio.»

«Hai protetto la reliquia meglio di tutti i sacerdoti delle grandi parrocchie.» Ginevra grattò il fondo della ciotola di pappetta e vide che era di terracotta raffinata, decorata con foglie di vite viola e verdi attorno a una gallina color rame.

«Vedo questo tipo di ceramica ovunque, con gli stessi colori» disse in tono assente.

«Eh? Oh, quella. È un po' troppo elegante per l'uso quotidiano, ma ormai che senso ha conservare le cose belle? Ci è stata donata dall'uomo che comprò i libri di Agnesa. Un ricco vasaio di San Romolo. Il suo laboratorio è l'unico che dipinge in questo stile…»

Ginevra sollevò lo sguardo dalla ciotola elegante e pensò che l'oggetto fosse fuori posto in quel giardino polveroso convertito in cimitero. «Se solo non me ne fossi mai andata, Taddea. Sarei stata ancora qui all'arrivo della peste, e Agnesa e io, insieme, avremmo potuto trovare un modo per salvare le sorelle.»

«Non lusingarti, Ginevra. A prescindere da quanto è accaduto, tu non saresti rimasta qui.»

«Che cosa vuoi dire?»

«Voglio dire che l'hai detto tu stessa: l'unica ragione per cui sei tornata è quella lettera da parte dello stupido Ludovico Acciaiuoli.»

«Non è l'unica ragione. Volevo tornare per… per me stessa. Per ripulire il mio nome, fare ammenda e rifarmi una vita qui, di nuovo. In ogni caso lui è morto e io sono morta per lui molto tempo fa.»

«Non così morta.»

«Che vuoi dire?»

«Voglio dire che ha lasciato qualcosa per te. Anni fa. Disse che tu non gli avevi mai risposto e pensò che noi fossimo rimaste in contatto con te.»

«Di cosa si tratta? Fammi vedere» disse Ginevra, troppo in fretta.

Taddea alzò gli occhi al cielo, ma uscì dal giardino e tornò poco dopo con un piccolo contenitore in pelle. Ginevra lo aprì. All'interno c'era una spilla d'oro con una pietra color miele al centro: un'ambra, la linfa ghiacciata delle foreste del nord. L'ambra era circondata da due braccia con le mani giunte. La girò e vide che era incisa una dedica:

«*Non mia moglie, ma la mia vita*?» lesse a voce alta Taddea, guardando da sopra le spalle di Ginevra. «Che cosa vorrebbe dire?»

Povero, ottuso Ludovico. Così crudele nella sua bontà. Intendeva dire che il gioiello era un pegno d'affetto, Ginevra lo capiva. Ma pensare che quello avrebbe potuto essere abbastanza per lei... Relegata a un segreto solitario, mentre lui viveva la propria vita altrettanto solitaria accanto a un'altra povera donna, la quale indubbiamente si sarebbe sentita sola anche lei. Porse il gioiello a Taddea.

«Prendilo tu. Vendilo per il convento.»

«Non lo farò. Vendilo tu. Pensi davvero che l'inquisitore ti pagherà? È un uomo cagionevole. Anche se trovi le reliquie non vivrà così a lungo da adempiere ai suoi obblighi.»

Ginevra ripose il gioiello nella borsa, turbata. Doveva avere male interpretato lo smaragdus. Perché l'aveva mandata lì? Per vedere morire una persona che amava? Per essere nuovamente umiliata da una vecchia storia d'amore? Non riusciva più a rimanere nella dimora dei suoi fallimenti.

«Taddea, devo andare adesso. Ho delle cose di cui occuparmi. Ti prego, sei sicura di non voler venire con me?»

Taddea scosse la testa. «Vai, Ginevra. E aiuta come puoi. Io rimarrò qui, e aiuterò come posso. E se Dio ci permetterà di sopravvivere a tutto questo, entrambe sapremo di aver fatto ciò che era giusto.»

Mattina dell'8 luglio 1348, città di Firenze

La stessa mattina Lucia si svegliò tardi e affamata. Si recò in cucina per cercare Ginevra, ma venne distratta dagli avanzi dello sformato di anguilla che la nuova amica aveva lasciato sul tavolo. Mangiò con avidità, assaporando ogni briciola di pesce viscido. Si avvicinò alla finestra con lo sformato in mano e guardò fuori per salutare il mondo con la gioia autentica di qualcuno che aveva quasi dovuto lasciarlo.

La gioia si stemperò all'istante nel vedere il cadavere di Antonella, coperto da un velo, che giaceva rigido nella piazza. Ciò rattristò Lucia, che avrebbe voluto un po' di dignità per la sua leale dipendente. Decise di fare in modo che Antonella fosse sepolta adeguatamente prima di recarsi a rendere grazie per la propria salvezza alla Chiesa di Santa Maria Novella. Finì lo sformato, leccandosi le dita, indossò la sua veste verde più modesta e uscì all'aperto per sedersi accanto al corpo. Era ancora lì quando Ginevra rincasò, di ritorno da Sant'Elisabetta.

Lucia la salutò con un cenno della mano, ma si accorse che qualcosa non andava.

«Perché te ne stai seduta accanto a un cadavere in decomposizione?» le chiese Ginevra.

«Sto aspettando che i becchini, gli scavatombe, passino di qua.»

«Ah, giusto. Mi dispiace che sia ancora qui. Pensavo che il municipio se ne sarebbe occupato.»

«Magari lo farà prima o poi, ma devo rimanere qui e pagarli, altrimenti la getteranno in un fosso appena girato l'angolo.»

«È difficile al giorno d'oggi trovare dei luoghi…»

«Non è solo questo. I becchini sono persone terribili. Sono di bassa estrazione sociale, chiedono cifre esorbitanti e cantano canzoni inquietanti per prendersi gioco del nostro dolore. Melodie orribili, che udiamo anche dalle finestre chiuse.» Sistemò il sudario che era caduto scoprendo la mano della domestica con le punte delle dita annerite.

Ginevra annuì e sedette accanto a lei. «Aspetterò con te.»

«Allora, dove sei stata questa mattina?»

Ginevra prese la spilla e la mostrò a Lucia. «Ludovico ha lasciato questa per me.»

«*Non mia moglie, ma la mia vita*?» lesse Lucia. «Dunque non era soltanto un amico!»

Il silenzio di Ginevra fu la risposta.

«Non è così male se non leggi le parole. Al centro c'è questo bellissimo gioiello.»

«È un'ambra. Sai qual è la proprietà dell'ambra?»

Lucia scosse la testa.

«Quando viene posata sul seno sinistro di una donna addormentata, lei ammetterà tutti i propri peccati. Si usa per far confessare le adultere.»

«Sono certa che non intendesse…»

«Mi sono rovinata la vita per un idiota» disse Ginevra.

«Penso che dovresti comunque indossarla. Tanto le parole sono sul retro. È un bell'oggetto.»

«È tua allora, se ti piace.»

«Va bene. La indosserò finché non la rivorrai indietro. E ora il messaggio significa qualcosa di bello: tu non sei mia moglie, ma mi hai salvato la vita.»

Ginevra si sforzò di sorridere mentre Lucia fissava la spilla sulla spalla destra.

«Pensi che funzionerebbe anche su un uomo? Fargli confessare i suoi segreti, intendo.»

Ginevra scosse le spalle. «È probabile. Chiunque fosse l'uomo che mise nero su bianco i poteri dell'ambra, probabilmente non voleva che la moglie scoprisse che la cosa poteva ritorcersi contro di lui.»

Le donne rimasero in silenzio e Lucia si dedicò a sistemare il sudario di Antonella. Ginevra aveva bisogno di distrarsi dalla peggiore mattina che avesse mai avuto. Così indicò la piazza e chiese: «Conosci bene questa chiesa?».

«Santa Trinita? Certamente. È dove sarò sepolta. Mio marito ha comprato una cappella all'interno. Anche se dopo l'ultima alluvione è buia e umida. Perché?»

«Quali reliquie custodisce?»

«La più famosa è il crocefisso di san Giovanni Gualberto, che risparmiò il suo nemico dopo aver ricevuto un bacio da Cristo. Dovrebbe esaudire i desideri se ci si rivolge a essa pregando nel modo giusto, ma con me non ha mai funzionato. Non crederai...?»

Ginevra scosse le spalle. «Perché no?»

«È chiusa a chiave da mesi, dall'inizio della pestilenza.»

«Andiamo a vedere comunque.»

«Sono certa che è al sicuro. Me lo sento!»

«Lucia, devo incontrare l'inquisitore dopodomani e finora non ho scoperto nulla di nuovo da riferirgli. Vorresti venire con me, dato che conosci bene l'interno?»

Lucia accarezzò con un dito il gioiello d'oro che aveva appena accettato. «D'accordo, ma solo se facciamo in fretta. Non voglio perdermi i becchini.»

La facciata di Santa Trinita era di mattoni, semplici e antichi, attraversata da tre porte ad arco che portavano al santuario e alle navate laterali. Tutte sembravano ben chiuse a chiave. Le donne si avvicinarono alla porta centrale e Ginevra la spinse delicatamente. A quel tocco leggero l'intera porta ricadde verso l'interno sbattendo contro il pavimento duro. Entrambe gridarono, ma non c'era anima viva a sentirle o a rimproverarle per il danno causato.

Scuotendo la testa Ginevra fece un passo oltre la soglia,

con prudenza, ed entrò nel santuario. Lucia la seguì timidamente. La luce filtrava dalle finestre alte e si riversava sugli affreschi scoloriti e sul pavimento di pietra crepata sul quale erano raffigurate bestie fantastiche in bianco e nero. Odorava di muffa e sui muri vi erano macchie scure: i danni dell'alluvione menzionata da Lucia. Gli occhi scrostati dei santi martiri e dei benefattori dipinti non sembravano dare loro il benvenuto. Lucia si fermò alla fonte di pietra e riempì una fiaschetta di acqua santa, rimettendola in borsa.

«Da questa parte» disse facendo strada verso la cappella di San Giovanni Gualberto. «Guarda! È ancora qui. Te l'avevo detto.» Indicò una piccola scultura. Era il Cristo Morente, scolpito nell'avorio, sopra una croce d'oro le cui punte erano ricoperte di carbonchi rosso fiammante.

«Lucia» disse Ginevra, «che cosa dovrebbe esserci sotto il crocifisso?»

Su un cuscino di velluto era posata una piccola ampolla, riempita di un liquido verde scuro.

«No! Lì è dove è conservata la spalla di san Giovanni Gualberto!»

«Il ladro l'ha presa, dunque!»

«Ma perché? Il crocifisso è molto meglio, quasi nessuno prega la spalla.»

«Perché rubare una reliquia e lasciarne un'altra?»

«Ma certo, ecco perché mi sono ammalata, perché siamo le uniche rimaste qui: Santa Trinita è una *parrocchia morta*, Ginevra.»

Attraverso l'uscio distrutto udirono una voce cantare in tono lamentoso e il rumore delle ruote cigolanti di un carretto sui ciottoli interruppe la conversazione. Quando la voce si avvicinò riuscirono a distinguere le parole della canzone:

I miei passeggeri stanno ammassati
E anche con labbri torvi e tirati
e sbuffi di gas e arti scattanti

Chiamano me gli amici e gli amanti
"Come io ero, ora tu sei
E come io sono, tu diverrai."

Era arrivato un becchino, finalmente. Ginevra si mise in tasca l'ampolla e Lucia corse fuori a chiamarlo. L'inquietante personaggio si fermò. Ginevra e Lucia lo guardarono mentre attraversavano la piazza schermandosi gli occhi dal sole di mezzogiorno con le mani.

Era impossibile dire quanti anni avesse. La postura era storta dopo anni di lavoro manuale, così che a prima vista sembrava assai vecchio. Ma poi spostò il pesante carretto in modo così abile da apparire molto giovane. Indossava solo le brache e un grosso straccio avvolto intorno al capo.

«Buon pomeriggio, rosee donzelle» disse in tono allegro. «Vedo che avete qualcuno di fresco per me?» Sollevò l'angolo del sudario di Antonella. «Bleah, forse non così fresco. Odora delle scorregge di Satana.»

Lucia rimase a bocca aperta. Ginevra le strinse il braccio.

«Scusatemi, gentile messere, per aver interrotto la vostra canzone» disse. «Speravamo di poter comprare i vostri servizi per accompagnare la nostra amica al cimitero di...» guardò Lucia.

«Io... non so quale fosse la sua parrocchia, era povera.»

«Be', allora si tratterà di San Paolino» disse il becchino. «È lì che vengono sepolti i poveri. E posso portarla lì per due fiorini.»

«DUE FIORINI?» gridarono le donne all'unisono.

«San Paolino è a poco più di un chilometro da qui» obiettò Lucia.

«Signore, se trovate un uomo più economico di me, o meglio, se trovate chiunque altro oltre a me, allora me ne vado e vi lascio con la vostra profumata amica.»

«Dacci solo un momento» disse Ginevra.

Lui chinò il capo con fare accomodante e le due donne fecero qualche passo indietro per consultarsi.

«Tuo marito ti ha lasciata bisognosa di...?» chiese Ginevra a bassa voce.

«Di carità cristiana, sì.»

«Hai capito cosa intendo.»

«Nella fretta di andarsene ha dimenticato di prendere con sé una certa cassaforte.»

«Accontentiamo l'avidità del becchino, allora, dato che non abbiamo alternativa.» Lucia annuì riluttante.

«Bene» disse Ginevra. «Inoltre, ho un'idea.» Si voltò di nuovo verso il becchino. «Pagheremo, ma verrò con te per assicurarmi che sia seppellita come si deve nel luogo che hai detto.»

Il becchino scrollò le spalle. «Come desideri, Dama.»

«Be', non la metti sul carretto?»

«Mi pagate i due fiorini?»

«Mm. Che uomo maleducato. Arriviamo subito.»

La bocca si contrasse in un ghigno orribile. «Aspetterò.»

«Sei sicura di volere andare con lui?» sussurrò Lucia una volta dentro casa.

«Sono sicura. È uno dei pochi che ancora gira per la città. Potrebbe sapere qualcosa dei furti.»

«Ah! Sei astuta. Molto bene. Io andrò a Santa Maria Novella a pregare. Ci rivediamo qui questa sera per cena?»

Ginevra fu commossa dal tono speranzoso della sua voce. «Sì, lo prometto. E, visto che sei di strada, potresti fermarti al battistero di Santa Reparata?»

Lucia si irrigidì. «E cosa vorresti che facessi lì?»

«Soltanto dare un'occhiata, tutto qui. È dove sono avvenuti i primi due furti, quindi forse riuscirai a trovare qualche segno o indizio, qualcosa in più rispetto a queste strane ampolle...»

Lucia cercò di pensare a una scusa ma la verità era che non riusciva a trovare nulla di male in una semplice passeggiata tra due chiese in pieno pomeriggio. «D'accordo, lo farò. Dal momento che tu sei così buona da accompagnare Antonella a San Paolino. Non ho alcuna voglia di vedere altri cadaveri.»

«Non guardare le impalcature di Santa Reparata, allora.»

Le donne tornarono fuori, si abbracciarono e si separarono. Ginevra premette due pesanti monete d'oro sul palmo della mano del becchino e poi, come d'abitudine, toccò il suo amuleto di corallo per assicurarsi che fosse al suo posto, al sicuro. Una fossa comune non era il luogo in cui tentare la sorte.

Il becchino issò il corpo di Antonella sul carretto con una velocità sorprendente e poi partì in direzione di San Paolino. Non disse una parola mentre camminavano, preferendo fischiettare il motivetto della canzone di prima, incluso ogni sorta di trillo e fronzolo che rendevano la melodia inopportunamente allegra rispetto alle parole che la accompagnavano.

«Come ti chiami?» chiese Ginevra per farlo smettere di fischiettare.

«Puoi chiamarmi in faccia con il nome con cui mi chiami dietro le spalle: sono identico a tutti gli altri che sgobbano. Per te, io sono soltanto Becchino.»

«Molto bene, Becchino. Sai, è difficile per qualcuno accettare di essere disprezzato. Ma a te non sembra dispiacere.»

«Be', è meglio essere amati, se si può scegliere, ma io non ho scelta. Sono nato povero, e la mia esistenza è stata degna di disprezzo ancora prima che potessi guadagnarmelo. Ora, almeno, faccio del mio meglio per meritarmelo.»

«Cantando canzoni perverse e imbrogliando la gente disperata?»

«Che arroganza! Io svolgo un grande servizio con le mie canzoni. La morte giunge per tutti. Prenderla in giro è l'unico modo per toglierne l'asprezza.»

Ginevra riflette su quelle parole. Ridere per scacciare l'oscurità, come le aveva insegnato Vermilia molto tempo prima a proposito del malocchio. «D'accordo, Becchino» rispose. «Ma come spieghi i prezzi esorbitanti delle vostre pratiche?»

«Ah, già. Be', sono un po' avido a riguardo.»

All'improvviso Ginevra si accorse di un rumore basso e ronzante. «Che cos'è?»

«È il suono del cimitero di San Paolino.»

«Il suono?»

«Ora vedrai.» Girarono l'angolo. «Quale punto preferisci per la tua amica?»

25
San Paolino

Pomeriggio dell'8 luglio 1348, città di Firenze

Coleotteri. Il ronzio proveniva da sciami di piccoli coleotteri iridescenti che si ammassavano come onde scintillanti sul cimitero di San Paolino. L'amuleto di Ginevra divenne sempre più caldo. Tutta la gente che mancava dalle strade sembrava stipata in quel particolare pezzo di terra. Le piante erano state strappate, le tombe riesumate e spostate ai margini del cimitero, e perfino la pavimentazione della strada lungo i margini era stata divelta per fare spazio. Nessuno in quel luogo riceveva un'adeguata sepoltura da settimane, ma i coleotteri necrofori erano al lavoro per ripulire le ossa dalla carne. Oltre a quel macabro e operoso scenario vi erano anche persone, ancora più abiette di Becchino, che frugavano tra i corpi alla ricerca di tesori. Ginevra vide qualcuno tagliare il dito di una mano.

«Che cosa sta facendo?» chiese, parlando forte sopra il suono degli insetti. «Pensi che abbia trovato un anello?»

«Nah, è il dito che vuole.»

«Il dito? E che cosa ci farà?»

«Lo venderà a uno speziale ciarlatano, il quale lo rivenderà a qualcuno convinto che lo proteggerà. Ovviamente quando arriverà al cliente finale si tratterà del pollice di san Sebastiano o qualcosa del genere.»

«Ovviamente» replicò Ginevra. Forse la faccenda non era così misteriosa come aveva creduto l'inquisitore. In tempi come quelli, doveva esistere un giro di clientela benestante disposta a pagare per reliquie di provenienza garantita. Magari, se avesse seguito quelle false reliquie trafugate da San Paolino, l'avrebbero condotta a quelle vere. Si voltò verso Becchino e chiese: «Sai dove posso trovare questo tipo di negozi?».

Lui socchiuse gli occhi. «Perché me lo chiedi, quando potresti scegliere una qualunque di queste eleganti dita proprio qui?»

«Oh, ehm. Non fa per me. Mi accontento delle mie dieci dita, grazie. Ho un'amica che crede in queste cose e ha bisogno di essere curata da illusioni del genere.»

«A patto che non mi ci metti in mezzo. Non voglio rovinare gli affari altrui.»

Ginevra si fece il segno della croce in modo solenne.

«D'accordo. C'è questo tizio che conosco, truffava i pellegrini da prima della peste. È vecchio come Matusalemme. Se qualcosa fosse in grado di ucciderlo sarebbe già morto cinquant'anni fa. Puoi trovare il suo negozio nella strada degli speziali, sotto il cartello con la testa di Giano bifronte nel vecchio sestiere di San Pancrazio.»

«San Pancrazio, mi pare di ricordare...» La voce di Ginevra si affievolì e guardò oltre Becchino, accorgendosi per la prima volta che l'ingresso di San Paolino era aperto. Ma non come per accogliere i visitatori. L'entrata era scura e spalancata, un luogo abbandonato. Si avvicinò.

«Ehi, tu!» disse Becchino, sventolandole una mano davanti alla faccia. «Dove devo metterla?» Fece un gesto indicando Antonella.

«Uh? Oh. Non saprei... Puoi aspettare un momento? Voglio entrare in chiesa a dire una preghiera.»

«Come vuoi. Recitane una anche per me, già che ci sei.»

Ginevra entrò nel santuario buio e si fermò un istante per abituare gli occhi all'oscurità. Non c'erano candele accese o incensi che bruciavano. E nessuno dei fratelli francescani, che avrebbero dovuto essere i custodi del luogo, le venne incontro per chiederle una moneta o offrirle una candela. Al loro posto c'erano solo immondizia, foglie secche, i resti del giaciglio di un senzatetto e odore di urina stantia. Un bersaglio facile per un ladro.

Ginevra si avvicinò all'abside e si fermò prima dell'altare principale. Le finestre erano ricoperte di sporcizia quindi era a malapena visibile nell'oscurità: una lastra di pietra sopra una grata di ferro a losanghe. Si inginocchiò, come per pregare, ma invece spiò attraverso la grata per cercare le reliquie sotto la pietra dell'altare. Nessun calice di cristallo intagliato o effigi dorate. Solo una semplice scatola di vetro, i cui lati erano tenuti insieme da una saldatura di piombo discontinua. C'era qualcosa all'interno, qualcosa di bitorzoluto e rigonfio, ma era talmente buio che per quanto stringesse gli occhi non riusciva a vedere. Fece il giro verso il retro dell'altare, entrando nello spazio sacro che normalmente non avrebbe dovuto varcare. «Salve?» chiamò con cautela. «C'è qualcuno?»

Ma nessun sacerdote uscì dalla penombra con aria di disapprovazione per chiederle che cosa stesse facendo lì. Il retro dell'altare era chiuso con una grata identica a quella che c'era davanti. Si inginocchiò di nuovo e vide che un angolo era stato consumato dalla ruggine ed era stato praticato un buco. C'erano scaglie di metallo sgretolato su tutto il pavimento. Qualcuno aveva fatto quel buco di recente! Si guardò intorno di nuovo e, non vedendo anima viva, si accucciò più in basso e infilò il braccio attraverso la fessura, ma la scatola era troppo lontana da raggiungere. Si sforzò ancora e i margini spezzati e ruvidi le graffiarono la spalla.

«Ehi! Che stai facendo?»

Il cuore di Ginevra le balzò in gola e ritrasse il braccio. «Lo sai che si dovrebbe pregare davanti all'altare e non dietro, vero?»

Era solo Becchino.

«Ti avevo detto di aspettarmi fuori! Seppellisci gli altri intanto.»

«Be', l'ho già fatto. Non ci vuole molto quando devi solo

gettarli in una fossa. Che ci fai qui comunque, infilata lì dentro?» chiese, accucciandosi accanto a lei.

«Non riesco a vedere con questo buio, ma sembra che ci sia qualcosa di strano lì, nel reliquiario...»

«Uh-uh» disse Becchino in tono scettico. «Dovrebbe esserci il sandalo di san Francesco.»

«Il mio braccio non è abbastanza lungo da raggiungerlo, è troppo indietro. Ci serve un bastone o qualcosa del genere.»

«Io posso aiutarti» disse Becchino. «Aspetta qui.» Diversi minuti dopo tornò con un braccio raggrinzito, la mano rigida per il *rigor mortis* nel gesto di indicare qualcosa.

«Gesù, non c'era un bastone normale?» disse Ginevra.

«No. Vuoi vedere cosa c'è nella scatola o no?»

Lei fece una smorfia e afferrò l'articolazione della spalla in modo che la mano morta sembrasse un'innaturale estensione del proprio braccio. Si abbassò di nuovo sul pavimento e il repellente attrezzo le fu utile. In poco tempo ebbe la scatola tre le mani.

«Ecco a te» disse a Becchino, restituendogli il braccio del cadavere. Ritornarono all'ingresso, dove c'era abbastanza luce da vedere l'interno della scatola. Era un fagotto di velluto rosso, legato insieme da un filo dorato.

«Be', sembra tutto come dovrebbe essere» disse Becchino. «Rimettiamolo a posto prima di incorrere in una maledizione...»

«No» disse Ginevra. «Guarda!»

Il tessuto era molto consunto ed era solcato da strisce sbiadite, come fantasmi di pieghe regolari che non erano più al loro posto. Il filo dorato era allentato in modo disordinato, non più un fiocco preciso. Qualcuno l'aveva risistemato di recente e frettolosamente. Tirò il filo e il velluto ricadde rivelando un vecchio sandalo con dei buchi sulla suola. La reliquia di san Paolino era al suo posto.

«Il sandalo di san Francesco» disse Becchino toccandola con fare riverente. «Dama, ho un amico che mi guarda il carretto, ma non è un amico così fidato. Per favore, rimetti a posto il sandalo, porta sfortuna rubare ai poveri.»

«D'accordo, vai, io arrivo subito, fammi solo rimettere questa cosa al suo posto.» Impacchettò di nuovo la reliquia e la ripose di nuovo dentro l'altare, poi estrasse la lista dei furti redatta dall'inquisitore. San Paolino non era molto lontano da Santo Stefano, una delle quattro chiese della rogazione derubate in maggio. E anche la chiesa di Santa Trinita era solo a pochi minuti di distanza. Il ladro aveva colpito quelle chiese nello stesso momento? Ma perché prendersi il tempo di fare irruzione nell'altare di San Paolino solo per lasciare la reliquia dove l'aveva trovata? Di certo stava cercando qualcos'altro. Il sandalo di san Francesco era una reliquia preziosa a detta di chiunque, di certo possedeva un grosso valore monetario. Con una matita fece delle aggiunte alla lista, scrivendo con grafia rozza accanto agli elaborati florilegi dell'inquisitore.

Santa Trinita: spalla di san Giovanni Gualberto. Furto notato l'otto luglio. Reliquia vista l'ultima volta: non si sa.

San Paolino: scarpa di san Francesco. Tentativo di furto notato l'otto luglio. Reliquia manomessa ma lasciata al suo posto.

Fu allora che se ne rese conto: il crocifisso dorato di san Giovanni, trascurato in favore della spalla di minor valore; il sandalo di san Francesco, ispezionato e poi rimesso a posto. *Vuole solo le reliquie che sono parti del corpo.* Ginevra ebbe l'improvvisa urgenza di tornare alla luce del sole. Ripiegò la pergamena colorata dell'inquisitore e uscì all'aperto, dove il suo Becchino stava parlando con un altro.

«Dunque, Becchini» disse, «sarete diventati ricchi, ormai gli affari vanno a gonfie vele.»

«Ah! È vero, la sfortuna del mondo è la nostra fortuna. Se rifondassero le Arti, gli scavatombe sarebbero sopra i banchieri, i dottori e tutti quanti, perché siamo gli unici che continuano a lavorare. Ma anche con questa buona sorte non sarò mai un uomo ricco.»

«Perché no?» chiese il secondo becchino.

«Perché nessuno di noi è qui per molto, così spendo i miei soldi appena li guadagno.»

«E dove si spendono i soldi ora?» chiese Ginevra. «C'è ancora qualche negozio aperto?»

«C'è gente che ha cose. Signore ancora vive e barili di vino, se sai dove cercarli, e un po' di divertimento ormai costa quasi quanto una sepoltura decente.» Le strizzò l'occhio. Il cameratismo che Ginevra aveva cominciato a sentire sfumò.

«Sei saggio a spendere tutto subito» disse l'altro becchino. «Arrivo ora dalla parrocchia morta di Santo Stefano. Messer Girolami è spirato.»

«Vedi cosa intendo dire?»

Girolami… Ginevra conosceva quel nome. Erano abbastanza ricchi da essere famosi anche quando lei era giovane. «Intendi dire il Girolami che dice di discendere da Zenobio, la cui testa è stata rubata?»

«Proprio lui» disse il secondo becchino. «Ha trascorso la vita a essere cattivo, ad accumulare e a sorvegliare la propria fortuna. È per questo che Zenobio l'ha maledetto e abbandonato.»

«Perché pensi che Zenobio farebbe una cosa simile? Pensavo che messer Girolami gli avesse costruito la cappella di Santa Reparata e che fosse lui ad aver pagato per lo scrigno d'argento contenente la testa.»

«Tutti sanno che la costruzione della cappella è avvenuta soltanto per salvarsi dalle tasse. E il resto, tutte quelle cose che dicono di fare per Zenobio, le fanno per se stessi, per guadagnarsi il favore della gente. Ma l'avidità di messer Girolami non è servita a niente. Ho sentito che anche la moglie e i figli sono malati, così la sua intera pila d'oro probabilmente andrà dritta nelle casse comunali.»

«I figli e la moglie… sono malati, ma non ancora morti?» chiese Ginevra.

Il secondo becchino scrollò le spalle. «Se sono malati, sono morti. Insieme al resto della parrocchia. È solo questione di tempo, la reliquia è stata rubata dalla chiesa settimane fa.»

Ginevra ricordò come la famiglia Girolami fosse strettamente coinvolta nella messa annuale che celebrava la reliquia della testa di Zenobio. Se qualcuno aveva avuto l'occasione di vedere qualcosa, di notare qualcosa che mancava, erano loro. Ma l'uomo era già morto. Doveva sbrigarsi se voleva parlare con la moglie.

«Grazie dell'informazione, becchini. Ora devo congedarmi.» Si girò per andarsene.

«Ehi! Aspetta un attimo, che ne è della tua amica qui? Dove la metto?» Becchino indicò il cimitero colmo con il braccio morto che ancora teneva in mano.

«Non puoi metterlo giù?»

«Nah, un po' mi piace. Aggiunge una certa *gravitas* a qualunque cosa io dica.»

Ginevra si guardò intorno in quel paesaggio infernale che era il cortile della chiesa di San Paolino.

«Becchino, non c'è un'altra opzione?»

«Potremmo avvolgerla e legare al corpo delle pietre, e gettarla nell'Arno. La terrà al sicuro dai ladri di tombe, perlomeno.»

«Molto bene, facciamolo.»

«Mi serviranno dei soldi per la corda e per il tempo in più che...»

Ginevra gli strappò di mano il braccio morto e lo gettò di nuovo nel cimitero. Atterrò ai piedi di uno di quei ladri di tombe, che lo raccolse cercando di stimarne il valore. «Non insistere troppo, Becchino! Non prendermi per una ragazzina. Sei stato pagato abbastanza per gettare dieci ragazze in dieci fiumi diversi!»

«E va bene, e va bene» disse lui offeso, mentre il secondo becchino sogghignava. «Non biasimarmi per aver chiesto.» Riprese il carretto, ormai vuoto eccetto Antonella, e se ne andò per la sua strada cantando:

La rosea fanciulla, di rosso agghindata,
sposò il giovane principe e fu incoronata
Ma la loro bellezza ben presto sparì
Marcio il viso e il cuore di vermi si riempì…

Ginevra girò le spalle a quel luogo terribile e si diresse verso la parrocchia morta di Santo Stefano al Ponte e la torre dei Girolami.

26
Torre Girolami

Pomeriggio dell'8 luglio 1348, Torre Girolami

Nessuno sapeva da quanto tempo i Girolami vivessero a Firenze, ma avrebbe potuto essere tranquillamente fin dall'inizio dei tempi.

La loro torre si trovava nella parte più antica della città, vicino al Ponte Vecchio. La struttura in sé era già un cimelio di epoca antica, costruita quando le famiglie più in vista della città combattevano apertamente nelle strade e poi correvano nelle fortezze personali per colpirsi l'un l'altra con frecce scagliate dai tetti. Ormai però la città era diventata un luogo di grassi mercanti, non più di rozzi signori della guerra. Le torri, datate, erano un pugno nell'occhio ed era ormai proibito costruirne altre. La maggior parte delle famiglie si era trasferita altrove o aveva abbattuto i piani più alti delle torri trasformandole in palazzi comodi e moderni. Ma i Girolami rimanevano nella loro dimora ancestrale, la cui forma arcaica era la testimonianza della longevità del loro clan.

Ginevra era passata davanti a quella torre molte volte durante gli anni trascorsi a Sant'Elisabetta, ma non ci aveva mai prestato molta attenzione. In quel momento, in piedi davanti alla porta chiusa, fu colpita dall'oscurità oppressiva dell'enorme struttura in pietra grigia. Era quadrata e stretta, alta come un campanile. Dovette piegare la testa all'indietro per vederne la cima. La porta era piccola tanto quanto l'edificio era largo. Bussò con forza e poi fece un passo indietro, intimorita dalla propria arroganza. Nulla.

Gridò “Salve!” verso la piccola finestra che bucava la torre in verticale.

Nulla.

“Sono già morti” pensò.

«Ehi! Tu!»

Ginevra sobbalzò e alzò lo sguardo, ma le finestre rimanevano serrate.

«Ehi! Quassù, stupida donna!»

Si voltò. Un vicino si era affacciato dalla finestra. «Non cercherei di entrare se fossi in te» disse, «tutta la famiglia è quasi morta.»

«Hai detto *quasi*? Cioè, sono ancora vivi?»

«Non mi concentrerei su quello. Il signore e padrone è ormai al camposanto.»

«L’ho saputo. Ma devo entrare, ho urgente bisogno di parlare con la vedova.»

Il vicino sputò dalla finestra. «Allora apri di poco la porta e chiudila in fretta. Non voglio che mi contagino.»

Ginevra rivolse di nuovo l’attenzione verso la porta. Era così perfettamente aderente al telaio da non riuscire nemmeno a infilare le unghie lungo il bordo. Udì uno scricchiolio provenire da sopra la testa e vide una bambina affacciarsi sulla strada, a una decina di metri di altezza. Ginevra sorrise e la salutò con la mano, facendole segno di scendere. La bambina scomparve immediatamente e si dileguò per così tanto tempo che Ginevra pensò di averla spaventata. Ovviamente chiunque fosse all’interno sapeva che non si doveva aprire la porta a estranei urlanti. Ma la fortuna fu dalla sua parte, e dopo qualche minuto di cardini cigolanti e tintinnii di catene la porta si aprì di uno spiraglio e la bambina fece capolino. Aveva più o meno cinque anni e indossava solo una sottoveste di lino raffinato, molto sporca.

Ginevra infilò rapidamente la mano nella fessura della porta ed entrò prima che la bambina potesse richiuderla. L’ingresso era angusto, lo spazio sufficiente solo per un piccolo sgabello sul quale avrebbe dovuto stare la guardia e una lunga scalinata che si snodava verso l'alto, nell'oscurità. Ginevra si stupì che una bimba così piccola fosse riuscita ad aprire l'ingresso chiuso a chiave, ma si ricordò che aprire porte proibite era una delle prime abilità che si apprendono da piccoli. Inoltre, allo stesso modo in cui un adulto può avere un sorprendente slancio di forza e resistenza quando si trova faccia a faccia con il pericolo, così un bambino ha la capacità di diventare più grande e saggio della propria età, e quella povera piccolina stava aspettando pazientemente che qualcuno arrivasse a occuparsi di lei. E in quel momento, una donna dell'età di sua madre era alla porta, così la piccola tornò bambina e si gettò tra le gonne di Ginevra, stringendole con forza.

«Va tutto bene, uccellino» disse Ginevra, inginocchiandosi per abbracciarla. «Io mi chiamo Ginevra, qual è il tuo nome?»

«Zenobia» rispose in un sussurro a malapena udibile.

«Ma certo che ti chiami così. La tua mamma è qui, Zenobia?»

Lei indicò le scale. Ginevra prese la bambina in braccio e cominciò a salirle. Anche se Zenobia si rannicchiò come un gattino tra le sue braccia, era difficile evitare di inciampare sulle lunghe gonne mentre saliva la stretta spirale nella penombra.

Dopo quella che le sembrò un'eternità, la scalinata si aprì su un massiccio salone dai soffitti alti, supportati da grosse travi di legno dipinte a strisce e stelle. Le pareti erano ricoperte di arazzi realmente intessuti, non imitazioni dipinte come quelle che c'erano a casa di Lucia. Sopra una credenza, di nuovo quelle ceramiche con le galline e le foglie di vite, solo che lì la collezione era su misura, con le foglie dipinte ad avvolgere la grande e spessa "X" che era lo stemma dei Girolami. Su una brocca d'argento era inciso lo stesso stemma. Vi erano tappeti sul pavimento di mattonelle rosse e le finestre oblunghe erano rivestite di lastre di vetro veneziano. Ma era tutto buio e silenzioso e puzzava di malattia. Ginevra cercò di posare Zenobia a terra ma la bambina non la lasciò andare. Puntò invece un ditino verso una porta dall'altra parte della stanza.

Strette l'una all'altra, le due oltrepassarono la soglia ed entrarono. Per la seconda volta quel giorno Ginevra fu sconvolta dalla sofferenza che le si schiudeva davanti agli occhi e sentì il corallo diventare sempre più caldo tenendo a bada la malattia che riempiva l'aria e ricopriva le pareti. Nella stanza giacevano la madre e due figli, su un materasso, respirando con rantoli pesanti. Nessuno di loro era abbastanza forte da accorgersi di Ginevra, e tanto meno da mettere in discussione la sua presenza in casa. Erano in quello stato da quando il corpo del padre era stato portato via il giorno prima. Dopo che era morto il padrone di casa, nessuno dei suoi amici si era sentito in obbligo di occuparsi della sua famiglia. Ginevra tastò la fronte della bambina e le esaminò la gola. Non mostrava i segni della malattia. Non ancora.

«Zenobia, devo metterti giù per poter aiutare la mamma e i tuoi fratelli.» La bambina mollò la presa, riluttante, e si lasciò posare sul pavimento.

Ginevra si avvicinò al letto e tolse le coperte, umide di fluidi innominabili. La febbre era talmente alta che riusciva a sentire il calore irradiarsi dai corpi. Erano tutti con un piede nella fossa, la madre persa nel sonno inquieto che precede la morte. "Devo salvare prima la madre" pensò. "La bambina ha bisogno di una madre." Si voltò verso Zenobia. «Uccellino, vai a cercare un panno e dell'acqua fresca, e mettilo sulla fronte di tua madre e dei tuoi fratelli, riesci a farlo?»

La bambina annuì e corse via.

Dopo che Zenobia ebbe lasciato la stanza, Ginevra tolse la camicia da notte a Madonna Girolami e vide i gonfiori sulle cosce e anche sotto le ascelle, neri e tremolanti. Gli stessi sintomi di Lucia. "Grazie a Dio." Le pietre di sangue erano state efficaci contro quel sintomo.

«Perdonate l'eccessiva confidenza, Dama» disse prendendo le pietre di sangue e posandole sui gonfiori. Come era accaduto con Lucia, le pietre cominciarono a emettere dei battiti sordi, come cuori, accelerando finché la donna malata iniziò ad avere degli spasmi e a vomitare, e i gonfiori si ritirarono fino a diventare dei lividi viola scuro. Ginevra ripeté l'operazione con il bambino più grande, che cominciò a respirare meglio. Ma quando rivolse l'attenzione al più piccolo si accorse che non c'era alcun gonfiore, bensì del sangue seccato intorno alla bocca, e respirava in rantoli sibilanti. "È nei polmoni." Posò le pietre sul petto del bambino. La schiena si inarcò e cominciò a schiumare dalla bocca, senza fermarsi, fino a che Ginevra tolse le pietre. "È troppo in profondità. Merda. Agnesa aveva ragione. Merda, merda, merda."

Si guardò dietro le spalle, in fretta, preoccupata che Zenobia avesse visto, ma la bambina non era ancora tornata. Girò il piccolo sul fianco in modo che non soffocasse. Pensò a com'era stata sprezzante nei confronti dei dottori dell'Arte, e ora eccola lì, impreparata come tutti loro.

Con il cuore a pezzi estrasse dal borsello una pietra di Menfi, bianca e friabile, in grado di togliere il dolore ma non di eliminare la malattia. Si avvicinò al caminetto, nell'angolo della camera da letto, inciso con ulteriori "X" dei Girolami, e strofinò la pietra di Menfi grossolanamente contro il focolare, fino ad accumulare un po' di polvere. Ci versò sopra qualche goccia d'acqua e mescolò fino a formare una pasta, che infilò con un dito nella bocca del bambino. Ginevra si strinse le mani. Se fosse guarito, sarebbe stato grazie alla forza del proprio corpo e non per qualcosa che aveva fatto lei.

Si mise quasi a piangere per la frustrazione ma fu allora che Zenobia fece ritorno con un lenzuolo bagnato e cominciò a lavargli il volto, diligentemente. Ginevra sentì un nodo doloroso stringersi in gola mentre cercava di trattenere le lacrime. Lei era l'unica adulta consapevole nell'intera torre. E la povera e coraggiosa Zenobia confidava nel suo aiuto. Dentro il caminetto Ginevra trovò una brace che ancora bruciava in mezzo alla cenere. Tolse a Zenobia la camicia da notte lercia e la bruciò, poi fece lo stesso con il resto dei vestiti della famiglia e con le raffinate lenzuola. Li rivestì con abiti puliti e infine si strinse Zenobia al petto e si sedette ad aspettare cosa sarebbe stato degli altri tre. La morte sarebbe giunta presto per il bambino più piccolo. Ginevra e la sorellina lo fasciarono solennemente. Era la seconda volta, quel giorno, che Ginevra avvolgeva qualcuno in un sudario. Fu allora che Madonna Girolami si risvegliò dal torpore. Si mise a sedere con un sussulto, il corpo consapevole di aver dormito mentre i suoi figli avevano bisogno di lei.

Ginevra le posò le mani sulle spalle, con delicatezza, spiegandole quanto era accaduto, che lei era una guaritrice e come Zenobia fosse scesa dalle scale tutta sola per farla entrare. Le spiegò che il più piccolo era morto. La donna la fissò con gli occhi spalancati, vuoti. Si alzò tremante e si diresse verso il letto per vedere il corpo del figlio, toccandolo con entrambe le mani.

«Perché sei in casa mia?» chiese infine.

«Mi dispiace molto, Dama... Volevo solo aiutare...»

«Nessuno "vuole solo aiutare" di questi tempi. Siamo in una parrocchia morta. Perché sei qui? Dimmelo.»

«Non è importante. Non voglio gravarvi in un giorno come questo.»

«Donna, guarda come sono ridotta! Non riesco nemmeno a capire cos'è reale e cosa no. Dimmi perché sei qui, non accrescere la mia confusione. Perché sei in casa mia mentre i miei bambini muoiono?»

Ginevra si morse il labbro e infine rispose, esitante: «Sono venuta perché ho il compito di fermare il ladro di reliquie. Volevo chiedervi della testa mancante di Zenobio. So che la reliquia è di grande importanza per la vostra famiglia. Ma una volta qui, ho visto... Volevo solo aiutare... Sono rimasta per aiutare».

«Zenobio! Nel momento in cui la testa è scomparsa, i nostri destini erano segnati. Mio marito ci ha fatti rimanere qui, chiusi in casa, ad aspettare che la morte ci trovasse. E così è successo.» Strinse a sé Zenobia e si sdraiò con lei sul letto, accoccolandosi accanto al corpo del bambino e al fratello che ancora respirava.

Ginevra rabbrividì. Perché aveva lasciato che Zenobia rimanesse nella stanza? «Dama, vostra figlia non ha ancora contratto la malattia. Dobbiamo bruciare i morti immediatamente per proteggerla, vi aiuterò io...» Fece per toccare il corpo.

Madonna Girolami le allontanò la mano con una forza inaspettata. «Non toccarlo! Non ti lascerò prendere mio figlio.»

«Capisco che sia difficile, ma dobbiamo fare in fretta. Di certo avete visto...»

Un libro di preghiere colpì Ginevra in fronte. «Vattene da casa mia! I miei figli appartengono a me!»

La donna era impazzita per il dolore e Ginevra per lei non era altro che un'intrusa nel momento più terribile. Una lampada a olio le sfiorò l'orecchio prima di infrangersi sul muro dietro di lei.

Zenobia cominciò a piangere. Corse verso Ginevra e sussurrò: «Per favore, non lasciarci».

Madonna Girolami strappò via la figlia dalle braccia di Ginevra. «Ho detto VATTENE.»

Sopraffatta dalla rabbia e dall'angoscia spinse Ginevra fuori dalla camera e sbatté la pesante porta.

Nessuna protesta o supplica riuscì a convincere Madonna Girolami a riammetterla nella camera chiusa a chiave. E così, col cuore affranto e le gambe pesanti, Ginevra cominciò la lunga discesa verso la strada.

27
Santa Maria Novella

Pomeriggio dell'8 luglio 1348, città di Firenze

Dopo la discussione tra Ginevra e il becchino, Lucia si diresse verso l'antico complesso di Santa Reparata e il Battistero di San Giovanni. Lì avrebbe mantenuto la promessa fatta a Ginevra, esaminando brevemente gli altari di san Zenobio e san Filippo. In seguito si sarebbe recata dal suo santo preferito, san Tommaso d'Aquino, il cui dito benedetto era custodito nella chiesa di Santa Maria Novella.

Scegliere correttamente il proprio santo personale diceva molto su una persona, e Lucia era orgogliosa di aver sviluppato una relazione speciale con l'esotico e forestiero Tommaso prima che chiunque tra le sue conoscenze avesse mai sentito parlare di lui (era stato canonizzato solo qualche decennio prima). Quando la ricca famiglia Strozzi aveva acquisito la reliquia del dito e costruito una cappella per custodirla a Santa Maria Novella, Lucia aveva pensato, con compiacimento, a come fosse stata lei la prima a menzionare san Tommaso a Jacopo Strozzi, durante una festa. Così, nonostante la cappella non fosse stata costruita con il denaro di Lucia, né secondo un suo progetto, si sentiva un po' la proprietaria della struttura ed era orgogliosa di come attirasse i pellegrini a Firenze. In effetti, il dito era talmente popolare da essere diventato parte di un nuovo itinerario di pellegrinaggio, "Le nove divine", una breve passeggiata che includeva le reliquie più celebrate del centro della città.

Libera dal dolore e dal terrore della pestilenza, Lucia non

riusciva a non essere di buon umore al pensiero di far visita a Tommaso, e la città vuota non la spaventava. Non le ci volle molto per arrivare all'intricato complesso di impalcature che racchiudeva Santa Reparata. L'uomo morto menzionato da Ginevra era ancora lì e Lucia si affrettò a superarlo.

Una volta oltrepassati i ponteggi, scavalcò con attenzione la terra smossa, i blocchi di pietra e gli attrezzi da manovale abbandonati per raggiungere la facciata intatta della chiesa. Santa Reparata era avvolta in quel confuso guazzabuglio in costruzione da prima che Lucia nascesse. Poiché non era più un simbolo di grandezza sufficiente per la città, la Signoria aveva cominciato a costruire una nuova cattedrale, talmente imponente che in quel periodo, mezzo secolo dopo l'avvio del cantiere, era stata eretta soltanto la parte più bassa della struttura.

Il caos all'esterno si riversava dentro l'edificio vecchio e desolato e, anziché uno spazio di geometria sacra, l'interno di Santa Reparata appariva caotico e triste. Le impalcature bloccavano la luce del sole che un tempo brillava attraverso il vetro colorato e le mattonelle rotte rendevano pericoloso camminare. Anche i volti, scolpiti nelle lapidi di marmo sul pavimento, erano consumati da secoli di piedi che li avevano calpestati fino a renderli irriconoscibili. Lucia si avviò lungo la navata polverosa che portava all'abside, dove un mosaico dorato raffigurante Gesù e i suoi discepoli, ormai quasi nero per la fuliggine e la cera d'api evaporata, decorava il soffitto concavo sopra l'altare. Il Cristo dorato era ormai fuorimoda, un cimelio di foggia bizantina, e sarebbe stato distrutto una volta che fosse venuto il momento di gettare il pavimento della nuova cattedrale. In ogni caso, Lucia si inginocchiò davanti a esso per invocare la sua guida.

Signore Gesù Cristo, è corretto che una donna tenti di risolvere un problema così grande come le reliquie perdute di Firenze? Ginevra le aveva salvato la vita ed era in debito con lei. Non aveva problemi a capirlo. E se le avesse chiesto qualsiasi altro favore, non avrebbe esitato, ma questo… Essere coinvolta in un furto, con dei ladri, dei sortilegi... *Sembra emozionante, ma ho il permesso di farlo?*

«Uhm... Amen» disse alzandosi in piedi, senza essere certa di aver pregato oppure soltanto parlato da sola. Lucia si avvicinò alla nicchia colonnata sotto l'altare principale, dove si trovava il reliquiario di Zenobio. Si inginocchiò e spiò attraverso la grata di ferro che si trovava nella parte anteriore dell'altare. Lì c'era il reliquiario della testa del santo, vuoto, che la fissava severo come sempre. Lucia pensò ai luoghi in cui un ladro avrebbe potuto nascondere il teschio di un santo e si sentì sempre più sopraffatta.

Rialzandosi in piedi, notò che il suo abito era coperto da una polvere rossastra che macchiò il tessuto quando tentò di spolverarla via. Il compito cominciò a sembrarle frustrante, e così anche la vecchia e sporca Santa Reparata. Per tutta la vita, altre persone avevano rimosso per lei e per il suo benessere qualsiasi ostacolo, inclusa la possibilità di prendere decisioni, persino le più banali. In quel momento era da sola, a girovagare nell'ignoto, e non le piacque.

Lasciò Santa Reparata e attraversò la piazza per raggiungere il Battistero. I volti dorati la fissavano dai ventotto pannelli a quadrifoglio incastonati nelle massicce porte di bronzo. Spinse ma non si mossero. "Almeno esiste un edificio di cui ancora qualcuno si prende cura." Se il Battistero era tenuto chiuso a chiave, come aveva fatto il ladro a entrare e a prendere il braccio di san Filippo? E come era arrivato a Zenobio? La chiesa era aperta, ma l'altare era chiuso a chiave. Di colpo Lucia si rese conto di essere sola in un luogo che avrebbe dovuto brulicare di gente.

C'erano solo lei e i volti sulle porte, e quell'uomo morto sopra l'impalcatura. Si affrettò verso Santa Maria Novella.

Che pomeriggio infruttuoso! Lucia sapeva di non essere un'utile assistente. L'avrebbe spiegato a Ginevra quella sera e lei avrebbe capito. Lucia non era intelligente come la sua nuova amica, non era fatta per investigare su crimini misteriosi.

A Santa Maria Novella, Lucia si guardò intorno in cerca

di un frate dominicano a cui chiedere una candela per san Tommaso, ma non c'era nessuno. Almeno per quello che riusciva a vedere. La chiesa era enorme e gli angoli più lontani si perdevano nell'oscurità. Non aveva importanza. Era certa che san Tommaso avrebbe capito. Avrebbe cercato una candela a casa e gliel'avrebbe portata più tardi.

La cappella che ospitava la reliquia era nel transetto a ovest. Spesso, un'inferriata dorata la teneva lontana dal pubblico e il dito poteva essere ammirato solo da lontano, ma quel giorno Lucia vide che era aperta. Lo prese come un buon segno ed entrò nella cappella, inginocchiandosi davanti al calice di pietra e cristallo contenente la reliquia. Tuttavia, appena rivolse lo sguardo adorante verso l'oggetto, gli occhi furono attratti non dal noto pezzo di carne raggrinzito bensì da una piccola ampolla piena di liquido color lavanda. Non era possibile! San Tommaso non avrebbe mai potuto abbandonare Firenze, abbandonare *lei*, nel momento del bisogno! Qualcuno l'aveva trafugato. Lucia si sentì violata, come se lei stessa fosse stata derubata. Lasciò da parte i propri timori: non poteva permettere che chiunque fosse stato la facesse franca. Si inginocchiò di nuovo. *Benedetto Tommaso. Non ti preoccupare. Aiuterò Ginevra a ritrovare il tuo dito. E poi ti porterò una candela. Amen.* Prese l'ampolla di vetro dal reliquiario e la mise nel borsello (ricamato con la scena di un levitante Tommaso in preghiera) appeso alla cintura. Lasciò la cappella Strozzi, chiudendo i cancelli dietro di sé, e si incamminò in fretta verso l'uscita, attraverso il nartece vuoto, nel cuore dell'ampio santuario. Una figura spettrale le passò davanti, uscendo dall'ombra della navata laterale. Lucia trattenne un sussulto e si accucciò a terra, anche se non c'era niente dietro cui nascondersi. Ma il fantasma non le prestò attenzione e proseguì scivolando attraverso l'oscurità nella sua lunga veste cremisi fino a che… Lucia riconobbe la figura. Non era un fantasma, era un'amica, la stessa amica che molte settimane prima l'aveva invitata a fuggire verso la campagna.

«Pampinea?» chiamò Lucia. La figura emise un piccolo grido di spavento.

«Pampinea» chiamò di nuovo Lucia, «sono io!»

«Oh! Oh, mio Dio! Lucia Tornaparte, sei proprio tu? Viva? Credevo fossi morta!»

«Ah! Anch'io pensavo fossi un fantasma!» Si diresse verso l'amica, ma quando lo fece Pampinea indietreggiò e lo spazio tra le due non si ridusse.

«Sia lode ai santi» disse Pampinea. «E come sta il tuo signore e marito?»

«Non lo so. Ha creduto fosse meglio andarsene in campagna. Sono rimasta sola.»

«Non so perché tu abbia scelto di restare. È vero che la tua è una parrocchia morta? Che Santa Trinita è stata derubata della reliquia?» Mentre parlava, Pampinea fece ulteriori passi indietro.

Lucia si fermò. «Come fai a saperlo?»

«Qualcuno l'ha gridato dalla Ringhiera qualche giorno fa. Non è così?»

«È così... È vero, la spalla di san Giovanni è scomparsa.» Lucia era stupita. Come potevano saperlo tutti quando lei e Ginevra avevano scoperto il furto solo qualche ora prima?

Pampinea fece un altro passo indietro.

«Aspetta, che cosa ci fai tu qui?» chiese Lucia. «L'ultima volta che abbiamo parlato stavi per partire.»

«Non l'ho ancora fatto. Non è facile organizzare una spedizione così numerosa e abbiamo saputo che le strade sono piene e che ci si può imbattere in ogni sorta di gente quando si viaggia... Immagino sia lo stesso quando si va in chiesa.»

Una nuova voce chiamò dall'ingresso. «Pampinea, sei tu laggiù? Scusami, sono in ritardo... Lucia?!» disse la nuova venuta avvicinandosi. «Che cosa ci fai qui? Pensavo fossi morta!»

«Be', come puoi vedere non lo sono» rispose facendo del suo meglio per sembrare allegra. «Salve, Fiammetta.»

«Salve, immagino. Ah, e guarda, sta arrivando anche mia cugina Filomena.»

«Salve, care signore» esclamò Filomena affrettandosi nella loro direzione e interrompendosi subito. «Oh, Lucia! Perché sei qui? Santa Trinita non è una parrocchia morta? Non ti importa di venire qui ed esporci al contagio?»

Quella mattina Lucia si era sentita emozionata all'idea di fare di nuovo parte del mondo. In quel momento realizzò che il mondo non ricambiava il sentimento. «Non sono malata, anzi sto piuttosto bene e questa è la prima volta da settimane che lascio la mia casa. Non è naturale che il primo posto in cui volessi recarmi fosse una chiesa, per pregare?» Avrebbe voluto mantenere un tono pacato, ma la sua voce si era alzata, sulla difensiva, ed echeggiava nel santuario. Molte altre donne che stavano pregando, ciascuna in un angolo buio di quel luogo cavernoso, si fecero avanti udendo le voci. «Vedete, non sono l'unica che viene ancora a pregare! Di certo la mia non è la sola parrocchia affetta dalla pestilenza.»

«No, ma è uno dei luoghi peggiori. Tutti sanno che dove le reliquie vengono rubate la pestilenza non può più essere trattenuta» disse Fiammetta.

"Ma non possono sapere già di san Tommaso" pensò Lucia, "o non oserebbero incontrarsi qui. Questo furto è stato appena compiuto." Le nuove arrivate si avvicinarono e Lucia le riconobbe tutte. «Salve Emilia, Lauretta, Neifile, Elissa... Elissa! Oh, come state? Che cosa ci fate qui tutte insieme? Nello stesso momento?» (Lucia si trattenne a stento dal fare le condoglianze, poiché Elissa altro non era che la vedova di Ludovico Acciaiuoli. Non aveva l'aspetto di una donna in lutto.)

«Non siamo venute insieme. È solo una coincidenza» disse Pampinea, interrompendo Elissa. Fissò il gruppo di donne che le stava intorno. Molte abbassarono lo sguardo.

A quel punto Lucia comprese. Si trattava dell'intera brigata che aveva pianificato di partire per la campagna, il gruppo di cui Lucia aveva fatto parte. Si trovavano lì per organizzare finalmente il viaggio e nessuna si era preoccupata di andare a controllare se lei fosse ancora in grado di unirsi al gruppo. E ciò che era peggio, ora che avevano visto che era viva, nessuna aveva voglia di dirle che non era troppo tardi per farlo. Prima suo marito, ora anche le sue amiche non la volevano. Le era rimasta solo Ginevra, che avrebbe potuto trovare qualunque altra casa vuota in cui stare, ma invece aveva udito le sue grida e l'aveva salvata. Molto bene. Se quelle false amiche non volevano invitarla a partire con loro, magari potevano fornirle delle informazioni.

«Be'» disse Lucia stampandosi in faccia un sorriso affettato. «Che piacevole coincidenza. Quante probabilità c'erano?»

«Non è così strano» disse Elissa, desiderosa di compiacere Pampinea. «È tutto chiuso, tranne le chiese. Non c'è un solo mercato aperto, né una piazza che non sia zeppa di cadaveri. La mia casa è così noiosa e silenziosa che pregare mi sembrava un programma emozionante.»

«Devi essere *davvero* annoiata, Elissa» intervenne Fiammetta, «per esserti messa a pregare.»

«Come sai, io mi annoio da anni» rispose la vedova.

«Che cosa intendi dire?» chiese Lucia.

«Intende dire» disse Fiammetta, «che il suo caro defunto marito ha trascorso le notti a struggersi per l'amante perduta anziché visitare le sue stanze...»

Lucia, senza riflettere, sfiorò la spilla appuntata sulla spalla. *Non mia moglie, ma la mia vita.*

«Fiammetta, non essere sgarbata» intervenne Pampinea. Si voltò verso Lucia. «Ti prego, sento dal tono della tua voce che sei ferita, ma perché non avremmo dovuto pensare che fossi morta quando non facciamo altro che udire tutto il giorno che quest'amica e quell'altra lo sono?» Ma ancora non faceva menzione del viaggio.

Il resto del gruppo fece un cenno di assenso e mormorò delle scuse.

Lucia si chiese se si sarebbe comportata diversamente se una di loro avesse smesso di uscire di casa. E tuttavia, non era pronta a perdonarle, così si concentrò sulla sua piccola vendetta manipolando la conversazione. Non sarebbe stato difficile. Quel gruppo viveva per i pettegolezzi.

«Elissa, hai ragione. Non c'è altro da fare se non andare in chiesa. In effetti, questa è la terza che visito oggi.»

«Davvero? E per quale motivo?»

«Be', poiché la mia parrocchia è stata derubata, volevo dare un'occhiata agli altari di san Filippo e san Zenobio. Chi può aver fatto una cosa simile?» disse in tono cospiratorio.

Pampinea scrollò le spalle. «I preti incompetenti lasciano le porte aperte e i ladri rubano i tesori. È per questo che mi tengo stretta le mie reliquie! Non si può mai sapere quando si ha bisogno di un santo devoto solo a te.» Estrasse un piccolo sacchetto reliquiario appeso a un cordoncino e lo baciò. «Lucia, hai ancora il san Sebastiano che ti diedi? È lui che ti ha tenuta in buona salute?»

«Oh, ehm, sì» disse Lucia cercando di trattenere una risata sarcastica. «Lo tengo vicino al letto e ci prego ogni sera! Sono certa che mi abbia tenuta in salute.» In realtà, la collana da quattro soldi emanava un cattivo odore e aveva dovuto nasconderla sul fondo di una cassettiera molto tempo prima. Una volta ritrovato san Tommaso avrebbe dovuto chiedere perdono per aver mentito all'interno della sua chiesa. Sperava che avrebbe capito, considerate le circostanze.

Pampinea si rilassò un poco. «Lucia, tutti sanno delle reliquie rubate, una dopo l'altra per settimane, non si parla d'altro. È per questo che abbiamo finalmente deciso di andar… Voglio dire, non hai qualche pettegolezzo migliore?»

Oh, se ne aveva. Lucia pensò al dito mancante del santo e all'ampolla che teneva nel borsello. E all'eretica giudicata colpevole che ora viveva in casa sua, che curava la peste con gioielli magici e aveva una grossa cicatrice sul naso e che era stata l'amante del marito di Elissa. Ma tutto ciò doveva essere tenuto segreto. Per il momento, almeno. L'aveva promesso.

«Be', sono stata reclusa in casa per molto tempo e poiché mi sono persa le processioni, ammetto che ero curiosa. Santa Reparata è aperta, anche se hai ragione nel dire che tutti in quella parrocchia devono essere morti. Ero l'unica persona laggiù, te lo assicuro.»

Il gruppo si avvicinò dimenticando la paura del contagio nella fame di un briciolo di conversazione.

«E ti sei recata lì tutta sola? Quel tagliapietre morto è ancora lassù? Che cosa hai trovato?»

«Nulla, non ho trovato nulla. Anche se mi sono inginocchiata sul pavimento sporco per guardare: il contenitore d'argento si trova ancora lì, come prima, ma è vuoto, suppongo. E il Battistero è chiuso a chiave, quindi non sono riuscita a vedere dove sia conservato il braccio di Filippo. Sapete come si entra nel Battistero quando non ci sono i battesimi?»

Scossero tutte la testa.

«Lucia, perché stai facendo questo? Pensi di riuscire a catturare il ladro?» chiese Pampinea incredula.

«Certo che no.» (Un'altra bugia che avrebbe dovuto confessare a san Tommaso.) «Lo trovo solo affascinante. Qualcuno dovrà saperlo. E il fatto che le reliquie siano state trafugate dalle chiese rende il tutto ancora più sordido.»

«Lucia» disse Pampinea, «questo non è affatto il più sordido dei crimini che siano avvenuti.»

Il gruppo si fece ancora più avanti.

«Eh?»

«Be', non è una cosa di cui parlare in chiesa...»

Senza quasi bisogno di incoraggiamento, Pampinea si fece il segno della croce e proseguì: «Immagino che dovrò confessarmi dopo. Be', ho saputo che molti dei nostri concittadini sono decisi a godersi il tempo rimasto. Entrano nelle proprietà rimaste incustodite e si approfittano dei beni che trovano. È un passatempo popolare per un certo tipo di gente».

«Come lo sai?»

Pampinea scosse le spalle. «Ho un cugino che è un po' un ribelle. È innamorato di me e risponde a tutte le mie domande. Sai, è probabilmente questa stessa gente svergognata a rubare le reliquie. Qualcuno dice che sono arrabbiati con Dio per non averci aiutati, e così si fanno beffe di Lui.»

Tutte le donne si fecero il segno della croce.

«Ma… Come fanno a incontrarsi?» chiese Lucia.

«È facile poiché i simili si attraggono. Come sempre, puoi trovare quella vile gentaglia che si ubriaca fino a stordirsi alla trattoria Alle Panche.»

Alle Panche. Perfino Lucia aveva sentito parlare di quel luogo scellerato. «Pensavo che tutte le osterie, come i negozi… Che fosse tutto chiuso ormai. Come ha detto Elissa.»

«È così durante il giorno, ma questi ladri hanno bisogno di un luogo dove spendere ciò che rubano, così, quando viene il buio, le taverne rompono il coprifuoco. Voglio dire, chi c'è a fermarli? Si aggirano con le torce, come diavoli, e si recano alla taverna per bere vino da quattro soldi pagando con l'argento rubato. Si vantano dei propri furti e li scambiano tra loro. Ma non ci sono solo i criminali comuni. Anche gente del nostro rango, e persino del clero, si radunano lì per concedersi quante più attività peccaminose possibili. Non si fanno scrupolo a mangiare, a bere e a fornicare con chiunque capiti loro a tiro. Una volta che trovano la giusta comitiva, alle Panche, mettono in atto piani malvagi. Ogni notte occupano le case di coloro che sono fuggiti e le svuotano delle provviste e indossano i loro vestiti.»

Lucia fu lieta di aver serrato bene la porta di casa quando era uscita. Il silenzio riempì il santuario dopo che Pampinea ebbe finito di raccontare. Si rese conto che le donne stavano ancora aspettando che lei se ne andasse, in modo da poter proseguire i loro piani di fuga. Bene, dunque. Era stanca di fingere di non averlo notato.

«Immagino che andrò a casa, allora, prima che si faccia

troppo tardi. Le ombre del pomeriggio si stanno allungando e, come hai detto, c'è gente malvagia in giro.»

«Buona idea» concordò Pampinea. «Be', arrivederci allora.»

Lucia si voltò e si diresse verso l'ingresso, sforzandosi di non piangere a causa della scomparsa di san Tommaso e del mancato invito alla villeggiatura.

«Aspetta!» chiamò Pampinea quando fu vicina alla porta. Lucia si girò verso di lei, speranzosa. «Lucia, so che l'ho fatto sembrare tremendamente emozionante e mi sembri annoiata quasi quanto Elissa, ma non farti strane idee, non recarti alle Panche, è davvero troppo per una donna dalla sensibilità delicata come la tua.»

Lucia sorrise con grazia e si avviò fuori dalla chiesa dentro la città polverosa e deserta. Non doveva curarsi di loro. Presto sarebbe diventata una donna talmente interessante che nessuno avrebbe mai osato lasciarla indietro. Strinse l'ampolla misteriosa nel borsello, certa di una sola cosa: doveva visitare la trattoria Alle Panche il prima possibile.

Sera dell'8 luglio 1348, Palazzo Tornaparte

Ginevra camminava lentamente lungo il fiume diretta a casa di Lucia, massaggiandosi il bernoccolo sulla fronte dove il libro di preghiere di Madonna Girolami l'aveva colpita. Non la biasimava. La povera donna aveva perso così tanto, e aveva ancora molto da perdere. La bambina, Zenobia, era in grave pericolo. Il corallo di Ginevra era brillato di rosso nella torre, e sembrava solo una questione di tempo prima che anche la piccola si ammalasse. *Per favore, non lasciarci*, aveva detto. Ginevra non riusciva a sopportarlo. Forse c'era un modo per proteggere la bambina senza provocare la madre. Qualcosa nelle pietre. Doveva trovarlo, e in fretta.

Nel tramonto inoltrato, avvertì un fruscio provenire da una pila di stracci gettati a terra davanti a lei. Ginevra udì un lieve lamento; era una gattina, del colore della polvere e dell'argilla, con il manto a strisce e puntini. Ginevra si guardò intorno ma non vide nessuna mamma gatta osservarla tra le ombre. Si accucciò e allungò una mano. La gattina le succhiò le dita. Gli stracci odoravano di ammoniaca. A Ginevra tornarono in mente gli sproloqui di Agnesa sul letto di morte. *Se avessi una lince, potresti utilizzare la sua urina per estrarre l'essenza delle pietre.* Ecco di cosa aveva bisogno: un catalizzatore per estrarre la magia curativa dalle gemme e trasformarle in qualcosa che poteva essere bevuto per proteggere il sangue e i polmoni. Più che una cura, una profilassi. E che cos'era una lince se non un grosso gatto di montagna? Ginevra aveva visto una pelle di lince, una volta, al porto di Genova. Quella gattina aveva lo stesso colore, le stesse striature. Ecco come avrebbe protetto Zenobia. Raccolse da terra la gattina e gli stracci. «Andiamo, gatta, non lascerò che muoiano altre creature oggi.» La gattina miagolò in segno di ringraziamento.

Quando si fece notte, la donna e la gatta giunsero a Palazzo Tornaparte, e trovarono Lucia in cucina, dove aveva messo insieme una cena di croste di formaggio stantie abbinate a un chiaretto rosso recuperato dalla cantina privata del marito. Ginevra si guardò intorno in cucina: le lische dell'anguilla erano ancora sul tavolo e le braci si erano spente nonostante lei le avesse accuratamente seppellite sotto la cenere. Erano state tirate fuori dal camino per scaldare una pentola contenente ciò che rimaneva dell'impasto per il pane di Ginevra, che si era ormai bruciato e attaccato al fondo di latta, duro come la pietra.

«Mi dispiace per la cena» disse Lucia. «Avrei voluto preparare uno sformato di anguilla come quello che avevi fatto tu, ma non sono riuscita ad acchiapparle e mi sono resa conto di non sapere come si fa uno sformato, e inoltre il fuoco si è spento. Quindi c'è solo del formaggio.»

«Grazie, monna Lucia, te ne sono comunque grata.» E lo era davvero.

«Dimmi, che cos'è quel fagotto che hai in mano? Odora di piscio di gatto.»

«È proprio piscio di gatto. E c'è anche la gatta. Guarda: ecco una creatura che ha bisogno di cibo più di noi.» Sollevò un lembo degli stracci e il piccolo muso della gatta fece capolino a osservare la nuova dimora.

«Oh! È stata abbandonata, proprio come me. Ginevra, tu ci hai salvate e riunite. Fammela tenere.»

Tirò fuori la gatta dagli stracci lerci e sprimacciò un vecchio grembiule dentro un cesto, la sua nuova casa. Posò a terra un piatto colmo d'acqua, grattò ciò che rimaneva dell'anguilla rinsecchita e la nutrì a piccoli bocconi. La gattina succhiò affamata dalle dita di Lucia e cominciò a fare le fusa.

«Lucia, sei un'eccellente mamma gatta.»

«È bello avere qualcuno che ha bisogno di te. Ho incontrato le mie amiche oggi, in chiesa. Credevano tutte che fossi morta e non erano molto liete di essersi sbagliate.»

Ginevra scosse semplicemente il capo. Erano accadute troppe cose in un giorno solo. La sua impassibilità stava svanendo e gli orrori della giornata cominciavano a farsi di nuovo spazio prepotenti nella mente di Ginevra. Prese un grosso sorso di vino.

Lucia sogghignò.

«Che c'è?» chiese Ginevra.

«Il vino. Mio marito lo custodiva per offrirlo ai suoi soci in affari più importanti. Bevevano solo dei piccoli sorsi e si complimentavano dopo ogni goccia, come si fa con un amante. Versamene un po' e svuotiamo la bottiglia.»

Ginevra obbedì e le donne si tuffarono nella cena, se così si poteva chiamare, discorrendo di com'era andata la loro giornata trascorsa ognuna per conto proprio. Lucia raccontò di come si fosse sporcata le ginocchia all'altare di Zenobio e di come il Battistero fosse chiuso a chiave. Condivise la triste notizia che il dito di san Tommaso era stato rubato, e di come tutti già sapessero che Santa Trinita era una parrocchia morta, dato che la sua reliquia era scomparsa. Di come le persone malvagie si riunissero alla taverna Alle Panche per bere e complottare. (Ebbe il tatto di non menzionare l'incontro con la vedova di Ludovico.) Ginevra aggiunse con cura alla lista dell'inquisitore il furto del dito di san Tommaso:

Santa Maria Novella: dito di san Tommaso Aquino. Furto scoperto l'otto luglio. Reliquia vista l'ultima volta: inverno 1348.

Ginevra raccontò a Lucia della morte di Fra' Simone, della morte di Agnesa e della morte del bambino alla Torre Girolami e di come le pietre di sangue l'avessero delusa due volte. Raccontò delle reliquie manomesse alla chiesa di San Paolino e di quel terribile cimitero.

«Non potevo lasciare lì Antonella, non mi sembrava giusto. Non c'era un centimetro di terra che non fosse stata riempita. E quella gente gettata sopra, coperta con una misera spolverata di terriccio, come il formaggio su una lasagna.»

Lucia allontanò il formaggio che stava mangiando. «E allora... dov'è?»

«L'abbiamo gettata nel fiume, così che nessuno possa arrivare a prenderle un dito o il naso.»

«Spero vada bene essere sepolti sott'acqua invece che sotto terra. Non ha avuto nemmeno il tempo di confessarsi.» Entrambe pensarono alla povera Antonella, bloccata in purgatorio.

«Accenderò una candela per lei» disse Lucia, aggiungendola alla lista di candele che aveva già promesso a san Tommaso. «Ginevra, che cosa intendi quando dici che qualcuno le avrebbe preso un dito o il naso?»

«Ehm. Dammi ancora un po' di quel vino costoso.» Ginevra spiegò quel che aveva udito: che la gente faceva affari prendendo parti del corpo dei morti e facendoli passare per delle autentiche reliquie.

«No!»

«È la verità, te lo giuro. E c'è un uomo che si guadagna da vivere comprando quei pezzi di cadavere. Ha un negozio in cui li vende come vere reliquie.»

Lucia impallidì e si recò nella propria stanza. Tornò con una collana contenente un pezzettino di qualcosa di rinsecchito. «È un regalo di Pampinea, che è molto appassionata di questo genere di cose. Immagino che non si tratti davvero di un pezzo di san Sebastiano, dunque?»

Ginevra ricordò che Becchino aveva menzionato la popolarità di san Sebastiano e fece una smorfia. Lucia gettò la collana dalla finestra.

«E va bene. Ne ho abbastanza. Abbiamo del lavoro da

sbrigare.» Ginevra si alzò in piedi e si mise a riaccendere il fuoco. Doveva tenere la mente occupata o la disperazione l'avrebbe sopraffatta e non sarebbe mai riuscita a completare la missione affidatale dall'inquisitore.

«Che stai facendo?»

«Sono morte due persone oggi, tra le mie braccia. Sarei riuscita a salvarle se fossi stata più preparata. C'è una bambina ancora viva, per il momento, una creatura coraggiosissima, Lucia. Mi ha implorata di non abbandonarla.»

«È tragico, questo è certo. Ma Ginevra, tu devi...»

«C'è un modo, credo, per estrarre il potere dalle pietre di sangue, così che possa essere rilasciato in tutto il corpo. Per proteggerla dalla malattia prima che la colpisca.»

«Davvero? E come faresti?»

«Non ne sono certa» ammise Ginevra, «ho soltanto letto il procedimento, una volta, molto tempo fa. La mia maestra, Agnesa, me l'ha ricordato poco prima di morire, proprio questa mattina.» *Prima che potessi fare ammenda, prima che potessi dire che l'amavi e che ti dispiaceva tanto, così tanto.*

«Ginevra?»

«Sì. Scusami. Ci sono metodi comuni per trasferire l'essenza magica da un oggetto all'altro. Se ricordo bene, innanzitutto le pietre devono essere messe a bagno per un'intera notte nell'urina di gatto, immagino con un po' di miele e vino, e controllate costantemente, per tutto il tempo.»

«Per un'intera notte?» Lucia non aveva mai dovuto fare nulla per tutta la notte.

«Sì. Alla fine dovrebbe schiumare. Si lascia riposare e infine ritorna limpido, ed è così che sai che è pronto. La magia dell'oggetto, nel nostro caso le pietre di sangue, si sarà diffusa anche al liquido di bollitura.»

«E deve essere urina di gatto perché...?»

«Per questo tipo di magia ciò che funziona meglio è l'urina di gatto. Be', a dire il vero dovrebbe essere una lince selvatica delle montagne, la cui urina fa miracoli già di per sé e talvolta può addirittura indurirsi a formare delle gemme, ma per noi dovrà andare bene un normale gatto. Dovrebbe funzionare ugualmente, no?»

«Se lo dici tu. E a che cosa servono il miele e il vino?»

«Solo a dimenticare che stai bevendo piscio di gatto.»

«Ginevra, io sono davvero felice che tu abbia violato il contratto con l'inquisitore per curarmi. Ma preparare deliberatamente dei medicinali per una delle famiglie più rinomate della città? Devi capire che puniscono la gente in modo terribile qui. Non è raro che qualcuno venga decapitato o bruciato per colpe apparentemente triviali... Il mio stesso padre...»

«Sì, so come funziona» disse Ginevra sulla difensiva. «Vivevo qui anch'io, sai.» Indicò la cicatrice sul naso. «Questa linea che mi storce il volto... è la mia ricompensa per aver fermato la malattia dell'acqua del 1340. Volevano farmi ben di peggio.»

«Il tuo viso non è così deforme, Ginevra» rispose Lucia a bassa voce.

«È perché me lo sono sistemato io. Mi hanno tagliato un pezzo di naso per marchiarmi come eretica.»

«E allora sai meglio di chiunque altro cosa succederà se ti scoprono a praticare le arti curative un'altra volta.»

«È stato quello il problema la prima volta: sono stata scoperta. Questa volta sarò veloce. Entro domattina la nuova medicina sarà consegnata e poi tornerò a occuparmi delle reliquie scomparse. Nessuno se ne accorgerà. L'inquisitore non ha una scorta. Il vescovo non vuole essere disturbato. Chi mai potrebbe vedermi?»

«Sì, sembra così ora, ma sai come può andare a finire. Proprio quando ti senti al sicuro, qualcuno sente o vede qualcosa e la guardia che se n'era andata torna bussando alla tua porta. Alla *mia* porta.»

«Non lo saprà nessuno.»

«Donna Girolami lo saprà.»

«Le dirò che è solo un brodo nutriente per aiutare la guarigione. Le farò visita domattina e poi sarà fatta.»

Lucia era combattuta. Ginevra aveva certamente ragione; doveva fare ciò che era in suo potere per salvare la bambina. Ma era preoccupata di ciò che sarebbe potuto accadere all'amica se fosse stata scoperta a ricommettere i crimini del passato. «Ginevra, la mia conoscente, Pampinea, ha detto che la gente vende e scambia merce rubata alla trattoria Alle Panche. Ha detto che anche il clero corrotto si reca laggiù. Non sarebbe un buon posto in cui investigare? Dovremmo andarci ora. È aperto soltanto di notte.»

«Stanotte devo salvare la vita a Zenobia. Magari domani.»

Lucia non apprezzò l'essere ignorata di nuovo. Decise di prendere posizione in modo plateale per ottenere l'attenzione di Ginevra. «D'accordo. Andrò io alle Panche stanotte. Da sola, mentre tu lavori. Prima catturiamo il ladro, prima otterrai la licenza e smetterai di fare le cose di nascosto.» Il piano aveva funzionato.

«Da sola?» disse Ginevra sollevando lo sguardo dal fuoco che stava cercando di rianimare.

«Parli come Pampinea! Sono forse una bambina che non è neppure in grado di nutrirsi da sé? Non ci sono nemmeno guardie a controllare che il coprifuoco sia rispettato, ormai.»

«Mi dispiace. È vero, non sei una bambina. È solo... Sei mai stata in una taverna prima d'ora?»

«Qualche volta, mentre ero in viaggio.»

«Ma mai da sola, di certo.»

«No. Sempre accompagnata.»

«Non credi che la tua presenza verrebbe notata? Che cosa accadrebbe se il ladro fosse lì e capisse che stai chiedendo di lui?»

«Non mi comporterò da ingenua. Ormai si mescolano ogni genere di persone. Guarda noi due, per esempio. Non ti avrei mai invitata in casa mia in tempi normali.»

«Esattamente. Tuo marito è un uomo importante. Non credi che verrai riconosciuta?»

«Be'... Potrei indossare gli abiti di Antonella per sembrare una domestica.»

Ginevra stava per continuare la lista di ragioni per cui Lucia non sarebbe dovuta andare, ma si interruppe. Chi era lei per dire a una donna adulta dove poteva o non poteva andare? Aveva praticamente implorato l'aiuto di Lucia e ora lei glielo stava offrendo spontaneamente. Forse le avrebbe fatto bene mettere in atto qualcosa che era frutto del proprio ingegno. «In effetti la luce è fioca in quel genere di posti... E la gente è parecchio ubriaca, di solito, anche da prima di entrare in osteria.»

«Già!»

«E immagino che potresti raccontare di essere una novella vedova, giunta da sola fino a lì per la prima volta, perché tuo marito e tutti i tuoi amici sono morti.»

«Sì. Questa cosa è tristemente vera.»

«D'accordo allora, se sei determinata a farlo, Lucia, vai con la mia gratitudine. Ecco, ho qui alcune cose che ti aiuteranno a rimanere al sicuro.» Ginevra estrasse dal borsello una piccola sacca di pelle e con delicatezza versò sul tavolo una manciata di gemme colorate. Scelse un disco di color vinaccia trasparente, grande all'incirca quanto l'unghia di un pollice. Lo porse a Lucia perché lo prendesse.

«Che cos'è questa meraviglia?»

«È un'ametista viola, ed è molto speciale. Se la tieni sotto la lingua o dentro la guancia potrai bere quanto vuoi senza sentirti ubriaca. In questo modo riuscirai a sciogliere le lingue degli altri con gentilezza e restando lucida.» Fece cadere la pietra sul palmo di Lucia.

Lucia cominciò a diventare nervosa fissando l'ametista. Non si aspettava che Ginevra accettasse di aiutarla così in fretta. «Aspetta. Mi è appena venuta in mente una cosa. Anche se andassi alla taverna con la gemma e parlassi con quella gentaglia, e anche se il mio travestimento fosse convincente... Non è saggio camminare per le strade da sola di notte. Qualunque furfante sa che la farebbe franca per qualsiasi crimine al giorno d'oggi...»

Ma Ginevra annuì con fare avveduto. «Non preoccuparti, ho qualcosa anche per quello.» Scelse dal mucchietto di pietre un cristallo dorato esagonale attaccato a una catenina d'argento e la mise attorno al collo di Lucia. «Questo è un eliodoro. Tienilo in mano e sarà come una torcia che riesci a vedere soltanto tu e chiunque ti tocchi. La luce sarà invisibile agli altri. È così buio fuori, la luna è quasi scomparsa: se sarai furtiva, potrai muoverti senza farti vedere.»

«Oh. E così questo risolve il problema?»

Ginevra sorrise.

«Immagino sia meglio che restare qui ad annusare l'urina di gatto messa a bollire. A ogni modo, dimmi» disse Lucia, cercando di prendere tempo, «dove hai preso queste meravigliose gemme?»

Ginevra non aveva mai avuto l'opportunità di mostrare a qualcuno la sua collezione. «Le più preziose mi sono state donate da una cara amica. È morta da molto tempo.» Ginevra fece una pausa e deglutì, aspettando che il nodo alla gola scomparisse per poter parlare. Nonostante tutti i decessi di quel giorno, la perdita di Vermilia bruciava ancora come una ferita fresca ogni volta che la mente di Ginevra vi si soffermava. Toccò l'anello con il diaspro che portava alla mano sinistra. Lucia si avvicinò e le strinse il braccio.

«Ecco, stavo dicendo» proseguì Ginevra traendo un respiro profondo, «una volta imparato cosa cercare, acquistai altre gemme, da mercanti e marinai arrivati a Genova dopo viaggi in terre lontane.»

«E dove le avevano trovate, loro?»

«In ogni sorta di luogo spaventoso. Alcune crescono nel mare, o nello stomaco degli animali, come questo bezoario.» Prese una sfera marrone scintillante, grande quanto un nocciolo di pesca e dall'aspetto simile a quello del legno finemente levigato.

«E qual è il suo potere?» chiese Lucia, ormai incantata.

«Se ne grattugi un poco dentro una bevanda avvelenata, la renderà innocua.»

«Grattugiarlo? Come fosse noce moscata?»

«Esattamente.»

«Ma se sai già che è avvelenata, non avrebbe più senso evitare di berla anziché sprecare il bezoario?»

«Non ci avevo mai pensato. In realtà, non mi è ancora capitato di utilizzarlo. Magari la bevanda è talmente deliziosa che non vuoi sprecarla? Qualcosa di costoso e raffinato, come il vino di tuo marito?»

«Oh, be', allora sì che sarebbe qualcosa di utile da possedere. E che mi dici di questo?» Sollevò una gemma trasparente come l'acqua, dalla forma di due piramidi unite sul fondo.

«Ah, rimani pur sempre la moglie di un uomo ricco. Questa viene da molto lontano e costa una fortuna. L'ho ottenuta da un mercante senza eredi che si trovava sul letto di morte, altrimenti non se ne sarebbe mai separato. Si chiama diamante e quando è offerto in dono a due litiganti, pone fine al conflitto.»

«Persino a una guerra?»

«Così dicono.»

«Anche i diamanti provengono dalle viscere degli animali?»

«No, dalle gole profonde dell'India, dove sono protetti da serpenti e rocce taglienti, al punto che è troppo pericoloso per qualunque uomo avventurarsi per raccoglierne qualcuno.»

«E come fanno a ottenerli, allora?»

«Lanciano capre macellate dal ciglio dei burroni dentro le gole. Le pietre si incastrano nella carne tenera, e le aquile volano giù per prendere le capre morte e portarle ai loro nidi per nutrire gli aquilotti. Infine i mercanti spaventano le mamme aquila e rovistano tra le carcasse per recuperare i loro tesori.»

«Andiamo, Ginevra. Questa è una storiella per bambini, non è vero?»

«Forse, ma è quello che raccontano! E fino a che non viaggeremo fino in India e lo vedremo con i nostri occhi, chi siamo noi per dubitare di una così bella storia? Ma basta parlare, per ora. I vespri sono già passati e se vuoi andare dove devi andare, devi partire ora.»

Detto ciò, raccolse gli stracci sporchi raccolti in strada e li gettò in una pentola colma d'acqua, cominciando il lungo processo di estrazione dell'essenza curativa delle pietre di sangue con l'aiuto di una gatta.

29
Alle Panche

Notte dell'8 luglio 1348, presso una famigerata taverna

Tenendo un'ametista dentro la guancia e l'eliodoro in mano come una lanterna, Lucia si avventurò nell'oscurità e nelle strade vuote diretta alla famigerata taverna Alle Panche. Era buio pesto fuori dalla piccola sfera dorata di luce emessa dalla gemma e anche con quel faro magico, la mente le giocava strani scherzi mentre si affrettava oltre le porte dei vicini morti. Diverse volte udì dei sussurri, uno scalpiccio di passi, un lamento implorante che finiva in un rumore attutito. Trattenne il respiro e rimase attaccata ai muri, stringendo la luce, fino a che non tornò il completo silenzio. Fu come Ginevra aveva predetto: nessuno l'aveva notata. In fretta e silenziosamente Lucia proseguì per la sua strada. Nella sua vecchia vita non sarebbe *mai* uscita di casa dopo il coprifuoco. Di certo non per far visita alle Panche. Tuttavia, sapeva dove si trovava. Tutti a Firenze la conoscevano, o perché ci andavano o perché la evitavano.

L'osteria Alle Panche era il tipo di luogo in cui i viaggiatori ingenui venivano derubati delle borse e in cui i giovanotti si incontravano per mettere in pratica gli orribili atti finali delle loro vendette familiari. Ogni volta che un criminale veniva scortato lungo le vie della città legato a un asino si poteva scommettere che le Panche sarebbero state annoverate nell'elenco dei crimini. Ma era anche il tipo di posto che garantiva una serata eccitante, se si era in grado di comportarsi da semplici spettatori dei guai anziché prenderne parte.

Era con quel pensiero intrepido che Lucia riuscì a calmare i nervi. Nascose la luce e attraversò la porta incassata nel muro, entrando in una stanza dal soffitto basso. L'interno era puzzolente, c'era poca luce ed era affollato; il ronzio della conversazione era inframezzato da vere e proprie risate. "Ecco dove sono tutte le persone vive rimaste!" pensò. Al posto della repulsione che le avevano insegnato a riservare a quella gentaglia, le si gonfiò nel petto un senso di cameratismo, e osservando la folla sporca, seduta gli uni vicini agli altri su grezze panche di legno, dovette quasi asciugarsi una lacrima. Socchiuse gli occhi attraverso la luce tremolante dei lumini d'argilla e vide un uomo con le vesti sporche di un monaco francescano appollaiato vistosamente in cima a un'imponente pila di barili di legno.

Lucia si fece strada verso di lui attraverso il pavimento appiccicoso e lo chiamò. «Buonasera... fratello monaco? Siete il guardiano di questo posto? Posso avere del vino, per favore?»

«Buonasera, sorella. Sei una cliente di questo posto? Potrei avere del denaro, per favore?»

«Oh, sì, certamente, perdonatemi. Quanto?» Estrasse il borsello e il monaco cercò di indovinarne il contenuto.

«Due lire.»

«Certamente, ce le ho.»

«Ed è solo per il vino» si precipitò ad aggiungere. «Devi anche pagare per il noleggio del contenitore.»

«Capisco... E qual è il costo?»

«Quattro lire per la brocca e il bicchiere.»

«Il doppio del costo del vino?»

«Se preferisci puoi inginocchiarti, così stappo il barile direttamente dentro la tua bocca.»

Anche se Lucia non comprese esattamente il significato di quella risposta, capì di essere stata vittima di una battuta. «Come osate suggerire una cosa del genere, sporcarmi il vestito su questo pavimento disgustoso!»

«Oh, andiamo, guardandoti sembrerebbe che tu ti sia inginocchiata in luoghi ben peggiori di questo.»

Lucia ricordò che stava indossando un vecchio abito di Antonella; senza indumenti raffinati, era soggetta al disgustoso trattamento riservato alle donne comuni. «Be', non è così, quindi non ditelo!» ribatté lasciando cadere le monete sul palmo unto dell'uomo con fare remissivo. Quello che forse era un monaco le intascò e le passò un grezzo boccale di terracotta pieno fino all'orlo. Lucia se lo strinse al petto e guardò le panche affollate di volti estranei, senza riuscire a trovare uno spazietto dove sedersi.

«Fratello, dove posso sedermi?» chiese al monaco. Gliela stava davvero rendendo troppo facile.

«Proprio qui» rispose lui, toccandosi le parti intime. Alcuni clienti lì accanto sogghignarono.

«Non credo che voi siate un monaco!» disse Lucia, mortificata.

I clienti persero ogni compostezza.

«Fidati, tesoro, non vuoi quella roba» disse un ubriacone trasandato, tra le risate. «Io ne ho uno bello dritto, siediti su di me.»

Lucia si guardò intorno disperata e decise di tornare verso l'ingresso, il luogo più distante da quegli uomini villani. Scorse un uomo e una donna che conversavano vicino all'entrata. Di certo in compagnia di una donna sarebbe stata più al sicuro da quelle terribili battute. Inoltre, di solito era più facile ottenere pettegolezzi dalle coppie, visto che erano sempre desiderosi di mostrarsi arguti agli occhi di una terza persona. "D'accordo. Dimentica il monaco e quegli ubriaconi." Avrebbe blandito la coppia con il vino e chiesto loro del ladro, una volta che le loro lingue si fossero sciolte. Si fece strada tra la folla, scontrandosi con tutti e versando il vino dappertutto.

«Ehi, guarda dove vai, puttana!»

«Chiedo scusa, perdonatemi, mi dispiace molto!» Raggiunse la coppia. «Salve» li salutò, interrompendo la conversazione.

«Salve» disse l'uomo in tono sospettoso, adocchiando la carneficina di clienti zuppi di vino dietro di lei.

Quando si accorse che Lucia non replicava, la donna chiese: «Possiamo aiutarti?».

«Oh, sì! Posso barattare un po' di vino per un posto a sedere?»

«Certamente» disse la donna. Lucia fece per sedersi. «A patto che» proseguì lei, «prima ci dici da dove vieni.»

«Da Firenze, naturalmente.»

«Firenze dove, di preciso?» chiese l'uomo.

Lucia ricordò di come Pampinea avesse avuto paura di avvicinarsi a lei e decise che una piccola bugia era il modo migliore di proseguire la conversazione. «Dalla parrocchia di… Santa Croce. Non lontano da qui. Ho sentito che questo era il luogo migliore per trovare gente come me, viva e con voglia di divertirsi.»

La donna rise a quella piccola battuta e si rilassò. «A Santa Croce le cose vanno ancora bene. Hanno ancora la reliquia della croce. Vieni, siediti. Io mi chiamo Maria e lui è il mio uomo, Lorenzo.»

«Incantato» sorrise Lorenzo, visibilmente brillo ora che aveva abbassato la guardia.

Maria si spostò per farle spazio sulla panca. «Come ti chiami, cara?»

«Sono Lucia, è un piacere conoscervi» disse sedendosi e passando loro il boccale di vino. Altri due uomini entrarono incespicando nella taverna e salutarono con la mano Maria e Lorenzo togliendosi gli stracci dal volto. «Qui si conoscono tutti?» chiese Lucia.

«Più o meno. Dopo un po', ci si ricorda le facce e, a dirti la verità, tu sei la prima persona nuova che vedo da un po' di tempo» disse Maria.

«Così… Venite qui spesso?»

«Abbastanza. Andiamo qua e là, ci piacciono il cibo e il vino… I piccoli piaceri, ovunque riusciamo a trovarli.» A quelle parole, Lorenzo pizzicò il sedere di Maria e poi si guardò intorno con fare innocente. Lei gli diede una manata giocosa sulla testa. Lucia notò che Maria indossava un corsetto d'argento sopra il vestito di lino grezzo e che il berretto di Lorenzo era di raffinata lana rossa… Era il tipo di tessuti costosi che acquistava lei, di cui suo marito si lamentava sempre. Erano loro le persone di cui parlava Pampinea! Persone che rubavano dalle case dei morti. Proprio il tipo di gente che poteva avere a che fare con un ladro di reliquie. Le guance di Lucia si arrossarono per la segreta eccitazione di quella scoperta.

«Ci sono… molti come voi che se ne vanno in giro così?»

«Troppe domande e troppo poco vino» disse Lorenzo riempiendo un bicchiere e spingendolo davanti a Lucia.

«Su, non essere scortese» replicò Maria. Si voltò verso Lucia. «All'inizio eravamo in tanti, sì, e ce ne andavamo in giro tutti insieme, ma i numeri sono diminuiti… E ovviamente se qualcuno proviene da una delle parrocchie morte dobbiamo escluderlo per sicurezza, anche se è un peccato.»

«Ah, be'» disse Lorenzo, «più roba per noi.» Sollevò la brocca di vino e la scolò per intero, e poi coinvolse Maria in un bacio appassionato che Lucia trovò piuttosto affascinante.

«Scusaci, cara» disse Maria notando che Lucia li stava fissando. «Che cosa stavi dicendo?»

«Non stavo dicendo nulla» rispose Lucia imbarazzata. «Stavi dicendo che tutti quelli che conosci stanno morendo?»

I due continuarono a baciarsi e Lucia si rese conto che la sua missione di farsi degli amici stava fallendo.

«Vado a prendere altro vino!» disse. (Una strategia usata da tempi immemori per togliersi dalle situazioni scomode.) Fece del suo meglio per non avere a che fare con il monaco libidinoso e gli uomini lascivi che sedevano accanto ai barili e riuscì a ottenere la seconda brocca sopportando solo rumori di baci da parte dei suoi tormentatori. Maria e Lorenzo sorrisero educatamente quando tornò con la caraffa colma di vino.

«Mi dispiace» disse Lucia, sedendosi di nuovo. «Non intendevo essere sgradevole. È solo che… tutte le mie conoscenze non ci sono più e sono rimasta in casa a lungo, non so più come si parla con la gente di questi tempi.»

Maria sospirò. «Ormai, in tempi come questi, chi sa più cosa dire o fare? Dovrebbe essere una punizione del Signore, ma vedo sant'uomini e pie donne colpiti allo stesso modo delle puttane più abominevoli.»

«È così» disse Lucia ripensando alla domestica Antonella, che era una povera vergine devota.

«Io sono dell'opinione» disse Lorenzo, che si stava accasciando sulla panca sempre più in basso via via che la caraffa di vino faceva effetto «che hanno ragione le più grandi menti del nostro tempo, all'Università di Parigi.»

«*Porco Dio*[7], eccolo che ricomincia» disse Maria rivolgendosi a Lucia con una strizzata d'occhio complice. «Non c'è modo di fermarlo quando inizia con queste cose.»

«Il 20 marzo 1345» recitò la coppia all'unisono, Lorenzo seriamente e Maria a mo' di presa in giro. Lui le lanciò un'occhiataccia bonaria e lei con un cenno gentile gli permise di proseguire da solo. «Ehm, stavo dicendo, il 20 marzo 1345 i dottori di Parigi hanno confermato che c'è stata una tripla congiunzione di Saturno, Giove e Marte al quarantesimo grado dell'Aquario.» Cercò di fissare Lucia con sguardo grave ma gli occhi avevano l'aria un po' assente, così sembrava più uno sciocco che un saggio.

«Mi… mi dispiace» disse Lucia reprimendo una risatina, «non sono molto ferrata in astrologia, ma dimmi, a cosa ha portato quell'osservazione?»

«Ha provocato i terremoti e le inondazioni che ci hanno afflitti negli ultimi anni, ha provocato le carestie. E gli studiosi hanno determinato che le scosse e i terremoti hanno rilasciato un veleno nell'aria che ora respiriamo, ed è questa la causa della pestilenza.» Sbatté la mano sul tavolo, facendo tremare i bicchieri. Lucia non aveva mai udito nessuno,

[7] In italiano nel testo [n.d.t.].

nemmeno Ginevra, che sapeva molte cose, dare una risposta razionale riguardo alle cause della pestilenza. Di certo, come Maria aveva detto, il clero sosteneva che si trattasse della manifestazione dell'ira di Dio, ma lo ribadivano ogni volta che accadeva qualcosa di brutto.

Maria notò l'espressione colpita sul volto di Lucia. «Non ascoltare quello che dice questo ubriacone.»

Lorenzo fece un cenno di sdegno con la mano, troppo ebbro a causa del vino per obiettare in modo più articolato.

«Be'» disse Lucia, «a prescindere che sia stato a causa di terremoti o inondazioni o altro, sono lieta di avervi incontrati.» Ed era vero, non si trattava di adulazione a servizio della sua missione segreta. Anche se sapeva che i due erano dei ladri.

«Grazie, cara. È lo stesso per noi.» Le due donne brindarono facendo tintinnare i loro bicchieri davanti a Lorenzo. Le guance di Maria erano rosse, ormai, e stava per raggiungere il livello di ubriachezza di Lorenzo. Lucia si guardò intorno. Era rimasta lucida, il che era piacevole, e si rese conto che l'ametista le era servita a malapena. Complici la propria goffaggine e la sete di Lorenzo, aveva consumato pochissimo alcol. Tuttavia, lambì con la lingua la pietra che teneva nella guancia per controllare che fosse al sicuro e decise che era giunto il momento di cominciare sul serio la sua indagine.

«Dimmi, Maria, chi oltre a me si è unito alla vostra compagnia più di recente? Quali altri vagabondi si stavano nascondendo in casa come me?»

«Uhm, non ce ne sono stati molti. In realtà, la maggior parte la conoscevamo da prima della pestilenza. Hai detto di vivere a Santa Croce? Chi è il tuo macellaio?»

«Non frequentavo molto la città, a mio marito non piaceva che me ne andassi in giro» rispose Lucia un po' troppo in fretta. «Di certo non avrebbe approvato che frequentassi le Panche. Ma non devo più ascoltarlo ormai!»

«Evviva!» Maria brindò con lei una seconda volta. «Oh. Scusami. È morto?»

«No, è solo scappato.»

«E allora evviva!»

«Grazie! E così, sono l'unica nuova che avete incontrato ultimamente?» insisté.

«Be', non proprio l'unica. Chi era quel tizio, Lorenzo? Indossava un mantello grezzo, di certo non era un fiorentino. Chissà com'è entrato in città.»

«Tutti i guardiani sono morti» rispose Lorenzo senza alzare la testa dal tavolo.

«Come sai che era un forestiero?» chiese Lucia.

«Be', faceva un sacco di domande stupide, su come andarsene in giro per la città, quali fossero le migliori chiese...»

Lucia drizzò le orecchie.

«E puzzava, come se venisse dalla campagna» disse Lorenzo, accasciato sul tavolo. «Terribile. Non ti guardava negli occhi. Stargli vicino mi ha messo i brividi. Praticamente riuscivo a vedere il mio respiro.»

«Pensi che venisse da una parrocchia morta?» chiese Maria facendosi il segno della croce.

«No, anche se... hai sentito?» disse Lorenzo.

«Sentito cosa?» chiese Lucia.

«A Santa Maria Novella è scomparso il dito di san Tommaso. L'hanno gridato dalla Ringhiera questo pomeriggio. Un'altra reliquia scambiata con una pozione in un'ampolla. Un'altra parrocchia morta.»

Lucia era senza parole. Come potevano saperlo? Quando aveva scoperto il furto di Tommaso aveva preso con sé l'ampolla. Forse una delle donne l'aveva vista prenderla?

«Gridato da chi?» chiese.

Prima che potessero rispondere, un altro uomo si sedette sulla panca con fare rozzo. Era l'ubriacone trasandato di prima, seduto sui barili di vino. Mise il braccio intorno alla vita di Lucia e la attirò a sé, stringendola. Lucia cercò di allontanare il viso dall'alito che sapeva di vino.

«Ciao Maria, Lorenzo.» Sorrise ai due dall'altra parte del tavolo. «Perché vi state tenendo per voi una così bella fanciulla?»

«Ciao, Bertoldo» disse Maria in tono secco. «Sai che le belle fanciulle non hanno bisogno di incoraggiamenti per stare lontane da te. Perché non la lasci stare, si sta divincolando come un millepiedi.»

«Già, insisto che mi lasci andare!» gridò Lucia con la poca dignità che riuscì a racimolare.

«Ma è un gioco. Più si dimena, più io la stringo! Se diventa gentile e mi dà un bacio, la lascio andare.»

In tutta la sua vita, nessun uomo aveva toccato Lucia a parte il marito. Cercò di spingerlo via con tutta la sua forza, ma era grosso e lei piccola e non riuscì a liberarsi. In risposta a quelle spinte, lui la strinse così forte che Lucia credette che le costole potessero spezzarsi. L'uomo rise al flebile squittio che emise involontariamente. Maria si alzò in piedi per fermarlo, ma Lucia non riusciva più a sopportare il dolore, così fece ciò che l'uomo le aveva chiesto e gli diede un bacetto secco e veloce sulla guancia. Bertoldo mollò la presa e Lucia cadde sul pavimento, ansimando. «Vedi» ghignò, «non è stato così male, no?»

«Bertoldo, viscida capra, chiedi scusa» lo rimproverò Maria. «Le hai fatto male!»

Ma Lucia ne aveva abbastanza per quella serata e rinunciò ai piani per saperne di più sul paesano puzzolente e sulla persona che annunciava i furti dalla Ringhiera. «Arrivederci, Maria. Arrivederci, Lorenzo» sussurrò, e fuggì verso la porta.

«Che succede, mio dolce tesorino?» gridò Bertoldo dietro di lei.

Lucia trattenne le lacrime il più possibile ma quando fu abbastanza lontana dalla taverna pianse al pensiero di quell'uomo gretto che aveva rovinato i suoi piani e l'aveva soggiogata. Sopraffatta dall'emozione, dimenticò di aver paura della notte scura oltre la luce dell'eliodoro che teneva in mano, e il suo pianto spaventò terribilmente le poche persone che incontrò, dirette alle Panche, che potevano sentirla ma non vederla. Lucia cercò di ricomporsi prima di arrivare a casa, ma il suo viso era ancora rosso e gonfio e Ginevra, che era davanti al fuoco a mescolare la sua pentola di robaccia, lo notò immediatamente.

«Sei tornata così presto, che è successo?» tossì attraverso il vapore acre. «Sei ferita?»

«Solo nell'orgoglio» rispose Lucia, e si accasciò accanto alla gatta raccontando le proprie disavventure.

«Avremmo dovuto aspettare e andare insieme» disse Ginevra. «Lo sapevo.»

«Stavo andando bene! Stavo parlando con delle persone, hanno detto che c'era un uomo, che puzzava terribilmente e dava i brividi a tutti e chiedeva indicazioni per le chiese...»

«I brividi?» la interruppe Ginevra. «Dava i brividi? In estate?»

Ma Lucia non stava ascoltando. «Oh, che cosa ho fatto? I miei fratelli mi ucciderebbero se lo sapessero. Non riesco a credere che mi hai lasciata andare là da sola.»

«Io non... Non importa. Lucia, i tuoi fratelli, lunga vita a loro, non lo scopriranno perché nessuno glielo dirà. Tu non hai mai dovuto andare da qualche parte da sola. Mi dispiace dirti che qualsiasi donna che lo fa viene accostata da uomini del genere, di tanto in tanto. Ma il fatto è questo: una donna sola, come sei tu ora, prima o poi dovrà inevitabilmente respingere un uomo.»

«È stato umiliante.»

«Questo Bertoldo è un verme spregevole.»

«È un'offesa per i vermi, paragonarli a Bertoldo.»

«È il fango, allora, su cui strisciano i vermi. Non sprecare i tuoi pensieri per lui.»

Lucia sputò l'ametista sul palmo della mano e svuotò il resto del chiaretto direttamente dalla bottiglia. «Ginevra, un attimo prima che il Verme del Fango mi interrompesse, le persone con cui stavo parlando... hanno detto che il furto della reliquia di san Tommaso è già stato annunciato dalla piazza. Com'è possibile, dato che l'abbiamo appena scoperto?»

Ginevra mescolò la pentola che ribolliva, immersa nei pensieri. «Deve trattarsi di qualcuno che è già a conoscenza dei crimini. Probabilmente il ladro vuole che tutti sappiano delle sue azioni. La città ha smesso di compiere le processioni, quindi è lui stesso a diffondere la notizia.»

9 luglio 1348, città di Firenze

Venne l'alba e Ginevra mise a decantare il disgustoso intruglio in un barattolo, nel quale fece cadere le due pietre di sangue. Il liquido vischioso schiumò, si stabilizzò e lei ci mise sopra un coperchio, appositamente socchiuso. Lucia, troppo sconvolta dall'alterco avvenuto alle Panche per dormire, la guardava con occhi gonfi seduta dall'altra parte del tavolo.

«E ora?» chiese.

«Diamogli un'ora, forse meno. Diventerà chiaro e dorato e sarà pronto.»

Ma un'ora trascorse, e poi due, ed era ancora un disastro schiumoso ed effervescente.

«Non credo stia funzionando» disse Lucia, per niente d'aiuto.

«Dev'essere perché fuori fa molto caldo» rispose Ginevra. «Serve solo un po' più di tempo.» In realtà stava cominciando a dubitare che la gatta trovata nell'immondizia fosse un'efficace sostituta di una lince rara.

«Alzati, andiamo» disse Ginevra, stanca e frustrata, e impaziente di progredire in una qualunque delle sue attuali imprese.

«Dove?»

«Alla farmacia corrotta che conosce Becchino. Andiamo a vedere se conserva le reliquie di Firenze sugli scaffali. Quando torneremo, questa roba sarà pronta e la porterò a Zenobia.»

Così si affrettarono alla porta, portando con sé per colazione il pane duro come la pietra fatto da Lucia. Le ore degli affari erano sempre effimere a Firenze e ormai trovare una bottega aperta poteva essere considerato un miracolo. E in ogni caso, di certo avrebbe chiuso entro mezzogiorno. Mentre camminavano, presero il pane dai borselli e cercarono di mangiarlo. Ginevra quasi si ruppe un dente prima di gettare il tozzo di pane in strada. Lucia finse di non vedere e si mangiò tutta la pagnotta senza modestie.

La testa di Giano bifronte che marchiava il negozio non fu facile da trovare; ci passarono davanti tre volte prima di accorgersi che era incisa su un pannello di legno sopra il telaio della porta parzialmente sfondato, con dei gradini che conducevano giù dalla strada.

«Lucia, fai parlare me per prima» disse Ginevra a bassa voce.

Lucia annuì con aria stanca. Le faceva male la testa e aveva la bocca secca per via di quel pane terribile. Voleva solo che quell'incontro finisse il prima possibile in modo da tornarsene a dormire. Scesero i gradini e prima di riuscire a bussare si aprì un minuscolo spioncino, nascosto dentro la grana del legno, e comparve un paio di occhi neri dalle palpebre cadenti. Le pupille le squadrarono da cima a fondo.

«Come posso aiutarvi, signore?»

«Messer speziale?» disse Ginevra. «Ci siete stato raccomandato da un amico, ha detto che vi occupate di articoli per i pellegrini.»

Lo spioncino si chiuse e la porta si aprì a rivelare un uomo anziano con ciuffi di capelli bianchi appesi precariamente a una testa altrimenti calva. Aveva i vestiti sporchi del grasso di molti pasti e le dita erano storte per l'artrite. C'era una puzza che a Ginevra ricordò per un momento il porto di Genova e si accorse che la fonte era un'acciuga intera, che si era seccata dentro la barba dell'uomo.

Diede un'occhiata alle spalle del vecchio e vide che il negozio era disastrato come il proprietario; scuro, umido e puzzolente di terra ammuffita. Intravide qualche barattolo di polvere chiara, l'inchiostro sulle etichette di pergamena ormai sbiadito fino a diventare illeggibile. Le pile di confetti si erano sciolte in un'unica massa appiccicosa e ovunque i mazzi di erbe essiccate appesi al soffitto erano ormai ancore per le ragnatele, che si estendevano per tutta la larghezza della stanza. Lo stato di degrado in cui si trovava la merce rovinava l'illusione: nessuna di esse era destinata a essere venduta. Si trattava soltanto di una pigra copertura, in modo che lo speziale potesse condurre i propri reali affari: comprare e vendere le "sacre reliquie".

«Buon pomeriggio, signore, buon pomeriggio» disse con l'acciuga che traballava pericolosamente mentre parlava. «Che cosa vi porta da me?»

«Siamo nuove in città, pellegrine da Genova» disse Ginevra, sapendo che non sarebbe riuscita a nascondere il proprio accento a un uomo abituato ai viaggiatori. «Vorremmo vedere il maggior numero di santi fiorentini possibile, fare la nostra parte per placare la pestilenza, capite?»

«Genova?» disse sollevando un sopracciglio impolverato. «Non lo direi a voce alta, mia cara, dato che la malattia è giunta per prima nella vostra città, dopo il terremoto. Io non ho certo paura di queste cose, ma è sorprendente che vi abbiano lasciate entrare!»

«Sembra che tutti i guardiani siano morti» spiegò Lucia.

Lo speziale emise un suono prolungato di disapprovazione. «Che senso ha pagare tutte queste tasse, avere a che fare con le regole municipali, se non riescono nemmeno a tenere i portoni chiusi?» Smise di parlare e strinse gli occhi fino a farli sparire dietro le palpebre cadenti. «Come avete detto di avermi trovato?»

«Altra gente per strada. Dicono che siete famoso per l'aiuto che date ai pellegrini come noi, fornendo una... guida, per proseguire il nostro viaggio benedetto.»

«Altra gente per strada, eh?» ripeté lui.

«Ehm, sì» disse Ginevra.

«E come si chiamavano?»

«Non abbiamo chiesto» rispose.

Lo speziale fissò la mano di Ginevra. Lei si sentì a disagio sotto il suo sguardo. Si era accorto che stava mentendo? Avrebbe dovuto prendersi il tempo di mettere insieme una storia migliore. Era stata così impaziente di preparare il rimedio che non aveva avuto il tempo di formulare un piano. Perché dava sempre per scontato di riuscire a inventarsi qualcosa sul momento?

Tuttavia lo speziale scosse semplicemente le spalle. «La prima cosa che devo fare è consultare i cieli, per vedere che cosa è appropriato a seconda delle vostre situazioni individuali.»

«Sì! Sì, per favore, prima la mia amica» disse Ginevra, dando una spintarella in avanti a Lucia. Si sentì in colpa, ma aveva bisogno di distrarre lo speziale in modo da poter analizzare gli scaffali unti alla ricerca di bottiglie a forma di cipolla o di qualsiasi pianta o pigmento in grado di tingere una pozione di viola o verde.

«Come preferite» disse il vecchio burbero. «Avvicinatevi, Madonna, e mettete le mani sul bancone.»

Lucia, rassegnata, si fece strada tra le ceramiche sbeccate e gli stracci unti che insozzavano il pavimento. L'uomo spiegò una pergamena coperta di scritte e la voltò. Prese un pezzo di carbone da un braciere spento e cominciò a disegnare una spirale, dal centro fino ai margini della pergamena. Chiuse gli occhi e inclinò la testa all'indietro.

«Non avete bisogno di conoscere il giorno in cui sono nata, almeno...?» cominciò a chiedere Lucia.

«Ssst! Le stelle mi stanno parlando, non interrompetele.»

"Quest'uomo è un ciarlatano di prim'ordine" pensò Ginevra aggirandosi per il negozio con quella che sperava fosse un'aria casuale.

Lo speziale inclinò la testa ancora più indietro e cominciò a ronzare come se avesse ingoiato un alveare. Via via che alzava il volume della voce, aumentava anche la velocità con cui disegnava le spirali a carboncino, al punto che la pagina si riempì completamente e l'uomo stava quasi urlando. Ginevra interruppe il proprio curiosare, preoccupata che al vecchio stesse venendo un colpo. Ma proprio quando fece un passo verso di lui, la testa scattò in avanti e disse a Lucia: «Ah, Madonna! È chiaro. Per voi consiglio un san Sebastiano, *con carne.*»

«*Con carne*?» chiese lei allarmata.

«Sì. Significa, naturalmente, con un po' della sacra carne ancora attaccata al sacro osso. È molto più efficace così. E le stelle me lo hanno detto: voi avete bisogno di qualcosa di molto potente.»

«Oh, uhm...» balbettò Lucia.

«Naturalmente, se siete a corto di mezzi, posso nuovamente interrogare le stelle per qualche reliquia di seconda o terza categoria, che sarà comunque utile a suo modo.»

«Ah. No, è solo... Come avete fatto a capire da quei cerchi che ciò che mi serve è san Sebastiano?»

«Cerchi *mistici*, Madonna. Non vengo certo a interrogarvi su Genova, io, dato che la vostra amica dice che provenite da lì. E allo stesso modo voi non dovreste interrogare la mia conoscenza segreta dei pianeti e delle stelle.»

Ginevra lo interruppe. Doveva ottenere qualche informazione riguardo il ladro, non costringere Lucia a inventarsi fatti su Genova. «Perdonatemi, messer speziale, siete certo che non vi sia qualcosa di più... locale? Qualcosa di più potente, dato che ci troviamo a Firenze? Sarebbe possibile, per esempio, avere una reliquia del vostro santo, Zenobio?»

«Zenobio, eh? È una richiesta che non ho mai udito prima. Il corpo di san Zenobio fu trovato miracolosamente intatto e conservato tra le fondamenta di Santa Reparata. Un uomo del suo calibro fu mantenuto *intero*, per quanto possibile, solo la testa venne separata per essere venerata, mentre il resto è ancora sepolto nella cripta, al sicuro. Fino a non molto tempo fa ci si poteva recare alla chiesa per visitare la testa. Non avete sentito?»

Ginevra continuò a recitare la parte dell'ignorante. «Sentito cosa? Siamo appena arrivate.»

«È la notizia più grossa dopo la pestilenza. La testa benedetta di Zenobio manca da qualche settimana, ormai. E ora due donne che provengono da molto lontano chiedono un pezzo del santo, pensando che io, un onesto speziale che serve la propria città in tempi di urgente bisogno, possa averla.»

«No di certo, non volevamo insinuare...» balbettò Ginevra.

«E chi è il signore che vi ha mandate qui?» continuò lo speziale, sputacchiando schizzi di saliva bianca contro i loro volti. «Con il vostro finto accento genovese. L'ho notato appena siete entrate. La vostra amica magari proviene dal nord, ma non voi!»

«Cosa? No, vi sbagliate... Il mio accento non è finto» disse Ginevra. *Merda.* Lucia la fissava in preda al panico, con il terrore di parlare e che si scoprisse che non era genovese.

«Sentite, messer speziale, mi dispiace di averle chiesto di Zenobio. Sono una donna ignorante delle campagne. È una tale fortuna per noi che conserviate una reliquia di san Sebastiano. La compreremo senz'altro.»

«La compreremo?» disse Lucia a Ginevra.

«Sì, la compreremo» rispose Ginevra con un tono carico di sottintesi.

Lo speziale sorrise e aprì le mani, a indicare che il diverbio era di importanza secondaria rispetto agli affari. «È un regalo, Madonna. Gratuito, compreso nel pagamento della lettura astrale.»

«Davvero una benedizione, la vostra generosità» disse Ginevra.

«Davvero. Dovreste esserne liete. Sono in affari da molti, molti anni. Le persone sanno che quando hanno bisogno di un oggetto raro e prezioso, sono io ad averlo. Il fatto che voi due vi siate trovate alla mia porta nel mezzo dell'apocalisse illustra il mio prestigio tra i viaggiatori e la qualità della mia clientela.»

«La vostra logica è infallibile quanto la vostra reputazione» rispose Ginevra. Avrebbe voluto tanto dirgli che perfino i becchini trovavano i suoi affari disgustosi.

Lo speziale si chinò sotto il bancone ed estrasse una scatola di legno polverosa. Aprì il coperchio; era piena di dita rinsecchite.

Frugò tra di esse per un istante prima di dire: «A-ha, eccola qui! È perfetta per voi».

«Come fate a sapere che apparteneva a san Sebastiano?» chiese Lucia. «Sembrano tutte uguali.»

«Un vero esperto conosce la propria merce, Madonna. Sono due fiorini per la lettura.»

«Due fiorini?» gridarono le due donne per la seconda volta in pochi giorni.

«A Firenze costa tutto due fiorini?» chiese Ginevra, incredula.

«Di questi tempi, sì» rispose lui senza battere ciglio. «Ma in qualunque momento questo sarebbe il prezzo giusto per una lettura che abbia dato come risultato l'acquisizione di una reliquia così prestigiosa.»

Ginevra si morse la lingua. «Certamente. Avete proprio ragione. Monna Lucia, volete dargli il denaro?»

«E questo, naturalmente, è il prezzo di una lettura. Perché ognuna di voi abbia la propria reliquia...»

«Credo che una basterà per entrambe. Dopotutto, san Sebastiano aveva solo dieci dita. Sarebbe egoista da parte nostra prenderne due» disse Lucia, lasciando cadere le monete d'oro sul palmo della mano dell'uomo. Se non avesse avuto un marito facoltoso, non avrebbe potuto andarsene in giro a spendere una fortuna in dita rinsecchite e sepolture.

«Come siete magnanime» rispose l'uomo con un leggero disappunto.

«Dunque, messere» chiese Ginevra, «se possiamo disturbarla ulteriormente... Dato che il reliquiario di san Zenobio è vuoto, in quali altri santuari ci consiglia di pregare in sua vece?»

Incoraggiato dai pezzi d'oro lo speziale continuò a parlare. «Ecco, lasciate che vi mostri un libro che può essere usato dai pellegrini per conoscere tutti i luoghi da visitare.» Prese un volume da quattro soldi da dietro il bancone. «Ecco qui. È il *Libri indulgarium et reliquiarium* che consiglio di più. La "Guida del pio pellegrino ai luoghi più sacri di Firenze, incluse le migliori preghiere da pronunziare e il numero di indulgenze concesse per visitatore e dove alloggiare nelle vicinanze".»

«È un titolo molto lungo» disse Lucia.

«E che cosa troveremo in questo magnifico trattato?» chiese Ginevra.

«Mostra nel dettaglio quali sono le reliquie più prestigiose della città, in quali chiese si trovano e così via.»

Ginevra allungò una mano per prenderlo, desiderosa di dare un'occhiata, ma appena lo raggiunse l'uomo lo tirò a sé. «Ma questo non è il miglior momento per andarsene in giro, sapete, i miasmi si propagano in ogni strada, anche dentro le chiese e i monasteri. Temo che scoprirete che le nostre grandiose chiese, di solito scintillanti e ben curate, ora sono oscure e vuote, e i loro santi scomparsi, come Zenobio.»

«Tuttavia potremo almeno visitare i luoghi dove dovrebbero essere e di certo conterà qualcosa.» Allungò di nuovo la mano e sorrise, ma l'uomo teneva il libro stretto al petto, come se non volesse mostrarglielo di nuovo. Ginevra perse la pazienza. «Credevo che il dito di san Sebastiano ci avrebbe protette.»

«Oh, lo farà, lo farà. Solo, è meglio non affaticarlo troppo, capite?»

«Abbiamo fatto un lungo viaggio e siamo determinate a vedere le reliquie.»

«Forse, se ciascuna di voi avesse la propria reliquia, saprei che siete adeguatamente protette. Per come stanno le cose ora, sarebbe immorale da parte mia incoraggiare il vostro viaggio.»

Lucia guardò Ginevra con occhi imploranti, ma sapeva che l'uomo non avrebbe accettato un rifiuto.

«Magari esiste qualcosa di meno glorioso del dito di Sebastiano? Dobbiamo fare attenzione alle nostre finanze.»

«Ma certamente, Madonna, sono qui per servire. Le stelle mi dicono che Sebastiano è buono per voi e ho un pezzo di pelle del suo avambraccio, a metà del prezzo...»

«Un fiorino è più di quello che...»

«Allora magari Madonna è interessata a un'unghia appartenuta al benedetto san Gregorio. Posso separarmene in cambio di una donazione di tre lire.»

«E va bene. Le stelle dicono che anche lui va bene per me, vero?» Lucia schiaffò altre tre monete in mano all'uomo.

«Splendido. Le signore desiderano che ve lo legga?»

«Grazie, ma sappiamo leggere da sole.»

«Ah, benissimo, come cambiano le cose! Ecco a voi.» Posò il libro sul bancone accanto ai confetti sciolti e si accorse di quanto fosse buia la stanza.

«Scusatemi per un momento, signore, mi sembra che sia necessario un lume.» Si trascinò lentamente sul retro.

«Ginevra! Questo posto è così sporco, non mi sento bene...»

«Ssst, diamo un'occhiata al libro velocemente e poi ce ne andiamo.»

Portarono il libro alla luce dell'ingresso. Ciascuna pagina conteneva una xilografia illustrata di un reliquiario e una descrizione confusa che spiegava come pregare adeguatamente. Le donne sfogliarono in fretta.

«Guarda, Lucia! Ecco Santa Reparata e il Battistero. I primi luoghi a essere stati derubati...»

«Ovviamente. Sono le chiese più famose della città. È la prima tappa per chiunque.»

«Vero» disse Ginevra, «ma subito dopo ci sono Santa Maria Novella e la cappella di San Barnaba. Anche quelle derubate.»

«Sì, e ci sono anche le quattro chiese della processione della Rogazione» disse Lucia.

Ginevra estrasse la lista dell'inquisitore e la scorse con il dito. «E da quelle chiese hanno preso il torso di san Pietro, il piede sinistro di santo Stefano ed entrambe le natiche di san Paolo.»

Lucia annuì e continuò a sfogliare le pagine. «E se tutti questi posti sono presenti nel libro, ci deve essere anche... Sì, la mia Santa Trinita, qui, sul retro della pagina... Anche se qui si consiglia di pregare il crocifisso, non la spalla di Giovanni Gualberto, che è il pezzo che è stato preso. Ginevra, questo è...»

«Lucia, il ladro deve essere stato qui e aver consultato proprio questo libro!»

Il proprietario tornò e posò una grumosa candela di sego sul bancone. Ginevra gli sorrise in un modo che sperava fosse affascinante. «Che meraviglioso e utile trattato.»

Lucia portò il libro più vicino alla luce flebile.

«Ah, sì! La natica sinistra di san Paolo» disse lo speziale, dando un'occhiata alla pagina aperta. «Una delle reliquie più efficaci e di valore.»

«Messer speziale» disse Ginevra, «vogliamo comprare anche il libro.»

«Mi dispiace, Madonna, ma non è possibile. È un volume molto raro.» Lucia soffocò una risata e lo speziale la fissò accigliato. «Abbastanza raro. È l'ultima copia, non posso rimanere senza. Dovrete arrangiarvi come si faceva una volta, con quello che riuscirete a ricordare.» Si avvicinò lentamente per rimetterlo a posto nella stanza sul retro.

Ginevra guardò Lucia.

«No! Ginevra, non voglio spendere altri soldi qui. E inoltre, questo libro è solo...»

«E va bene, e va bene, esiste un altro modo, che non implica soldi. Hai ancora quella bottiglia di acqua santa? Ti ho vista riempirla ieri a Santa Trinita.»

«Sì…»

«Presto, allora, mettici dentro questa.»

«Che cos'è?»

«È una selenite. Chiunque beva dell'acqua toccata dalla pietra diventerà, per breve tempo, molto compiacente.» Lasciò scivolare un sassolino grigiastro e traslucido nella fiaschetta di Lucia.

«Ma dev'essere proprio acqua santa? La *mia* acqua santa? Ne ho bisogno.»

«Può essere qualsiasi tipo di acqua, ma ne vedi altra in giro?»

«E come faremo a fargliela bere?»

Lo speziale ritornò. «Signore, siete ancora qui? Mi sembrava chiaro che i nostri affari si fossero conclusi.»

Ginevra esitò mentre Lucia restava immobile, stringendo la fiaschetta. «Vi prego, se non volete il denaro abbiamo viaggiato con…» Ginevra cercò di pensare a qualcosa che avesse in casa Lucia. «…dei bellissimi tessuti.»

«È davvero l'apocalisse! Una genovese che offre tessuti a un fiorentino! Donne losche! Sgualdrine! Fuori dal mio negozio. Fuori!» Prese un barattolo di fagioli e lo scosse in direzione delle due come se fossero un branco di cani affamati.

«Lanciagliela addosso» disse Ginevra a Lucia, solo muovendo le labbra.

Lucia, senza sapere cosa fare, sollevò la fiaschetta a livello del naso e poi fece un enorme e finto starnuto e spruzzò l'acqua santa in faccia allo speziale sbalordito.

Il volto dell'uomo tremò per la rabbia. Anche l'acciuga nella barba tremò per la rabbia.

Merda, merda, merda, pensò Ginevra. L'elisir non stava funzionando. Agnesa le era morta tra le braccia. E ora la selenite non serviva a nulla. Aveva perso il suo tocco con le gemme.

Lo speziale si avvicinò a Lucia e la agguantò per il vestito. «TU! Tu… Ah! Tu vuoi vedere di nuovo il mio libro?»

«Cosa? Sì! Sì.»

«In realtà» interruppe Ginevra, trascinando via l'amica dalla presa dell'uomo, «vorremmo comprarlo.»

«Comprarlo? Oh, no! Non potrei mai prendere del denaro da due creature così amabili, vi prego, prendetelo. Insisto. Come ho detto, è la mia ultima copia, ma mi accontenterò.»

«Uhm, grazie, lo prenderemo.»

«Come altro posso servirvi, gentili signore?»

«Be'» disse Ginevra in fretta (non era certa di quanto sarebbe durato l'effetto della selenite), «in verità abbiamo delle domande. Sapete dove si trovano Zenobio e le reliquie rubate?»

«Signore, guardatevi intorno. Vi sembra che io sia coinvolto in affari così lucrativi?»

«Ma non sapete dove si trovano?»

«Di certo vi renderete conto che questa domanda assomiglia a un insulto. Forse c'è qualcos'altro a cui posso rispondere, invece?»

Ginevra cambiò tattica. La selenite non era un siero della verità.

«Molto bene. Chi altro ha visitato il negozio? Avete detto che è la vostra ultima copia? A chi altro l'avete venduto?»

«Ah, a molti pellegrini negli anni. Sanno che io ho questo genere di cose. È un libro molto raro.»

«Qualcuno che puzzava parecchio?» chiese Ginevra.

«Be', certo» rispose lo speziale, «tutti i pellegrini puzzano parecchio.» Lucia annuì in segno di approvazione.

«Vi ricordate come erano fatti?»

«La mia vista non è buona per le cose terrene. Riesco a malapena a leggere, il resto è sfocato. Ma i miei clienti preferiscono che sia così. Ora, avete finito di rubare il mio tempo?» L'effetto della selenite stava svanendo.

«Abbiamo finito, grazie! Andiamo, Lucia.»

Sbattendo gli occhi alla luce calda del sole, le donne inspirarono l'aria marcescente della città, che sembrava quasi fresca dopo essere uscite dalla tana buia dello speziale. Corsero via, svoltando in diverse viuzze fino a quando non furono certe che lo speziale non le aveva seguite.

«Ginevra, hai visto…»

«L'acciuga nella barba, lo so.»

«Oh, sì, quella. Ma intendevo come ha funzionato bene la selenite! Non avremmo potuto dargliela subito e risparmiare i miei fiorini?»

«Non ci ho pensato, scusami. Ti ripagherò quando sarò medica. Ma guarda, ora abbiamo il libro! Di certo qui c'è la risposta. Sono nove le reliquie qui dentro, e tutte sono scomparse.»

«Ginevra, è quello che sto tentando di dirti da prima! Non è un libro raro. Stava cercando di fregarci. Questo libro… Le reliquie di cui parla sono famose! Insieme sono chiamate le Nove Divine. Vendono questa guida alle porte della città e a ogni angolo.»

«Le Nove Divine? Non ne ho mai sentito parlare.»

«È una cosa nuova, ha preso piede da quando te ne sei andata. Serve ad attirare più pellegrini. Sono stata sciocca a non accorgermene subito. Il ladro potrebbe aver letto delle reliquie su questo libro, dallo speziale, ma avrebbe potuto anche chiedere a chiunque.»

Ginevra si sentì sconfitta. Tutto quel darsi da fare per scoprire ciò che avrebbe dovuto sapere fin dall'inizio. «L'inquisitore doveva dirmelo! Il vino gli ha indebolito le cervella.»

«Avrebbe davvero dovuto farne menzione» disse Lucia indignata. «Ma guardando come stanno le cose, non pensi che magari il ladro provenga da una città rivale? Da un luogo che ci invidia le Nove Divine?»

«Che intendi?»

«Be'» disse Lucia, «la scorsa notte hai detto che il ladro annuncia i propri misfatti appena avvengono. Lascia dietro di sé queste bottigliette quando potrebbe facilmente tenere nascosti i crimini per mesi. Ha senso, se proviene da una città rivale. Vogliono che chiunque sappia che Firenze non è in grado di proteggere i suoi possedimenti più preziosi.»

«È geniale, Lucia! Potresti aver fatto centro. E, a proposito, lo starnuto di prima era altrettanto geniale. Mi riprendo la selenite, però.»

Lucia estrasse la fiaschetta di acqua santa e la scosse. Poi vuotò l'intero contenuto sulla mano. «Ginevra, mi dispiace, deve essere caduta...»

«Merda. Sei sicura?»

«Mi dispiace tanto, torniamo indietro a cercarla.»

«No, no, va bene così. Lo speziale non sarà felice di rivederci. È colpa mia, ti ho costretta a farlo. A essere onesta, non ho idea di come si catturi un ladro. Non so perché ho pensato di riuscire a risolvere un mistero che lascia senza risposte tutti i sant'uomini della città.»

«So cosa dovremmo fare.»

«Cosa?»

«Andare a casa e schiacciare un sonnellino. Siamo sveglie da ieri mattina. Fa così caldo, e l'aria è pesante come se stesse per arrivare un temporale. Non è naturale rimanere sveglie in un pomeriggio del genere.»

«Non riesco a dormire ora. Devo andare dalla piccola Zenobia e prepararmi per vedere l'inquisitore. Spero che l'elisir si sia stabilizzato...»

«Sono certa che sia venuto bene. E Ginevra, ti prego, non offenderti, ma dalle borse che hai sotto gli occhi capisco che hai bisogno di riposare anche tu. Sarà più facile pensare, dopo.»

«Tu dormi, allora. Io ho promesso a Zenobia che sarei tornata...»

«Se ti riduci a uno straccio, non aiuterai nessuno. Devi restare lucida e non puoi farlo se non dormi. Io, di norma, farei un riposino ogni pomeriggio. Mia madre mi ha insegnato che è importante per mantenere la propria giovinezza.»

«Be', lo vedremo. Magari, se la medicina sta ancora schiumando quando torniamo a casa, potrei provare a riposare un po' prima di tornare fuori.»

«Se la medicina non è ancora pronta, pregheremo perché Zenobia rimanga al sicuro fino a che non lo diventerà, il che dovrebbe darti un po' di tempo in più.»

31
Cena con esplosione

9 luglio 1348, Palazzo Tornaparte

Ginevra si recò nella cantina buia dove aveva riposto la medicina. Stava ancora schiumando e colando dal coperchio semichiuso. Non era pronta. Ormai Ginevra temeva che non funzionasse affatto. Avrebbe aspettato ancora qualche ora e sarebbe tornata in ogni caso a Torre Girolami: avrebbe fatto ciò che poteva per Zenobia con quello che aveva. Nel frattempo decise di stilare il rapporto per l'incontro dell'indomani con l'inquisitore Michele.

Tornò di sopra per lamentarsi con Lucia, ma Lucia stava già facendo un sonnellino e nessun sospiro rumoroso o rumore di piatti avrebbe potuto svegliarla. Si sedette al lungo tavolo rettangolare della sala da pranzo. La gattina le corse incontro e le si accucciò sotto le gonne per dormire ai suoi piedi. La sua compagnia la fece sentire meglio. Prese la lista originale dei furti redatta dall'inquisitore Michele e diede un'occhiata alle ultime scoperte che aveva aggiunto lei, nella sua rozza calligrafia.

Santa Trinita: spalla di san Giovanni Gualberto. Furto notato l'otto luglio. Reliquia vista l'ultima volta: non si sa.

San Paolino: scarpa di san Francesco. Tentato furto notato l'otto luglio. Reliquia manomessa, lasciata indietro.

Santa Maria Novella: dito di san Tommaso d'Aquino. Furto notato l'otto luglio. Reliquia vista l'ultima volta: inverno 1348.

Le date e le lettere iniziarono a danzare davanti ai suoi occhi. L'inquisitore la stava aspettando e tutto ciò che aveva scoperto, a quanto pareva, era già ben noto a tutti a Firenze.

Si scrollò la gatta dai piedi e tornò in cantina a dare un'occhiata al barattolo. Stava ancora colando. Un'anguilla fece un piccolo tuffo nel pozzo e Ginevra si rese conto che non aveva ancora mangiato nulla di sostanzioso dalla pappetta di Taddea. Magari poteva preparare un altro sformato di anguilla? No, ci sarebbero volute delle ore e Ginevra aveva troppa fame. E doveva andare da Zenobia. Riempì nuovamente l'elegante tazza verde e viola con del vinello e lo bevve d'un fiato. La riempì ancora e se la portò in giardino, con l'intenzione di cogliere delle mele. I pavoni si riunirono intorno a lei, nella speranza di qualche bocconcino. «Potrei mettere voi in uno sformato» disse loro, già un po' ubriaca. Non colsero la pigra minaccia e tornarono a beccare i vermi nei punti in cui la terra emergeva tra le lastre di pietra.

Raccolse da terra una mela dall'aspetto invitante e le diede un morso. Era acida e le rese la bocca secca. Si sedette a terra sulle pietre scaldate dal sole. Il vinello stava facendo effetto, anestetizzando i pensieri che si rifiutavano di lasciare il suo cervello esausto. Forse Lucia aveva ragione. Si sarebbe sdraiata solo per un momento, per riposare gli occhi. Ascoltò il beccare dei pavoni e il gorgoglio della fontana. Una linea di ombra fresca le si fece strada sul viso quando il sole cambiò posizione, spostandosi dietro le mura alte del cortile.

Un pavone la fissò. «Che ci fai qui?» chiese.

«Io... sto aiutando.»

«Ne sei sicura?»

«Sì...»

«I problemi ti seguono. Il malocchio sta solo aspettando che lasci cadere il gioiello magico.»

«Non lo lascerò cadere.»

«Ne sei sicura?»

Cercò a tentoni l'amuleto, disperatamente, ma le mani si aggrovigliarono tra i vestiti fino a che non riuscì più a muoverle. Il pavone si avvicinò e le beccò il naso con i denti appuntiti.

«Ginevra! *Ginevra*!» Si svegliò di soprassalto. Un pavone le saltò sopra con un suono stridulo e indignato. Il cortile era completamente in ombra. Aveva dormito per ore! Si alzò in piedi e vide Lucia che la salutava con la mano dal terrazzo. «Hai dormito per terra tutto il pomeriggio? Sai che abbiamo tre stanze vuote qui, vero?»

«Uhm, sì, sembra di sì… I pavoni…»

«Che hanno fatto?»

«Loro… Niente. Hanno mangiato il resto della mia mela.»

«Be', prendine un'altra, e una anche per me. Vieni sul tetto. È bello fresco quassù. Possiamo cenare.»

Ginevra si pulì la polvere dalla guancia e la raggiunse. Un pasto come si deve e poi sarebbe andata da Zenobia. Sul tetto, la città si estendeva davanti a loro e la luna calante si era alzata nel cielo ancora chiaro; sembrava l'unghia di un alluce, quasi un tributo a san Gregorio. Lucia aveva recuperato un salame rinsecchito dalle travi della cucina e aveva trovato dell'altro raffinato chiaretto appartenente al marito. Ginevra avrebbe voluto protestare: il salame si sarebbe mantenuto a lungo e non sapevano quando ne avrebbero avuto bisogno, ma era troppo affamata. Prese il coltello dalle mani di Lucia, che stava faticando a tagliare quella salsiccia voluminosa, e affettò una porzione generosa per entrambe. I bocconcini delicati diventarono morsi sostanziosi, seguiti da grosse sorsate di vino color melagrana. Il grasso, il sale e lo zucchero le ristorarono. Ginevra sentì che a ogni boccone la nebbia che aveva in testa si sollevava.

«Sembra quasi una normale sera d'estate da quassù, vero?» disse Lucia.

Ginevra sollevò lo sguardo verso le torri del campanile e i tetti che si susseguivano da Piazza Santa Trinita. I mattoni della chiesa brillavano di giallo, bellissimi. Niente lasciava intravedere che all'interno era coperta di muffa e svuotata delle sue reliquie.

«Fa male, in un certo senso. Quando ero più giovane, credevo che avrei trovato marito e che avremmo avuto una casa come questa, e che mi sarei seduta in una terrazza silenziosa come questa, con dei bambini.»

«Devi sposare un uomo ricco per avere tutto ciò. E fidati, non è così divertente.»

«Be', non è stato molto divertente neanche per me, senza un uomo. Ma non ha importanza. Non sarebbe mai potuto succedere. Lui non… non aveva bisogno di me come io ne avevo di lui.»

«Oh, mia cara amica. Non vederla in questo modo. Non volevo dirtelo. Ho incontrato la sua vedova, ieri. Pare che Ludovico abbia trascorso l'intero matrimonio a ignorarla, disperato per un altro amore perduto.»

Ginevra non seppe cosa fare di quell'informazione, né della spilla pegno d'amore, che ormai portava Lucia, e di tutto quel presunto struggimento. Che cosa aveva comportato per lei tutto ciò, oltre a impedirle di trovare legittimazione per la propria rabbia? «Magari ha agito così dopo che me ne sono andata. Ma prima di sentire la mia mancanza e commissionare gioielli per me, si è fatto da parte e ha lasciato che suo zio, il vescovo, ordinasse la mia mutilazione, e che il vecchio inquisitore togliesse i fondi al mio convento e lasciasse quelle donne sole, senza alcun luogo dove andare.»

Lucia posò la schiena sulla sedia. «Be', è un po' difficile difenderlo se la metti così.»

Rimasero in silenzio.

Ginevra si sentì in colpa per aver rovinato l'umore della serata quando Lucia stava solo cercando di essere gentile. «Forse, però, c'è ancora qualche uomo ricco là fuori, da qualche parte. O due, perché no? Uno per ciascuna.»

«Due fratelli bellissimi» disse Lucia, apprezzando la distrazione di quel nuovo gioco. «Il più vecchio per te e il più giovane per me. A patto che, ovviamente, il mio vero marito muoia.»

«Oh, certo che lo farà, uno di questi giorni. Proprio come il mio Ludovico.»

«Allora potremo stare con dei brav'uomini e li porteremo quassù per godere dell'aria fresca...»

«E le strade non saranno così silenziose. Sentiremo di nuovo i rumori dei vicini mentre tornano a casa prima del coprifuoco e...»

Il frastuono di un'esplosione riecheggiò dal cortile interno.

«Che succede ora?» disse Lucia.

Ma Ginevra conosceva bene quel suono. «No, no, no, no.»

Corse giù in cantina con un brutto presentimento e una lampada in mano. Era proprio come temeva: il coperchio del barattolo era esploso e una pellicola color miele ricopriva ogni cosa. Le anguille nuotavano sulla superficie del pozzo, cercando di capire cosa fossero quegli strani globuli che galleggiavano nella loro casa, ingoiandoli e risputandoli subito dopo.

Lucia entrò subito dopo Ginevra. «Il pozzo! Le anguille!»

«Staranno bene... Almeno credo...» disse Ginevra in tono distratto. Sollevò la lampada sul barattolo. «Oh, no. Oh, no. Non rimane nulla... E le pietre di sangue... sono scomparse. Non potrò farne dell'altra. Sono la donna più stupida della terra.»

«Ginevra, non è così! Non dirlo neanche.»

«Non avrei dovuto addormentarmi. Avrei dovuto occuparmi della pozione, sedermi qui accanto. Non capisco. Ho lasciato il coperchio semiaperto...»

Lucia impallidì. «Semiaperto?»

«Sì, per evitare che esplodesse. Non capisco.»

«Oh. Oh, Ginevra, mi dispiace così tanto. Sono scesa a prendere il vino e ho visto che il barattolo stava perdendo. Sapendo che si trattava di una sostanza preziosa ho chiuso il coperchio. Oh, cielo, ho rovinato tutto, vero?»

Ginevra sollevò lo sguardo lentamente dal barattolo. «Perché l'hai toccato? Non sai nemmeno fare il pane. Perché hai pensato che...»

«Non so a cosa stessi pensando. Mi sento malissimo, mi sento un'idiota. Ti prego, dimmi cosa fare per sistemare le cose. Andrò a cercare altri gatti o se ti servono soldi per acquistare ingredienti potrai usare i miei fondi!»

Per molto tempo Ginevra non disse una parola e strinse il pendente di corallo attraverso il vestito. Era caldo. Come le aveva predetto il pavone, il malocchio aleggiava intorno a lei, eccitato dalla sua rabbia. Chiuse gli occhi e respirò profondamente. Quando parlò di nuovo, lo fece lentamente e sforzandosi.

«Stavi solo cercando di aiutare. Non posso farne dell'altra a meno che non ritroviamo le pietre di sangue. Non riuscirò a curare nessun altro se non le ritroviamo. Non so dove possano essere finite.» Quando menzionò le pietre perdute, gli occhi scintillarono di rabbia inespressa.

«Le troveremo. Io le troverò!» si affrettò a dire Lucia. «Devono essere in questa stanza, da qualche parte.» Ma dopo aver girovagato carponi, tastando il pavimento di terra battuta con le dita e illuminando con la lampada il fondo del pozzo, le gemme erano ancora disperse.

«Oh, Dio, sono una donna inutile. Perfino la moglie del birraio avrebbe saputo che non bisognava toccare nulla... Guarda! Ce n'è ancora un po' dentro il barattolo. Forse può servire?» Si avvicinò per prenderlo.

«Ferma! Non toccarlo. Faccio io.»

«Potremmo pregare sant'Antonio. Ci aiuterà a trovare le gemme.»

«Vai a dormire. Hai fatto abbastanza. Io continuerò a cercare...»

«Se qualcuno deve continuare a cercare quella sono io. Tu prendi ciò che rimane nel barattolo e vai dai Girolami. Per quando sarai tornata avrò trovato le pietre e...»

«Ho detto che le cercherò io» la interruppe Ginevra. «Vai

nella tua stanza e prega per la bambina. Quello sai farlo bene, almeno?»

«Sì... Sì, certo. Lo farò. Mi dispiace. Buona notte.»

Ginevra si voltò e continuò a tastare il pavimento di terra con le dita, sforzandosi di trattenere la rabbia. Ma non era riuscita a risparmiarsi quelle frecciatine sul pane e sulla preghiera, che colpirono Lucia sottopelle facendole molto male.

L'ora del riposo pomeridiano di Lucia venne sprecata poiché giacque sveglia, pregando sant'Antonio da Padova per il ritrovamento delle pietre di sangue e promettendo di accendere una candela anche per lui, prima o poi. Infine si preoccupò per il numero di santi a cui doveva dei favori. Pensò alle Nove Divine. Quanto era stata superba, un tempo, per aver creduto di essere abbastanza brava da diventare una santa suora. Probabilmente avrebbe dovuto confessare anche quello. Con i brutti pensieri vorticanti nella mente, riuscì a cadere in un sonno agitato solo quando il sole aveva già cominciato a sorgere, il giorno successivo.

32
Oh, Zenobio

10 luglio 1348, Torre Girolami

Ginevra non ritrovò le pietre. Nelle prime ore del mattino se ne andò senza svegliare l'amica. Era ancora arrabbiata e non voleva ritardi né distrazioni. La piccola Zenobia ormai poteva essere molto malata o addirittura morta e non era certa che quel poco che aveva salvato della medicina nel barattolo sarebbe stato abbastanza, e nemmeno che fosse la cura corretta. In seguito si sarebbe recata dall'inquisitore. Gli avrebbe spiegato delle Nove Divine e del sandalo di san Francesco e dell'uomo talmente puzzolente da fare scalpore anche tra i clienti dell'osteria Alle Panche. Tutto ciò avrebbe contato qualcosa, no? Quel che era sicuro era che lei e Lucia avevano raggiunto una maggiore comprensione dei crimini in tre giorni rispetto a quanto era riuscito a fare l'inquisitore in molti mesi!

A quell'ora, di nuovo nella parrocchia morta di Santo Stefano al Ponte, le strade erano silenziose come se fosse mezzanotte, anche se il sole era pieno e tondo nel cielo e scaldava l'aria come in una panetteria. La porta di Torre Girolami era ancora aperta dalla sua ultima visita. Entrando, Ginevra si rese conto chc stava serrando la mandibola e cercò di rilassarsi, muovendola avanti e indietro con un clic doloroso. Salì di nuovo le scale strette; si diresse sfacciatamente verso la camera di Madonna Girolami, preparandosi agli oggetti casalinghi che le sarebbero stati lanciati contro. Invece la donna sollevò a malapena lo sguardo per prendere atto dell'arrivo di Ginevra. Era inginocchiata sul pavimento, col viso spento e un abito nero, e piegava lentamente i vestiti dei bambini dentro una cassettiera.

«Non ti ho pagata per i tuoi servizi» disse a mo' di saluto. «Dev'essere per questo che sei tornata.»

Ginevra trasse un sospiro di sollievo. «Dov'è vostra figlia?» chiese. «Ero preoccupata, la malattia... Ho qualcosa che potrebbe aiutarla.»

La donna la fissò a lungo. «Avevi ragione. Avrei dovuto spostare il corpo prima, ma non ce l'ho fatta... Lei è morta ormai, come il fratello. Li ho seppelliti accanto al padre.»

Ginevra cadde in ginocchio, sconvolta. Salvare la bambina, usando le pietre e il segreto dei gatti, avrebbe dato un senso alla morte di Agnesa. Ma era di nuovo arrivata troppo tardi per aiutare. I fili dorati che la legavano alla gente e ai luoghi a uno a uno si erano storti e spezzati. Sentì che presto non ci sarebbe stato più nulla a legarla alla terra.

«Mi dispiace, ho cercato di tornare il prima possibile con la medicina...»

«Se devi dispiacerti per qualcosa, che sia di avermi salvata solo per assistere alla morte dei miei bambini.»

«Il vostro figlio maggiore... Lui è vivo, non è così? Lasciate che sia lui la vostra salvezza.»

Il tono della donna si addolcì. «È così, è vivo. Grazie a te. Mi dispiace di averti colpita. Non vuoi del denaro?»

«No, Dama. È come vi ho detto: sono qui per cercare Zenobio e aiutare la città.»

«Quale città? Guardati intorno. Presto non ci sarà più nessuno. Perché affezionarti a un posto del genere? Nel giro di un anno qui ci saranno solo fantasmi e pecore che pascolano.»

«Non deve andare per forza così.»

«E che cosa importa, a te, di quello che succederà? Cerchi le reliquie rubate per bontà d'animo?»

«Solo i santi possono avere una tale motivazione, e io non sono una di loro. Sono stata assunta dal vescovo e lavoro in cambio di un compenso: i fondi per stabilire i miei affari qui e ottenere il sostegno necessario a entrare nell'Arte dei Medici.»

«Dopo quello che ti hanno fatto? Vuoi invischiarti ancora di più con Firenze?» Ginevra si irrigidì. La donna proseguì. «Non essere sorpresa. So chi sei, Ginevra di Genova. Abbiamo la stessa età, tu e io. Il tuo processo fu sulla bocca di tutti e ricordo come finì per te. Portata fuori da Firenze su un carro, come un'esiliata, coperta di sangue e immondizia. Vedo il punto in cui ti tagliarono il naso. Non accettarono i tuoi miracoli allora e non li accetteranno oggi. Monna Ginevra, non racconterò che sei stata qui e che hai usato la tua magia su di noi. Ma non posso associarmi a un'eretica, non senza un marito che mi protegge.»

«Dama, non sono un'eretica. Voglio soltanto aiutare le persone nell'unico modo che conosco...»

La donna aveva cominciato a infilare i vestiti nella cassettiera furiosamente, appallottolando i bellissimi abitini di pizzo in un baule zeppo da scoppiare. «Allora vogliamo entrambe cose impossibili. Io voglio strapparmi i capelli dalla testa. Voglio strisciare per le strade fino a che le mie mani diventeranno moncherini e le mie ginocchia ossa, e voglio sfregarmi in faccia lo sporco degli scoli e gridare fino a che la voce in gola si spaccherà e la bocca si riempirà di sangue e soffocherò a morte. Ma non tutti i miei figli sono morti. Solo due. Così devo contenere il mio lutto e portare via di qua l'unico rimasto vivo, per sopravvivere in un altro modo. È per lui che non posso fare ciò che ho appena detto che vorrei fare. Ti ringrazio per le tue cure, ma ora devi andartene e lasciarci a inghiottire i dispiaceri e a fare ciò che possiamo con le nostre vite distrutte.»

«Mamma...»

Le due donne si voltarono. Il figlio di Madonna Girolami era entrato nella stanza.

«Oh, mio Dio, Zenobio! Perdonami, non avresti dovuto udire queste cose.» A dieci anni, era alto come la madre.

Lo abbracciò e si mise a piangere, ma lui si divincolò e andò verso Ginevra.

«Ciao, è bello rivederti!» disse.

«È diventato strano, allegro» sussurrò Madonna Girolami, «da quando il padre e i fratelli sono morti.»

«È il turbamento dovuto al lutto» disse Ginevra. «Tornerà in sé.»

«Mamma, papà non avrebbe voluto che ce ne andassimo. Questa diventerà la mia torre.»

«Torna a letto, figlio mio. Sono io la padrona di casa, ora.» Ma il ragazzo non si mosse.

«Mamma, questa donna dice che riuscirà a trovare Zenobio, l'ho sentita! Io porto il suo nome» disse rivolgendosi a Ginevra. «Puoi aiutare anche santo Stefano? È il santo del mio defunto fratello.»

«Sì, ci proverò» rispose lei. «So che anche lui è scomparso, da...» estrasse la lista dei furti dell'inquisitore. «...dalla processione della Rogazione di questa primavera.»

Madonna Girolami si sedette su un baule dipinto e si prese la testa tra le mani.

«Abbiamo donato un intero piede di santo Stefano. Arrivava fino al ginocchio! Abbiamo pagato la reliquia profumatamente. L'intera città sapeva che era scomparsa tranne noi.»

«Mi dispiace, Dama» disse Ginevra.

«Dopo il fiasco del giorno di San Zenobio, mio marito è caduto in una profonda disperazione. Era così sicuro che la processione si fosse svolta correttamente, che il nostro antenato avrebbe interceduto e reso la città di nuovo vivibile. Ma poi... Ci ha proibito di lasciare la torre. Così non abbiamo più avuto notizie, per settimane non abbiamo saputo che il sacro piede era stato rubato, che ci eravamo chiusi dentro una parrocchia morta...»

«Santo Stefano è la chiesa di mio fratello!» disse Zenobio.

«Non è sua, mio caro. Mio carissimo, unico figlio. Abbiamo una cappella lì, è questo che intende. Diversi giorni fa, mio marito si è recato lì. Ha lasciato la torre per la prima volta dopo settimane. Aveva avuto la certezza, improvvisamente, se lo sentiva nelle ossa, che la reliquia della chiesa sarebbe stata rubata. Si è recato a controllare, anche se l'avevo implorato di non farlo. Tornato a casa, ha portato la morte con sé.»

«Ha visto qualcosa nella cappella? Quella da cui è stato sottratto il piede. Vi ha riferito qualcosa?»

A quel punto la donna sollevò lo sguardo verso Ginevra con gli occhi cerchiati di rosso. «Ha detto che poteva trattarsi solo di... magia nera. Il piede era conservato in una credenza dorata, tempestata di lapislazzuli e cristalli colorati, costruita con un'ingegnosa serratura di ferro, commissionata a caro prezzo. Ha detto che la serratura era stata consumata dalla ruggine. Chi riuscirebbe a fare una cosa del genere?»

Ginevra annuì ma non credeva che servisse la magia per fare arrugginire una serratura. Ripensò alle porte di Santa Trinita, cadute dai cardini, agli interni coperti di muffa. Nemmeno i Girolami sarebbero stati in grado di impedire che le nebbie dell'Arno impregnassero di umidità la chiesa, corrodendo i metalli e deformando il legno.

«Monna Ginevra, ribadisco la mia volontà che tu te ne vada. Sono stanca, molto, molto stanca.»

«Io no» disse Zenobio.

Ginevra chinò il capo. «Me ne vado e pregherò per le anime della vostra famiglia.»

La donna non rispose e tornò a piegare vestiti. Zenobio la salutò con la mano quando si avviò lungo le scale.

Una volta fuori si incamminò e quando fu lontana dalla torre, si sedette in strada posandosi contro un edificio e cercò di piangere per Zenobia. Ma non riusciva più a piangere. Prese la fiaschetta di elisir che era riuscita a salvare dal barattolo esploso. Probabilmente sarebbe stato comunque inutile, anche se fosse arrivata in tempo. Se voleva riuscire a spezzare quel ciclo di morte e paura, doveva portare a termine la missione. Si avviò, determinata, verso il palazzo dell'inquisitore.

Tuttavia, arrivata alla residenza, trovò i balconi chiusi e le porte serrate, e nonostante le grida e il bussare nessuno venne ad aprirle.

«Hai visto l'inquisitore?» chiese allo scalpellino morto sull'impalcatura. Nessuna risposta. Si sedette sull'ingresso ad attendere il suo ritorno. Rimase seduta fino a che le ombre si allungarono e si rese conto, all'improvviso, di non avere portato con sé l'eliodoro, rimasto nella cucina di Lucia dopo la notte trascorsa alle Panche. Senza la gemma, non avrebbe avuto modo di ritrovare la strada di casa quando si sarebbe fatto buio. Non poteva più aspettare. Strappò un angolo dalla lista dei furti, scribacchiò una nota per comunicare che sarebbe ripassata l'indomani e la infilò sotto la porta.

Ginevra ritornò, scoraggiata, al palazzo di Lucia, pensando che almeno sarebbe riuscita a sistemare le cose con l'amica. Ma quando entrò in casa scoprì che non c'era nessuno, tranne la gattina che miagolava chiedendo la cena. In cucina si accorse che sia l'eliodoro che l'ametista erano scomparsi. La rabbia tornò, raddoppiata, insieme alla preoccupazione per la sicurezza di Lucia. Le restava un'ora di luce, all'incirca. Ginevra corse fuori, più veloce che poteva, verso la taverna Alle Panche. Ma come la casa dell'inquisitore e il palazzo di Lucia, il posto era buio e vuoto. Era rimasta forse l'ultima persona viva sulla faccia della terra? Di corsa, si avviò verso Santa Maria Novella, pensando che se Lucia non era alla taverna avrebbe potuto trovarsi lì, nella sua chiesa preferita.

Ginevra fece avanti e indietro nell'enorme santuario vuoto, osservata dagli occhi di pietra di coloro le cui tombe lastricavano il pavimento e rivestivano le pareti. Andò di cappella in cappella, sbirciando tra le effigi e i reliquiari scintillanti e ammiccanti, immersi nell'oscurità delle loro nicchie. Non un solo santo aveva una candela accesa davanti a sé, laddove avrebbero dovuto essercene diverse centinaia.

Alla fine trovò il reliquiario di san Tommaso d'Aquino, ma Lucia non c'era. Esaminò il cancello di ferro battuto che separava l'edicola dal santuario. Era di nuovo chiuso, ma non c'era alcun lucchetto agganciato. Si avvicinò al cancello ed ebbe un sussulto quando le scarpe scricchiolarono sotto di lei. Una spruzzata di scaglie color mattone impolverava il pavimento. Ruggine. Si inginocchiò e le sbriciolò tra le dita. Ginevra si guardò intorno cercando una perdita, ma quel luogo era secco come un osso. Rabbrividì. Era come aveva raccontato Madonna Girolami su Santo Stefano: una serratura rovinata prematuramente dalla ruggine. Ripensò al cedimento dei cardini a Santa Trinita, ricordò che Lucia si era lamentata di essersi sporcata il vestito a Santa Reparata e che l'altare di San Paolino era arrugginito.

Un ronzio sordo risuonava tra le arcate di pietra striata della chiesa: il vento di una tempesta in arrivo, che si faceva strada attraverso le porte aperte. Un uomo capace di ridurre il ferro in polvere. Che puzzava e rendeva fredda una stanza. Che annunciava i propri crimini non appena venivano commessi. Oh, dov'era Lucia? Ginevra gridò il nome dell'amica, ottenendo in risposta solo l'eco della propria voce. Non c'era altro da fare che tornare al palazzo e sperare che Lucia fosse già rientrata. Era una notte di luna nuova, la notte più buia del mese, e si stava avvicinando rapidamente. Senza eliodoro, ben presto sarebbe stato impossibile per Ginevra ritrovare la strada. Si incamminò di nuovo verso il crepuscolo, con il vento crescente che le sferzava la gonna e le soffiava la sporcizia sui piedi.

Parte III
Il santo della peste

Umana cosa è aver compassione degli afflitti.

Boccaccio

33
Un banchetto notturno

10 luglio 1348, città di Firenze

Lucia aveva dormito fino al tardo pomeriggio e si svegliò maledicendosi per la propria pigrizia. L'amica se n'era andata senza lasciare un biglietto. Lucia non la biasimava. Si recò in cucina in cerca di cibo ma gli occhi si posarono sull'ametista e l'eliodoro, abbandonati in un piattino sul davanzale della finestra dopo il loro ultimo utilizzo. Lucia ricordò la conversazione rimasta in sospeso alle Panche. L'uomo puzzolente, che chiedeva in giro delle chiese e dava i brividi alle persone. Forse, se fosse riuscita a ritrovare Maria e Lorenzo e a farsi un'idea di chi fosse quell'individuo misterioso...

Be', sarebbe stato un passo nella direzione giusta per sistemare le cose con Ginevra. Determinata a trasformare la serata in un successo, indossò nuovamente il vecchio abito di Antonella, si mise l'eliodoro in tasca e l'ametista nella guancia e si diresse ancora una volta alle Panche, in cerca di cattive compagnie. Quando Lucia raggiunse la taverna, una dozzina di persone stava uscendo barcollando, tra cui Maria e Lorenzo.

«Lucia!» esclamò Maria, deliziata. «Sono così felice che tu sia tornata, non ci avrei scommesso dopo che Bertoldo...»

«Salve, Maria. Non preoccuparti di lui. Dove state andando?»

«Devi venire con noi!» disse Lorenzo. «Alle Panche oggi è giorno di secca, e abbiamo appena saputo di una festa.»

Lucia si unì a loro, prendendo Maria a braccetto. Un paio

di volte cercò di riportare la conversazione sull'estraneo puzzolente, ma camminavano in fretta, chiacchierando e ridendo con gli altri del gruppo, così non ne ebbe l'opportunità. Oltrepassarono diverse stradine serpeggianti lungo il fiume e si fermarono all'improvviso da qualche parte nel quartiere di Oltrarno. Uno del gruppo disse: «Ci siamo» e spinse la porta d'ingresso di un palazzo che faceva sembrare la casa di Lucia un buco nella terra.

«Di chi è?» chiese a Lorenzo, osservando stupita gli alti soffitti dipinti di blu a stelle gialle.

«Ah, be', questa è una di quelle feste meravigliose in cui il padrone di casa si è gentilmente assentato, in modo che si possa godere di questa ricchezza senza bisogno di inutili convenevoli.»

«Intendi dire che hanno lasciato la città e che noi ne approfitteremo?»

«Lucia» la redarguì Lorenzo, «moriremo tutti domani, quindi qual è il problema se beviamo il vino abbandonato di qualche ricco signore? Andiamo.»

Lucia dovette ammettere che non aveva tutti i torti. Decise, per il bene dell'indagine, di commettere il piccolo peccato di unirsi alla festa. Un'altra cosa da aggiungere alla sua lunga lista di preghiere e penitenze.

Quando giunsero alla sala da pranzo del secondo piano Lucia fu lieta di avere già deciso di commettere peccato perché quella festa sembrava molto divertente. Si svolgeva attorno a un gigantesco tavolo, intarsiato d'ebano e madreperla, a malapena visibili sotto i piatti ricolmi di cibo che lasciavano aloni sulle decorazioni. In qualche modo, qualcuno era riuscito a trovare un maiale e la bestia unta stava venendo arrostita su uno spiedo improvvisato nell'enorme caminetto, che fino a quella sera di certo non era mai stato usato per lo sporco compito di cucinare. Sul tavolo c'erano formaggi molli avvolti da foglie delicate, grosse olive e vassoi di pernici fragranti con i loro sughi che gocciolavano su letti di cipolle gialle e rametti di rosmarino bruciacchiati. C'era una torta ripiena sopra la quale stava una cornice di tortine più piccole; della salsa densa e scura colava tra i tagli dell'impasto in modo che il vapore speziato potesse fuoriuscire. E poi forme di pane, fresche e soffici, spolverate di zucchero e ripiene di uva passa e rognone; uova bollite tinte di rosa con la barbabietola e di giallo con lo zafferano; ciotole di tenere e leggiadre foglie d'insalata punteggiate di fiori gialli e spruzzate di aceto; vassoi ricolmi di lunghi fili di maccheroni imburrati; pile di arance estive, un piatto di maiolica pieno di dolcetti, di solito riservati alle donne incinte; e barili e barili di vino, lasciato a decantare in raffinati bicchieri di vetro, peltro, argento e persino qualcuna di quelle ceramiche dipinte con le foglie di vite uguali a quelle che aveva lei in casa.

Gran parte di quel vasellame veniva intascata di nascosto dagli ospiti non appena terminavano di bere il primo bicchiere. Tre giovanotti con flauti di diverse dimensioni stavano strimpellando insieme a un tamburino mentre un uomo vestito da donna cantava con una voce dolce come un usignolo. Nonostante il tramonto si stesse avvicinando e i balconi fossero chiusi, la stanza era piena di luce grazie a centinaia di candele, che sarebbero potute bastare per un anno se usate con parsimonia (il che non stava accadendo). La stanza era piena di gente quanto il tavolo era pieno di cibo e, proprio come il maiale sul fuoco, gli invitati avevano la pelle scintillante per via del calore e dell'aroma nell'aria.

«Chi ha preparato questo cibo? Da dove vengono le arance?» chiese Lucia, incredula, ignorando il consiglio che le aveva dato Lorenzo di divertirsi anziché fare domande.

Maria era più incline a soddisfare la curiosità di Lucia. «La cuoca della casa. Dopo che il suo padrone se n'è andato è tornata e si è messa con un fornaio. Fanno una bella coppia, no?»

«Ma ci avranno messo giorni...»

«Una settimana, come minimo!» esclamò Maria. «Ma che altro ha da fare la gente? Tanto vale preparare un banchetto, no? Siamo fortunate a essere tra gli invitati. Ora scusami un momento, ma io e Lorenzo ce ne andiamo… in esplorazione. Non ci metteremo molto. Tienimi da parte una di quelle uova, ti va? Una rosa.»

Lucia annuì e andò a servirsi al banchetto. Era tutto parte dell'indagine, si disse, prendendo una grossa arancia e cercando di pelarla come una signora. Ruppe la buccia e uno spruzzo gentile di liquido uscì dal frutto, aleggiando nell'aria e circondandola di un profumo gradevole. Prese uno spicchio dal globo succoso e se lo ficcò in bocca, venendo trasportata, per un momento, in un'altra estate, in cui la morte non era l'argomento di ogni conversazione.

Si mise in tasca un'altra arancia per Ginevra, trovò un bicchiere, lo riempì di vino e si guardò intorno. Come avrebbe dovuto approcciarsi a quel banchetto? Cominciando dai maccheroni? O sarebbero finiti per primi i formaggi? Avvicinandosi al vassoio su cui erano adagiati, si fermò di colpo: il becchino era lì. Lo stesso che aveva portato via la sua domestica. Non era vestito con gli stracci puzzolenti del lavoro, bensì indossava una tunica ricamata e un turbante rosso. Le sorrise con un ghigno. Lucia finse di non notarlo, ma con suo immenso orrore l'uomo le si avvicinò.

«E tu da dove vieni, questa sera, eh?» disse sussurrandole all'orecchio, in modo che nessun altro potesse sentirlo. «L'invito si estendeva anche alla parrocchia morta di Santa Trinita?»

«Non so di cosa parli» disse simulando tutta l'indignazione possibile. «Io vivo a Santa Croce.»

«Ah-ah, certo, e io vivo nel Giardino dell'Eden. Non preoccuparti comunque, noi bugiardi ci copriamo le spalle l'un l'altro. Manterrò il tuo segreto.»

Lucia gli voltò le spalle solo per imbattersi in un'altra figura ributtante: lo squallido Bertoldo, ubriaco e intento a molestare altre donne, le quali, più avvezze di Lucia a quella sorta di faccende, lo ignoravano efficacemente. E nonostante Bertoldo fosse, per Lucia, dieci volte più repellente dello scavatombe, aveva sperato segretamente di incontrarlo di nuovo. Il motivo era che, all'indomani del loro primo, disgustoso incontro, Lucia aveva architettato un piano per vendicarsi. La lingua giocherellò con l'ametista che aveva in bocca. Fissò Bertoldo.

«Che hai da guardare?» insisté Becchino. «Se è un fantasma, ti credo. Il signore di questa casa è morto, non è scappato, credimi...»

«Ssst, vattene!» sibilò Lucia.

Bertoldo si allontanò dal gruppo di donne e per sua fortuna si ricordò di Lucia dalla taverna. Proprio come lei aveva sperato, le si avvicinò barcollando per continuare i suoi approcci. Urtò immediatamente contro una credenza, facendo cadere alcune stoviglie che si infransero sul piede di un flautista; la musica si interruppe e tutti si voltarono a guardarlo.

«A-ha!» biascicò rivolto alla stanza silenziosa. «Vedo che la signora non è riuscita a dimenticarmi! Mi ha seguito fino a qui, dall'altra parte del fiume. Dimmi, cara, mi hai sognato?»

«Sì. Ho sognato che tacevi e mi lasciavi in pace.»

La sala proruppe in una risata, ma tornò velocemente in silenzio in attesa di una risposta di Bertoldo.

«L'unica cosa che ti lascerò sarà la voglia di averne ancora.»

«È questo che vuoi? Darmi piacere a letto? È tutto qui? Sono una donna sposata. Non voglio dormire con te. Sto solo cercando di gustare del formaggio.»

Bertoldo fu preso in contropiede da quelle domande dirette, ma si riprese in fretta. «Ehm, sì, ma certo, sono un gentiluomo, è mio privilegio dare piacere a una signora.» E fece un gesto volgare che eliminò ogni traccia di garbo che poteva essere colta involontariamente in quell'affermazione.

Arrossendo solo appena, Lucia si giocò la sua carta. «Molto bene, allora. Ciò che mi darebbe piacere è che accettassi la mia sfida a una gara di bevute.»

La folla emise un giusto grido di stupore.

«Una gara di bevute?» Bertoldo riusciva a malapena a parlare, tanto era impaziente di deriderla. «E con quale bevanda pensi di battermi, donnetta?»

«Con il vino della casa, naturalmente. Chi ne beve di più e riesce a restare in piedi sarà il campione.» Fece un grosso sorso dall'elegante calice di vetro arabo che aveva scelto come recipiente e lo fissò dritto negli occhi a lungo. I partecipanti alla festa eruppero in grida e fischi. Bertoldo esitò per un attimo. «E dai… Non sarebbe corretto…»

«Se hai troppa paura di affrontare una "donnetta" allora sarà questo il tuo disonore.» Vuotò il calice.

Le urla e i fischi erano così forti che Maria e Lorenzo emersero dal nascondiglio che avevano trovato, con i volti rossi e i capelli scompigliati, per vedere cosa stesse succedendo. I musicisti aggiunsero i flauti alle grida di incitamento e Bertoldo non ebbe modo di sottrarsi alla sfida. «D'accordo, tesoro, se è questo che ti fa piacere, allora lo farò! E che possiamo poi continuare a darci reciproco piacere su letti di soffici piume.»

«Non c'è abbastanza vino in Italia per questo. Avanti, chi ci versa il primo bicchiere?»

Il banchetto venne spinto da un lato del tavolo e Lucia e Bertoldo si sedettero uno davanti all'altra. Fu recuperato dalle tasche riluttanti di qualcuno un altro di quegli eleganti calici arabi, in modo che la sfida potesse svolgersi in modo imparziale. Maria e Lorenzo si fecero strada tra la folla, il bellissimo cantante e Becchino si autoelessero giudici e si sedettero accanto alla coppia per assicurarsi che non vi fossero imbrogli. Becchino sorrise a Lucia in un modo che doveva essere incoraggiante, ma che finì per sembrare parecchio spaventoso per via dei pochi denti marci che gli rimanevano. "Forse non è malvagio, dopotutto" pensò Lucia, ma non ci fu il tempo di riflettere perché la gara ebbe inizio. Bertoldo vuotò il primo bicchiere in fretta e la guardò in modo lascivo. Lucia fece del suo meglio per bere in fretta, ma non era abituata a grandi sorsi e doveva fare attenzione a non ingoiare l'ametista. Nonostante ciò, anche lei posò sul tavolo il bicchiere vuoto perché fosse riempito. La folla la acclamò. Qualcuno cominciò a scommettere monete. I calici furono riempiti sette, otto, nove, dieci (o venti?) volte, fino a che le rozze provocazioni di Bertoldo divennero un biascichio incomprensibile.

Alla fine, dopo aver insultato Lucia dicendo qualcosa che nessuno riuscì a capire, si sporse un po' troppo indietro, la panca si ribaltò e cadde a terra con la faccia rubizza, mentre Lucia rimaneva impassibile e diritta come una signora. L'intera sala eruppe in risate, acclamazioni e pacche sulle spalle, perché nessuno prima di quella sera era mai riuscito a battere Bertoldo in una gara di bevute (non che qualcuno ci avesse mai provato.)

«Lucia!» esclamò Maria, stringendola a sé. «Una donna piccolina come te! Come hai fatto?»

«Così!» rispose lei, beata nel suo trionfo. Sollevò un ultimo calice di vino in modo cerimonioso, svuotandolo per fare scena. Oh, che disgraziata! Troppo sicura di sé, dimenticò ogni cautela e ingoiò la gemma che la teneva al sicuro dagli effetti dell'alcol. All'istante, ogni singola goccia che aveva bevuto le percorse le vene. La stanza ondeggiò e si portò la mano al volto, cercando di non vomitare.

«D'accordo, cara» disse Maria, vedendola barcollare, «hai dimostrato quanto vali, ora meglio che ti portiamo a casa.»

«Non possiamo lasciarla qui in un angolino?» disse Lorenzo guardando il cibo.

«No. Bertoldo non è l'unico pervertito in questa stanza e non voglio tenerla d'occhio tutta la notte. Tieni, amore, bevi un po' di vino, renderà il viaggio più lieto.»

«Ma il banchetto…» obiettò Lorenzo.

«Sarà ancora qui quando torneremo» rispose Maria. «Guarda quel maiale. Ci vorranno ore prima che sia cotto.»

Lorenzo si riempì le tasche di formaggio, tanto per essere sicuro. Maria mise un braccio attorno alla vita di Lucia,

Lorenzo si posizionò dall'altra parte e uscirono dalla porta principale, afferrando una piccola torcia dall'ingresso.

«D'accordo. Da che parte è casa tua, tesoro? Lucia? Ehi! Concentrati. Da che parte?»

Le diedero uno scrollone fino a che lei fece un cenno vago verso una strada che si snodava dalla piccola piazza davanti al palazzo. Anche se fosse stata sobria non avrebbe saputo ritrovare la via di casa. Non era quasi mai stata in Oltrarno e non aveva fatto attenzione al tragitto da quando avevano lasciato le Panche. A complicare le cose, il temporale che incombeva dal giorno prima era in arrivo e la notte, ormai senza luna, era ancora più nera per via delle nubi. Tuttavia, Maria e Lorenzo la guidarono coscienziosamente nella direzione che aveva indicato, ridendo e scherzando e rievocando la stupida faccia di Bertoldo per tirarla su di morale.

34
Miniato al Monte

Tarda notte del 10 luglio 1348, città di Firenze

Dopo un bel po' di tempo trascorso a seguire le indicazioni inutili di Lucia, gli incoraggiamenti ubriachi dei suoi accompagnatori si esaurirono. «Lucia, odio dirtelo ma stiamo girando in tondo. Sai dove vivi, vero? Da quale parte del fiume?»

Lucia rispose di sì con un cenno, ma non riuscì a dire altro.

«Oh, Dio, Maria, siamo due sciocchi» disse Lorenzo dandosi una manata in faccia. «Ce l'ha detto la sera che ci siamo incontrati, ricordi? Vive a Santa Croce! Madre di Dio, è così lontano!»

«No. No. Non lì» biascicò Lucia. «Santa Tri-ni-ta.» I suoi accompagnatori si bloccarono all'improvviso e si scambiarono un'occhiata.

«No» disse Lorenzo.

«Non possiamo lasciarla qui, è ubriaca fradicia.»

«Sì che possiamo. Dovrebbe essere già morta.» Lasciò andare il braccio di Lucia e si allontanò di qualche passo. «Andiamocene, Maria.»

«Lucia, in quale parrocchia si trova la tua casa?» chiese la donna.

Lucia si rese conto dell'errore nonostante l'ubriachezza e cercò goffamente di rimediare. «Ssst. Ssst. Va tutto bene. San… Hic! Santa Croce.»

«Mente per la gola» disse Lorenzo in tono rabbioso.

Maria si divincolò da Lucia, che cominciò a barcollare pericolosamente senza il supporto degli amici. «Sei una sporca, sporca bugiarda» disse. «Nessuno è ancora vivo a Santa Trinita. Be', nessuno tranne te. La pestilenza è ovunque. È una parrocchia morta. Ci hai esposti tutti al tuo respiro contaminato. Ora ce ne andiamo, a goderci quella che probabilmente sarà la nostra ultima notte.»

Lorenzo sputò per terra ai piedi di Lucia, la chiamò "puttana" per non sbagliare e la coppia si allontanò nell'oscurità, portando via anche la torcia. Lucia barcollò fino a urtare contro un muro e finalmente vomitò, sporcando di viola il vestito di Antonella. Si inginocchiò e cercò con le mani nel vomito, alla ricerca dell'ametista, ma non riuscì a trovarla. La strada si inclinò ad accoglierla e perse l'equilibrio. Era terrorizzata di essere sola ma anche lieta che non ci fosse anima viva a vederla. Vomitò di nuovo, si rimise in piedi e cominciò a girovagare tra le strade nel buio pesto, aggrappandosi ai muri delle case vuote per tenersi in equilibrio.

Alle finestre non c'erano lampade accese, nessuna lanterna illuminava gli angoli degli incroci. Gli edifici si affacciavano sulla strada bloccando completamente la vista del cielo. Lucia non riusciva a distinguere la propria mano davanti alla faccia. Il vento cominciò a soffiare rabbioso e iniziarono a cadere delle goccioline di pioggia. Ben presto il cielo riversò a terra un torrente di pioggia estiva e i rivoli d'acqua scorsero lungo le strade, gettandole addosso fango e cose morte. Lucia pianse, raggomitolata in un angolo. Se lo meritava, si disse. Aveva messo l'orgoglio davanti a tutto, aveva preferito la vendetta alla più importante ricerca del ladro. In un lampo di luce intravide l'antica e gigantesca chiesa di San Miniato al Monte, che manteneva la sua guardia solitaria sulla città. Doveva aver girovagato fino ad attraversare Porta San Niccolò! I guardiani erano davvero tutti deceduti. Si avvicinò alla chiesa e la trovò aperta.

L'interno era ancora più buio. Riusciva a malapena a distinguere i rettangoli pallidi dei sarcofaghi di marmo bianco, posati a filo sul pavimento. Lucia non voleva dormire per terra in mezzo ai cadaveri così si trascinò lentamente nel buio, a tentoni, con le mani protese in avanti, fino a che non trovò i gradini che portavano al presbiterio.

La piattaforma del presbiterio era supportata da una cripta colonnata contenente la tomba del martire Miniato. Sul pavimento della piattaforma vi era una grata, attraverso la quale il sacerdote poteva abbassare lo sguardo per vedere la sacra sepoltura.

Lucia strisciò bocconi sugli scalini e si accucciò dietro l'altare. Come avrebbe spiegato tutto ciò a san Tommaso? Era talmente ubriaca che avrebbe dormito dentro una chiesa. La solitaria e terribile camminata aveva dato a Lucia un senso di falsa sobrietà, ma in quel momento, seduta a terra, la chiesa cominciò a girare sempre più veloce fino a che pensò che avrebbe potuto vomitare di nuovo. Si sdraiò toccando il pavimento freddo con la fronte e i palmi delle mani. Era un tentativo di stabilizzare il mondo che vorticava attorno a lei in modo incontrollabile. Perse i sensi, grazie a Dio.

Il sonno giunge facilmente per gli ubriachi, ma non dura a lungo e Lucia si svegliò qualche ora dopo con uno spasmo d'angoscia, ancora abbastanza ebbra. Rimase completamente immobile, cercando di capire dove fosse e per quale motivo. Non riusciva a credere di aver perso un'altra delle pietre magiche di Ginevra, che peraltro aveva preso senza permesso! Sciocca, sciocca, non c'era da stupirsi che il marito l'avesse lasciata. Prendeva sempre, e in cambio dava solo frustrazioni.

Dentro la chiesa era ancora buio, come sul fondo di un pozzo. Sciocca di nuovo! Aveva ancora l'eliodoro in tasca. Era così ubriaca da avere dimenticato l'unica cosa che avrebbe potuto riportarla a casa. Lo tirò fuori e lo sollevò, il suo personale globo di luce nell'immensa oscurità di San Miniato.

Ma c'era un altro debole bagliore che aleggiava sopra il pavimento, a circa tre metri da lei. Lo fissò intensamente, convinta che si trattasse di uno spirito uscito dalla tomba. Suoni di graffi leggeri e un tintinnio di metallo su pietra riecheggiarono verso l'alto: il rumore proveniva dalla grata sopra la tomba di San Miniato.

Lucia rimase immobile sul pavimento, terrorizzata che il minimo rumore o gesto potesse rendere nota la sua presenza a chiunque (o qualunque cosa) si trovasse nella cripta. Ascoltò attentamente; il tintinnio e il raschiare continuarono, e poi si udì una melodia canticchiata, come se si trattasse di un falegname intento sul banco. Di una persona assorta nel proprio compito, incurante degli osservatori.

Dietro di sé Lucia scorse una figura di spalle, inginocchiata in un mantello di lana grezza. Aveva una piccola lanterna, una grossa sacca e sul pavimento accanto alla figura era posata un'ampolla, della forma di un cipollotto. Il cuore le fece una capovolta nel petto: era il ladro all'opera! Eppure... Miniato non era una delle Nove Divine. La chiesa era troppo lontana dal centro della città.

Sentì un debole sfrigolio e poi l'odore di qualcosa di acre, simile all'aceto, le punse le narici e la gola. Gli occhi lacrimarono nello sforzo di reprimere un colpo di tosse. Da sotto venne un rumore raschiante di graffi che proseguì per qualche minuto. Poi udì un'esclamazione sommessa di trionfo e un tonfo più forte e vide le sbarre di metallo posate delicatamente a terra accanto alla figura con il mantello. Con orrore Lucia si accorse che la figura si era calata nella tomba e aveva afferrato la vecchia gamba rinsecchita dell'eremita e martire Miniato. Lo sconosciuto scrollò la gamba su e giù e infine, con uno sgradevole schiocco e uno sbuffo di polvere, la gamba si staccò dal corpo.

Lucia rimase in attesa di qualcosa, di qualunque cosa, che il pavimento si aprisse per ingoiare il ladro, ma oltre al tintinnio di quel lavoro non vi era altro suono.

La mano del ladro fuoriuscì dal mantello e prese la bottiglietta. Lucia non riusciva a capire cosa stesse accadendo, intravedeva solo il piede scheletrico di Miniato, piegato in un'angolatura sgraziata, che sporgeva da sotto il mantello del ladro e si muoveva a scatti mentre l'uomo armeggiava.

Lucia udì un suono di liquido travasato in un recipiente. Poi, un turbinio di movimenti sotto il mantello e vide il ladro infilare la sacra gamba sinistra di san Miniato dentro la sacca e rimettersi in piedi. Lucia si allontanò dalla grata da cui aveva osservato la scena. La sua scarpa bagnata cigolò piano sul pavimento. Il ladro si guardò intorno e spense la lanterna soffiandoci sopra. Lucia non era riuscita a vederlo in faccia. Si tolse le scarpe e sgattaiolò via, guidata dalla luce dell'eliodoro. Scese le scale fino alla porta della cripta e si nascose lì accanto, premendosi contro il muro. Un attimo dopo uscì il ladro stringendo la sacca bitorzoluta in una mano e tenendo l'altra davanti a sé per procedere a tentoni nel buio. Il cappuccio del mantello era tirato fin sopra la testa.

Cercando di allungarsi per vederlo in faccia, Lucia venne colpita da un lezzo nauseante, peggiore dell'odore dolciastro di decomposizione a cui era ormai abituata. Peggiore di una barba piena di acciughe. Il ladro voltò la testa in direzione di Lucia e lei sentì freddo, nel profondo del corpo, nonostante l'aria fosse calda e umida. Quasi vomitò di nuovo. Mentre si sforzava di non fare rumore, il ladro oltrepassò la luce dell'eliodoro. Infine, si affrettò fuori dall'edificio, procedendo alla massima velocità che consentivano le tenebre, e si addentrò nella notte, incurante della pioggia che ancora scrosciava a catinelle. Lucia si accasciò sul pavimento e restò ferma, con la schiena premuta contro la parete della cripta, cercando di riscaldarsi sul pavimento di pietra. Rimase lì fino a che le prime luci dell'alba si insinuarono dalle finestre e la tempesta fu passata.

35
Amici e nemici

11 luglio 1348, città di Firenze

L'indomani, le due donne sedettero una di fronte all'altra al tavolo della cucina di Lucia. Tra loro stava una piccola bottiglia a forma di cipollotto piena di un liquido violetto. Ginevra aveva delle occhiaie scure sotto gli occhi a causa di un'altra notte insonne. Lucia pareva fosse appena strisciata fuori dal fiume.

«Che cosa stavi pensando?» chiese Ginevra per la quinta volta.

«Mi dispiace. Te l'ho detto, credevo di aiutare» era tutto ciò che Lucia riusciva a dire.

«La selenite… Forse quella è stata colpa mia. Ma le pietre di sangue sono scomparse a causa della tua noncuranza. E nonostante questo, ancora una volta prendi pietre senza permesso e perdi un'altra delle mie gemme preziose.»

«Ti prego, la testa mi fa malissimo. Ti ho detto che mi dispiace.»

«Sì, l'hai detto. Sei certa di quello che hai visto a San Miniato, di quello che hai provato? Dell'odore che hai sentito?»

«Te l'ho detto, ne sono certa. Ti scongiuro, devo andare a sdraiarmi.»

«Dimmelo di nuovo. Voglio essere sicura di aver capito bene ogni dettaglio.»

«Te l'ho detto, un uomo ha divelto la grata di ferro della tomba di Miniato e ha rubato la gamba del santo. Ha versato del liquido in questa bottiglietta e l'ha lasciata nella tomba. Poi si è avvicinato a me e sono stata sopraffatta dal suo odore... Come se qualcosa di morto fosse stato lasciato in un canale di scolo... Ho sentito così freddo che ho creduto di morire.»

«Sei stata una sciocca ad avvicinarti a lui. Lucia, questo ladro è uno jettatore. Ne sono certa ormai. Il freddo che hai sentito lo conferma. Sei stata molto fortunata. L'oscurità della notte ti ha protetta dal suo sguardo maledetto... Credo che la peste sia attratta da lui. È per questo che nelle parrocchie a cui fa visita sono tutti morti, e non perché ruba le reliquie.»

«Deve avermi contagiata di nuovo. Non mi sono mai sentita così male.» Lucia posò la testa indolenzita tra le braccia sul tavolo della cucina.

«Non è la peste. È il vino.»

«Avresti potuto avvisarmi che sarebbe successo, se avessi ingoiato la pietra.»

«Be', non sapevo che l'avresti rubata per fare una gara di bevute.»

«Te l'ho detto, non l'avevo previsto. È semplicemente successo.» Ginevra scrollò le spalle.

Lucia cambiò argomento. «Che ne è della bambina, allora? Sei stata da lei? C'era abbastanza medicina per aiutarla?»

«Io... Non so se ce n'era abbastanza. È morta la notte prima del mio arrivo, mentre noi sedevamo sul terrazzo a spettegolare e a mangiare salame.»

«Oh, Ginevra, mi dispiace tanto. Se solo non avessi rovinato tutto.»

Ginevra non rispose e cominciò a sfogliare le pagine della guida ai santi che avevano sottratto allo speziale. «San Miniato non è in questa lista.»

«Perché quel libro tratta soltanto le Nove Divine. Te l'ho detto...»

«Smettila di dire "te l'ho detto"!» Ginevra lanciò il libro dalla tavola in un impeto di frustrazione. Nel volo, un foglio di carta piegato a fisarmonica si aprì dal retro della copertina e svolazzò dietro al tomo come la scia di una cometa.

Le donne si scambiarono un'occhiata. Nessuna delle due si era accorta di quel particolare. Ginevra lo raccolse.

«Che cosa dice?» chiese Lucia.

«È una poesia.» Tenendo il libro in posizione verticale, in modo da poter vedere il foglio nascosto, lesse ad alta voce:

Buon Pellegrino,
Se il tempo ti è incline
Dopo aver visto le Nove Divine
O se un prete ti dice austero
Che oggi è chiuso il Battistero
O se troppo numerose sono le folle
Va' in questi luoghi nascosti, non stare in panciolle.

«È una lista di ulteriori chiese!»

«Ssst. Certo che lo è.»

Se è la pace quel che aneli
Va' a San Paolino dei poverelli
Un luogo semplice, ma che contiene
Di san Francesco un umile piede
Per passeggiate e alberi verdi
A Miniato al Monte, lì ti perdi.

«Ma anche il ladro ha visitato questi luoghi!» esclamò Lucia.

«Pensi che non lo sappia? Ssst.»

Le impalcature avvolgono la vecchia Reparata
Ma una parrocchia più avanti c'è Santa Margherita
La chiesa è piccola ma attraente
E contiene il braccio di san Pancrazio innocente.

«Dobbiamo andare laggiù!»

«Ssst!»

E per trovar ristoro nella cura delle Sorelle
A Sant'Elisabetta troverete molte celle
In Oltrarno il sacro pane può essere visto
Bagnato del sangue del Divino Cristo.

«Oh, Ginevra, non è dove...»

«Devo andarci! Devo andarci immediatamente. Lucia, ti prego. Rimani qui finché sarò tornata.»

«Ginevra... Aspetta.» Lucia frugò nella borsa e le porse l'arancia schiacciata che aveva portato via dalla festa. «Mi dispiace. Davvero.»

Ginevra prese l'arancia appiccicosa e si rese conto di quanto fosse terribile litigare con l'unica amica che le era rimasta al mondo oltre, forse, a Taddea. Non voleva più sentirsi in quel modo. Sollevò gli occhi al cielo e prima di poter cambiare idea disse: «Anch'io ho qualcosa per te». Posò sul tavolo un cristallo appuntito, proprio davanti al viso di Lucia. Era più duro dell'acciaio, trasparente come l'acqua: un diamante. Una gemma rara e preziosa. Se donata, metteva fine a ogni litigio. All'istante, Ginevra si sentì più leggera.

Una lacrima scivolò dalla guancia di Lucia e cadde sul tavolo.

Ginevra le accarezzò la testa. «Devo andare ora, mia cara amica. Bevi acqua e non smettere fino a che non starai meglio. Tornerò presto.»

Ginevra afferrò il libro e si diresse di corsa verso il convento di Sant'Elisabetta, pregando che le serrature di Taddea avessero resistito. Si ritrovò ancora una volta sul ponte, sopra il fiume puzzolente.

"Tutti i pezzi rubati sono parti del corpo. Non ha preso il crocifisso di San Giovanni Gualberto. Non ha preso il sandalo. Non prenderà il pane." Pregò che quella teoria fosse vera.

Irruppe attraverso le porte proprio mentre Taddea le stava aprendo.

«Ginevra! Che succede? Hai catturato il...?»

«Taddea, il libro!»

«Te l'ho detto, i libri sono stati venduti a quel mercante di San Romolo. Cosa sta succedendo?»

«No, la guida… la guida per i pellegrini che vengono a Firenze in visita alle reliquie. Anche voi siete nel libro!»

«Oh, quella. Sì, ci siamo, anche se a malapena. Di solito ci aggiungono da qualche parte nel retro, come luogo per ricevere cibo e alloggio. Le pagine illustrate sono sempre dedicate alle Nove Divine ormai…»

«No, no, Taddea, il ladro, conosce il libro! Lo consulta per selezionare le reliquie da rubare! Dimmi che il pane è al sicuro. Che oggi l'hai visto.»

Taddea impallidì.

Ginevra corse verso l'ingresso della cappella.

«Aspetta!» gridò Taddea. «Ho la chiave.». Ma quando Ginevra spinse la porta, questa cadde verso l'interno con un gran chiasso: i cardini e la serratura erano stati consumati dalla ruggine e la porta posata al muro per non rivelare l'intrusione.

«Oh, mio Dio» disse Taddea, «non era così ieri…»

Ginevra corse verso l'altare e con mani tremanti sollevò il reliquiario contenuto nell'armadietto. Era come lo ricordava. Un globo di cristallo montato al centro di una croce: il pane sacro con macchie marrone scuro avrebbe dovuto essere sospeso tra le due metà della sfera. Mentre esaminava il crocefisso, l'emisfero anteriore del cristallo cadde infrangendosi al suolo.

«Merda! Mi dispiace!»

«Che stai facendo? Ti prego, fermati!» pianse Taddea, in preda all'orrore.

«Guarda!» disse Ginevra indicando il materiale che era scivolato fuori dal reliquiario in frantumi, come una foglia caduta dall'albero.

«Quello non è il nostro pane» disse Taddea.

«È un pezzo di pergamena» replicò Ginevra. La raccolse dal punto in cui era caduta, sopra le schegge di cristallo, e le donne la esaminarono. Era normale pergamena, sulla quale non vi era nulla se non della polvere marroncina.

«Vedi una bottiglietta? Riempita di un liquido viola o verde?»

Ma Taddea non stava ascoltando. Era collassata sulle ginocchia, incurante dei frammenti di cristallo. «Che... che cosa farò ora, senza la protezione della reliquia? Perché sono stata lasciata sola e in vita?» Si voltò verso Ginevra. «La porta non era così, prima che tu la toccassi!»

Ginevra si sentì gelare il sangue. «Certo che lo era... Semplicemente non l'avevi notato fino a questo momento.»

«E la reliquia... Era pane fino a ieri, fino a che non sei arrivata tu e l'hai toccata.»

«Taddea! Come puoi pensare che sarei capace di danneggiare il pane di Fra' Simone?»

Taddea si rimise in piedi. «È così difficile da immaginare? Sai fare magie più di chiunque altro. So che al tempo hai voluto fare del bene, o almeno credo, ma sei stata lontana per anni, mentre noi soffrivamo per i tuoi misfatti. Sono stata una sciocca a credere di conoscerti ancora. A credere a quella storia del vescovo!»

«Ti prego, Taddea, per quale altro motivo dovrei trovarmi qui?»

«Tu... tu sei venuta a cercare vendetta contro tutti quelli che ti hanno esiliata. Sei qui per approfittarti di noi nel nostro momento di debolezza. E pensare che ho lasciato che ti avvicinassi ad Agnesa! Che cosa le hai fatto, se non affrettare la sua morte?»

«Come puoi dire una cosa del genere? Sono io! Sono l'unica che sta cercando di aiutarti. Il ladro... È stato lui a scambiare il pane insanguinato con la pergamena.»

«Basta. Sta' zitta. Vattene e non tornare mai più.»

«Non sai quello che dici.»

«So benissimo quello che dico.»

«Tornerò. Hai la mia parola: se rimarrò in vita, tornerò. E ti riporterò la reliquia.»

11 luglio 1348, palazzo dell'inquisitore

Ginevra si incamminò in fretta verso la residenza dell'inquisitore. "Non importa se Taddea non ti crede." Avrebbe parlato con lui e poi avrebbe proseguito verso la parrocchia confinante, quella di Santa Margherita, l'ultima chiesa nella guida dello speziale. "È sola e spaventata, ma tu riuscirai a sistemare le cose." Raggiunse piazza di Santa Reparata; il tagliapietre morto era ancora sull'impalcatura. Chinò la testa in segno di saluto. Fuori dagli appartamenti dell'inquisitore, un monaco lercio aspettava davanti alla porta leggermente socchiusa.

«Oh! Perdonatemi. Una donna viva, che meraviglia. Fra' Leobaldo, al vostro servizio… Sapete se l'inquisitore è ancora…?» Ginevra vide che il biglietto che aveva lasciato il giorno prima era ancora incastrato sotto la porta.

"Oh, Dio, è morto" pensò, chiedendosi se l'accordo sarebbe stato da considerarsi annullato. Ma la porta si aprì completamente e comparve l'inquisitore Michele, col viso ispido e gli occhi cerchiati di rosso.

«Tu!» le disse con l'alito che puzzava di vino. «Perché mi hai fatto aspettare per così tanti giorni? Ne sono trascorsi… molti.»

«Io vi ho fatto aspettare? Sono stata qui ieri! Perché non avete risposto quando ho bussato? Aspettate… Perché siete voi ad aprire la porta? Dov'è il vostro uomo, Giuseppe?»

All'inquisitore tremò il labbro inferiore. «Morto! È morto. La pestilenza… È rimasto qualcuno a morire in modo normale, ormai? Un tempo, la morte era infinitamente creativa: si moriva in modi diversi, per incidenti sorprendenti, cuori infranti, rimanendo incastrati in posti strani. Ora suona sempre la stessa nota, ancora e ancora, senza creare armonie. Ma dove manca in arte, compensa in tenacia. È solo questione di tempo, ora che è entrata in casa mia.»

Ginevra e Fra' Leobaldo si scambiarono un'occhiata. C'era da aspettarsi che l'inquisitore fosse un po' brillo come la volta precedente, ma ormai era completamente ubriaco. Il bussare del monaco era stata l'unica cosa che l'aveva tirato giù dal letto. Gli prese il braccio, scuotendolo leggermente. «Avanti, siete arrivato fino a qui. Qualcuno di noi è di buona costituzione e resiste alla pestilenza per natura.»

«Ehm, perdonatemi per l'interruzione. Fra' Leobaldo, al vostro servizio, messer inquisitore. Sono il custode dei registri della chiesa di Santa Margherita. Sono venuto a riferire i risultati dell'inventario da voi richiesto in maggio…»

«Avete detto Santa Margherita?» lo interruppe Ginevra.

«Oh! Mio coraggioso monaco» disse Fra' Michele. «Nobiluomo, il più valido custode dei registri! Avevo perduto la speranza che qualcuno rispondesse. Ti ci è voluto un po', tuttavia la tua fede mi porta conforto.»

«Ah… Sì, be', sono fuggito in campagna mesi fa e ho trovato la vostra lettera solo quando sono tornato…»

«Lei è monna Ginevra, un'esperta di ruberie depravate.»

«Al vostro servizio» disse Ginevra facendo un piccolo inchino.

«Mio caro Leobaldo, ti prego, siediti. Devi essere assetato dopo il viaggio.»

«Grazie, messer inquisitore, ma poiché qualcuno è morto qui dentro…»

«Sciocchezze! Ho seguito tutte le precauzioni, io, mi sono tenuto lontano dalla gente, dal lavoro. Non è servito a nulla! Dentro o fuori, non fa differenza, la morte arriverà, la morte arriverà per tutti noi.»

Prese per un braccio il monaco riluttante e lo guidò oltre l'ingresso verso un cortile interno, dove c'era un tavolo con diverse bottiglie di vino aperte e anche un asino, che era entrato dalla porta aperta per brucare il prato del cortile. Ginevra li seguì. L'inquisitore pulì un bicchiere con la manica, lo riempì quasi fino all'orlo e lo porse al monaco.

«Ti offrirei qualcosa da mangiare, ma vedi, era Giuseppe che...»

«Messer inquisitore, ciò che vengo a riferire è breve cosa. Ho fatto ritorno a Firenze solo perché tutti al monastero di Frascati, dove sono stato, sono morti. Tutti tranne me.»

L'inquisitore posò il bicchiere. «Quale breve cosa hai da dire, dunque?»

«Che la chiesa di Santa Margherita è stata derubata?» si intromise Ginevra.

Leobaldo la fissò. «Il braccio destro di san Pancrazio è stato sostituito con...»

«Una fiala di un liquido dall'aspetto maligno?» finì lei.

«Vedo che siete davvero un'esperta di ruberie depravate. Ecco.» Estrasse una bottiglietta dal borsello e la posò sul tavolo. Conteneva un liquido dello stesso colore del vino. «Non so quando il braccio sia stato portato via, so solo che c'era quando sono partito, in maggio.»

L'inquisitore Michele tirò fuori il suo pomo d'ambra e inalò profondamente, poi bevve un grosso sorso di vino.

«Ehm. Poiché ho consegnato il messaggio e voi non avete servitù, io, ehm, mi accompagno alla porta. Pregherò affinché troviate la persona responsabile e affinché subisca una terribile punizione.» Leobaldo uscì più in fretta che poté senza correre.

L'inquisitore sobbalzò leggermente al suono della porta d'ingresso che sbatteva e si voltò verso Ginevra. «E tu come facevi a sapere quel che avrebbe detto, donna ritardataria?»

Ginevra posò sul tavolo il libro dello speziale, dispiegando la pagina a fisarmonica. «Perché tutte le chiese presenti in questa guida sono state visitate dal ladro di reliquie. E qui, in questo punto alla fine, è menzionato il braccio di san Pancrazio che il monaco ha appena riferito essere stato rubato.» Accostò al libro la lista originale dell'inquisitore e ci scrisse sopra:

San Miniato: gamba destra di san Miniato. Derubata il dieci luglio.

Sant'Elisabetta: pane sacro. Furto notato l'undici luglio. Reliquia vista l'ultima volta il dieci luglio.

Santa Margherita: braccio destro di san Pancrazio. Furto notato l'undici luglio.

L'inquisitore scosse la testa ed emise un lamento quando lesse tutti i furti aggiunti da Ginevra. Poi si interruppe, prese il libro e sfogliò rapidamente le pagine. «È una... "Guida per pellegrini alle Nove Divine"?»

Ginevra annuì lentamente.

L'inquisitore si passò una mano sulla chierica. «È stato rubato anche il dito di san Tommaso nella cappella chiusa a chiave?»

«Le serrature non significano nulla per questo ladro. Sa trasformare il ferro in ruggine.»

L'inquisitore vuotò il bicchiere di vino. «È esperto di alchimia. Un uomo istruito.»

«C'è dell'altro. Quelli che l'hanno incontrato l'hanno... sentito. Hanno avvertito il freddo fin nel profondo dell'anima. Dentro le ossa. Inquisitore, sapete cosa significa?»

Allungò di nuovo una mano verso la bottiglia. «Mia zia rivolse la parola a uno jettatore una volta» disse. «E poi una pila di mattoni cadde da un edificio e la schiacciò. Non c'è da meravigliarsi che la peste infuri in questo modo in città. È lo jettatore a portarla qui e a rubare i nostri sacri guardiani. Hai scoperto, almeno, che aspetto ha?»

«No, ma so che odore ha.»

«Ma gli jettatori non hanno odore. Altrimenti nessuno si avvicinerebbe a loro abbastanza per essere maledetto.»

«Questo ce l'ha. Dicono che abbia un odore forte e particolare che annienta i sensi. Dicono che puzzi come un cane morto lasciato in un canale di scolo.»

«Ah. Conosco quell'odore. Indossa un cilicio. Una sottoveste fatta di peli. Cose disgustose, intessute con peli di cavallo, che si indossano a contatto con la pelle. È roba per gente pigra, che ha bisogno del dolore per ricordarsi di seguire gli insegnamenti di Dio. Ma lo indossa mentre deruba le chiese?»

«Forse come penitenza per i suoi peccati?»

A quel suggerimento l'inquisitore fece una smorfia. «La scorsa notte… la scorsa notte è stata molto buia, non è così?»

«Luna nuova e una brutta tempesta.»

L'inquisitore si diede una manata in testa così forte da lasciare un segno rosso. «Sono stato uno sciocco, e anche tu! È uno schema semplicissimo: durante la notte più scura del mese, con la luna nuova, se ne va a compiere azioni malvagie senza essere visto. Ci ha derubati ogni mese dall'inizio della primavera, prendendo quanto più possibile in una notte.»

Ginevra si rese conto che l'inquisitore aveva ragione; era possibile che i furti coincidessero con le lune nuove di aprile, maggio, giugno e ora luglio.

«Questo jettatore!» proseguì l'inquisitore Michele. «Non è stato troppo astuto per noi. È stato troppo ovvio. Usare una guida per pellegrini da quattro soldi e aspettare le notti più buie. Mi sorprende che sia stato in grado di portare san Miniato giù dalla montagna!»

«Ha preso solo la gamba.»

«Che intendi dire con "solo la gamba"?»

«Intendo che ha strappato la gamba dalla reliquia e ha lasciato il resto nella tomba.»

L'inquisitore prese la bottiglia di vino e riempì di nuovo il bicchiere. «Dimmelo lentamente, monna, elenca le parti che ha portato via.»

«Se smetteste di bere sareste in grado di ricordarlo voi stesso.»

«Dimmelo e basta.»

«Va bene. Per primi, il braccio di san Filippo e la testa di san Zenobio, poi la coscia di san Barnaba e, dalle chiese della Rogazione, il torso di san Pietro, la natica destra e la natica sinistra di san Paolo...»

«Ricordo quando fu deciso di dividere le natiche. La soluzione più magnanima.»

«E il piede sinistro di santo Stefano. E da quando abbiamo parlato la prima volta si aggiungono alla lista la spalla di san Giovanni Gualberto, il dito di san Tommaso d'Aquino, la gamba destra di san Miniato, il braccio destro di san Pancrazio e il pane insanguinato del convento di santa Elisabetta.»

«Lo sapevi» disse l'inquisitore in tono cupo, «che al braccio destro di san Pancrazio manca il dito indice? Il re di Francia ne richiese una parte così lo spezzammo per darglielo.»

«E allora?»

«Sapevi anche che la reliquia di san Tommaso è proprio il dito indice della mano destra?»

Gli occhi di Ginevra si spalancarono per la comprensione. «Oh. Oh. Questo è... molto strano.»

«Ti prego, va' a prendere il mio scrittoio che è nell'atrio. La testa mi fa troppo male.

Lei glielo portò, l'inquisitore scelse un pennino e una pergamena e disegnò una figura curiosa:

I due fissarono il disegno inorriditi. «Si sta costruendo un intero nuovo santo a partire dagli altri santi» disse infine l'inquisitore.

Ginevra sollevò la pergamena per esaminarla. «Ma perché la reliquia del pane del convento? Questa figura sembra intera. Il ladro aveva intenzione di servirgli la cena?»

«Non è intero. Non ancora. Chi ha mai sentito di un incantesimo malvagio compiuto utilizzando *undici* elementi? Gliene servono dodici. Uno per ciascun apostolo.»

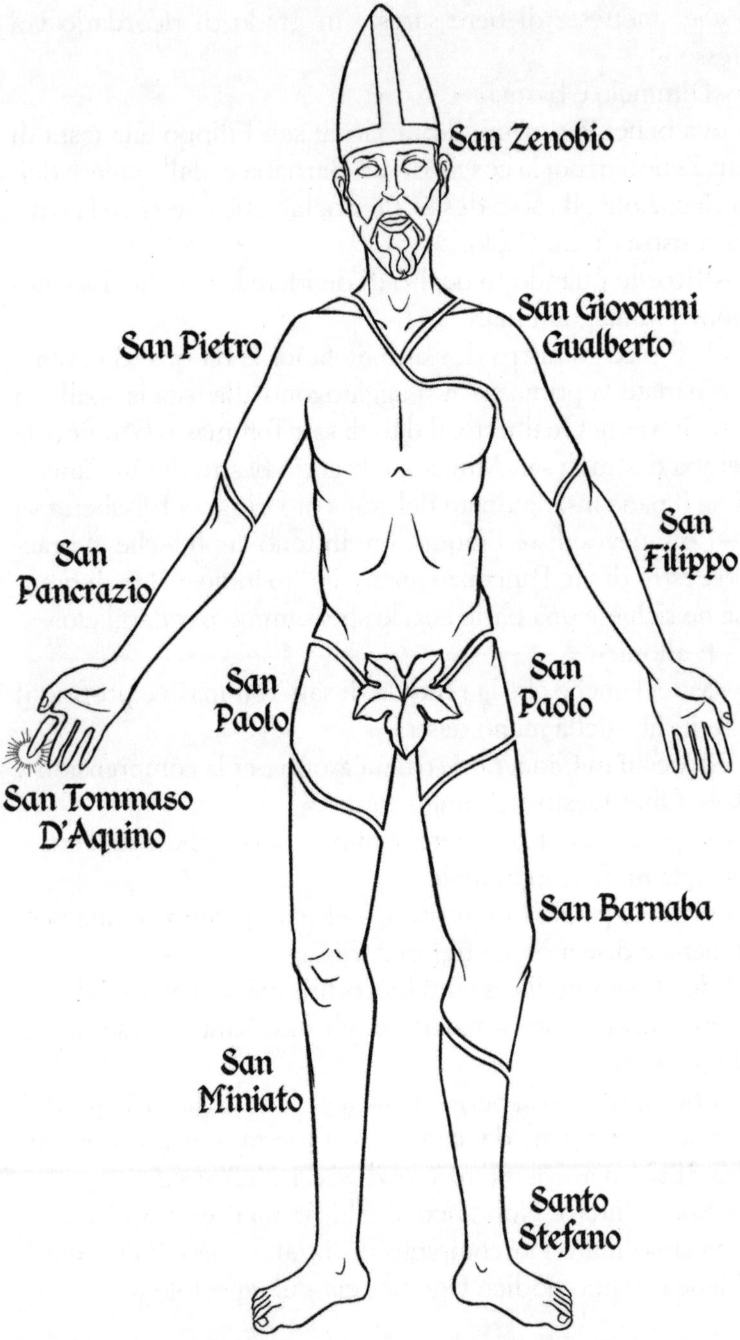
San Zenobio
San Pietro
San Giovanni Gualberto
San Pancrazio
San Filippo
San Paolo
San Paolo
San Tommaso D'Aquino
San Barnaba
San Miniato
Santo Stefano

«Be', sembra che qualcosa manchi e che non sia un pezzo di pane.»

«Non *quella* cosa! Donna perversa. E inoltre, la natica sinistra di San Paolo è molto più completa della destra, se hai capito ciò che voglio dire.»

«E allora cosa manca, se non quello?»

«Ciò che manca» disse l'inquisitore, «è un sacro cuore.»

«Il sangue di Cristo, preservato nel pane miracoloso del convento di Sant'Elisabetta» disse Ginevra, comprendendo finalmente. «Che cosa farà, allora, con questo nuovo santo fatto di santi?»

«Se solo avessimo uno di quei libri necromantici che trafficavi, lo sapremmo.»

«Ve l'ho detto, non ho mai trafficato... Come fate a sapere cosa contiene quel genere di libri?»

«Un rischio del mestiere. Sono tutte variazioni sullo stesso tema. Istruzioni su come indurre un demone a esaudire desideri volgari. Rituali vuoti, cerchi con stelle disegnate all'interno, il tipo di roba che i contadini mettono nella stalla per spaventare gli spiriti dei loro parenti morti. Bruciare del sangue e cantare parole nella notte per far crescere le piante di pisello. E per far credere agli ignoranti che non si tratta di eresia, la prima cosa che prescrivono questi libri è un rituale di penitenza cristiano, talmente severo che nessuno è in grado di portarlo a termine, a meno che non sia un santo.»

«Dunque il nostro ladro indossa una veste di peli per prepararsi a un rituale.»

«Deve essere così» rispose l'inquisitore. «E non c'è niente che possiamo fare a riguardo.» Sollevò il bicchiere di vino e lo portò alle labbra. Le piccole galline color rame fissavano Ginevra tra le viti viola e verdi. Come odiava quelle galline, la loro espressione vuota, i colori monotoni della fornace di...

«San Romolo!» gridò.

«Cosa? Non esistono reliquie di san Romolo.»

«Non il santo, il paese… Il mercante di ceramiche di San Romolo una volta portò un libro segreto!»

«Sapevo che li trafficavi!»

«Ssst. Guardate la tazza. Quei colori provengono solo da lì. Vigne viola e verdi! Gli stessi del liquido nelle ampolle. A volte è diluito, altre volte più intenso, ma la sfumatura è la stessa.»

Afferrò la tazza che l'inquisitore stringeva in mano, la svuotò dal vino e la levò in aria accanto alla bottiglia a forma di cipollotto che aveva portato via da San Pancrazio. L'inquisitore aprì di nuovo lo scrittoio e ne estrasse le ampolle raccolte durante le prime settimane di indagini. Confrontò il viola con il viola e il verde con il verde, ed era così: il liquido all'interno combaciava con tutte le sfumature dei pigmenti che componevano le viti e i grappoli attorcigliati. «E guarda» disse, «anche la forma dei recipienti! Sono proprio il tipo di fiale in cui sono contenuti quei preziosi pigmenti.» Mostrò a Ginevra il proprio materiale per dipingere. «Queste fiale… Devi possederne a centinaia per gestire una fornace.»

«Che senso ha, dunque?» chiese Ginevra, con la mente che correva. «A Sant'Elisabetta il pane è stato sostituito con questo pezzo di pergamena sporco.» L'inquisitore sollevò la pergamena alla luce e la dispose accanto alle ampolle. Appoggiò alle labbra le punte delle dita. «Lascia qualcosa al posto di ciò che ha preso.» Scelse una fiala color lavanda e prima che Ginevra potesse metterlo in guardia, ruppe il sigillo e se ne versò una goccia sul dito. La lambì appena con la lingua.

«Inquisitore! Smettetela, sciocco ubriaco!»

«Bah. Ha aggiunto solo dell'acqua. Normale acqua, versata nelle ampolle e macchiata probabilmente dal precedente utilizzo.»

«Come fate a saperlo?»

«Il ladro, il nostro jettatore penitente, ha bisogno delle reliquie per il rituale, ma lascia al loro posto reliquie di terza classe, create versando acqua sulle ossa, oppure, come in quest'ultimo caso, deve aver strofinato un pezzo del sangue sacro su un foglietto di pergamena. L'acqua avrebbe sciolto il pane...»

«Non capisco.»

«Avviene regolarmente, in realtà» disse l'inquisitore, sempre più eccitato davanti alla scoperta. «È un modo per creare più reliquie a partire da una. Se viene versata dell'acqua su una reliquia, parte del potere della reliquia si trasferisce all'acqua, anche se naturalmente è un potere meno forte dell'originale. Ma sono confuso: lasciare indietro queste fiale, allora, è un atto di gentilezza. Sta restituendo parte di quanto ha tolto. Tuttavia questo non importa al momento: che cosa farà con i tesori della città, ora che il suo santo eterogeneo è completo?»

«Dobbiamo cercare la risposta a San Romolo» disse Ginevra.

L'inquisitore annuì. «Informerò il vescovo immediatamente. Deve inviare degli uomini per recuperare le reliquie.»

«Ma... Credevo che il vescovo non avesse uomini per questa missione.»

«Be', non li aveva quando si trattava di girare per la città infetta, ma ora che sappiamo dove trovare le reliquie, ci aiuterà. San Romolo è a meno di una giornata di cammino da qui.»

Ginevra si stizzì. «Intendete dire, ora che io ho fatto tutto il lavoro, che vorreste prendervene il merito, insinuare che siete stato voi a rintracciare le reliquie anziché io, e che non ho rispettato il contratto!»

«Non insultarmi! Avrai quanto pattuito: la revoca dell'esilio e una raccomandazione per avviare i tuoi affari. Se, ovviamente, le reliquie si trovano a San Romolo.»

A Ginevra non piaceva per niente. Ricordava, dal suo arrivo a Firenze, i mercenari svizzeri di guardia alla porta del vescovo. Quelli non erano uomini a cui si sarebbe affidata per recuperare oggetti fragili rubati da uno jettatore. Erano soldati spietati, assunti per la loro forza bruta, non per la loro raffinatezza.

«Inquisitore, per favore. Stiamo per compiere il passo più delicato. Non sappiamo cosa voglia fare lo jettatore con le reliquie. Cosa accadrà se i soldati arriveranno nel mezzo del rituale?»

«Lo infilzeranno con le lance e lo legheranno, immagino.»

«Ma quest'uomo è uno jettatore. Sa come trasformare il ferro in ruggine! Probabilmente sarebbe in grado di far cadere le lame dalle mani dei soldati con una sola occhiata.»

L'inquisitore Michele scrollò le spalle. «Allora i mercenari useranno i pugni per sconfiggerlo. Si tratta di un solo uomo contro cento. Non capisco perché sei così preoccupata.»

«Messer inquisitore, dovete capire che il malocchio che vive dentro il ladro si nutre di rabbia. Gli uomini del vescovo ne saranno pieni. Di certo questa creatura malvagia, col suo cilicio, dovrà essere avvicinato con maggiore gentilezza.»

«Monna. Questa faccenda richiede prima un esercito e poi la compassione. Si deve mostrare forza fisica. E, solo dopo, il perdono. È così che si fa. Dirò al vescovo di inviare i suoi soldati a San Romolo e lui capirà quanto si è sbagliato a credere che non sarei stato in grado di risolvere questo crimine.»

«Allora è per questo» disse Ginevra, disgustata da se stessa perché stava cercando di ragionare con un inquisitore. «Tutta questa storia è solo per questo? Per provare che siete superiore al vescovo? Non la prenderà bene.»

«Le tue sono solo preoccupazioni da donna. È naturale che tu sia spaventata, ma non esserlo. Andrò dal vescovo e sarò di ritorno presto. Aspettami qui. Non penso che tu gli piaccia molto.»

37
Non sono un pollo

11 luglio 1348, residenza del vescovo

Il vescovo Acciaiuoli stava fissando il pranzo, servito su uno dei suoi piatti preferiti. Era dipinto con la figura di una giovane donna a cavallo di una creatura fantastica simile a un'anguilla. Una collezione limitata della famosa fornace di San Romolo. Di solito non vedeva l'ora di terminare il pasto per osservare per intero quell'immagine stuzzicante. Quel giorno, tuttavia, gli era difficile mangiare. Il piano per recuperare fondi per la banca era andato di male in peggio. L'autunno si stava avvicinando. La peste si sarebbe ritirata, come fanno tutte le pestilenze con il freddo, e i suoi investitori avrebbero ricominciato a cercarlo. Ecco cosa aveva in mente quando giunse l'inquisitore, chiacchierone e sorridente, avvolto dalla testa ai piedi da lini profumati. Tuttavia, mentre l'inquisitore parlava, il vescovo si fece via via più interessato.

«Vediamo se ho capito: credi che il ladro di reliquie sia l'uomo che produce le ceramiche a San Romolo?» Spostò parte del cibo che aveva nel piatto e fissò le gambe verdi della donna-anguilla avvinghiate alle scaglie violette.

«Sì. E credo che abbia rubato tutto ciò che intendeva rubare, per cui è possibile che stia tornando a casa.»

Il vescovo scosse la testa e ricominciò a mangiare.

«Be', in ogni caso, agire in fretta è di vitale importanza, dobbiamo intercettarlo prima che le reliquie siano impiegate in un rituale profano. Dobbiamo pregare che non sia già troppo tardi! Se le vostre guardie partono adesso, riusciranno a essere lì domani mattina presto.»

«No» disse Acciaiuoli tra un boccone e l'altro. «Ma lascia che ci vada la donna, da sola. Non rischierò i miei uomini in questo folle viaggio.»

«Folle? Non potrebbe esserci missione più saggia! Recuperare le reliquie che proteggono i cittadini, restituire la santità alle chiese e l'anima alla città!»

«So che cos'è una reliquia, inquisitore. Non invierò i miei ultimi uomini sani in un lungo viaggio verso un paese infetto. Questa teoria è piuttosto fantasiosa, devi ammetterlo.»

«Ma... Le ampolle! Le notti senza luna! Il santo fatto di santi!»

«Per favore Michele, un santo fatto di santi? Ciò che dici è ridicolo. Ma sono d'accordo, la tua Ginevra dovrebbe andare almeno a dare un'occhiata. Come inquisitore, devi essere scrupoloso. Se esiste la minima possibilità che lei scopra qualcosa a San Romolo, potrà fare rapporto e prometto che avrai i miei uomini a disposizione.»

«Ma... Abbiamo bisogno delle reliquie il prima possibile! È questo il punto.»

Il vescovo posò il pane. «Credi che non lo sappia? Che non preghi per il loro ritorno, perché si rivelino alla persona che ritengono la più degna?»

«Sì, una cosa del genere sarebbe il più grande dei miracoli. Ma perché essere parchi di risorse proprio ora che abbiamo identificato il criminale? Ogni istante in cui si trovano sotto la sua custodia sono in pericolo di essere profanate...»

«Basta! Basta.» Il vescovo si pulì la bocca, si alzò in piedi e si avvicinò all'inquisitore. «Michele, parliamo da uomini. Ti ho lasciato fare per diverse settimane ormai. Ti ho aiutato a riportare qui la più strana degli investigatori. Ora capisco. Sono tempi difficili e, francamente, stai bevendo troppo e avevi bisogno di aiuto. Ma ora vedi anche tu a quale patetico risultato sei giunto? Non puoi aspettarti davvero che io usi le mie risorse personali per risolvere un tuo problema.»

«Lasciato fare? Signore, voi mi insultate! Io non me ne andrò finché…»

«Controllati!» disse il vescovo Acciaiuoli sbattendo il pugno sul tavolo con tale forza che il piatto cadde e si infranse sul pavimento. «Dimentichi a chi devi la tua posizione! E sai perché ho nominato proprio te? Ti ho scelto perché credevo che saresti rimasto zitto e al tuo posto, a differenza del tuo predecessore. Ma sei stato soltanto una mosca che mi ha ronzato attorno alla faccia. Lascia che quella stramba di Ginevra vada da sola. Era quello il tuo piano, no? Farle fare il lavoro al posto tuo? Mi sono dato già molta pena per te.»

«Perché non volete aiutarmi, vescovo?»

«Michele, è meglio che tu vada a casa prima che i miasmi ti raggiungano. È solo questione di tempo, visto quanto tieni la bocca aperta. Conosci l'uscita.»

Michele girò i tacchi e se ne andò, rosso in volto e furioso. Mentre si affrettava a uscire urtò contro una suora che portava in mano una sfera di cristallo rotto.

«Voi…» disse Ginevra quando l'inquisitore irruppe di nuovo dalla porta. Si era preparata. Gridare contro un inquisitore sarebbe stata l'unica soddisfazione che avrebbe guadagnato da quel lungo e futile viaggio. Gesticolava selvaggiamente mentre parlava. «Vi siete reso ridicolo, come il pollo che siede sul retrobottega del macellaio e guarda gli altri polli essere decapitati e pensa che a lui non succederà mai. Hanno fatto scappare l'ultimo inquisitore. Faranno lo stesso con voi…»

L'inquisitore la prese per il polso mentre agitava un dito nella sua direzione. «Non sono un pollo. E tu… tu avevi ragione. Il vescovo non ci aiuterà in questa missione, ha insistito che ci andassi tu. E allora dovremo trovare le risposte da soli. Troppo a lungo ho permesso che gli altri facessero il mio lavoro. Donna, andiamo a San Romolo. Adesso. Se devo morire, morirò inquisendo.»

11 luglio 1348, città di Firenze

Lucia sedeva da sola nel palazzo buio, chiedendosi se era così che sarebbe trascorso il resto della sua vita. I postumi della sbornia erano scemati in una nausea fastidiosa, per cui sia mangiare che digiunare le apparivano opzioni ugualmente terribili. Si risollevò quando bussarono alla porta. Finalmente! Ginevra era tornata. Ma quando aprì, c'era soltanto un ragazzino che indossava l'uniforme della servitù del vescovo.

«Scusatemi Madonna, siete un fantasma?»

«Cosa? No. Non sono morta! Sono viva e questa è casa mia. Perché tutti pensano che io sia morta?»

«Oh... Be', allora siete un'amica di Ginevra di Genova, colei che cammina tra la pestilenza ma non sarà mai contagiata?»

«Come fai a sapere che sono sua amica?»

Il ragazzo sorrise. «Io sono Piero di Piero. Anch'io sono suo amico. Ma il mio padrone, il vescovo, non lo è. Devo parlare con lei prima che parta per San Romolo.»

«San Romolo?» disse Lucia. «Dove fabbricano i piatti con le galline?»

Piero scosse le spalle.

«Vieni dentro e dimmi tutto.»

Si recarono in giardino, dove era più fresco, e Piero spiegò di essere stato lui ad aver recuperato Ginevra a Genova. Il vescovo era rimasto talmente impressionato che fosse riuscito a riportarla indietro tutto da solo senza morire che l'aveva immediatamente assunto come servitore. Piero avrebbe voluto cercare Ginevra per raccontarglielo, ma non sapeva dove abitasse fino a quel pomeriggio.

Una suora era giunta al palazzo del vescovo lamentandosi che Ginevra aveva usato la magia per cercare di guarire un'altra suora più anziana. Ma la magia non aveva funzionato e la suora più anziana era morta e poi la loro sacra reliquia del pane era stata rubata. Il vescovo aveva risposto alla suora affranta che Ginevra era scappata a San Romolo, ma di non preoccuparsi, perché sapeva già che era una ladra di reliquie e aveva in programma di arrestarla non appena avesse fatto ritorno. Aveva detto che le guardie erano stazionate a Porta San Niccolò per catturarla. Piero sapeva che non poteva essere vero, che Ginevra non avrebbe mai fatto del male a una suora o rubato il loro pane, e la suora affranta aveva menzionato il fatto che Ginevra occupava la casa dei Tornaparte, dove erano tutti morti, che era il motivo per cui Piero aveva scambiato Lucia per un fantasma.

A Lucia girava la testa. «Perché dovrebbe andare a San Romolo? Che altro hai sentito?»

«Niente. Sono scappato subito per avvertire Ginevra prima che partisse.»

«Non è ancora tornata da stamattina, Piero. Temo che sia già partita.»

«Ma quando tornerà la prenderanno e la porteranno alle Stinche!»

«Oh, cosa possiamo fare? Devi tornare là e scoprire di più. Devi scoprire perché il vescovo crede che abbia rubato lei la reliquia del pane, visto che è stato lui a chiederle di tornare per catturare il ladro.»

«Non me lo dirà mai. Sono solo un servo. L'ho saputo per sbaglio. Perché non glielo chiedete voi? La vostra casa sembra importante.»

«No. Non deve sapere che sono ancora viva. O che lo sia chiunque stia cercando di aiutare Ginevra. Dimmi, Piero, dormi nelle sue stanze?»

«Certamente» rispose Piero in tono orgoglioso. «Ho il mio lettino estraibile.»

«Ed è uno dal sonno pesante?»

«No… Si gira e si rigira fino a tarda notte e dorme solo per un'ora o due.»

«Funzionerà lo stesso.» Lucia staccò la spilla dorata che aveva appuntato sulla spalla e la diede a Piero.

«Che cos'è? Sembra costosa. È un incantesimo quello scritto sopra?»

«Qualcosa del genere. C'è scritto *non mia moglie, ma la mia vita.* Ginevra dice che è un gioiello magico. Ho bisogno che tu lo prenda, stia sveglio tutta la notte nel tuo lettino e, mentre il vescovo dorme, gli posi questa sul cuore. Poi gli chiederai di rivelarti i suoi segreti e il motivo per il quale mente sostenendo che Ginevra abbia rubato le reliquie.»

Piero tornò a casa del suo padrone ma il vescovo non era più lì. Erano scomparsi anche i mercenari che di solito se ne stavano lì in giro, a tormentarlo. Era arrivato troppo tardi. Erano già accampati sulla cima di Porta San Niccolò, con i loro coltelli affilati, in attesa del ritorno di Ginevra.

39
L'inquisitore e la strega delle pietre

Sera dell'11 luglio 1348, sulla strada per San Romolo

E così rimasero soltanto Ginevra e l'inquisitore, e l'asino del cortile, che avrebbe riportato indietro il sacro carico. Ginevra non aveva avuto il tempo di dire a Lucia dove stava andando. Non voleva che l'inquisitore sapesse della loro amicizia, nel caso che le cose non fossero andate bene. Avrebbero fatto ritorno l'indomani, col volere di Dio.

Dopo che oltrepassarono Porta San Niccolò, lasciata aperta, le case vuote si diradarono e lasciarono spazio a una landa desolata cosparsa di rifiuti, e infine a campi di ogni tipo di erbaccia infestante che si era diffusa, attorcigliandosi alle piante di cetriolo rampicante e alle campanule blu. Udirono il rumoroso ronzio delle rane e dei grilli nei canali di irrigazione, il chiacchiericcio dei canti degli uccelli estivi. Alla terra non importava che coloro che si occupavano di quei campi fossero morti: seguiva il suo corso, lieta. I due camminavano in silenzio, a disagio per l'intimità del viaggio.

L'inquisitore procedeva lentamente, ancora avvolto dalle vesti di lino profumate che lo proteggevano, e inspirava dal pomo d'ambra. «Be', monna Ginevra, sarai contenta.»

«Che cosa intendete dire?»

«Che è quello che volevi. Noi due in giro a catturare il ladro da soli, senza il supporto della città.» Gli insulti del vescovo gli bruciavano ancora.

Ginevra sbuffò. «Non è ciò che avrei voluto. Sto andando incontro a uno jettatore in compagnia di un inquisitore, l'uffizio che mi ha rovinato la vita, e che ora mi chiede di compiere una missione assurda per riaverla indietro.» Non le era piaciuto che avesse chiamato le sue angosce "preoccupazioni da donna". Né le piaceva trovarsi in sua compagnia solo perché nessun altro l'aveva voluto aiutare.

«Non sono stato io a eseguire la tua sentenza. È stato il mio predecessore...»

«Avreste potuto tranquillamente essere voi.»

«Monna, è molto facile evitare un'accusa di eresia. Non puoi essere arrabbiata per la tua punizione; avresti dovuto sapere che stavi trasgredendo.»

«Trasgredivo le regole degli uomini, forse. Ma non ho peccato davanti a Dio, no. La gente stava morendo e io l'ho aiutata. I metodi che ho usato, le gemme segrete... Non proviene forse da Dio il potere presente in ogni cosa sulla terra?»

«Forse. Ma questi poteri devono passare attraverso la chiesa, o sarebbe il caos. Lo sai.»

«Pensavo solo di compiere la carità cristiana. Pensavo che gli uomini istruiti avrebbero capito ciò che stavo facendo. Ma avevano la mente ristretta.»

«Dimentichiamolo» disse l'inquisitore. «È stato molto tempo fa e ora sei qui, a fare penitenza.»

«Non è stato molto tempo fa, per me. Mi hanno tagliato un pezzo di faccia come punizione per aver salvato la vita a dei bambini. Ci penso tutti i giorni. Ogni cosa che faccio è adombrata da questo. Quando Ludovico... Quando ho ricevuto quella lettera credevo che forse avrei avuto un'opportunità per liberarmi di questo dolore. Per dormire senza avere incubi. Per vivere liberamente nel posto che un tempo mi è stato così caro.»

«Pregherò perché la tua mente afflitta trovi sollievo.»

Ginevra sputò per terra.

Scivolarono in un lungo silenzio fino al crepuscolo, quando fu il momento di accamparsi: vino, pane e un fuoco per difendersi dai lupi. Fu Ginevra a fare tutto il lavoro. L'inquisitore rimase seduto pensando al modo per provare alla sua compagna di viaggio che non era una cattiva persona. Decise di dirle la verità.

«Ginevra, devo dirti una cosa: il tuo Ludovico è morto prima che la lettera fosse spedita.»

Lei alzò gli occhi dal fuoco. «Lo so. Per essere un prete, siete un bugiardo terribile.»

«Be', non è qualcosa di cui ho molta esperienza.» Lei si rimise al lavoro. «Sai, devi trarre conforto dal fatto che Dio castiga più severamente coloro che ama di più, sottoponendoli a ogni tipo di prova e ostacolo. Proprio come ha fatto con te...»

«Bah.»

«E non ti è andata tanto male quanto avrebbe potuto... Il tuo volto non è così sfigurato. È ancora molto grazioso, in realtà. Avrebbero potuto tagliarti una mano, o un piede! Sai la storia dell'uomo senza scarpe?»

«Ci sono molti uomini senza scarpe.»

«Intendo colui che, arrabbiato, bestemmiò Dio, fino a che incontrò un uomo senza piedi...»

«E l'uomo senza piedi gli disse "ehi, dai a Dio un calcio in culo per conto mio"?»

L'inquisitore aprì la bocca e la richiuse e infine scoppiò a ridere. Rise fino a cadere e Ginevra non riuscì a trattenere le risate, nel vedere quell'uomo schizzinoso rotolarsi per terra, e ben presto tutti e due avevano le lacrime agli occhi e il pane raffermo si tramutò nel pasto più allegro che entrambi, l'inquisitore e la strega delle pietre, avessero consumato da mesi.

Più tardi, mentre sedevano a osservare il fuoco che moriva, l'inquisitore parlò di nuovo. «Mi dispiace per ciò che ti è accaduto. Io... Non penso sia stato giusto.»

Ginevra fece un sorriso triste. «Mi dite queste cose ora, nell'oscurità più selvaggia. Ditemele alla luce del giorno, sui gradini di Santa Reparata. Allora vi crederò.»

«Va bene. Lo farò.»

Lei lo guardò dall'altra parte del fuoco, incredula, ma oltre la luce tremante vide solo sincerità. «Lo fareste davvero?»

«Prometto davanti a Dio che lo farò. Se non muoio prima, a causa della pestilenza che aleggia intorno a noi.» A quel punto estrasse il pomo d'ambra e inspirò, ma Ginevra capì che non ci credeva davvero.

«Messer inquisitore...»

«Per favore, siamo qui seduti per terra insieme. Mi chiamo Michele.»

«Fra' Michele, allora. Ho con me una piccola dose di elisir e non posso promettere che funzionerà, ma potrebbe allontanare la pestilenza. Lo stavo conservando per qualcuno, ma quella persona è morta. Ora mi piacerebbe darla a voi, se la vorrete. Vi aiuterà, se non altro quanto quella roba che inalate.»

«Ma hai giurato che non avresti praticato...» Fra' Michele si interruppe e si mise una mano sul cuore. «Ciò che voglio dire è che è un onore che tu voglia darmi qualcosa.» Bevve l'intero contenuto tossendo e sputacchiando.

«Sa di piscio di gatto» disse.

«Sì, in effetti lo è.»

Lui rise ancora e poi cominciò a piangere e così fece Ginevra e si abbracciarono e piansero insieme per tutte le disgrazie che avevano superato nel tempo e per il peso di averle sopportate e per non essersi semplicemente arresi alla morte. Ma quando si separarono per dormire un casto sonno nell'erba profumata, riposarono sereni, come riposa chi sa di aver trasformato un nemico in un amico.

40
San Romolo

12 luglio 1348, villaggio di San Romolo

Nel mattino del giorno successivo, il paese che doveva essere San Romolo apparve in lontananza. I due attraversarono i filari di peschi sulle cui radici erano caduti i frutti marci che nessuno aveva raccolto, fino a che giunsero alla base del ripido altopiano su cui era appollaiato il villaggio. Era circondato da mura di pietra spessa, tagliate da giganteschi blocchi di tufo vulcanico che si innalzavano verticalmente come se fossero un'estensione naturale dell'altopiano. Mucchi di rifiuti giacevano sul fondo della valle, gettati oltre il precipizio dagli abitanti.

La coppia e l'asino camminavano velocemente, risalendo un sentiero ripido e inclinato che si inerpicava a zigzag sul fianco della collina, viscido per il muschio che cresceva quando non vi erano passi a consumarlo. Ginevra indicò il centro del sentiero, dove il muschio era stato calpestato. «Qualcuno è passato di qui recentemente» disse.

Proseguirono in fretta e in silenzio; la piacevolezza della passeggiata evaporò con il calore della tarda mattina. I due si chiedevano che cosa avesse in serbo per loro il folle ceramista jettatore. L'asino si chiedeva quando avrebbe potuto riposare. Con il viso rosso per lo sforzo e più sudati di quanto avrebbero voluto, raggiunsero la fine del ripido sentiero.

Le pietre delle mura della città ora incombevano su di loro, gigantesche, come se fossero state poste lì dai ciclopi. Inclinarono il collo all'indietro per guardare oltre le mura e videro stormi di rondini volare da una parte e dall'altra, come sagome stagliate sul cielo giallo. I cancelli della città avevano l'aspetto ormai familiare di un portale lasciato aperto e incustodito. A causa del caldo e della lunga camminata, trovare un pozzo era la priorità principale.

Nonostante i rifiuti fuori dalle mura indicassero che per gli abitanti del paese era giunta la morte, rapida e brutale, all'interno delle mura non c'era la puzza tipica di Firenze, a cui erano abituati. E nonostante non ci fosse nessuno in vista e portoni e finestre fossero aperti, le case non erano in uno stato caotico come i luoghi abbandonati di Firenze. Anzi, le porte erano socchiuse, come se gli ospiti fossero attesi e benvenuti, o per lasciare entrare la brezza. Ginevra si sporse all'interno di una di quelle abitazioni: il pavimento aveva l'aria di essere stato spazzato e pulito, con tappetini freschi per terra e la legna impilata nel camino.

Ben presto giunsero alla piazza principale del paese; il piccolo pozzo che stavano cercando si trovava al centro. San Romolo non era molto esteso: l'intero perimetro poteva essere circumnavigato a piedi in meno di un'ora. La piazza era un triangolo allungato: ai due lati vi erano le logge sotto le quali stavano i negozi, mentre il terzo, il più corto, era occupato dalla facciata di una chiesa che appariva esageratamente grande per quella cittadella. Gli archi romani originali erano stati sormontati, solo di recente, da un frontone e da un mosaico dorato raffigurante l'ascensione di Cristo, il quale aleggiava sopra gli apostoli in ammirazione. Un'opera d'arte del genere non sarebbe stata fuori posto a Firenze, ma trovarla lì, in quel paese modesto, le conferiva un'aria pretenziosa. Ginevra decise che si trattava della generosità dei ricchi mercanti di ceramica. Rabbrividì legando l'asino a un concio di pietra. Il ladro esisteva davvero, e quella era casa sua. L'inquisitore calò il secchio nel pozzo facendo un gran chiasso. Ginevra afferrò la catena.

«Scusami!» disse lui. «Non ho mai attinto l'acqua prima d'ora.»

«Va tutto bene, faccio io, ma fate silenzio...» Tirò su la catena il più silenziosamente possibile e bevvero grosse sorsate dal secchio.

«Sono lieto che tu mi abbia dato l'elisir» disse Fra' Michele. «Se esiste un pozzo infetto, di certo è questo.»

Una sferzata di vento caldo soffiò sulla piazza e colpì la porta della chiesa, spalancandola. Ne fuoriuscì una folata d'aria stantia, che raggiunse il pozzo. Ginevra sentì una fitta al petto e toccò il corallo. Era caldo e colorato, di un rosso innaturale. Lo mostrò a Fra' Michele che lo osservò incuriosito mentre lei sussurrava «Lo jettatore è vicino.»

L'inquisitore indicò la chiesa. Lei annuì. Si avvicinarono insieme e si intrufolarono oltre la porta.

L'interno della chiesa era ordinario: una navata centrale affiancata da due laterali, divise da un colonnato ad arco. Il tetto spiovente era sostenuto da grosse travi di legno, dipinte a strisce e nodi di colori vivaci. Le colonne circolari erano decorate a bande bianche e nere e il pavimento era di piastrelle di terracotta, lucidate dai fedeli passi degli abitanti del villaggio. Ma sulle pareti, le stazioni della Via Crucis, la nascita di Cristo e i tormenti dell'inferno erano dipinti su nuove piastrelle smaltate, in colori ormai troppo familiari: viola e verde. Demoni viola su fiamme verdi. Peccatori verdi infilzati da pali viola.

Le supposizioni di Ginevra furono confermate: nella sua piccola città, quel ricco mecenate non aveva badato a spese per celebrare se stesso. Aveva ristrutturato la chiesa secondo il proprio gusto, utilizzando le proprie piastrelle. Avrebbe riempito quel luogo anche con i santi di Firenze? Tuttavia, eccetto l'arredamento sgargiante, tutto era tranquillo e insignificante. A parte l'odore.

Ginevra percorse la navata destra e Fra' Michele quella sinistra. A intervalli regolari, il sole splendeva attraverso le finestre di alabastro e gettava una luce dorata sul pavimento. Nulla si muoveva, ma mentre Ginevra camminava, sentiva che in quella chiesa si nascondeva qualcosa di malvagio. Il corallo pungente, il leggero odore di marcio. Dietro l'altare, lo vide: una lanterna tremolante abbandonata accanto a un buco squadrato e buio sul pavimento. Una grata di ferro spostata di lato. L'ingresso di una cripta. Lo indicò a Fra' Michele ed entrambi si inginocchiarono per guardare meglio. Era troppo buio per scorgere qualcosa, ma la puzza li colpì in pieno volto come acqua lanciata da una finestra. Faticarono a trattenere la tosse e i conati e chiusero gli occhi per proteggersi. Lì, l'odore era talmente potente che sembrava avere un corpo.

«Michele, devo scendere lì sotto. Voi aspettatemi qui.» Prese l'eliodoro e mise un piede sulla scalinata che portava alle cripte sotterranee.

«Vengo con te» sussurrò lui.

«No. Io mi muovo silenziosa, senza essere vista. E il corallo mi protegge dallo sguardo dello jettatore.»

«Ho le mie protezioni per quello» sussurrò lui, estraendo dalla veste un crocifisso di legno inciso.

«Quello non funzionerà! Il malocchio è più antico di Cristo.»

«Fingerò di non aver udito una tale blasfemia.»

«Sarà terribile là sotto, Fra' Michele. Voi siete stato chiuso in casa. Non avete visto…»

«Che cos'è un sacerdote che ha paura di una cripta, eh? Inoltre, c'è bisogno di due persone per riportare indietro le reliquie. Non ti farò andare da sola.»

«E va bene, e va bene! Lo vedete questo?» Indicò l'eliodoro. «Emette luce, ma solo per coloro che lo tengono in mano. Dovete stringermi la mano, altrimenti non vedrete la luce. Se lo jettatore arriva, lasciate la mia mano. Se non lo guarderete negli occhi, non riuscirà a maledirvi.»

Prima che l'inquisitore potesse esprimere stupore o disappunto, Ginevra nascose il corallo sotto i vestiti, gli prese la mano e discese nell'oscurità lungo una ripida scalinata a chiocciola che li portò in una cripta tutta scavata nel tufo. L'intera collina che formava le fondamenta di quella chiesa era fatta di tufo, si rese conto Ginevra. La maggior parte delle cripte che aveva visto aveva la stessa pianta: spazi divisi ordinatamente da un colonnato che seguiva l'impronta della chiesa sovrastante. Quelle convenzioni architettoniche non esistevano, laggiù. La stanza aveva la forma di una pagnotta tondeggiante, con un'apertura al centro del pavimento, un passaggio che scendeva verso il basso.

La costruzione poco ortodossa era dovuta al fatto che la cripta era stata scavata molto, molto tempo addietro. Prima di Roma, prima delle chiese, quando non c'era niente sulla cima della collina, a parte l'erba alta. Gli antichi costruttori avevano scoperto che la pietra della collina era soffice in alcune parti e resiliente in altre, così avevano scavato le camere e i passaggi come la roccia permetteva, in modo disordinato, come buchi nel formaggio.

Mentre Ginevra e Fra' Michele scendevano tra quei passaggi, superarono delle aperture alle pareti, soglie che portavano a stanze informi, che si diramavano dal sentiero principale come organi cresciuti lontano dai condotti centrali. Dentro le mura erano state scavate nicchie per i morti. Ma non erano state riempite di ossa polverose. Erano colme di nuovi cadaveri, ancora vestiti. Era la gente di San Romolo, gettata non solo nelle nicchie ma ovunque sui pavimenti delle stanze, come il muschio a chiazze che ricopre la foresta. Erano stati lasciati liberi soltanto dei passaggi stretti, che Ginevra seguì attentamente, con l'inquisitore nauseato proprio dietro di lei.

Più si dirigevano verso il basso, più forte era il puzzo e più intensamente il corallo bruciava sul petto di Ginevra. I fili dorati che la connettevano all'antica magia cominciarono a mormorare e a ronzare, l'aria viva per le vibrazioni. Sentì l'antichità delle stanze, sentì come erano state costruite da persone così vecchie che nessuno se le ricordava più. Così vecchie che quando i costruttori cristiani della chiesa scoprirono e ripulirono le stanze, per usarle come catacombe, trovarono incastonate nella terra statue d'avorio di donne senza testa e dai seni grossi, e le distrussero perché ne ebbero paura. Tuttavia, distrutte o meno, le dee d'avorio possedevano ancora una certa influenza su quel luogo, e come punizione nei confronti degli uomini che le avevano distrutte, permisero al male di andare e venire dal paese come voleva. Come risultato, il malocchio aveva marchiato San Romolo molto tempo prima come luogo prediletto per generare guai e miserie.

Ginevra percepì quegli antichi spiriti aggrapparsi a lei come bambini dispettosi, opprimendola al punto che i passi divennero sempre più affaticati mentre proseguiva attraverso le caverne buie. La terra sembrava brillare e vorticare e si rese conto che era ricoperta da migliaia di coleotteri necrofori, gli stessi che aveva visto nel cimitero di San Paolino, dai gusci iridescenti schioccanti e luccicanti, come gioielli sotto la sua luce magica. Finalmente, il sentiero sembrò livellarsi e i due si trovarono talmente in basso che sembrò loro di riuscire a udire il battito della terra. In quel luogo oscuro e profondo, giunsero davanti a una porta che si trovava tra due colonne scavate nella roccia. Rimasero in piedi sulla soglia osservando una stanza rotonda dalle pareti ricurve. Anche il pavimento di quella camera ospitava diversi cadaveri coperti da coleotteri, a eccezione di un cerchio sgombro, del diametro di circa un metro. Alla luce dell'eliodoro videro una bara di pietra proprio al centro della stanza, il luogo di riposo di un qualche re dimenticato.

Ma quel giorno le ossa del re erano state riesumate e sparse in un caos polveroso, lasciando i ragni, che erano vissuti per generazioni tra quelle costole, sparpagliati e senza casa. E sopra il letto di pietra vi erano anche i resti di altri uomini, disposti ordinatamente. Lì erano state sistemate le svariate parti dei santi di Firenze, come un cadavere in una lezione di anatomia. E lì c'era anche il ladro, che si aggirava nel suo mantello incappucciato.

Ginevra si sottrasse alla mano di Fra' Michele prima che

lui potesse protestare, lasciandolo fuori dalla porta. Rimasta sola nella luce, entrò nella stanza. A ogni passo il corallo pulsava e bruciava, come schizzi di acqua bollente. Si avvicinò. Il rumore dei coleotteri mascherava quello dei suoi passi. Cercò di capire cosa stesse facendo il ladro con le reliquie: si era sporto sulla bara con aria intenta, assorbito dal suo compito. La luce della piccola lanterna illuminava solo pochi centimetri di quell'oscurità, un globo luminoso in un mare nero.

Cruuuunch. Ginevra si voltò e vide che Fra' Michele, alla cieca, era uscito dal sentiero sgombro e aveva calpestato con un piede il teschio di qualche poveretto. Si girò di nuovo e si accorse che il ladro era a pochi centimetri dalla sua faccia. Un uomo di mezza età, con gli occhi che brillavano come quelli di un cane alla scarsa luce della lanterna. Il resto del volto era oscurato da capelli neri e da una barba incolta. Il corallo bruciava così forte da farle lacrimare gli occhi.

«Bene» disse. «Siete qui finalmente, venite.»

«Cosa?» disse Ginevra.

«Non tu» sibilò il ladro. «Il prete. So che è con te. Vi ho visti camminare lungo la collina insieme. Ho aperto le porte della città e della chiesa per lui. I santi devono averlo portato da me, per risparmiarmi il problema di trovarne uno.»

«Un cosa?» disse l'inquisitore allarmato.

«Michele, chiudete gli occhi! Non guardatelo in faccia» gridò Ginevra.

«Sta' zitta. Tu sei in più. Vattene laggiù.»

Il ladro agguantò Ginevra e la spinse forte contro la parete in fondo alla stanza. Batté la testa contro la roccia e l'eliodoro le sfuggì di mano, facendola precipitare nell'oscurità.

«Scriteriato!» gridò l'inquisitore, che non riusciva a vedere nulla e stava ancora cercando di liberare il piede dal teschio in cui si era incastrato. «Ti abbiamo seguito fino a qui, nel tuo covo maledetto, e nel nome di Gesù Cristo, della Vergine Maria e di tutti i santi ti comando di terminare quello che stai facendo e di restituire le reliquie che hai rubato, o sarai dannato a subire i fuochi dell'inferno eterno!»

Ginevra cercò di gridargli di fare attenzione, ma il colpo le aveva tolto il fiato e giaceva a terra, ansimante.

«Oh, ceramista, costruttore di piatti dipinti, miscelatore di colori segreti! La ricchezza ti ha corrotto. Hai preso ciò che non ti appartiene» urlò Michele. Teneva il crocefisso di legno davanti a sé e lo agitava alla cieca.

Il ladro rise. «Le reliquie lasciano che io le prenda. Appartengono a Dio, non a una città o a un uomo. La gente di Firenze le ha date per scontate, le ha chiuse dentro gli armadi, e così loro sono venute con me, dove sono richieste. Venite.»

«Non lo farò! Dov'è Ginevra? Restituisci le reliquie, salvati dalle fiamme dell'inferno!»

«Non cercate di spaventarmi parlando di inferno, prete. L'inferno è già arrivato sulla terra. Per mesi ho aspettato e risparmiato e digiunato e punito la mia carne e ora siete voi a dover fare la vostra parte. Venite qui e non interrompetemi.»

In un lampo fu dietro Fra' Michele e lo spinse forte dentro il cerchio sul pavimento, costringendolo a inginocchiarsi; gli legò le mani a un palo di ferro piantato nel pavimento di pietra al centro del cerchio.

«Bene, ora fermo lì. Vi dirò cosa fare.»

Il ladro tornò alla bara e cominciò a sistemare le reliquie con fare amorevole, ma ogni volta che ne disponeva una per bene, un'altra rotolava giù dal suo posto e doveva essere ricollocata.

Ginevra riuscì finalmente a respirare ed esalò un lamento.

«Sta' zitta, tu sei in più» ripeté il ladro, posando il piede di santo Stefano contro l'osso della coscia di san Barnaba per la centesima volta. La scapola di san Giovanni Gualberto si rovesciò. Sospirando, la rimise al suo posto. Ginevra era sconvolta. Cosa intendeva dire con "in più"? Al momento importava poco. Ciò che doveva fare era fuggire. Il corallo era incollato a lei, rovente contro la pelle. Lo tirò fuori e lo posizionò sopra il vestito. Cercò di mettersi carponi e cominciò a tastare il terreno, scacciando i coleotteri alla ricerca dell'eliodoro.

«Dov'è la mia amica? Slegami!» gridò Fra' Michele.

«No! Non interrompetemi.»

«Perché hai costruito un santo fatto di santi?» proseguì lui, imperterrito.

«Ho detto di non interrompermi.»

«Se rispondi alle mie domande, lo farò.»

Il ladro rimase in silenzio per un momento. «Crederete che io sia pazzo.»

Ginevra si fermò per ascoltare.

«Crediamo già che tu sia pazzo» disse Michele. «Che differenza fa?»

«Se vi farà tacere...» disse il ladro. «Non è più un segreto ormai. Queste reliquie separate saranno presto congiunte a formare un nuovo santo, in cui la somma è più potente delle parti. Si chiamerà Santo dei Santi e parlerà a Dio a mio nome e lo costringerà a riportare in vita questi morti attorno a voi.»

«Non è possibile» disse Ginevra da dietro la bara, con le mani che si muovevano freneticamente nel pantano. Finalmente, si chiusero intorno all'eliodoro.

«Sei una vergine?»

«Eh?»

«Se sei una vergine, come il prete, ti metterò nel cerchio anziché colpirti in testa.»

«Sì, sì! Sono una vergine!» mentì lei. Lui la afferrò con le grosse mani ruvide e la trascinò nello spazio in cui sedeva Michele, legandola con l'altro capo della corda allo stesso palo.

«Ecco» disse il ladro, «così è più facile.»

«Non ha importanza. Ciò che vuoi fare è impossibile» disse Ginevra.

«È possibile, invece! Ho trovato un antico incantesimo. "Come far ricomparire i morti tra i vivi".» Sollevò un volume sottile. Le lettere dorate baluginarono alla luce della lanterna. *Liber Iuratus Honorii.* Era il libro di Agnesa.

«Gli incantesimi di quel libro sono falsi» disse Fra' Michele. «È un'eresia crederci!»

«A me sembra inequivocabile, prete. Ascoltate: *come prima cosa fare un cerchio grande nove dita come i nove ordini degli angeli.* Fatto. *Sotto fare un altro cerchio, distante due grani d'orzo dal primo (in onore delle tavole della legge di Mosè) e sotto i due cerchi, sulla parte in alto, fare una croce.* Fatto. *La linea verticale della croce può entrare leggermente nel cerchio più interno, poi, dalla parte sinistra della croce, dovrà entrare almeno una vergine* (noi ne abbiamo due!) *e sedersi al centro volontariamente. Attorno alla vergine scrivere* h *e poi* t.o.e.x.o.o.r.a.b.a.a.l.a.y.q. *e così via.* Tutto fatto, come sareste in grado di vedere se non fosse così buio.»

Si voltò di nuovo verso i resti sgretolati dei santi. Ginevra sollevò l'eliodoro e constatò che le parole che aveva pronunciato erano, effettivamente, riprodotte sul pavimento sotto di loro, con il gesso. Loro, i "vergini", erano seduti al centro.

E anche se non aveva mai creduto che incantesimi di quel tipo funzionassero, riusciva a percepire l'antica sacralità del luogo, e nonostante una reliquia fosse certamente inutile, il ladro ne aveva messe insieme una dozzina, e c'erano senz'altro degli incantesimi che non funzionavano mai eccetto nel caso in cui la situazione fosse assolutamente perfetta. Forse era quello il momento?

«Ginevra, tu... tu non credi che questo rituale funzionerà, vero?» sussurrò Michele.

«No... No, certo che no. E voi?»

«No, decisamente no. Ma nell'eventualità che mi sbagli, dobbiamo tentare di distrarlo.»

Ginevra osservò i corpi sul pavimento. «Hai atteso troppo a lungo, amico mio. Guardali, le dita sono diventate ossa, le bocche non si chiudono. Che cosa significherebbe per loro tornare in vita?»

«Silenzio! Avete detto che se avessi risposto alle vostre domande non mi avreste interrotto, e ho risposto. Saranno come sono. Ho preparato le loro case e ci sarà soltanto gioia!»

«Anche Lazzaro, resuscitato da Cristo in persona, era morto solo da quattro giorni» disse Fra' Michele. «Queste povere anime sono decedute da mesi.»

«Silenzio! Non vi ho portato fin qui per insultarmi. Ora: vergini, confermate di sedere nel cerchio volontariamente? Dovete dirlo a voce alta.»

«Mai» disse Fra' Michele.

Il ladro si diresse verso l'ingresso colonnato da cui erano entrati e tolse una pietra dall'architrave. Ci fu un boato e un rumore di schianto e l'aria si riempì di polvere.

«Visto?» tossì. «Quella era la nostra via d'uscita. L'ho distrutta. Solo io conosco i passaggi segreti. Se non affermate di sedere volontariamente nel cerchio, vi chiuderò qui per sempre e andrò a cercare altri vergini obbedienti e silenziosi!»

«Lo vogliamo, lo vogliamo!» gridò Ginevra. Le faceva male la testa dove aveva colpito il muro e non avrebbe sopportato il rumore di un altro passaggio distrutto. Era giunto il momento. La persona che avevano inseguito li aveva catturati e ora dovevano fare da testimoni ai suoi progetti. Cercò di trattenere l'ondata di nausea che si propagò dalla sua testa dolorante. Lo jettatore annuì, soddisfatto dell'assenso dei prigionieri e li slegò dal palo, anche se rimasero incatenati l'una all'altro.

«Bene, ora tutto quello che dovete fare è rimanere al centro del cerchio e non proferire parola, altrimenti vi distruggerò.» Il ladro si voltò verso il santo assemblato, messo insieme in modo precario. Si tolse il mantello e videro la veste di peli, ispida e pungente, attaccata alla nuda pelle. Posò le mani sulla bara:

Oh, potenti angeli, io vi invoco
e con questa invocazione vi evoco con l'autorità della Suprema Maestà

alla quale tutte le schiere degli angeli sono sottomesse e obbediscono,
ascolterete la mia storia e la trasformerete in realtà, e la storia è questa:
San Miniato camminava per Firenze quando un soldato gli tagliò la testa, ma lui se la riprese e si ricompose ed è così che io, Giancarlo di Sporco, che ho aderito alle più severe penitenze di Iddio per novanta giorni, desidero che trasformiate questi santi separati in un unico santo, chiamato Santo dei Santi e in gratitudine parlerà con Dio assicurandosi che la mia richiesta venga accolta ORA.

Raccolse la reliquia del sangue di Cristo intriso nel pane di Sant'Elisabetta, poi fece una pausa e sfogliò il libro. «Non dice... non dice come aggiungere il sangue.» Alla fine decise di versarlo attraverso un buco nel torso del vecchio san Pietro. Si inginocchiò a terra, si fece il segno della croce e disse:

Tutto questo è fatto con il potere del vero Dio vivente,
Sue sono la gloria, le lodi, l'onore e la vittoria, per sempre nei secoli dei secoli, amen.

Infine attese che qualcosa accadesse, ma il Santo dei Santi rimase semplicemente sul tavolo, scuro e immobile e composto di molte parti.

«A-ha! Si è mosso un poco!» disse Giancarlo dopo un po'.

«Sono i coleotteri, Giancarlo, che strisciano su di lui e ingannano i tuoi occhi» replicò Ginevra. Si toccò la nuca e avvertì un dolore fortissimo. Cominciava a sentire una grande stanchezza.

«No! Si è mosso ed è sveglio, ora è il momento di fare la mia richiesta.»

Ginevra si accasciò a terra.

«Ginevra» sussurrò Michele, scuotendola. «Ginevra, sta' sveglia! Non lasciarmi qui!» Ma lei era così stanca e dolorante che non riuscì a rispondere e scivolò a terra.

Santo dei Santi io ti domando
Per questi morti in questa cripta, che
Tu possa far parlare le loro lingue,
Camminare i piedi freddi,
Vedere gli occhi chiusi
Tornare le anime dipartite...

Un enorme boato e un fruscio riempirono la stanza e la luce della lanterna e anche quella dell'eliodoro si spensero. Fra' Michele gridò, lo jettatore esultò per la gioia e Ginevra perse i sensi.

41
Su, su, su

12 luglio 1348, cripta di San Romolo

«Svegliati, Ginevra! Svegliati!» La voce disperata di Michele la raggiunse attraversando il fruscio, il brusio e il ronzio; l'aria circostante ondeggiava e si spostava e urtava contro di lei. Ginevra non riusciva a capire se avesse aperto gli occhi, tanto era completa l'oscurità.

«Michele! Le anime. Le anime sono tornate nei loro corpi!»

«No, donna! Non sono le anime. Sono i coleotteri necrofori. Le bestie hanno preso il volo.»

«I coleotteri?»

«Ginevra, divoreranno le reliquie!»

«Lasciate stare le reliquie! Divoreranno noi!»

«Accendi la tua luce magica. Dove sono le reliquie? Dov'è il ladro?»

Ginevra si mise a sedere, con la testa che ancora le doleva, e sollevò l'eliodoro con entrambe le mani, ancora legate. I coleotteri su di lei videro la luce e si fiondarono su di essa all'istante, inghiottendone il bagliore. Ginevra li scacciò via dalla faccia e si coprì la bocca con lo scialle. «Michele, non serve a niente, non riesco a vedere una via d'uscita!»

Attraverso l'oscurità che si sollevava udirono grida di frustrazione e rumori provenienti dal ladro che cercava invano di scacciare via il nugolo di insetti dal santo assemblato.

«Dobbiamo trovare una via d'uscita ora che è distratto»

sussurrò Michele. «Vieni! Tu sei una donna sapiente, usa i tuoi poteri, trova il passaggio alternativo di cui ha parlato!»

Le parole dell'inquisitore penetrarono nella nebbia del suo dolore. Aveva ragione. Era una donna sapiente. E sapeva che non voleva essere calpestata come uno scarafaggio. Espirò, ascoltò e infine trovò, oltre il rumore degli insetti, oltre la testa indolenzita e il bruciore dell'ustione provocata dalla *manu fica* di corallo, una stretta gentile sulla mano sinistra. Era l'anello di Nemesi di Vermilia, che conosceva la via d'uscita.

«Venite, Michele. Non fate rumore.»

I due si issarono in piedi, ancora legati insieme alle estremità della corda, e scivolarono in una crepa nel muro.

«Vergini!» gridò il ladro. «Non muovetevi! Avete detto di volerlo! Non muovetevi o vi distruggerò come distruggerò questi coleotteri!»

«Sbrigati!» sussurrò Michele.

Ginevra seguì la spinta dell'anello di diaspro che li conduceva verso l'alto, su, su attraverso il buio pesto, fino a che sfondarono una nube di scarabei e irruppero nel santuario della chiesa; allora corsero oltre l'inferno dipinto di viola e verde e fino alla piazza, alla luce piena del giorno, dove, accecati temporaneamente dal bagliore del sole, si dimenarono per scacciare i coleotteri dalla faccia e dai capelli.

«Ci ha seguiti?» chiese Michele, tossendo insetti.

Ginevra toccò il corallo e si bruciò le dita. «È qui vicino! Dobbiamo nasconderci.»

Ma era troppo tardi. Il ladro li raggiunse. Raccolse la corda da terra e la tirò così forte da farli cadere sui ciottoli della piazza.

«Chiudete gli occhi o vi maledirà!» gridò Ginevra all'inquisitore.

«Siamo tutti maledetti, Vergine» disse il ladro, trascinandoli sulle pietre e legandoli un'altra volta all'argano del pozzo, in modo che fossero schiacciati contro la muratura.

Michele si accucciò con le mani premute contro gli occhi.

Ginevra, la cui vista si stava riabituando alla luce, scorse il ladro raccogliere una sacca bitorzoluta coperta di coleotteri. La scosse e ne caddero il braccio di san Filippo, la coscia di san Barnaba e il resto delle reliquie delle grandi chiese di Firenze. In fretta e furia ricominciò a rimetterle insieme e a formare un uomo. Le mani gli tremavano mentre scacciava gli insetti con il dito benedetto di san Tommaso. Per sbaglio diede un calcio alla sacra testa di Zenobio e dovette rincorrerla fino ai margini della piazza.

«È ancora più pazzo di prima» bisbiglio Fra' Michele, spiando tra le dita. «È colpa di quella maglia di peli. Un congegno del genere trasforma anche l'individuo più gentile in un completo incubo.»

«Di certo non aiuta» concordò Ginevra, «ma il malocchio fa ben peggio. Guarda.» Gli indicò il corallo che ancora bruciava contro il vestito. «È qui e gode della miseria di quell'uomo.»

Il ladro corse di nuovo verso il mucchio di reliquie, stringendo la testa, e le rimise insieme alla svelta, rinunciando ai tentativi di allineare gli arti al tronco. «Basta bisbigliare!» strillò ai due. Con un pezzo di gesso estratto dal taschino cominciò a tracciare un altro cerchio magico attorno al prete e alla donna, ma i sanpietrini erano grezzi e il gesso si ruppe, così finì per trascinare la polvere bianca con le dita.

Ginevra si rivolse all'inquisitore, sempre a bassa voce. «Come la veste gli provoca fastidio, così il malocchio lo allontana dalla sua umanità. Dobbiamo cercare di riportare indietro la parte di lui che ha deciso di indossarla, di sacrificare il proprio corpo per salvare le anime del villaggio.»

Il ladro raccolse un sanpietrino da terra. «Vi picchierò sulla testa con questo fino a che non direte di volerlo.»

«Aspetta!» gridò Ginevra. «Giancarlo di Sporco. È così che hai detto di chiamarti, nell'incantesimo? Giancarlo, è un incantesimo inventato. Scritto da ciarlatani. È un peccato che tu non me l'abbia chiesto, prima di provarci. Io sono una strega e avrei potuto darti un buon incantesimo, uno genuino.»

«Menti per la gola. Le streghe non esistono.»

«Te lo proverò, jettatore. Io conosco la magia per trasformare una persona da una cosa a un'altra.» L'inquisitore ebbe un sussulto.

Il ladro la derise, stringendo la pietra. «Sono un uomo istruito e benestante. Ho studiato i testi segreti per mesi. Una poveraccia come te non può avere successo dove io ho fallito.»

«Dico la verità, Giancarlo. E in cambio della nostra libertà, scommetto che posso trasformare te.»

«E quando fallirai, ti colpirò a morte e ti lascerò cuocere al sole, quant'è vero che indosso questo cilicio.»

L'inquisitore spiò nervosamente Ginevra attraverso le dita sugli occhi.

Ginevra deglutì per reprimere la nausea e il dolore del corallo bruciante. Ridere per scacciare la miseria. «Cilicio? Tu non indossi un cilicio.»

«Cosa? Credi che non sappia cos'è la veste che indosso sul mio corpo? Che non sia consapevole che gratta e mi ferisce in ogni momento?»

«Te lo assicuro, tu non la indossi.»

«E questa che cos'è, allora?» Sollevò la tunica rivelando il terribile indumento.

«Quella non è una veste, è la tua pancia pelosa!»

«Mi prendi in giro! Non starò qui ad ascoltare questi miseri insulti. Guarda, donna odiosa.» Lasciò cadere il sanpietrino e, per la prima volta dopo mesi, si tolse il cilicio e lo tenne sollevato, scuotendolo davanti a lei. «Vedi? Non lo vedi?»

Ginevra ebbe un conato all'odore di quella veste e rispose: «E non lo vedi che ti ho trasformato? Eri sofferente e ora sei sollevato. Un buon incantesimo, concorderai.»

Lo jettatore si lasciò scappare un «A-ha!» involontario, poi si portò le mani alla bocca. E che fosse stato il giochino arguto di Ginevra o semplicemente il sollievo fisico di essersi liberato da quell'indumento di tortura, Giancarlo recuperò improvvisamente quel pezzetto di sé che non apparteneva all'Occhio, e quel fanatico violento si accasciò a terra e cominciò a singhiozzare.

«Ho fatto tutto correttamente» si lamentò. «Ho purificato la mente e punito il mio corpo, seguito ogni specifica richiesta del libro. Ho pregato e pregato, ma non è servito. Dio mi ha dimenticato.»

«Che sta succedendo?» disse Fra' Michele, che ancora si stava coprendo gli occhi con le mani.

«Ho indossato il cilicio! Avevo ben due vergini! Povero, povero me!»

«Uhm... Dai, su, non è colpa tua» gli disse Ginevra. «Solo Dio decide chi vive e chi muore, e non possiamo cambiare questa decisione.»

«Non è stato Dio, è colpa mia se la morte è arrivata fin qui. La peste è giunta a San Romolo, potente e feroce! Per tutta la vita ho portato soltanto sfortuna! Ho sentito come mi avete chiamato: jettatore! Non siete i primi a farlo. Prima che la peste giungesse in qualunque altro luogo, è arrivata qui, alla fine dell'inverno. L'intero villaggio è morto nel giro di un solo giorno. Mia madre, mio padre, i miei vicini... Tutti morti, tranne me... Ecco perché il vescovo non ha voluto aiutarmi. Sono maledetto.»

«Aspetta, cosa hai detto?» strillò Fra' Michele, coprendosi gli occhi. «Che c'entra il vescovo Acciaiuoli?»

«Sono andato da lui con l'incantesimo. Gli ho chiesto di poter usare le reliquie. Ha detto che era una buona idea! Mi ha dato la sua benedizione e mi ha mostrato un luogo dove conservarle mentre le recuperavamo, insieme.»

«È impossibile» disse Fra' Michele. «Impossibile. Non posso crederci. Il vescovo è un uomo istruito, assennato. Non crede a incantesimi del genere.»

«Se il vescovo ti ha permesso di prendere ciò di cui avevi bisogno, perché farlo di nascosto?» chiese Ginevra.

«Lui ha detto che la gente non avrebbe capito, non avrebbe approvato.»

«Certo che non l'avrebbero fatto! Come me» replicò Fra' Michele, indignato.

«Ha detto che la nostra amicizia doveva rimanere segreta, che avrei dovuto fare tutto da solo, così sono stato costretto a girare di soppiatto e a chiedere indicazioni.»

«Se doveva rimanere un segreto, perché hai gridato i furti dalla Ringhiera facendoli sapere a tutti? Per quale motivo, se non sconvolgere e spaventare i fiorentini, causando panico e disordini?»

«Non so di cosa parli. Non l'ho mai fatto. Io amo la gente. Ho lasciato acqua santa al posto di ogni cosa che ho preso, in modo che nessuno fosse lasciato senza protezione divina.»

«Bugie, bugie dette da un ladro. Uno jettatore! Hai fallito e ora vuoi dare la colpa a qualcun altro. Il classico peccatore» disse Fra' Michele.

«No! Sono molte cose, ma non sono un ladro. Ecco la prova.» Il ladro prese qualcosa da sotto la tunica e si avvicinò ai prigionieri legati al pozzo.

«Fermati!» gridò Ginevra. Il corallo brillava come un tizzone ardente. Non era mai stato esposto a uno jettatore così a lungo. Il tessuto del vestito a contatto con la pietra era scuro e bruciacchiato. «Il malocchio sta ancora lavorando vigliaccamente attraverso i tuoi occhi… Non avvicinarti o mi brucerai!»

«Basta con questo sguardo maledetto!» pianse lui. «Se sono i miei occhi a portare sfortuna, allora è il momento di togliermeli! Preferisco essere cieco che vedere la miseria che ho causato.»

«Smettila!» esclamò Fra' Michele. «Smetti di piangere! Se sono i tuoi occhi a causare la miseria, allora indossa una benda. Dovrebbe funzionare, no?» Si voltò verso Ginevra.

«Io… Non saprei, immagino che valga la pena provarci, prima di cavarti gli occhi.»

Ancora piangendo, Giancarlo annuì, strappò un pezzo di tunica e se lo legò attorno al volto. Immediatamente il corallo di Ginevra smise di bruciare e lei si sentì come se le avessero tolto un peso dal petto.

«Ha funzionato?» chiese Giancarlo, girando su se stesso bendato.

«Io... io credo di sì...» disse Ginevra, ansimando per il sollievo di essersi liberata dal dolore. «Assicurati che sia legata stretta, in modo da non vedere la luce del giorno.»

Giancarlo armeggiò con la benda, tirandola più giù sul viso, poi si diresse verso il pozzo, sbattendoci contro. Cadde a sedere, stringendosi le gambe, procedette a tentoni e finalmente sciolse le corde che imprigionavano Ginevra e Fra' Michele.

L'inquisitore emise un gemito e balzò all'indietro verso il cumulo di reliquie e si prostrò dinanzi a esse.

Ginevra si alzò in piedi davanti al ladro. Le erano tornate le forze. «Dov'è la prova, dunque?»

Lui sollevò una chiave d'argento, sormontata da un leone rampante. Lo stemma degli Acciaiuoli.

«Michele, lo riconoscete?» Ginevra gli portò la chiave.

«Non può essere vero! Lo jettatore dice la verità. Questa è la chiave personale del vescovo che apre il Battistero.»

«È lì che abbiamo custodito le reliquie, io e il vescovo. Serviva un luogo degno dove nasconderle.»

«Hai detto che il vescovo non ti avrebbe aiutato, alla fine» intervenne Ginevra. «Perché?»

«Non gli è piaciuto che io abbia spezzato la gamba di san Miniato. Ha detto che Dio aveva cambiato opinione, che non era più una buona idea costruire il Santo dei Santi. Mi ha ordinato di restituire la chiave, ma io gli ho dato una spinta, sono corso al Battistero, ho preso le reliquie che avevamo nascosto insieme e le ho portate con me fino a qui, a San Romolo. Non ho mai detto al vescovo dove vivevo, dunque sapevo di avere un po' di tempo prima che riuscisse a trovarmi. Dovete capirlo: io *dovevo* completare l'incantesimo! Era l'unico modo di salvare tutti noi. Dio non ascolta più le normali preghiere.»

Ginevra osservò di nuovo l'oggetto intricato che aveva in mano e con una nuova fitta di paura si rese conto di una cosa: Fra' Michele aveva inavvertitamente rivelato al vescovo Acciaiuoli la vera identità del ladro di reliquie e dove si trovava. Ma il vescovo non poteva semplicemente inviare i propri mercenari a San Romolo. Se lo avesse fatto, avrebbe corso il rischio che si venisse a sapere che Giancarlo aveva agito con il permesso del vescovo! Ma se Ginevra avesse recuperato le reliquie per conto suo, se lei fosse stata l'unica testimone... Allora sarebbe riuscito facilmente a liquidare la testimonianza di una donna già condannata per eresia. Tuttavia, non aveva tenuto conto che l'inquisitore si trovava con lei...

«Solo, solo, cieco e solo camminerò nel mondo» piangeva Giancarlo.

«Smettila di lamentarti» disse Ginevra. «Sono stanca di voi uomini tristi. Non camminerai da solo nel mondo. Hai combinato un bel guaio e ora tornerai a Firenze con noi per sistemare le cose.»

Fra' Michele interruppe le preghiere alle reliquie e la fissò inorridito.

«Se vengo con voi, il vescovo mi farà decapitare e appenderà il mio corpo alla Ringhiera» disse Giancarlo.

«Non hai scelta. Abbiamo bisogno di te come testimone del coinvolgimento del vescovo. Inoltre, quest'uomo è l'inquisitore. Lui può prometterti che non sarai appeso, giusto Michele?»

«Be', ehm, non sarà...»

Ginevra lo fissò con espressione torva.

«Voglio dire, sarà difficile, ma vedrò ciò che posso fare...»

«Visto? Ecco qui. Andremo tutti insieme.»

«Non posso venire. Non dopo aver rubato la chiave del vescovo.»

«Giancarlo, ascoltami. Tu non sei l'unico a essere sorvegliato dal malocchio. Fin da quando ero bambina mi segue a distanza ravvicinata. Lo punsi, molto tempo fa, e da allora aspetta l'opportunità per vendicarsi. Vieni con noi e, una volta che tutto sarà risolto, troverò il modo di liberarti dall'Occhio.»

«Non mi piace essere uno jettatore» ammise lui. «Ma... Il mio villaggio! La mia povera madre, il mio caro padre. Non posso lasciarli qui.»

«Li hai seppelliti nella cripta della loro chiesa. È più di quanto possano sperare sovrani e signori, al giorno d'oggi. Vuoi startene qui da solo, a parlare con gli scheletri?»

«Devo rimanere a pregare per loro, chi altro lo farà? Anziani e bambini piccoli, tutti bloccati in purgatorio.»

Ginevra stava diventando impaziente di andarsene.

«Michele, potete intercedere per loro?»

E così Fra' Michele, sotto lo sguardo severo di Ginevra, si trascinò all'ingresso della cripta, pronunciò una benedizione su tutti i morti, e disse che aveva valore retroattivo, dato che nessuno aveva avuto la possibilità di chiamare un sacerdote, e che si trovavano tutti in Paradiso.

Giancarlo si convinse finalmente a rientrare a Firenze insieme ai due. La promessa di Ginevra di spezzare la maledizione che l'Occhio aveva su di lui suonava decisamente meglio che vagare per il mondo cieco e solo. Le reliquie, su cui strisciavano ancora alcuni coleotteri, furono caricate sull'asino che fu legato a una corda; l'altra estremità fu data a Giancarlo perché potesse seguirli anche bendato. Lasciarono così San Romolo e furono le ultime persone vive a passare di lì per molti anni a venire.

42
Porta San Niccolò

12 luglio 1348, sulla strada per tornare a Firenze

Fra' Michele e Ginevra camminavano a una certa distanza, per poter parlare senza essere ascoltati. «Non ha senso» disse Ginevra. «Pensate davvero che il vescovo credesse che l'incantesimo potesse funzionare?»

«Nemmeno per sogno.»

«E allora perché accettare un piano del genere?»

Fra' Michele scosse la testa. «La famiglia del vescovo ha grossi problemi economici. Da anni. Magari sperava di vendere le reliquie e voleva che Giancarlo facesse il lavoro sporco per lui.»

«E allora perché non rubare i reliquiari d'oro?»

«Non lo so. So solo che vorrei che fossimo venuti qui senza che il vescovo lo sapesse.»

«Ormai è fatta. Che cosa faremo?»

«Dobbiamo annunciare il ritorno delle reliquie non appena rientreremo in città. La gente si riunirà intorno a noi e io radunerò un gruppo di uomini per affrontare il vescovo. Ma prima dobbiamo pensare al nostro testimone… Dobbiamo tenerlo al sicuro.»

Ginevra annuì. «Portiamolo a Sant'Elisabetta. È vicino a Porta San Niccolò. Restituiamo loro il pane. Sorella Taddea sarà sollevata di riaverlo e sorveglierà Giancarlo per noi.»

«Ginevra…»

«Sì?»

«Io… non sono vergine.»

«Nemmeno io» ammise lei.

Trascorsero il resto del viaggio in silenzio, entrambi chiedendosi cosa sarebbe potuto accadere nella cripta di San Romolo se Giancarlo non avesse avuto una tale fiducia nella loro virtù.

Più tardi raggiunsero Porta San Niccolò e si stupirono nel trovarla chiusa. Fra' Michele spinse la porta. Ginevra udì distintamente suoni di voci e di metallo.

«Immagino sia una buona cosa che i guardiani siano tornati» disse l'inquisitore.

«Aspettate, Michele...» Ma la porta si era aperta.

Ginevra fece un passo indietro e sussurrò allarmata a Giancarlo, che se ne stava in piedi diligentemente accanto all'asino: «Nasconditi! Se ci accade qualcosa, trova monna Lucia, all'elegante palazzo di piazza Santa Trinita. Non toglierti la benda, devi trovare il modo di arrivare là.» Ginevra gli premette qualcosa in mano e lo spinse contro le mura della città, per nasconderlo dagli uomini in piedi al cancello. La porta si aprì rivelando il vescovo in persona, in piedi, affiancato da guardie eleganti e munite di fin troppi coltelli.

«Michele?» disse sorpreso. «Che cosa ci fai tu qui?»

«Poiché non avete voluto aiutare monna Ginevra, l'ho fatto io stesso...»

«Sciocco. Ti sei immischiato in una questione pericolosa.»

«Che cosa intendete dire? Perché siete qui al cancello insieme alle guardie?»

«Arrestateli entrambi» ordinò il vescovo ai mercenari.

«Arrestare *me*? È proprio il contrario. Sono io che arresto voi, per aver commesso la peggiore delle eresie. Guardie, prendetelo! Legatelo!»

Ma le guardie erano leali solo all'uomo che le pagava, e catturarono i viaggiatori all'istante. Il vescovo si avvicinò all'asino, palpando il contenuto della sacca che teneva legata sulla schiena. Sorrise e le diede due colpetti con la mano. Infine afferrò le briglie dell'asino.

«Non toccate quella sacca!» disse Michele.

«Guardie, imbavagliateli, o pronunceranno incantesimi malvagi contro di voi.»

«No, no, vi state sbagliando!» gridò Ginevra scuotendo la testa da una parte all'altra per evitare che la imbavagliassero. «Vescovo, abbiamo fatto ciò che ci avete chiesto, non sono un'eretica...»

«...E allora che cos'è quell'oggetto pagano che hai al collo?»

Ginevra guardò verso il basso e si accorse che non aveva rimesso dentro i vestiti la *manu fica* di corallo.

Il vescovo fece un cenno alla guardia più vicina, la quale si avvicinò a Ginevra da dietro e la prese per le braccia, spingendola in avanti in modo che un'altra guardia potesse staccarle il ciondolo dal collo. Lei era talmente atterrita dalla paura che protestò appena, tanto che non ci fu quasi bisogno di imbavagliarla. «Oh, per favore, vi prego, ce l'ho da quando ero bambina! È innocua! Non sapete cosa mi accadrà se non la indosso!»

Fra' Michele farfugliò delle proteste attraverso il bavaglio, fino a che non si prese uno schiaffo.

«D'accordo, ora portateli alle Stinche. Il guardiano è ancora vivo. Mi occuperò io stesso dell'asino, bisogna assicurarsi che il bagaglio non contenga nulla di corrotto.»

Le guardie scrollarono le spalle, stizzite. Speravano di riuscire a tenersi l'asino.

Il vescovo scrutò intorno a sé, ma Giancarlo rimase immobile e in silenzio, e ben presto le porte si chiusero. Una volta rimasto solo, Giancarlo si accorse che Ginevra gli aveva messo in mano l'eliodoro. Le porte chiuse non erano un inconveniente. Entrava e usciva di nascosto dalla città da mesi. Gli sarebbe piaciuto che Ginevra e l'inquisitore gli avessero detto che ci sarebbero stati problemi: avrebbe potuto mostrare loro un gran numero di passaggi più discreti.

43
Le Stinche

Sera del 12 luglio 1348, città di Firenze

Lucia si chinò ad accarezzare la gattina che la seguiva. Piero non era ancora tornato con i segreti del vescovo, e nemmeno Ginevra era rincasata. Aveva trascorso una notte da sola e ora se ne stava avvicinando un'altra. Non voleva lasciare il palazzo per paura che il vescovo scoprisse che non era morta. Dei leggeri colpi alla porta le portarono un sollievo che ebbe però vita breve, perché quando aprì si trovò davanti un estraneo bendato.

«E voi chi sareste?»

«Dama Tornaparte? Sono il ladro di reliquie, al vostro servizio. Mi ha mandato monna Ginevra.» Si inginocchiò e le mostrò l'eliodoro. Lucia gli chiuse la porta in faccia. Poi la aprì di uno spiraglio. Aveva con sé l'eliodoro, in effetti. E non puzzava più.

«Lei dov'è?»

Il ladro fece una smorfia. «Il vescovo…»

Era tutto ciò che Lucia aveva bisogno di sentire. «Entra. In fretta.»

Lucia rimase seduta, rapita, mentre Giancarlo le raccontava tutto quello che era accaduto, come Ginevra gli avesse insegnato a bendarsi gli occhi malvagi, come l'incantesimo non avesse funzionato e come il vescovo di Firenze lo avesse tradito e avesse rubato le reliquie per se stesso. Infine le raccontò di come era fuggito e di Ginevra e Fra' Michele, che erano rinchiusi insieme alle Stinche.

Attraverso la finestra aperta, una canzone si fece strada nell'aria della sera, interrompendo la conversazione.

Re e mugnaio, prete e suora
Cenarono e bevvero il vino iersera
Si seccano al sole le loro ossa, ora
Tra erbacce selvagge e immobile terra.

«Non mi piace quella canzone» disse Giancarlo.

«Becchino!» gridò Lucia, balzando in piedi e agitando le braccia dalla finestra.

Lo scavatombe fermò il carretto. «Dama Dionisia! Lieto di rivederti viva e vegeta. Credevo fossi affogata in un barile di vino ormai.»

«Ah-ah! Sì, è stata una festa interessante. Ascolta, ti capita di andare alle Stinche per lavoro?»

«Certo, ci vado quasi ogni giorno a prendere i morti.»

«Puoi portare un messaggio quando andrai? A qualcuno che è dietro le sbarre?»

«Questo dipende…»

«Pagherò per la tua discrezione.»

«In questo caso, sono il fidato custode dei tuoi segreti. Mi attendono domattina. Quale fortunato debitore riceverà una lettera d'amore?»

«Non essere sgarbato!» esclamò Giancarlo dall'interno della casa.

«Ssst, va tutto bene, lui è fatto così.» Lucia si voltò di nuovo verso Becchino. «È la mia amica, quella con la cicatrice sul naso.»

«Coppia interessante, voi due. Ve ne andate in giro di nascosto tra gli altari delle chiese e vi ubriacate come monaci. Non c'è da sorprendersi che sia alle Stinche ora. L'unica cosa strana è che tu non sia laggiù con lei!»

«Già, be', la mia libertà dipende dalla tua discrezione. Verrai qui come prima cosa domattina?»

«Come preferisci. E, Dama, di certo vorrai preparare anche del cibo e delle bevande per la tua amica. Quelli che vendevano cibo ai prigionieri in tempi normali sono tutti morti. C'è soltanto una guardia e non cucina nemmeno tutti i giorni. Uno sformato, se sei capace di farne uno, è un buon posto dove nascondere un messaggio.»

Sul pavimento di legno scheggiato delle Stinche, Ginevra si raggomitolò in attesa della morte. Sarebbe arrivata anche per lei ormai, e sarebbe stata sgradevole. Senza il corallo non era più protetta dalla peste di chiunque altro. Dall'odore e dalle macchie scure sul pagliericcio, immaginava che l'attuale morbo fosse solo uno dei tanti che avevano contaminato la cella.

Dare la sua unica dose di elisir a un inquisitore sarebbe stata la sua ultima decisione sbagliata in una vita piena di decisioni sbagliate. Perché mai si era lasciata coinvolgere da quella ridicola questione? Cercare di unirsi a un'Arte? Era stata una sciocca con un piano improbabile e un obiettivo impossibile. Lo capiva chiaramente, in quel momento. Come se la verità di tutto ciò fosse iscritta sulle pietre ammuffite della cella.

Stava già cominciando a sentirsi male. Aveva i crampi allo stomaco e le faceva male la testa. Ma forse quella era solo la disperazione, non la pestilenza. Ah, benissimo, se non l'avesse trovata prima la peste sarebbe stata condannata come… Come avevano chiamato quella donna al porto di Genova, molto tempo prima? "Una strega e un'eretica *relapsa*". E l'avrebbero bruciata. Il malocchio era in agguato, nell'ombra, fin da quando era bambina e ora era vicino e pronto a colpire. Chiuse gli occhi e ricordò Vermilia che, molti anni prima, le chiedeva: "Che cosa sai?". Ma la mente di Ginevra era vuota. Il mondo era silenzioso. Non sentiva più l'anello di Nemesi. Nessun filo dorato suonava note di verità. La sua fortuna, per quanta ne avesse avuta, si era esaurita.

Fra' Michele aveva avuto il permesso, per via del proprio

rango, di gironzolare per tutto il gigantesco edificio cubico che costituiva la prigione. Si recò di fronte alla porta chiusa a chiave della cella di Ginevra e le parlò attraverso le sbarre.

«Ginevra, Ginevra, perdonami, ho causato io tutto questo disastro.»

Lei rispose dal pavimento. «Va tutto bene, Michele. La morte viene per tutti.» Non provava risentimento nei suoi confronti. Era troppo stanca.

«Cerca, per ora, di non morire» cercò di scherzare l'inquisitore. «Abbiamo ancora del lavoro da fare.»

Ginevra si voltò dall'altra parte e gli diede le spalle, impassibile.

Michele continuò a parlare comunque. «Non mi è mai piaciuto il vescovo, ma non credevo fosse così malvagio. Avere dei disaccordi per motivi politici è una cosa sana, che giova alla comunità. Ma entrare in combutta con un ladro... So che sono tempi strani, ma che cosa farà con le reliquie, ora che le possiede?»

Andò avanti a borbottare in quel modo fuori dalla porta di Ginevra per tutta la notte, parlando di come avrebbe scritto una lettera al Papa e di come tutto si sarebbe sistemato, anche se sapeva che la lettera avrebbe impiegato settimane ad arrivare, e nonostante il Papa avesse preso le parti del vescovo quando era stato espulso il precedente inquisitore. Dopo ore di monologo, si stancò del silenzio di Ginevra, ma quando prese fiato per rimproverarla a dovere, si accorse che Ginevra non stava facendo l'ostinata; la donna aveva dei grossi rigonfiamenti neri lungo tutta la gola.

Il carceriere diede a Michele il permesso di entrare nella cella per eseguire gli ultimi rituali. L'inquisitore, che era stato troppo codardo per servire i suoi fedeli, ora teneva in grembo la testa di Ginevra mentre il respiro della donna si faceva sempre più affannoso, aiutandola con gli spasmi del vomito che andavano e venivano. Fu così che li trovò Becchino il mattino seguente.

«Ah, messer inquisitore, che sfortuna, eh? Un giorno mandi i peccatori alle Stinche, un giorno sei tu il peccatore alle Stinche…»

«Che cosa vuoi?»

«Sono qui per la signora Ginevra.»

«Non è ancora morta. Forse domani.»

«In questo caso, potrebbe gradire questo? Mandato dalla sua amica, dama Tornaparte.»

Fra' Michele posò la testa di Ginevra delicatamente sul pavimento lercio. Si avvicinò alle sbarre e gli venne passato uno sformato bitorzoluto da cui sbucava, attraverso la crosta, la testa bruciacchiata di un'anguilla, e una bottiglia di vino.

«Non credo sia in grado di mangiare.»

«Be', se fossi in voi aprirei lo stesso quello sformato, immediatamente. È meglio mangiarlo fresco, sapete.»

«Non mi serve che uno scavatombe mi dica come mangiare uno sformato» replicò l'inquisitore stappando il vino coi denti e bevendo una grossa sorsata.

«Ciò che sto cercando di dire, ottuso signore, è che in questo sformato potrebbe esserci qualcosa di più che semplici anguille.»

«Oh! Oh. Capisco. Capisco. Lo mangerò subito, allora. Con attenzione.»

«Ora avete capito. Godetevelo. Tornerò dopodomani a prendere la signora.»

Il carceriere ricominciò il suo giro e Becchino ripartì.

Fra' Michele si inginocchiò vicino a Ginevra e in modo goffo le versò il vino in gola, facendola tossire e soffocare, ma sollevandola un po' dal torpore.

«Guarda!» esclamò, avventandosi sullo sformato non appena il carceriere si fu allontanato. «Un messaggio da una certa Madonna Tornaparte. La conosci? Dice che Giancarlo è con lei.»

Ginevra sorrise debolmente a quella notizia. Parlare le faceva troppo male.

L'inquisitore lesse la lettera a bassa voce, con un occhio rivolto alle sbarre nel caso il carceriere fosse di ritorno. Raccontava nel dettaglio di come Piero stesse spiando il vescovo. Ginevra si commosse nell'udire il nome di Piero: non l'aveva abbandonata, dunque! La stava cercando! Fra' Michele si mise in bocca un grosso boccone di sformato. Gridò di dolore e sputò pezzi di anguilla, un dente rotto e due piccole pietre verdi screziate di rosso. Le tenne in mano, stupito.

«Che parte dell'anguilla sarà mai questa?»

Ginevra aprì gli occhi. Come poteva averlo dimenticato? Era una verità nota che i pesci amavano cibarsi di gioielli magici. Le anguille di Lucia dovevano avere ingoiato le pietre di sangue quando il barattolo con l'elisir era esploso sopra il pozzo! Cercò di mettersi a sedere tra le assi grezze del pavimento, prese le pietre dalle mani di Fra' Michele e se le premette contro la gola fino a sentire il ronzio dei fili dorati e l'aria colma di vibrazioni. Fra' Michele riprese le gemme e, stringendo le mani di Ginevra, fece sì che le pietre di sangue rimanessero sulla gola di Ginevra per tutto il tempo degli spasmi e delle convulsioni che seguirono. In quel modo la magia riuscì a espellere la malattia, Ginevra vomitò una spessa poltiglia nera e cadde addormentata. L'inquisitore sussurrò alle orecchie prive di sensi della donna che se quella non era la magia di Dio, allora niente lo era, e giurò che avrebbe fatto ogni cosa in suo potere perché fosse ammessa nell'Arte dei Medici e Speziali.

Notte del 12 luglio 1348, stanza del vescovo

Il padrone di Piero rincasò dalla sua serata fuori di ottimo umore e con un asino nuovo. Dopo cena, come al solito, Piero si distese sul lettino estraibile, sul pavimento della camera del vescovo. Come invece non era solito fare, nell'ora più buia del primo mattino strisciò sul grande baldacchino rialzato e scostò le tende, fissando l'oscurità fino a che riuscì a distinguere una figura umana tra le lenzuola di seta. Il vescovo era sdraiato sulla schiena, il volto immobile per il sonno. Piero cominciò ad avere paura, ma la tenne a bada. Era abituato a essere spaventato. Si chinò sul suo padrone e posò la spilla d'oro e ambra sul cuore, proprio come monna Lucia gli aveva detto di fare.

Immediatamente gli occhi del vescovo si spalancarono, la sclera brillò nella debole luce del mattino proveniente dalla finestra.

Piero si accucciò a terra, coprendosi il viso con le mani.

Quando non udì alcun rumore, si rialzò, spiando tra le dita. Il vescovo fissava l'oscurità, ma il suo corpo non si muoveva. Il gioiello d'ambra brillava delicatamente di una luce dorata, come se fosse acceso dall'interno.

«Vescovo… siete sveglio?» sussurrò.

«No…» rispose il vescovo, farfugliando.

«Siete sicuro?»

«Sono sicuro. Sto… dormendo.»

«Allora… Mi direte i vostri veri segreti? Qualsiasi cosa vi chieda?»

La bocca del vescovo tremò e una lacrima scese dall'occhio spalancato.

«Oh! Perché piangete?»

«P-perché… non voglio dirti i miei segreti.»

Piero cominciò a dubitare della missione. Quell'uomo era stato gentile con lui, l'aveva preso con sé, e invece di ringraziarlo Piero stava usando un incantesimo per farlo piangere.

«Ditemi una sola cosa, allora, e non vi chiederò altro. Perché avete messo Ginevra in prigione, dopo che è venuta fin qui per trovare le reliquie per noi?»

Le lacrime rigarono le guance del vescovo, ma la voce dell'uomo era dura e rabbiosa.

«Devo essere io a ritrovarle… È tutto organizzato. Nostra Signora dei Requisiti me lo rivelerà… Mi sceglierà di fronte a una folla di fedeli.»

Piero si scordò della promessa di chiedergli una cosa soltanto. «Nostra Signora dei Requisiti? Intendete la statua dorata che viene portata in processione lungo le strade quando ci sono delle disgrazie?»

«Proprio lei, nessun'altra.»

«Come sapete che lei lo rivelerà a voi? Ve l'ha detto in sogno?»

«No» disse il vescovo soffocando i singhiozzi, combattendo per rimanere in silenzio.

«E allora come lo sapete?»

In lotta contro il potere del gioiello, il vescovo confessò in fretta. «Le ho nascoste dentro di lei, proprio questo pomeriggio. Le ho prese dall'asino di Ginevra e messe lì.»

«Ma sono tutti preoccupati per le reliquie! E Ginevra è in prigione!»

«Certo che sono preoccupati. Li ho fatti preoccupare io. Per mesi ho fatto in modo che le notizie dei furti di reliquie si diffondessero in città. Ho pagato dei vagabondi per gridare le notizie dalla Ringhiera. È sulla bocca di tutti, perlomeno di quelli che una bocca ce l'hanno ancora. Perfino il Papa è venuto a saperlo! Pensa a quanto sarà lieto di sapere che io le ho recuperate. Quale sollievo per i cittadini sapere che le reliquie sono tornate sane e salve, quale adulazione avranno nei miei confronti, io, il loro salvatore.»

«Se le avete voi, perché non rimetterle al loro posto?»

«No. No. Non ancora. Deve sembrare un miracolo, devono esserci molti testimoni. Le reliquie spunteranno dalla statua, come la reliquia di san Marco si è mostrata al vescovo di Venezia. Solo allora avrò il supporto della gente... Il Papa mi farà cardinale. Il suo unico cardinale italiano è morto, sai.»

Piero non si sentiva più in colpa per aver fatto piangere il vescovo. «Avete rubato le reliquie per diventare cardinale? I cardinali dovrebbero essere brave persone. Voi siete già ricco e potente. Guardate che lenzuola eleganti avete! Perché fare una cosa del genere?»

Il vescovo digrignò i denti, sforzandosi di rimanere in silenzio. Piero lo scosse piano. «Perché?»

«Perché... la fortuna della mia famiglia è dilapidata. Siamo rovinati, il nostro nome è nel fango, le proprietà sono state requisite, a meno che io non riesca a recuperarle. Il cardinalato comporta ricchezze, potere, immunità. I creditori saranno costretti a baciare il mio anello. È l'unico modo.»

«Così avete ingaggiato un ladro per fare il lavoro sporco e rubare le reliquie per conto vostro?»

«Ingaggiato? A-ha. Non ho nemmeno dovuto pagarlo. Un uomo distrutto. Non riusciva nemmeno a guardarmi negli occhi. Seguiva gli insegnamenti di un libro ridicolo. Ha fatto tutto ciò che gli ho ordinato di fare... Fino a che ha smesso. Si è preso le reliquie. Ma non importa, ormai. Dio, nella sua infinita giustizia, sta dalla parte degli Acciaiuoli. La tua Ginevra ha restituito le reliquie a me...»

Al canto del gallo, le parole del vescovo terminarono in un ronfo terribile e come un fulmine Piero recuperò il gioiello e si rituffò sul proprio giaciglio.

Il vescovo si mise a sedere di colpo, con il viso bagnato di lacrime e uno strano senso di urgenza. Avrebbe voluto attendere un po' prima di organizzare la processione "miracolosa", in modo che potesse, magari, coincidere con la fine naturale della pestilenza all'arrivo dei primi freddi. Ma qualcosa gli diceva che, se avesse voluto proseguire con quel piano, avrebbe dovuto agire il più in fretta possibile.

Svegliò Piero, il suo pigro servitore, e gli diede istruzioni e disposizioni perché il processo a Ginevra di Genova e all'inquisitore Fra' Michele di Lapo di Arnolfi si tenesse nel giro di un giorno.

45
La Dama e lo Jettatore

13 luglio 1348, Palazzo Tornaparte

Lucia e Giancarlo, il ladro di reliquie, sedevano in casa, chiedendosi cosa fare a proposito delle ultime notizie portate da Piero. Il ragazzo era corso da loro, tra una commissione e l'altra. Il processo si sarebbe tenuto l'indomani, nella piazza centrale, sopra la piattaforma della Ringhiera. Lucia capì immediatamente cosa significava: il processo a un'eretica era il momento perfetto per la "rivelazione" delle reliquie. Il vescovo doveva averle nascoste nella piattaforma, dentro la statua benedetta.

Il falso miracolo avrebbe avuto numerosi testimoni e avrebbe elevato la sacra reputazione del vescovo, facendogli fare un passo avanti per diventare il candidato favorito al posto vacante di cardinale.

Dato che Becchino non si trovava, Lucia non riuscì a inviare uno sformato di avvertimento alle Stinche. Fintanto che le reliquie fossero rimaste nelle mani del vescovo, nessuno avrebbe creduto ai racconti di un cieco e di una donna abbandonata dal marito. Colma d'angoscia, il tempo le sembrava scorrere in fretta e rallentare allo stesso tempo. Lucia pensò diverse volte di recarsi da San Tommaso per trovare conforto, ma si ricordò che la sua reliquia era stata rubata e che gli doveva già diverse candele.

Lucia guardò Giancarlo e sospirò. Avrebbe dovuto essere spaventata dallo jettatore e arrabbiata con Ginevra per averle mandato lì un ospite così pericoloso. Ma poiché custodiva il diamante di Ginevra, si sarebbe sforzata di non provare rabbia e di fare amicizia con quella strana creatura. Anche senza l'influenza del diamante, tuttavia, Giancarlo indossava la benda diligentemente, e adorava sdraiarsi sul pavimento e lasciare che la gatta camminasse su di lui; non ci sarebbe voluto molto prima che Lucia dimenticasse i suoi crimini e lo vedesse come un gentiluomo. Lo stava già rimproverando per i suoi atti malvagi come si punzecchia un amico che ha fatto qualcosa di sciocco.

«E che cosa stavi pensando quando hai deciso di rubare le reliquie, in tempi come questi? Non era già abbastanza che tutta la gente del tuo villaggio fosse morta, dovevi distruggere anche la protezione dei nostri santi?»

«Dama, non ci ho pensato! Stavo cercando di fermare la morte, non di lasciarla passare. Per questo ho chiesto al vescovo di prestarmi le reliquie volontariamente.»

«E invece lui ti ha costretto a rubarle, lasciando credere al resto di noi di essere stati dimenticati da Dio.»

«Non mi piaceva quell'idea. All'inizio ho rifiutato la richiesta del vescovo di rubarle nel pieno della notte. Ma lui mi ha detto di lasciare delle ampolle d'acqua santa, ha detto che se l'avessi versata sulle reliquie rimanenti, l'acqua avrebbe avuto gli stessi poteri delle reliquie, e sarebbe stato come non rubare nulla a nessuno. E a Miniato ho preso solo l'ultimo pezzo di cui avevo bisogno! Ho lasciato praticamente l'intera reliquia.»

«Be', qualunque cosa tu abbia fatto, non credo abbia funzionato.»

Giancarlo si pulì il moccio da sotto la benda. Lucia si avvicinò e gli prese la mano. Dal giorno seguente, quell'uomo avrebbe potuto diventare l'unico amico che le restava al mondo. Non lo incalzò. «Va tutto bene, Giancarlo. Sono stata molto sola qui, ma essere l'unica persona viva rimasta nel paese… Come è stato?»

«Terribile. Sono un po' impazzito, credo.» Lei si trattenne educatamente dal commentare.

Le raccontò che dopo aver portato nella cripta tutti quelli che era riuscito a trovare, aveva trascorso le giornate a sfogliare i volumi della sua biblioteca. Un giorno aveva trovato un libro nascosto dentro un altro, e pieno di incantesimi magici.

«Ed è così che hai imparato a trasformare il ferro in ruggine?»

«Oh, no. Quello è un segreto del mio laboratorio, un trucco imparato dagli alchimisti. Ho applicato un liquido corrosivo conosciuto come *Aqua Regia*: dissolve il ferro ma non il vetro e serve a creare lo smalto ramato che si usa per dipingere le galline nella nostra fornace.

«Adoro quelle galline.»

«Vorrei non aver mai scoperto quel libro, la fonte del mio comportamento scellerato. Gli incantesimi non avevano alcun senso ed è per questo che Ginevra e Fra' Michele si trovano in prigione. Credevo… credevo che siccome il vescovo era d'accordo con me, di certo avrebbe funzionato! Ma lui è un bugiardo, e io sono uno sciocco. Una rovina. Una maledizione. Condannato a una vita triste, uno…»

«Un cosa?»

«Uno jettatore» sussurrò. «Mi costa dirlo a voce alta. Anche se è stata mia madre a dirmelo, anche se ho portato il flagello a tutti quelli che conosco. Ma monna Ginevra lo sapeva già. Lo sapeva prima di incontrarmi, glielo aveva detto il corallo magico.»

Lucia era affascinata. «Sai perché il malocchio ha scelto te?»

La bocca sotto le bende fece una smorfia. «Ero maledetto prima di nascere.»

Le raccontò che i suoi genitori erano poveri e vivevano nella valle, fuori dalle mura di San Romolo. Quando sua madre era incinta, dei soldati di ventura giunsero al villaggio per saccheggiarlo.

La madre di Giancarlo trovò un nascondiglio e da quel punto assistette alle cose terribili che vennero fatte ai suoi vicini. Poiché era troppo sconvolta e spaventata per distogliere lo sguardo, gli abomini che vide furono visti anche dal feto, e fu così che l'Occhio lo marchiò come jettatore.

Fin da subito, gli altri bambini piangevano se Giancarlo si trovava con loro. Quando fu abbastanza grande da lavorare nei campi, il latte delle mucche si seccava e gli aratri colpivano delle pietre e si rompevano. Sua madre sapeva il motivo e glielo raccontò; gli disse ciò che era ma gli raccomandò di tenerlo segreto, altrimenti sarebbe stato cacciato da ogni luogo in cui fosse andato. E così, dopo che Giancarlo fallì nel lavoro nei campi, la donna implorò un maestro di ceramica di prenderlo con sé come apprendista. Il maestro provò pietà per lei e prese con sé Giancarlo come fosse il proprio figlio, insegnandogli il mestiere e anche a leggere e scrivere. Per dieci anni Giancarlo lavorò con lui e l'Occhio giacque dormiente, aspettando il momento giusto.

Quando Giancarlo ebbe finalmente imparato tutti i segreti della fornace, l'Occhio fece in modo che il maestro e tutti i suoi figli morissero, uno dopo l'altro, fino a che Giancarlo, come apprendista, fu il più prossimo a ereditare l'attività. Con lui gli affari prosperarono. L'Occhio vide anche quello. Era un'esca scintillante, che attirava le persone e poi le rovinava. I manovali subivano terribili incidenti, i forni esplodevano, gli acidi si rovesciavano sulle mani, gli uomini inciampavano e i pennelli si conficcavano loro nel naso. Ma gli abitanti della valle erano poveri, e così tornavano sempre a lavorare per lui.

E tuttavia, per quanto Giancarlo li pagasse, non riuscivano mai a guadagnare. Le monete cadevano dai buchi nelle tasche, si ammalavano e spendevano tutto il denaro per pagare i dottori, e i soldati di ventura tornarono a bruciare i campi. Anche se Giancarlo piangeva e pregava per la propria gente, abbellendo l'umile chiesa del paese con oro e smalti e torri, e facendo del suo meglio per essere un uomo buono e generoso, dentro di sé portava una terribile colpa, poiché sapeva che il bene che compiva non avrebbe mai superato il male, e che era la sua maledizione ad aver causato tutte quelle disgrazie.

Mentre raccontava, Lucia era talmente incantata ad ascoltare e Giancarlo talmente intento a raccontare, che nessuno dei due si accorse che un lato della benda si era allentato, e che la gatta aveva cominciato a giocarci. All'improvviso, la benda cadde e l'uomo e l'animale si guardarono negli occhi per un breve istante. La povera gatta si gonfiò come una palla e saltò giù dalla finestra aperta. Lucia si coprì gli occhi con le mani e gridò a Giancarlo di rimettersi la benda.

«Che cosa ho fatto, che cosa ho fatto?!» pianse lui, affrettandosi a riavvolgersi la testa con le bende.

Lucia corse alla finestra. «I gatti sanno cadere in piedi, sono certa che… Oh. Oh, no.»

Forse, se si fosse trattato di un normale spavento, la gatta avrebbe ricordato come fare e sarebbe atterrata in piedi, ma aveva incrociato lo sguardo di uno jettatore, per cui era caduta sulla schiena, e quando Lucia guardò in giù l'animale era immobile, con le quattro zampe rigide all'aria.

«Ditemi che sta bene!» pianse il ladro.

«È morta, Giancarlo» disse Lucia, torcendosi le mani. Lo jettatore cominciò a strapparsi i capelli e a piangere di nuovo. Gli animali non si erano mai fidati di lui e ora aveva ucciso l'unico che gli fosse mai andato vicino.

Lucia corse fuori a raccogliere il corpicino, ma non appena lo toccò, la gatta scattò all'improvviso e si rigirò su se stessa. Poi ebbe una sorta di tremore, che andò dal naso fino alla punta della coda. Inarcò la schiena, si strofinò contro la gamba di Lucia e tornò in casa. Lucia rimase impietrita per un istante, poi scoppiò a ridere e saltellò su per le scale. «Giancarlo! La gatta! Ha usato una delle sue nove vite! Sta bene, sta bene, dalle del formaggio.»

Giancarlo, ancora in lacrime, tastò in giro fino a trovare le ultime croste di formaggio rimaste sul tavolo, le sbriciolò e si rimproverò per essere stato così sbadato. Le lacrime sgorgavano da sotto la benda. «Cosa… cosa ho fatto per… per meritare una tale gentilezza da questa creatura?»

«Giancarlo, smettila di piangere» gli ordinò Lucia. «La caduta della gatta mi ha dato un'idea. Dobbiamo fabbricarti un cappuccio.»

«Un cappuccio?»

«Sì. Un cappuccio, in modo che tu non possa guardare né a destra né a sinistra, ma solo ciò che sta davanti a te. E lo indosserai al processo domani.»

14 luglio 1348, città di Firenze

Nostra Signora dei Requisiti era una statua di legno, leggermente più grande di una normale donna, intagliata dall'apostolo Luca. Passò poi a San Romolo (dal quale prendeva il nome il villaggio di Giancarlo) in tempi antichi, e il santo la nascose in una grotta nei boschi fuori da Firenze, in modo che i pagani non la distruggessero. Rimase nascosta per secoli, fino a che un contadino e sua moglie si persero durante un temporale. La donna stava per dare alla luce un figlio, ma c'erano solo pioggia e lampi e i due non sapevano dove trovare riparo. Il contadino pregò la Vergine e all'improvviso il bue cadde in adorazione davanti all'ingresso della grotta nascosta. Il gruppetto entrò e rimase stupefatto dalla bellezza della statua. La moglie del contadino diede alla luce un bimbo sano che visse fino a cent'anni.

La Madonna era stata intagliata da un unico pezzo, con il suo trono, e il Cristo bambino sulle ginocchia. Era dipinta di molti colori, con un velo di blu e stelle dorate. All'interno la statua era cava: uno spazio grande abbastanza da contenere dodici tra le più venerate reliquie di Firenze.

Il 14 luglio dell'anno 1348 il vescovo ordinò di posare la statua sulla portantina rossa di broccato e seta e di portarla in parata lungo le strade, sulle spalle dei mercenari svizzeri. Una folla curiosa di cittadini fece capolino dalle case per seguire e pregare la statua. Non la vedevano dal suo rifiuto iniziale a fermare la pestilenza. Forse era pronta, ormai, a riconsiderare la sua posizione. Il vescovo sembrava esserne convinto, in ogni caso. Si fermarono tutti davanti alle Stinche, dove Ginevra di Gasparo e Fra' Michele di Lapo di Arnolfi, imbavagliati da cinghie di pelle e con le mani legate dietro la schiena, vennero trascinati in strada dai soldati.

La processione della Vergine proseguì fino a giungere a destinazione, alla piattaforma della Ringhiera. La Madonna fu posta, con grande riverenza, sopra un altare rivestito di drappi, affinché sorvegliasse il processo. Sulla piattaforma furono collocate anche delle tribune di legno, impolverate dal disuso. I mercenari trascinarono poi una piattaforma separata più piccola, con un buco al centro per sostenere un alto albero da forca. I fasci di legna per bruciare i corpi dopo l'impiccagione erano stati civilmente nascosti dietro l'angolo. I soldati svizzeri si sedettero a pulirsi i denti, soddisfatti del lavoro svolto.

A Ginevra di Gasparo e a Fra' Michele di Lapo di Arnolfi non venne concesso un posto sulle tribune, bensì rimasero esposti alla vista della folla crescente. Ginevra era ancora debole per la malattia. La cella rovente e lercia e un inquisitore come infermiere non avevano contribuito a una facile guarigione e provava ancora dolore a rimanere in piedi sotto il sole cocente.

Ginevra osservò la piazza. Vortici di sabbia, spazzatura. Volti spaventati. Quei maledetti ratti alla luce del giorno. E accanto a lei, la Madonna dei Requisiti che la fissava, giudicante e amorevole. Rimpianse di essersi curata da sola la peste. Era stata motivata dall'immediato dolore fisico, ma essere impiccata sarebbe stato peggio. Senza il corallo, non era protetta. Sentiva il malocchio nutrirsi delle emozioni della folla che si stava riunendo. Il vescovo l'aveva lasciata vivere una volta. Non sarebbe accaduto di nuovo. Tuttavia, Ginevra non aveva intenzione di facilitargli la cosa, e morse la cinghia di pelle che le impediva di parlare. Guardò Fra' Michele, il quale incrociò il suo sguardo e annuì.

Sentì qualcuno tirarle il vestito e vide, finalmente, il caro Piero.

«Mm» gli disse.

«Non preoccuparti» rispose lui. «Monna Tornaparte ti salverà. Credo.»

«Mm?» chiese lei.

Il vescovo Acciaiuoli fece il suo ingresso e prese posto, con indosso una veste color cremisi e un cappello bianco appuntito. Sedette sul punto più alto della tribuna e diede uno sguardo torvo ai soldati quando notò che la polvere e le ragnatele erano ancora sulle assi di legno e si erano attaccate ai suoi abiti. Vide Piero in compagnia dei prigionieri e guardò in modo torvo anche lui. «Vieni, ragazzo. Non dovresti stare così vicino a quella gente malvagia.»

Fra' Michele cercò di gridare al vescovo qualcosa attraverso il bavaglio. «Michele, vuoi stare zitto una buona volta? Mi dispiace che siamo dovuti arrivare a questo, davvero. Ti avevo detto di non preoccuparti ulteriormente, ma l'hai fatto e ora eccoti qui, e puoi incolpare solo te stesso.»

Michele continuò comunque, ma anche se fosse riuscito a parlare, il frastuono della piazza era ormai talmente forte da sovrastare le sue parole. Si era sparsa la voce a proposito della processione e del processo ed era arrivata molta gente, in piccoli gruppi lontani gli uni dagli altri, desiderosi di pregare la Signora dei Requisiti e di vedere i pericolosi criminali che avevano… Be', nessuno sapeva bene cosa avessero fatto, ma qualunque cosa fosse doveva essere terribile se il vescovo aveva convocato un processo nel mezzo di una pestilenza.

Per molti era la prima uscita di casa dopo settimane o mesi. Alcuni erano in preda alla rabbia, altri fremevano di trepidazione. Coloro che avevano saccheggiato e gozzovigliato nelle case altrui se ne stavano in disparte, in gruppo, vestiti in abiti colorati troppo festivi per l'occasione. Altri erano coperti dalla testa ai piedi, con solo gli occhi visibili. Molti portavano grossi mazzi di foglie e fiori in cui affondavano il volto per filtrare l'aria. Lucia e Giancarlo si sistemarono tra quella strana folla, lei con un velo sopra la faccia e lui con un cappuccio scuro, gli occhi ancora bendati; gli indumenti inusuali si confondevano con la peculiare moda dovuta alla peste dei loro concittadini. La conversazione si faceva sempre più vivace e i soldati svizzeri giocavano a indovinare quali fossero le signore più belle sotto quei ridicoli vestiti. All'improvviso il vescovo si avvicinò al centro della piattaforma e sollevò le mani davanti alla statua della Vergine. La folla si ammutolì.

«Benevola Maria, madre di Gesù Cristo, Re della Gloria, aiutaci a fare buon uso di tutta la sofferenza che Dio ci ha mandato e a offrirgli il vero incenso dei nostri cuori. Per il Suo sacro nome, amen.»

«Amen» rispose la folla.

«Cominciamo» disse il vescovo. «Ginevra di Genova, nell'anno di nostro Signore 1340, sei stata giudicata colpevole di "depravazione eretica", consistente nel traffico di libri necromantici; possesso di quaderni contenenti stregoneria; distruzione di proprietà; pratica della medicina senza licenza; e mancato rispetto a un membro dell'Arte dei Medici e Speziali. È corretto?»

«Mm.»

«Era un sì. Fiorentini, davanti a voi c'è una donna a cui è stato permesso di rientrare in città sulla base del più cristiano dei princìpi, il perdono. Ma lei si è approfittata della nostra gentilezza, dell'assenza delle reliquie protettive ed è qui di nuovo, accusata di aver tentato di diffondere ulteriormente la peste attraverso la stregoneria; di aver praticato la medicina senza licenza; di aver causato la morte, attraverso i sopracitati mezzi, di sorella Agnesa del Convento di Sant'Elisabetta delle Convertite; e di aver sedotto l'inquisitore sempre attraverso la stregoneria, incantandolo per farlo diventare complice dei suoi terribili progetti, e che ora siede accanto a lei, con le stesse accuse.» Guardò la folla allibita con sguardo soddisfatto.

Ginevra voltò la testa di scatto verso il vescovo. Era stata accusata di molte cose nella sua vita, ma quella di aver sedotto un inquisitore era senza dubbio la più offensiva.

Nemmeno Fra' Michele l'aveva apprezzato ed era diventato tutto rosso in faccia.

«Ne siete certo, vescovo?» gridò una voce dalla folla. «Se è mai esistito un uomo che ha paura di una donna nuda è proprio quello lì. È diventato rosso come un gallo al solo pensiero.» Si udirono dei risolini dalla piazza. Ginevra guardò la folla e vide che era stato Becchino a parlare.

«È soltanto in imbarazzo perché è stato scoperto» disse il vescovo. «Ci sono dei testimoni.»

«Ehm?» farfugliò Fra' Michele, incredulo.

«Chi è che ha visto l'inquisitore darci dentro? E perché io non sono stato invitato?» urlò Becchino.

Un altro scoppio di risate in mezzo alla folla.

«Fratello Leobaldo, fatti avanti» esclamò il vescovo ignorando le risate.

I soldati svizzeri scortarono sul palco il monaco riluttante. A nessuno piaceva fare da testimone a un processo. Soprattutto di qualcuno accusato di stregoneria.

«Ah, eccolo, il ruffiano! Il frate che ha trovato all'inquisitore una puttana!» incalzò Becchino.

«L'unica puttana che ho trovato è tua sorella!» ribatté Leobaldo.

Qualcuno trasalì alle parole del monaco pronunciate davanti alla Vergine, ma la maggior parte della folla proruppe in una sonora risata. Il processo sarebbe stato divertente. Perfino Ginevra sogghignò sotto il bavaglio. "Ridere per scacciare l'Occhio" pensò, sperando che Becchino continuasse con le battute. "Ha salvato Giancarlo e può salvarci di nuovo." Quella era l'unica magia che tutti avevano in proprio possesso, una magia alla quale non servivano gemme per funzionare.

«Monna Ginevra» disse il vescovo, notando che sorrideva. «Non prenderesti con leggerezza la tua situazione, se ne comprendessi la gravità. Ora, Fra' Leobaldo, hai detto di essere stato a casa dell'inquisitore e di aver interrotto la visita della donna? Erano solo loro due? Uomo e donna?»

«Be', c'era anche un asino.» La folla si sbellicò dalle risate.

«SILENZIO!» urlò il vescovo. «Fratello Leobaldo, diresti che tra i due c'era familiarità, intimità?»

«Ho visto lui posarle una mano sul braccio, messer vescovo.»

«Ma cos'è successo con l'asino?» gridò Becchino.

«SILENZIO!» esclamò il vescovo, e poi ai soldati: «Qualcuno porti via quel tizio!».

I soldati svizzeri finsero di obbedire, ma si stavano godendo un po' troppo lo spettacolo. Alcuni di loro marciarono verso Becchino, anche se nessuno aveva la minima intenzione di arrestarlo per davvero.

Il vescovo fece un altro cenno del capo e i soldati scortarono lo speziale della farmacia Giano Bifronte. L'acciuga era scomparsa dalla barba e qualcuno gli aveva messo un abito nuovo e pulito. «Ecco il Maestro Guido del Garbo, uno stimato membro dell'Arte dei Medici e Speziali. Maestro, raccontateci il vostro incontro con monna Ginevra.»

Il Maestro (che era davvero un membro dell'Arte, anche se non uno molto stimato) raccontò di come lei si fosse recata da lui in compagnia di un'altra donna, e come le due l'avessero ammaliato.

«Neghi di conoscere quest'uomo?» chiese il vescovo a Ginevra.

Ginevra scosse la testa cercando di parlare attraverso la cinghia di pelle. Si era ammorbidita e Ginevra aveva la bocca colma del suo sapore amarognolo.

«Mi ha minacciato, mi ha rubato i libri di medicina» disse lo speziale, calandosi nel ruolo, «ha starnutito e dalle narici è volata una pozione stordente sulla mia faccia.» Il pubblico ascoltava rapito fino a che, dallo stesso punto di prima, si udì di nuovo la voce di Becchino cantare:

Ladro di tombe, ladro di tombe
I capelli alle donne hai strappato
Con nastri di seta le ciocche hai legato
Con le dita dei morti hai fatto altrettanto
E dici che appartengono a un Santo!

La folla sibilò, formando corna con le dita e puntandole verso il basso gesticolando, e tracciando croci nell'aria. Nessuno mise in discussione l'accusa contro il sudicio speziale: se qualcuno conosceva la verità sui ladri di tombe era proprio un becchino. Alcuni che avevano acquistato le reliquie dall'uomo si tolsero i sacchetti dal collo, li gettarono a terra e li calpestarono. Il vescovo gridò ai mercenari di fare tacere Becchino una volta per tutte. Uno di loro finalmente obbedì e lo rincorse con un bastone. Lo speziale, sentendo le corna puntate verso di sé, balzò su un lato della piattaforma, urtando il vescovo nella fretta. Il vescovo barcollò e Ginevra vide che sulla tonaca dell'uomo ricadeva un cordoncino nero a cui era appesa un'antica *manu fica* di corallo. La *sua* antica *manu fica* di corallo, che il vescovo teneva appesa al collo. Non riuscì a non ridere di nuovo di fronte a quell'ipocrisia.

«Silenzio» disse il vescovo rivolto ai brontolii e alle grida che aumentavano insieme alla calura. Il vociare si attenuò appena a quell'ammonimento. Tutto ciò si stava rivelando fin troppo eccitante: stregoneria, ladri di tombe, un inquisitore che aveva fatto l'amore sia con un'eretica che con un asino!

Il vescovo decise di proseguire. La questione stava andando troppo per le lunghe. Aveva bisogno di arrivare al punto, di compiere il miracolo. Fece un passo avanti sul bordo della piattaforma e pensò che presto sarebbe diventato cardinale, di nuovo ricco, e non avrebbe mai più dovuto sottoporsi a una pratica così snervante. Guardò la folla, sollevò le mani e cominciò a pregare Nostra Signora dei Requisiti.

Oh, Benedetta Vergine, che ci aiuti nell'ora del bisogno.

«Qui» sussurrò Lucia, che era rimasta in attesa che il vescovo si sporgesse dalla piattaforma. Agguantò Giancarlo e si fecero strada insieme verso la testa della folla, posizionando lo jettatore in modo da permettergli di guardare il vescovo dritto in faccia.

Abbiamo permesso ai malvagi di camminare tra noi e violentare la nostra città
Il diavolo si è insinuato nel sacro uffizio dell'inquisitore
Il diavolo si è travestito da donna spregevole
Siamo stati puniti ma manteniamo la fede
Abbi pietà di noi e poni fine ai nostri supplizi.

La gente lo stava ascoltando. Tutti cominciarono a piangere e a pregare, inginocchiati nella piazza.

Dio desidera che liberiamo la città dai peccatori.

«Sì!» gridò la folla.

E abbiamo scoperto, qui tra noi, due dei più malvagi.

«Li abbiamo trovati per te, Madonna!» gridò la gente.

Lucia strinse il braccio dello jettatore.

«Ora?» sussurrò lui.

«Ora» rispose.

Gli aggiustò il cappuccio, per creargli un campo visivo che puntasse verso il vescovo.

«D'accordo» disse, «procedi.»

Giancarlo si tolse la benda e fissò dritto in faccia il vescovo, che parlava con gli occhi rivolti verso il cielo.

Sulla piattaforma Ginevra, che non aveva distolto lo sguardo dall'amuleto rubato, si accorse che il corallo al collo del vescovo aveva cominciato a brillare. Strinse i denti contro il bavaglio.

Dacci un segno, Madonna.

Il vescovo cominciò a indietreggiare verso la statua.

Dacci un segno che ho fatto bene a portare dinanzi a te questi criminali
Dammi un segno che sei lieta della mia rettitudine,
Che favorisci la nostra città e intercederai per noi con il Signore Iddio.

«Non mi guarda» disse Giancarlo.

Dacci un segno che abbiamo trovato la fonte del male
Riporta a noi le reliquie, dicci che siamo nel giusto.

Lucia emise un sonoro e ridicolo finto starnuto. Era lo stesso trucco che aveva usato nel negozio dello speziale. Lo starnuto echeggiò fino alle mura della piazza. Il vescovo abbassò gli occhi verso di lei. Giancarlo incontrò il suo sguardo. Il vescovo rabbrividì e uno sbuffo d'aria ghiacciata uscì dalle sue labbra. Rivolse di nuovo gli occhi verso il cielo.

Ascoltaci, oh Madonna, ascoltami come tuo vescovo di Firenze, e vieni in mio aiuto!

La gente fremeva a terra, completamente immersa nella supplica.

«Speravo che il maledetto vescovo morisse cadendo dal palco, come la nostra povera gatta» disse Lucia.

«Lucia» rispose Giancarlo. «Sta fumando.»

«Non sta fumando... Va a fuoco! Ehi! Il vescovo va a fuoco!» gridò Lucia.

La folla alzò gli occhi.

Il vescovo guardò il proprio corpo e si mise a urlare mentre le fiamme gli lambivano il petto. La *manu fica* di corallo era diventata talmente calda sotto lo sguardo dello jettatore che aveva incendiato la veste. Il vescovo si strappò l'amuleto dal collo e lo gettò a terra. Ginevra lo vide rimbalzare contro il trono della Vergine e atterrare sul broccato dorato ai piedi della statua.

Mentre il vescovo cercava di domare le fiamme sul petto con le mani, Becchino corse di nuovo in mezzo alla piazza, brandendo il bastone con cui il soldato l'aveva inseguito e ballando tra i fiorentini a bocca aperta.

«Il soldato ha cercato di prendermi, ma la peste ha preso lui! Morto stecchito a metà strada! Ecco cosa si ottiene, a farsi pagare per il lavoro sporco! Io lo so bene!»

Il vescovo, che ora fumava solo leggermente, ordinò ai mercenari di uccidere Becchino, ma quelli non osarono avvicinarsi. La Madonna aveva appena fulminato un loro compagno e dato fuoco al loro capo. I mercenari di guardia a Ginevra e Fra' Michele si avvicinarono al vescovo per dirgli che avrebbero lasciato l'impiego, pretendendo immediatamente ciò che era loro dovuto. Tutti gli occhi erano sulla discussione che ne seguì, così nessuno all'inizio notò le fiamme che si levavano sempre più alte sulle gonne di legno della Madonna. Nessuno tranne Fra' Michele, l'inquisitore.

Si gettò strillando sulla statua e Ginevra venne strattonata all'indietro per via delle corde che li legavano insieme. Le fiamme corsero lungo le corde; Ginevra si liberò in un istante dalle fibre incendiate e a manate si mise a soffocare il fuoco che aveva raggiunto le vesti di lino profumato dell'inquisitore. Quando gli abiti cessarono di bruciare, si voltò verso la Vergine e aiutò l'inquisitore a scacciare le fiamme dalle vesti dipinte della statua. Infine, Ginevra si tolse il bavaglio. Girò su se stessa, cercando l'amuleto sulla piattaforma. «Ha salvato la Vergine!» gridò qualcuno.

Una piega dell'abito di legno della Vergine, indebolita dalle fiamme, cadde di lato.

«No, l'ha rovinata!» gridò qualcun altro.

Ginevra si accucciò a terra, certa che sarebbe stata lapidata a morte.

«OSSERVATE, PECCATORI» gridò Fra' Michele. Trascinò Ginevra a terra davanti alla Madonna, in un gesto di supplica, e sollevò un braccio sopra la testa, puntando il dito verso qualcosa.

La folla rimase ammutolita. Infine cominciarono a indicare il palco e a mormorare. Non erano certi di quel che stavano vedendo. Il pannello di legno delle gonne della Vergine era caduto in modo tale da risultare chiaro che era stata la Vergine stessa a scostare la veste bruciata a beneficio del pubblico. E tra le pieghe degli abiti, a fissarli, c'era il teschio di san Zenobio.

La gente cominciò a gridare. «Sono le reliquie! La Vergine ce le ha riportate! Le ha rivelate ai criminali!»

«NO!» gridò il vescovo, cercando di farsi strada tra i mercenari. «No. No. No.» Mai nella sua vita un piano era andato così storto.

Giancarlo sorrise e si rimise la benda sugli occhi. Fra' Michele e Ginevra cominciarono a rimuovere le dodici reliquie dall'interno della statua e le posarono ai suoi piedi.

Il vescovo si intromise tra la statua e la folla. «Sono contraffatte! Reliquie contraffatte, messe qui per confondervi! Non si rivelerebbero mai a tali peccatori!»

«Quello è Zenobio, lo giuro sulle tombe dei miei figli!» Fu Madonna Girolami a parlare, che si era fatta strada fino alle prime file. «È un mio antenato, lo riconoscerei ovunque.»

«No!» replicò il vescovo. «Vi sbagliate, siete solo una vedova impazzita dal dolore.»

«Ma c'è anche il pane» disse un'altra voce di donna. «Il pane che ho custodito per tutte queste settimane. Lo riconoscerei ovunque.» Taddea cadde in ginocchio davanti alla piattaforma, in lacrime.

«No!» le gridò contro il vescovo. «Ti sbagli, stupida suora che non sa nulla del mondo.»

«Non è stupida» strillò Lucia, «e quello è il dito di san Tommaso, che prego a Santa Maria Novella! Lo conosco fino alla punta dell'unghia.»

«No! No, no, no!» diceva il vescovo. «Donne sciocche, che credono a qualsiasi cosa vedano! Questa roba è falsa! Pezzi di cadaveri qualunque, presi nei cimiteri!»

«Ma l'odore nell'aria» gridò qualcuno, «è odore di santità! Le reliquie non possono essere false.»

Ginevra annusò l'aria e si accorse che i vestiti fumanti dell'inquisitore emanavano il dolce aroma muschiato del pomo d'ambra.

«È un miracolo! Un vero miracolo» gridò Fra' Michele in tono sincero, poiché era talmente abituato al proprio odore da non riuscire a riconoscerlo. Non si era accorto dello jettatore, così credette davvero che la Vergine avesse intercceduto per loro.

Anche la folla lo credette e cadde in ginocchio all'unisono, facendosi il segno della croce e infine implorando a gran voce di toccare Ginevra e Fra' Michele.

Benedicimi
Salvaci
Perdonaci.

Anche i soldati svizzeri si inginocchiarono piangendo e pregarono di tornare al nord, confessarono alle reliquie di essere stati ingannati e di non sapere per chi lavoravano. Strisciarono davanti a Ginevra e all'inquisitore, baciando l'orlo della loro veste.

Il vescovo Acciaiuoli era rimasto in piedi, da solo, dall'altra parte della piattaforma. Era sconvolto dal modo in cui si erano vanificate in fretta le ambizioni che aveva a lungo nutrito.

«Vescovo» disse Ginevra. «Ho trovato le reliquie, come mi avevate chiesto di fare. Non vi inginocchiate dinanzi a esse?»

E così anche il vescovo si inginocchiò davanti alle reliquie che aveva accumulato per mesi, perché che altro poteva fare? Ma quando lo fece si accorse che la veste era diventata stretta e pruriginosa. Quando posò la mano sulle assi del palco, qualcuno gli calpestò le dita per errore, schiacciandole, e le schegge si infilarono nel palmo. Un'altra persona inciampò su di lui, calpestandolo, e poi un'altra ancora, nella bramosia di toccare le reliquie dei santi, e tutto ciò che riuscì a fare fu sgattaiolare via, ruzzolando giù dalla piattaforma.

Zoppicò in direzione del palazzo, ma sulla strada incontrò un branco di cani randagi, i quali normalmente stavano per i fatti loro, ma che stavolta lo inseguirono. Riuscì a tenerli a bada soltanto gettando loro il costoso copricapo da vescovo, quello con lo stemma di famiglia ricamato in oro e perle, che gli animali fecero a brandelli. Quando raggiunse il palazzo scivolò su una lettera che era stata infilata sotto la porta. Era firmata da dieci dei suoi creditori, potenti duchi di campagna. Se non avesse saldato immediatamente i debiti, avrebbero inviato i loro uomini a requisire quanto possibile delle proprietà personali del vescovo, e al diavolo anche la peste.

Mentre leggeva, i mercenari svizzeri lo raggiunsero e pretesero nuovamente di essere pagati. Lui cominciò a gridare di rimando che non gli doveva niente, che abbandonando i loro doveri avevano reso nullo il contratto, ma si interruppe quando lo tennero fermo per far scorrere sul suo volto la lama di un lungo coltello, dalla fronte al mento. Il vescovo, sanguinante, si rannicchiò in un angolo mentre i mercenari saccheggiavano il palazzo, prendendo ciò che volevano e azzuffandosi per chi avrebbe ottenuto i piatti scintillanti dipinti di viola con le donne-anguilla.

Nel frattempo, sopra la Ringhiera, Ginevra di Genova raccolse il corallo ai piedi della Vergine e se lo legò di nuovo intorno al collo, là dove doveva stare.

47
L'opportunità di essere gentile

Fine di agosto 1348, città di Firenze

Il sole calante scaldava le strade polverose e sottili linee d'ombra tracciavano il profilo di porte aperte e fontane. Sui propri letti, sui pavimenti e nella terra dei giardini, i cadaveri dei fiorentini avevano cominciato a seccarsi in gusci vuoti. La città era in silenzio, in segno di rispetto per i morti che compivano l'arduo trapasso da carne a ossa. Eccetto un luogo; dietro le mura di pietra e i portoni chiusi a chiave, il convento di Sant'Elisabetta brulicava di attività. Lì, coloro che erano ancora in vita si erano riuniti. I visitatori si aggiravano lentamente tra le sale dell'edificio, pacati e determinati. Si fermavano dapprima nella cappella, dove sussurravano preghiere al sacro pane racchiuso in un nuovo globo di cristallo. Erano lì perché si diceva che nel convento fossero stati finalmente scoperti i segreti della pestilenza, che sarebbe stata debellata. I metodi erano poco ortodossi, ma efficaci. Così, nell'agosto del 1348, a Firenze e nei dintorni, Sant'Elisabetta tornò a essere per un po' un segreto di pubblico dominio: il tipo di luogo noto a tutti di cui nessuno parlava.

In quella che era stata l'ala delle donne c'era Taddea, che infilava cucchiaiate di pappetta nelle bocche di popolani, preti e signori. Nella cucina la nobildonna Lucia Tornaparte sudava su sformati d'anguilla leggermente bruciacchiati. E nel cortile in cui un tempo le suore chiacchierone filavano l'oro, Ginevra di Genova preparava zuppe di pietre misteriose e scodellava dentro qualunque ciotola le fosse posta davanti un brodo disgustoso, che sapeva di miele e puzzava di ammoniaca.

Correndo qua e là e dandosi da fare, inciampando sui gatti e sulla gente, con le mani piene di lenzuola pulite o di panni sporchi, c'era Giancarlo di Sporco, ancora bendato, mercante di ceramiche di lusso, necromante mancato e sventurato adoratore della propria gente. Nonostante Ginevra gli avesse fatto infilare diversi aghi dentro svariate ciotole di olio d'oliva e costretto qualunque viandante passasse per il convento a raccontargli ogni barzelletta che conoscesse, l'Occhio era rimasto tenacemente avvinghiato all'uomo. Se solo sbirciava fuori dalla benda, tutti i gatti del posto miagolavano come demoni fino a che era costretto a rimettersela. Tuttavia la cecità non lo turbava. Si sentiva euforico, finalmente, di avere la possibilità di dare aiuto anziché arrecare danno. Lucia gli aveva cucito una nuova maschera che non rischiava di scivolargli via. Aveva fatto in modo che si adattasse alla forma del viso ed era saldamente allacciata alla nuca, ricamata con preghiere speciali a san Tommaso, per essere doppiamente certa che il malocchio non avesse scampo. San Tommaso, soddisfatto per le numerose candele che Lucia aveva finalmente provveduto a consegnare al suo santuario, era ben lieto di fare da custode alla benda dello jettatore. Ad aiutare tutti c'era il giovane Piero, che si era congedato dalla casa vescovile subito dopo il Miracolo della Vergine dei Requisiti, come venne chiamato l'incidente.

I convalescenti e coloro che attendevano in fila raccontavano storie riguardanti il vescovo: di come fosse stato privato di ogni proprietà personale dai creditori, e punito dal Papa stesso per aver gridato davanti a una folla di persone che delle reliquie genuine erano solo delle repliche. Qualcuno diceva che in quei giorni era possibile vederlo aggirarsi dietro le finestre del palazzo (proprietà della chiesa), con il viso bendato, in attesa spasmodica dell'ultima rata dello stipendio (la quale, ovviamente, era stata posticipata). Se si partecipava a una messa o a una processione guidate da lui, si raccomandava di fare sempre le corna con la mano dietro la schiena. Le madri bisbigliavano che se il vescovo avesse battezzato un neonato era meglio portare il bambino direttamente da una guaritrice esperta in aghi e olio d'oliva, poiché era risaputo che il vescovo di Firenze era gravemente maledetto dal malocchio.

Ginevra si allontanò da quei pettegolezzi e dal piccolo ed efficiente monastero per la prima volta in molte settimane per attraversare il ponte e le strade vuote e incontrare l'inquisitore Michele di Lapo Arnolfi sui gradini della cattedrale in costruzione. Le aveva chiesto quell'incontro per dirle addio. Stava per partire per Avignone, convocato dal Papa. Si diceva che sarebbe stato nominato cardinale, poiché era chiaramente il prediletto della Vergine dei Requisiti.

L'uomo le prese le mani nelle sue. «Monna Ginevra, le sacre ossa sono tornate a casa. Un miracolo si è compiuto, di cui molti sono testimoni. Sarai conosciuta come una donna santa.»

Ginevra abbassò lo sguardo. Non aveva avuto cuore di dire all'inquisitore che non si era trattato di un miracolo, bensì che era stata la battaglia tra la *manu fica* e il malocchio ad appiccare il fuoco. «Sarà un bel cambiamento essere conosciuta come una santa» rispose infine. «Tuttavia, dopo tutto ciò che ha combinato il vescovo, non credo di avere bisogno che la chiesa mi dica ciò che è santo e ciò che non lo è.»

L'inquisitore sospirò. «Qui siamo d'accordo. Ho visto Dio fare grandi cose attraverso te, le tue pietre e i tuoi strani modi. Senza di te, non avremmo mai avuto indietro le reliquie. Ma oltre a ciò, io… io sentirò molto la tua mancanza.»

«Davvero?» chiese Ginevra, trattenendo un sorriso. «Be', immagino che mi mancherete anche voi.»

«Mi fa piacere sentirlo… Non credo di essere mai mancato a qualcuno prima d'ora. Ginevra, ecco qui. La lettera che ti assolve da ogni condanna precedentemente ricevuta e che annulla il tuo esilio. E questa è la mia lettera di raccomandazione e promessa di finanziamento per l'Arte dei Medici e Speziali. Include la testimonianza di come tu abbia debellato la pestilenza dal tuo corpo in prigione, applicando i poteri delle pietre in un modo che nessun medico dell'Arte ha mai saputo fare.»

«Grazie, Michele» disse Ginevra con un sorriso poco convinto.

«Che succede? Questo è tutto l'entusiasmo che riesci a dimostrare? Non è ciò che hai sempre desiderato?»

«Michele... La prima volta che ci siamo incontrati, mi avete detto che la vostra raccomandazione non sarebbe servita a nulla, che l'Arte non mi avrebbe mai permesso di entrare, in nessun caso. Non vi ho creduto allora, ma lo capisco oggi. Anche con la vostra protezione e benedizione, ancora una volta sono stata portata davanti a una folla violenta. Vi ringrazio per aver tenuto fede ai termini dell'accordo, ma temo che dovrò comunque continuare a lavorare nell'ombra.»

Fra' Michele le posò le mani sulle spalle.

«Abbi fede, donna. Ti do questa lettera non come un atto finale, ma come prova delle mie intenzioni: illustrerò le tue buone azioni a Sua Santità e mi assicurerò la sua benedizione in merito alla tua richiesta. È un piccolo favore quello che chiedi, in cambio di un enorme servizio.»

Ginevra rimase senza parole. Un inquisitore era pronto a portare il suo caso davanti al Papa. Era il più prestigioso degli appoggi, che le avrebbe assicurato l'ingresso nell'Arte. Ce l'aveva fatta, ce l'aveva fatta per davvero. E non aveva nemmeno dovuto sposare un ricco signore. Fece un grande sorriso e Michele ricambiò lo sguardo pieno di gioia.

«E c'è un'ultima cosa, cara Ginevra. Non ho dimenticato ciò che ti dissi su quel prato.» Salì sui gradini di Santa Reparata. «Ascoltatemi, cittadini!» gridò talmente forte che i piccioni volarono via dalle impalcature in rovina. «Io, Michele di Lapo Arnolfi, inquisitore di Sua Santità Papa Clemente VI, dichiaro che Ginevra di Genova è una virtuosa donna di Dio.»

Nonostante non ci fosse anima viva a sentirlo a parte il tagliapietre morto sull'impalcatura, ormai ridotto a uno scheletro, Ginevra gliene fu grata.

«Che possiamo incontrarci ancora, con la volontà di Dio» disse scendendo i gradini. «E fino ad allora, possano gli asini messaggeri scalpitare con determinazione, diritti e sinceri, portando le lettere che ci scriveremo.» A quelle parole, l'inquisitore se ne andò e cominciò il lungo viaggio verso nord, fino ad Avignone. Non portò con sé il pomo d'ambra.

Ginevra si guardò intorno nella piazza desolata come il primo giorno in cui era giunta in città. La peste ancora imperversava, fuori dal convento. Forse sarebbe stato così per sempre. Ma nel mezzo di quell'oscurità devastante era semplicemente lieta di avere l'opportunità di essere gentile dentro le mura della sua cara città.

Epilogo

1925, New York City

Belle Da Costa Greene guardò la pila di corrispondenza sulla scrivania e sospirò. Contò almeno due dozzine di lettere, tutte provenienti da assidui fornitori di libri antichi e rarità, i quali speravano di persuadere i suoi impiegati a un acquisto. Rispondere a quelle tediose richieste era la responsabilità che più detestava, come capo bibliotecaria di una delle più importanti collezioni pubbliche del mondo.

Raccolse il tagliacarte d'argento, ammirandone per la millesima volta il manico in ramo di corallo del Mediterraneo, rosso scuro.

Taglio. La lettera offriva una prima edizione del *Lampionaio* di Charles Dickens. "Ne possediamo già almeno due copie. No, grazie."

Taglio. Un idolo di terracotta proveniente da Cipro, o forse dalla Tunisia. Probabilmente del sesto secolo avanti Cristo, o forse del settimo? Il venditore non ne era certo. "Sembra sospetto. Il prossimo."

Altro taglio. La lettera era indirizzata al "Signor" B. Greene. Belle la gettò nel cestino senza leggerla.

Altro taglio. Quando gli occhi di Belle si posarono sulla lettera successiva fu colta da una sensazione di rassicurante calore. Si sentì come se l'aria ronzasse di lievi vibrazioni, come se il tagliacarte di corallo fosse diventato caldo tra le sue mani. Era la stessa sensazione che provava ogni volta che s'imbatteva in qualcosa di straordinario. Rilesse la lettera, lentamente.

JACQUES SELIGMANN & FIGLI
GERMAINE SELIGMANN & CIE. SUCCRS.
57, RUE SAINT DOMINIQUE
(ANTICO HOTEL SAGAN)

Per la signorina Belle Greene, 12 luglio 1925,
Morgan Library,
33 East 36th Street,
New York City

Gentilissima signorina Greene,

Sono appena giunta a New York e il mio primo pensiero siete stata voi. È meraviglioso sapere che la biblioteca del signor Morgan d'ora in poi sarà aperta per le ricerche!

Ho portato con me un raro manoscritto fiorentino del Trecento che spero reputerete una valida aggiunta alla collezione della biblioteca.

Il volume è un testo lapidario contenente dei versi sulle proprietà magiche delle pietre e delle gemme, e la caratteristica unica è che l'autrice è una donna di nome Ginevra di Gasparo. Il suo nome sembra essere uno dei rari nomi femminili presenti nei registri dell'Arte fiorentina dei Medici, dei Farmacisti e degli Speziali.

Mi concederete un momento del vostro tempo, in modo da potervi mostrare il suo lavoro di persona?

Vostra sinceramente,

Germaine Seligmann

Belle ripiegò la lettera e chiuse gli occhi. Erano rari i manoscritti medievali attribuiti ad autrici, e ancora più rare le menzioni di donne che esercitavano la professione medica. Ma Belle aveva sempre sentito che ciò non poteva essere tutta la verità. Prese il telefono e chiese all'operatrice di collegarla agli uffici di Seligmann & Co., mercanti d'arte. Mentre aspettava, guardò di nuovo la lettera e sorrise.

«Bene, Ginevra di Gasparo» disse la bibliotecaria. «Mostriamo al mondo ciò che sapevi.»

Nota dell'autrice

Per lavoro faccio la gemmologa e la storica del gioiello, il che significa che per vivere ho l'opportunità di valutare ogni sorta di vecchi oggetti strani e meravigliosi. Diamanti a dieci carati, gioielli funerari fatti di capelli umani, antichi cammei; qualunque cosa abbiate in mente, è stata sulla mia scrivania. È stata questa professione a indurmi, diversi anni fa, a cominciare a scrivere quello che sarebbe diventato *La strega delle pietre.* All'epoca studiavo l'uso delle pietre preziose nel Medioevo e fui affascinata dai lapidari medievali, i libri che descrivono i poteri magici e medicamentosi delle gemme. Fu allora che mi venne in mente l'idea di Ginevra, una donna in grado di far funzionare davvero quei presunti poteri. Non riuscivo a smettere di parlare di lei. Ne parlai talmente tanto, in effetti, che il mio gentile fidanzato (ora marito) disse qualcosa del tipo «Sembra proprio che dovrai scrivere questo libro.» Aveva ragione. Così lasciai il lavoro, lui si prese un'aspettativa dal suo e andammo in Italia (dove non ero mai stata) per tre mesi con un visto da turisti. Visitammo Firenze e tutti gli altri luoghi meravigliosi che divennero, in diversi modi, parte della *Strega delle pietre*

Via via che mi addentravo sempre più a fondo nel mondo di Ginevra, imparai che nel quattordicesimo secolo la magia, la medicina e la religione erano intrecciate tra loro, e che poteva essere difficile definire dove finisse l'una e dove iniziasse l'altra. In quest'opera di finzione anch'io ho intrecciato la storia con la fantasia, perché è più divertente. E ai fiorentini del Medioevo, nonostante tutto ciò che dovettero affrontare, piaceva divertirsi.

È vero però che gli scritti antichi relativi alle pietre preziose, come quelli di Plinio il Vecchio e di Teofrasto, riuscirono a sopravvivere attraverso i secoli e furono citati dai guaritori che vennero dopo. Queste opere classiche furono anche il materiale di partenza per gli studiosi medievali che scrissero i propri lapidari, come Alberto Magno e il vescovo Marbodo di Rennes. Sorella Agnesa aveva avuto accesso soltanto alle opere classiche, ma io ho potuto leggere tutto e inventarmi anche qualcosa. Sia in tempi antichi sia nel periodo in cui si svolge questo romanzo qualcuno credeva davvero che il corallo fungesse da protezione contro le malattie e che cambiasse colore a seconda dello stato di salute di chi lo indossava; si credeva che un'ametista sotto la lingua prevenisse le sbornie, che l'urina di lince si indurisse fino a diventare una pietra chiamata lincurio e che le bufoniti non solo provenissero dalle teste dei rospi ma perfino che sudassero in presenza di veleno. Fu davvero scritto che i diamanti erano raccolti dalle aquile nelle gole dell'India e che avessero il potere di porre fine ai conflitti e ai litigi. I presunti poteri attribuiti alle pietre di sangue, giacinto (zaffiro), smaragdus (smeraldo), ambra, eliodoro, apatite, pietra aquilina, galattite, pietra di Nemesi, selenite (pietra lunare) e altre gemme sono stati qui esagerati o inventati nello spirito dei testi storici. *A Lapidary of Sacred Stones* di Claude Lecouteux è un utile compendio per dozzine di studi del genere.

Ho fatto attenzione a descrivere i gioielli utilizzando i modelli realmente indossati all'epoca: esemplari simili alla *manu fica* di Ginevra, alla spilla di fidanzamento di Ludovico e all'anello di Nemesi di Vermilia si possono trovare nei musei. Andate a vederne qualcuno! Evviva i musei!

I guaritori e le guaritrici, come monna Vermilia, erano frequentati da gente di ogni ceto sociale, come ben sa qualunque bambinə che abbia letto *Strega Nona* di Tomie dePaola. Coloro che praticavano le arti curative potevano essere puniti se arrivavano a scontrarsi con le istituzioni ecclesiastiche o con le gerarchie delle arti e delle gilde, anche se *La strega delle pietre* si svolge prima della furiosa caccia alle streghe del tardo Rinascimento. Tutte le chiese fiorentine a cui ha fatto visita il ladro di reliquie sono esistite davvero e la maggior parte di esse è ancora in piedi. Alcune delle reliquie menzionate si trovavano davvero a Firenze. San Miniato giace ancora nell'antica chiesa sulla montagna, il braccio di san Filippo si trova nella collezione del Museo dell'Opera del Duomo e la testa di san Zenobio, nel suo reliquiario d'argento, è ancora a Santa Maria del Fiore (Santa Reparata invece fu demolita per fare spazio al duomo odierno).

Ho inserito nella finzione qualche altro pezzo di storia: Sant'Elisabetta fu davvero un convento nel quale le ex prostitute filavano l'oro. Due di loro si chiamavano Agnesa e Taddea. Fra' Michele fu realmente incaricato di rimpiazzare un predecessore troppo zelante che infastidiva la città di Firenze. L'Arte dei Medici e Speziali fu istituita nell'anno 1293. Gli italiani del Medioevo allevavano le anguille nelle cisterne dell'acqua, sia per tenere sotto controllo gli insetti sia per farcirci gli sformati. Il *Liber Iuratus Honorii* esiste e contiene incantesimi elaborati che richiedono una severa penitenza, anche se nessuno di essi menziona un "santo fatto di santi". (Ho utilizzato la traduzione di Joseph Peterson.) La Peste Nera ha notoriamente devastato Firenze e i becchini giravano per le strade intonando canzoni terribili. Marchionne di Coppo Stefani disse, in riferimento ai luoghi di sepoltura in città: "mettevano strati su strati (di corpi) proprio come si mettono strati di formaggio su una lasagna."

Infine, un po' di finzione è stata ispirata dai fatti storici: nonostante la banca Acciaiuoli sia stata coinvolta in un ampio collasso finanziario, gli studi recenti hanno dimostrato che la colpa non fu totalmente del re d'Inghilterra. La fine che ho immaginato per il vescovo è stata ispirata da Pio IX, papa del diciannovesimo secolo, noto a chiunque come jettatore e indesiderato in ogni città, poiché si era certi che alla sua benedizione sarebbe seguito un disastro naturale. (Per saperne di più su jettatori e malocchio, leggete *The Evil Eye: An Account of this Ancient and Widespread Superstition* di Frederick Thomas Elworthy.) Ho giocato con la cronologia delle festività e di certo ho omesso molti santi e celebrazioni importanti che ebbero luogo nell'arco di tempo di questa storia. Ho anticipato la data del rapporto astrologico dell'Università di Parigi. Ho esagerato l'assenza del governo e degli ufficiali ecclesiastici durante quei primi mesi di peste. Ho usato il nostro calendario gregoriano anziché il particolare calendario fiorentino che era in vigore nel quattordicesimo secolo. Inoltre, se qualche entomologo è arrivato a leggere fino a qui, voglia perdonarmi per le libertà che mi sono presa con il ciclo di vita e la morfologia dei coleotteri necrofori.

Per cercare di catturare come fosse essere vivi in quel luogo e in quel momento storico, ho indirizzato le mie ricerche su documenti che fossero più o meno contemporanei al mio racconto, inclusi i soliti sospetti: i fratelli Villani, Petrarca, Dante e naturalmente il *Decameron* di Boccaccio. Per quest'ultimo mi sono affidata all'ottima traduzione di Wayne A. Rebhorn e ho cercato di fare il possibile per dare ai miei personaggi un linguaggio altrettanto moderno. Ho trovato grande ispirazione anche nel *Mercante di Prato* di Iris Origo e nella vita piena di sofferenze della moglie del mercante, Margherita. Gli scritti del medico del Papa, Guy de Chauliac, insieme a molti altri, sono stati testimonianze di prima mano della Peste Nera. I trattati religiosi di Fra' Simone Fidati da Cascia, tradotti da Sorella Mary Germaine McNeil, e il famoso trattato di medicina di Trotula da Salerno hanno contribuito ad ampliare il quadro. Da questi lavori e da altri ho preso in prestito deliziose espressioni idiomatiche come "uomini che non saprebbero governare tre lumache" e "mentire per la gola". I manifesti di Margery Kempe e Christine de Pizan hanno fornito dei rari e inediti spunti di riflessione per indagare la mente delle donne del tardo Medioevo. La presente bibliografia non ha pretese di essere completa, ma spero che possa fornire un assaggio di tutti i variegati e affascinanti documenti che esistono per coloro che sono curiosi di saperne di più.

In questo mondo confuso, bellissimo e disastrato, un mondo sulla soglia di una rinascita, ho inserito Ginevra, la quale, come me, ha solo cercato di fare del suo meglio.

Ringraziamenti

Grazie alla mia agente Stefanie Lieberman e al team composto da Adam Hobbins e Molly Steinblatt, per la loro dedizione incrollabile, per la visione che hanno avuto e la gentilezza. Sono grata per la nostra amicizia e collaborazione. Alle mie editor Laura Brown, per i suggerimenti iniziali e l'entusiasmo, e Erika Imranyi, per aver messo tutto insieme nel modo più bello. A Nicole Luongo per avermi tenuta in carreggiata. A Emer Flounders, Justine Sha, Rachel Haller, Lindsey Reeder, Kathleen Oudit e il resto del team di Park Row Books/HarperCollins per aver dato vita a questo libro. A Kathleen Carter per aver messo a disposizione la propria competenza. Ad AC Canup, Sam Rasche, Manasa Donaghy e Becky Sandler, che hanno fornito i primi preziosissimi feedback quando ho inviato loro un gigantesco PDF pieno di errori ortografici. A Laura Hayner per il supporto durante la fase di consegna. A Larissa Hayden e Hannah Baram per avermi ascoltata. Al mio gruppo di scrittura composto da LK Lohan e Courtney Knight, che hanno letto questo manoscritto all'incirca un miliardo di volte e hanno sempre avuto qualcosa di utile da aggiungere. A Elise Canup per l'assistenza con l'italiano. A Kate Rasche per l'assistenza con le illustrazioni. Alla Dottoressa Gillian Jack, che ha generosamente condiviso la ricerca sulle donne di Sant'Elisabetta delle Convertite. Ai miei genitori, ai miei fratelli e al resto della mia famiglia e dei miei amici per l'interesse e l'entusiasmo che hanno avuto per questa mia impresa. A Cricket e Noms, i gatti più amichevoli. Al mio meraviglioso marito, William Canup, che non perde mai occasione per essere gentile, e alla nostra bambina, Bea, per essersi aggiunta alla festa.

E naturalmente, grazie ai miei lettori e alle mie lettrici, che rendono tutto possibile.

INDICE

NE/ON LIBRI
TITOLI PUBBLICATI

001.	Eliza Chan / *Fathomfolk*	☐
002.	Francesca De Tores / *Saltblood*	☐
003.	Aurora Ascher / *Santuario dell'ombra*	☐
004.	Uehashi Nahoko / *Kōkun. La dea dei profumi*	☐
005.	Laura Thalassa / *Rapsodia*	☐
006.	Gabriela Romero Lacruz / *Il Sole e il Vuoto*	☐
007.	Sylvie Cathrall / *Una lettera al luminoso abisso*	☐
008.	Ava Reid / *Juniper & Thorn*	☐
009.	Anna Rasche / *La strega delle pietre*	☒

Grazie per avere letto La strega delle pietre *di Anna Rasche, nella traduzione di Rosita Pederzolli. Speriamo che tu abbia trovato la storia che stavi cercando, che i suoi personaggi ti abbiano tenuto buona compagnia e che la sua presentazione grafica sia stata di tuo gradimento.*

La tua opinione per noi è importante, e se hai voglia di condividerla con noi puoi taggare il nostro profilo Instagram @neonlibri o mandarci una mail all'indirizzo opinioni@neonlibri.it.

Se hai acquistato questo libro nella tua libreria del cuore, ci farebbe molto piacere conoscerla: presentacela, se ti va, scrivendoci un messaggio privato su Instagram @neonlibri o usando sempre l'indirizzo opinioni@neonlibri.it.

Profondiamo la massima attenzione nelle fasi di revisione e controllo redazionale, ma se nonostante questo dovessi trovare un refuso nei nostri testi puoi segnalarcelo tramite questi stessi canali: te ne saremo grati e provvederemo a correggere le edizioni future del volume.

Gli editori

Finito di stampare il 22 ottobre 2024
presso Arti Grafiche La Moderna di Roma

«Chiudi gli occhi e ascolta. E dimmi ciò che sai.»